文学传播与接受论丛

第五辑

主　编:尚永亮　谭新红

中　华　书　局

图书在版编目(CIP)数据

文学传播与接受论丛. 第五辑/尚永亮,谭新红主编. —北京:中华书局,2023.4

ISBN 978-7-101-16176-2

Ⅰ.文… Ⅱ.①尚…②谭… Ⅲ.文学-大众传播-中国-文集 Ⅳ.I206-53

中国国家版本馆 CIP 数据核字(2023)第 054882 号

书　　名　文学传播与接受论丛　第五辑
主　　编　尚永亮　谭新红
责任编辑　葛洪春
责任印制　管　斌
出版发行　中华书局
(北京市丰台区太平桥西里 38 号　100073)
http://www.zhbc.com.cn
E-mail:zhbc@zhbc.com.cn
印　　刷　北京建宏印刷有限公司
版　　次　2023 年 4 月第 1 版
2023 年 4 月第 1 次印刷
规　　格　开本/880×1230 毫米　1/32
印张 9¾　插页 2　字数 250 千字
国际书号　ISBN 978-7-101-16176-2
定　　价　68.00 元

目　录

诗国第一情歌的审美之旅

——《关雎》三千年接受史的审美之圆

陈文忠

引 言

“问世间,情是何物?”天南地北双飞雁,且以“生死相许”,况万物之灵、天地之心的人类?爱是永恒的主题,情是不老的神话!

关关雎鸠,在河之洲。窈窕淑女,君子好逑。
参差荇菜,左右流之。窈窕淑女,寤寐求之。
求之不得,寤寐思服。悠哉悠哉,辗转反侧。
参差荇菜,左右采之。窈窕淑女,琴瑟友之。
参差荇菜,左右芼之。窈窕淑女,钟鼓乐之。

这是诞生于三千年前的华夏古老情歌,也是咏唱了三千年的诗国不老情歌,作为“诗三百”的开篇之作,又堪称华夏诗国的“第一情歌”。《关雎》意象所蕴含的“关雎”与忠贞爱情、“淑女”与理想少女、“琴瑟”与和谐夫妇、“钟鼓”与团圆幸福等母题,对中国文学和民族文化精神产生了深刻影响。

孔子作为《关雎》的第一读者,以整体性阅读的态度,从审美与教化的双重角度,对作品的无邪之思、中和之美和盈耳之乐,作了精辟阐释和高度评价,奠定了《关雎》三千年的接受基调。两汉时期,随着《诗三百》被儒家赋予"经"的地位而成为"诗经",汉代儒生"《诗》作经读",《关雎》被视为美"后妃之德",或刺"好色无度"的美刺之作,优美的婚恋情歌变成了严肃的伦理教材。从两汉"《诗》作经读",经魏晋"文的自觉",到两宋强调"《诗》作诗读",《关雎》逐渐恢复原初的情诗面貌,明清诗评家对《关雎》的审美意象、抒情结构和艺术技巧作了深入阐发。从闻一多开始,现代接受者从纯文学观念出发,几乎众口一词把《关雎》视为男欢女悦的优美情歌。纵观《关雎》三千年接受史,这是一部由"《诗》作经读"到"《诗》作诗读",亦诗亦经、亦经亦诗,审美与教化双线演化的历史,也是一部中国人诗评观念的嬗变史,一部中国人审美意识的演化史。今天,当人们超越了伦理主义与审美主义二元对立的思维模式,以同情的理解看待诗教传统,完整认识《关雎》在历史上"诗"与"经"的双重身份和双重影响,又引起了当代接受者的新思考。

一、华夏诗国的第一情歌

西周至春秋 500 年诗心凝聚而成的《诗经》,是中国第一部诗歌总集,却并非中国第一批诗歌创作。在《诗三百》编集定型之前,中国上古诗歌创作已有近千年的历史。《诗经》虽称"总集",实际只是西周至春秋中期之前诗歌创作的一个"选集",远非近千年诗歌作品的全部。那么,为什么说《关雎》是华夏诗国的"第一情歌"? 这是因为,无论从上古诗歌史,还是从《诗经》本身看,《关雎》都是一首情节曲折完整,情感深挚谐美,具有欣欣之生意,最能体现华夏乐感文化精神的爱情婚恋诗。

相传《诗经》之前的古佚诗,《文心雕龙·明诗》有简要描述:"昔葛天乐辞,《玄鸟》在曲;黄帝《云门》,理不空弦。至尧有《大唐》之歌,舜造《南风》之诗,观其二文,辞达而已。及大禹成功,九序惟歌;太康败德,五子咸讽,顺美匡恶,其来久矣。"《明诗》论及的《玄鸟》、《云门》、《大唐》、《南风》以及《五子之歌》,前二首不传,后三首尚存①;在艺术上"辞达而已",在主题上"顺美匡恶",从题材看,则无一涉及爱情婚恋内容。

先秦古歌中表现婚姻内容的诗篇,似仅见于《易经》卦爻辞。有学者认为,《屯》卦的爻辞中就保留了一首完整的"婚礼之歌"②:

屯	婚礼之歌
屯如,邅如。	踌躇不进,徘徊不前。
乘马,班如。	驾着马车,犹豫盘桓。
匪寇,婚媾。(六二)	不是强盗,而是婚媾。
乘马,班如。	驾着马车,犹豫盘桓。
求婚媾,屯其膏。(六四)	寻求配偶,盛满脂油。
乘马,班如。	驾着马车,犹豫盘桓。
泣血,涟如。(上六)	哭泣无声,泪水涟涟。

这不妨说是一首古老的婚礼进行曲。婚礼之前,创设了一个悬念:驾着马车而来的,是一群什么人?来干什么?开篇紧紧抓住读者。马上云破月来,涣然冰释:来人不是强盗,而是求婚的队列。接着是婚礼的进行,介绍求婚的聘礼。最后进入高潮,新娘无声饮

①《大唐》载《尚书大传》,《南风》载《孔子家语·辩乐解》和《礼记·乐记》,《五子之歌》载古文《尚书》,据考,这三首诗均为后人拟作。

②参阅黄玉顺《易经古歌考》,巴蜀书社1995年版,第22—23页。

泣,泪流满面,泪水中似乎交融着悲与喜。①

这首易经古歌给今人留下了丰富的想象空间,有景有情,画面流动,富于力度。然而,毕竟诗语稚拙,音节简单,仅为诗之雏形,对婚恋内容的表现,在先秦古歌中仅见而已。从情境的完整性、情感的曲折性、婚恋观念的文明性以及诗歌艺术的成熟性诸方面看,更是无法与《关雎》相比拟的。

从《诗经》相同题材作品看,《关雎》仍堪称华夏诗国的"第一情歌"。这倒并不是说《关雎》是"诗三百"的"开卷第一篇",而是因为它是《诗经》中唯一完整表现了从"邂逅"到"成婚"的婚恋全过程,成为《诗经》中最具有欣欣之生意的婚恋典范之作。

《关雎》分章,汉代有三章与五章之分。《毛诗正义》说:"《关雎》五章,章四句。故言三章,一章四句,二章八句。五章是郑所分,'故言'以下是毛公本意。"这是说,《毛诗》分三章,一章四句,二章八句;郑玄分五章,章四句;孔颖达从郑,即"《关雎》五章,章四句"。这两种分法,各有其情景逻辑。《毛诗》分为三章,首章"感彼关雎,求爱之始",二章"求之不得,哀而不伤",三章"得之为欢,乐而不淫"②。郑玄分五章,首章"邂逅",二章"求爱",三章未得之苦,四章相恋之欢,五章既得之乐③。从中国人的日常生活而非严格的传统婚礼习俗看,男女婚恋,一般要经历邂逅、求爱、相恋、定情、成婚、婚后生活诸阶段。因此,从"邂逅"到"成婚"过程,郑玄的五章比之《毛诗》的三章,表现得更为细腻、深入、完整。《国风》160篇,表现男女婚恋题材的作品将近半数,广泛涉及邂

①这组卦辞,有不同解释,刘大杰认为是表现"抢婚的情景";参阅刘大杰《中国文学发展史》(上),上海古籍出版社1997年版,第15—16页。

②陈子展《诗经直解》(上),复旦大学出版社1983年版,第2—4页。

③刘毓庆《诗经二南汇通》,中华书局2017年版,第40页。

逅、求爱、相恋、定情、成婚、婚后生活等各个方面。如《野有蔓草》之“邂逅相遇”、《河广》之“隔河相思”、《静女》之“热恋幽会”、《东方之日》之“幸福婚礼”、《桃夭》之“赞美新娘”、《螽斯》之“多子多孙”、《女曰鸡鸣》之“夫妇挚爱”,此外还有大量表现夫妇别离相思、弃妇忧伤哀叹的作品。然而,完整表现从“邂逅”到“成婚”的全过程,窈窕淑女令人爱慕,君子求爱哀而不伤,在琴瑟和谐、钟鼓欢乐中,为华夏先民理想的婚恋生活提供了诗意的典范,《关雎》之外,别无他作。因此,《关雎》堪称华夏诗国的第一情歌,也是《诗经》中最具有欣欣之生意,最能表现中国人对爱情生活美好追求的婚恋经典。

那么,孔子把《关雎》置于“诗三百”之首,是否也基于这一考虑呢?

二、《关雎》的“第一读者”

在《诗经》三千年传播接受史上,孔子一身三任,分别成为《诗经》三部历史的终结者、奠基者和开创者。

第一,孔子是《诗三百》文本的最终整理者,提供了中国诗歌史上第一部诗歌总集的“精校本”。《史记·孔子世家》:“古者《诗》三千余篇,及至孔子,去其重,取可施于礼义……三百五篇孔子皆弦歌之,以求合《韶》、《武》、《雅》、《颂》之音。”司马迁的这段话,历来聚讼纷纭。一来孔子之前《诗》已存在。据《左传·襄公二十九年》记载,吴公子季札在鲁国观乐,乐工演奏各章顺序,从《周南》、《召南》到《雅》、《颂》,与今本流行的《诗》基本相似,算来那时孔子才八岁。二来“《诗》三百”说法多见于《论语》。《论语·为政》有“《诗》三百,思无邪”之说,《论语·子路》有“诵《诗》三百”之论。如何理解司马迁的话?孔子以“六艺”教人,尤重

《诗》,所谓“兴于诗”。但正如清代经学家皮锡瑞所说:“东迁以后,礼崩乐坏,诗或有句而不成章,有章而不成篇者,无与于弦歌之用。”[①]这当然不利于教学。孔子有鉴于此,便留心搜集各种《诗》的抄本与版本,诗篇总数大概就是司马迁所说的“三千余篇”。然后,他又参照各个抄本,对《诗》进行精心的校勘调整:一是删汰重复的篇章,即司马迁所说的“去其重”;二是按乐曲调整篇章,即所谓“三百五篇孔子皆弦歌之,以求合《韶》、《武》、《雅》、《颂》之音”。季札观乐的顺序是否依据当时流行的某种版本所记述,已不得而知;孔子精心整理并为后人提供了一部《诗三百》的“精校本”,则无可置疑。

第二,孔子是《诗三百》诗旨的最初阐释者,奠定了《诗三百》三千年的阐释基调。《论语·为政》曰:“《诗》三百,一言以蔽之,曰思无邪。”《鲁颂·駉》结句:“以车祛祛,思无邪,思马斯徂。”《駉》赞赏鲁公养马众多,着眼国家长远利益,亦被视为咏马诗之祖。“思无邪”三字,意即马儿沿着大道奔驰而不偏斜,孔子借以论《诗》,赋予了新的含义。“思无邪”的理解,讨论极多。程子说:“‘思无邪’者,诚也。”着眼于《诗》作者“修辞立其诚”的真诚态度和真性情。清人郑浩《论语集注述要》由此出发,作了进一步阐释:“古义邪即徐也。……无虚徐,即心无他骛。……夫子盖言《诗》三百篇,无论孝子、忠臣、怨男、愁女皆出于至情流溢,真写衷曲,毫无伪托虚徐之意,即所谓‘诗言志’者,此三百篇之所同也,故曰一言以蔽之。惟诗人性情千古如照,故读者易收感兴之效。”[②]换言之,真心诚意的“思无邪”,是“诗言志”的主体要求,包括《关雎》在内的《诗》三百,具有“兴观群怨”的审美意义,发挥“事父事君”的文化功能,

①皮锡瑞《经学通论·诗经》(二),中华书局1954年版,第67页。
②程树德《论语集释》(一),中华书局1990年版,第66—67页。

正出于诗人毫无伪托虚徐之意,千古如照的"至情流溢"。

第三,孔子又是《关雎》的"第一读者",开创了《关雎》的阐释史,从而使《关雎》成为"三百篇"中、也是中国诗歌史上接受史持续最长的作品。这是最值得关注,也是本文需要细论的问题。所谓"第一读者",并非指第一个接触作品的那位读者,而是指以深刻的见解和精辟的阐释,为作品开创接受史、奠定接受基调、指引接受方向的那位特殊读者;从此,"第一读者"的理解和阐释受到一代又一代读者的重视,并在一代又一代的接受之链上得到丰富和深化。作品的历史意义在这一接受过程中得以确证,作品的审美意义和文化影响也在这一接受过程中得以发挥。孔子作为《关雎》"第一读者"的作用和影响表现在哪些方面?概而言之,把《关雎》置于"三百篇"之首的开篇意义、审美风格的中和之美以及乐调声韵的盈耳之乐,孔子从诗旨、诗风、诗乐诸方面奠定了《关雎》的阐释基调,指引着《关雎》2500年来的接受史。

首先,孔子为什么把《关雎》置于"三百篇"之首,《关雎》的首篇之义究竟何在?夫子无言,留下无穷悬念,引发后人种种揣测。《韩诗外传》借子夏与孔子的问答,作了颇具神秘意味的解释:

> 子夏问曰:"《关雎》何以为《国风》始也?"孔子曰:"《关雎》至矣乎!夫《关雎》之人,仰则天,俯则地,幽幽冥冥,德之所藏,纷纷沸沸,道之所行,虽神龙化,斐斐文章。大哉《关雎》之道也,万物之所系,群生之所悬命也……《关雎》之事大矣哉!冯冯翊翊,自东自西,自南自北,无思不服。子其勉强之,思服之。天地之间,生民之属,王道之原,不外此矣。"子夏喟然叹曰:"大哉《关雎》,乃天地之基也。"①

①韩婴撰,许维遹校释《韩诗外传集释》,中华书局1980年版,第164—165页。

《韩诗外传》念兹在兹的"《关雎》之人"、"《关雎》之事"和"《关雎》之道",究何所指,始终云罩雾绕,隐而未发。点明此意的,当是司马迁。《史记·外戚世家》说:"周之兴也以姜原及大任,而幽之禽也淫于褒姒。故《易》基乾坤,《诗》始《关雎》,《书》美釐降,《春秋》讥不亲迎。夫妇之际,人伦之大道也。"

《齐诗》传人匡衡作进一步发挥:"孔子论《诗》,以《关雎》为始。言太上者民之父母,后夫人之行不侔乎天地,则无以奉神灵之统而理万物之宜。故《诗》曰:'窈窕淑女,君子好逑。'言能致其贞淑,不贰其操,情欲之感无介乎容仪,宴私之意不形乎动静,夫然后可以配至尊而为宗庙主。此纲纪之首,王教之端也。"(《汉书·匡衡传》)原来如此!在司马迁和匡衡看来,"万物之所系,群生之所悬命"的"《关雎》之道",实质就是"夫妇之道"。为什么?司马迁从"周之兴也以姜原及大任,而幽之禽也淫于褒姒"的经验教训中发现,"夫妇之道"乃人伦之大道,君王"夫妇之道"的正与邪,关乎一国的盛衰兴亡。毋怪子夏喟然叹曰:"大哉《关雎》,乃天地之基也!"

其实,把"夫妇之道"或"两性之情"置于著作之首,不只见于中国典籍,也普遍见于其他民族的典籍。例如,《圣经·旧约》中的亚当与夏娃,希罗多德《历史》中的坎道列斯与他的"美丽妻子",日本《古事记》中既是兄妹又是夫妻的伊耶那岐和伊耶那美等等,无不如此。差别在于对这类叙事的解释:或伦理道德的、或宗教神学的、或民族起源的。两汉至清代,中国对"《关雎》之道"的解释,始终是政治伦理的。明代章潢的"四始说"可见一斑:"《风》首《关雎》,而夫妇之伦正;《小雅》首《鹿鸣》,而君臣之情通;《大雅》首文王,而天人之道著;《颂》首《清庙》,而幽明之感孚。"

其次,孔子对《关雎》美感情调的概括,奠定了《关雎》审美阐释的基调,并成为华夏美学影响深远的美学原则。《论语·八佾》:"子曰:'《关雎》乐而不淫,哀而不伤。'"这是孔子对《关雎》最直接、最经典的阐释。《关雎》表现"君子"追求"淑女",并最后成婚的过程。所谓"《关雎》乐而不淫,哀而不伤",从作品的美感情调到普遍的美学原则,至少可以分四个层次来理解。一是情节过程的"乐而不淫,哀而不伤"。"君子"见到"淑女",一见钟情,乐在心中,经历了"寤寐求之"的追求和"辗转反侧"的相思,"琴瑟友之"的相爱和"钟鼓乐之"的成婚,有情人终成眷属。诗境生动表现了先民对美好爱情执着追求和幸福婚姻的如愿实现。二是"君子"情感的"乐而不淫,哀而不伤"。诗中的男子是一位典型的古代青年"君子"形象。他面对心仪的"窈窕淑女",由衷爱慕,执着追求,"求之不得"而"寤寐思服",神魂颠倒而"辗转反侧"。然而,长夜的相思之苦,并没有让他失去理智,依然遵守着"发乎情,止乎礼"的文明规范;经过情感的炼狱,终于"琴瑟友之"、"钟鼓乐之",实现了"执子之手,与子偕老"的美好愿望,他同样没有喜乐无度,癫狂失态,依然温柔敦厚,举止得体。三是儒家"诗教"的"乐而不淫,哀而不伤"。《礼记·经解》论孔子"诗教"曰:"温柔敦厚,诗教也。……其为人也,温柔敦厚而不愚,则深于诗者也。"可以说,"温柔敦厚"是"乐而不淫,哀而不伤"的人性形态,这种人性形态正是诗教的化育成果。"兴于诗,立于礼,成于乐",这是孔子诗教的"三部曲",简言之,即以礼节情,融理于情:"理知不只是指引、向导、控制情感,更重要的是,要求将理知引入、渗透、融化在情感之中,使情感本身例如快乐得到一种真正是人的而非动物本能的宣泄。"①情感的"乐而不淫,

①李泽厚《论语今读》,生活·读书·新知三联书店2008年版,第109页。

哀而不伤”与人性的“温柔敦厚”，可谓一体两面，诗教则是一座桥梁。四是美学原则的“乐而不淫，哀而不伤”。这便是哲学上的“中庸之道”和美学上的“中和之美”。“中庸”即“中和庸常”之道，也即执其两端而叩其中；通过执其两端叩其中而达到“和”，在美学上就是让对立的两种因素在审美对象中达到和谐统一。《关雎》的“乐而不淫，哀而不伤”是“中和之美”的体现，“温柔敦厚而不愚”的诗教也是“中和之美”的体现，古典戏曲中的“大团圆”同样是“中和之美”的体现。

歌德在 1808 年的一封书信中曾说：“真正的艺术品包含着自己的美学理论，并提出了让人们藉以判断其优劣的标准。”①经典作品蕴含着美学原理，这是一个精辟的见解。孔子从《关雎》中概括出来的“乐而不淫，哀而不伤”的美学命题，不仅奠定了《关雎》接受史的阐释基调，并成为华夏美学的普遍原则，代表了中国人追求和谐圆融的审美理想，对中国的审美和艺术产生了深远的影响。

再次，孔子对《关雎》盈耳之乐的赞叹，不断激发诗评家对《关雎》乐调声韵之美的探讨。《论语·泰伯》：“子曰：‘师挚之始，《关雎》之乱，洋洋乎盈耳哉！’”师挚是鲁国的乐师，“始”是乐曲的开始，“乱”是乐曲结束时的合奏。孔子说，从音乐大师挚开始演奏，到以《关雎》篇合奏结尾，美妙的音乐充满耳朵啊！孔子的一声赞叹，足以引发人们对当年诗乐演奏情境和美妙效果的丰富想象。《关雎》风格恬静温和，结构有头有尾，尤其有一个完满的结局，作为乐歌，被派作“乱”之用，是十分合适的。《关雎》的音乐不再，诗篇的声韵尚存。今天吟诵《关雎》，诗篇的声韵节奏，依然能够给人强烈的美感。这主要表现在两个方面。一是结构上的“重章之

①［英］约翰·格罗斯《牛津格言集》，王怡宁译，汉语大辞典出版社 1991 年版，第 394 页。

循序渐进”。重章叠节是《诗经》基本结构特点，可细分两类，即“重章之易词申意”和“重章之循序渐进”[①]。《关雎》的二、四、五节，均以“参差荇菜”开头，又以“求之”、“友之”、“乐之”递进，故属于“重章之循序渐进”。整齐短促的句式，反复重叠的章节，循序渐进的情境，形成明快的节奏，和谐的旋律，读起来琅琅上口，听起来洋洋乎盈耳。二是诗语上的双声叠韵连绵字。如窈窕，是叠韵；参差，是双声；辗转，既是双声，又是叠韵。用这些词语或修饰动作，如“辗转反侧”；或摹拟形象，如“窈窕淑女”；或描写景物，如“参差荇菜”等等，莫不活泼逼真，声情并茂，极大地增强了描写人物情境的生动性和声韵音调的和谐美。今人扬之水说：《关雎》之好，“第一好在音乐”[②]。诚哉斯言！

《论语》评《诗》，除《关雎》外，尚有《淇奥》、《硕人》、《駉》以及古诗“唐棣之华”等等，孔子同样是这些诗篇的“第一读者”。但是，孔子评《关雎》是从文本出发，对作品本身作多角度的美学阐释，对其他作品或“断章取义”，或借端引申，故其影响远不如对《关雎》接受史那么大。同时，从孔子对《关雎》的美学阐释看，孔子的读《诗》态度是“整体性阅读”，既重视其艺术性，又重视其思想性，而不是“《诗》作经解”。孔子以六艺教人，《诗》、《书》、《礼》、《乐》、《易》、《春秋》，各具不同的职责和功能。《论语·阳货》论《诗》：“子曰：‘小子何莫学夫诗？诗可以兴，可以观，可以群，可以怨。迩之事父，远之事君；多识于鸟兽草木之名。’”细析之，此章揭示了诗的三种功能和三重意义：《诗》可以“兴、观、群、怨”，是审美文化意义；《诗》有助于“事父”、“事君”，是伦理道德意义；《诗》可以“多识鸟兽草木”之名，则是名物知识意义。孔子

---

①钱锺书《管锥编》（第一册），中华书局 1979 年版，第 75—76 页。

②扬之水《诗经别裁》，中华书局 2012 年版，第 2 页。

读《诗》的态度是开放的，强调《诗》的多种审美文化功能。全面认识孔子"整体性阅读"的读《诗》态度，有助于正确理解《关雎》接受史的历史进程和现代发展。

三、"《诗》作经解"的良苦用心

从孔子到两汉的《诗经》接受史，大致可分三个阶段，即从孔子的"《诗》作诗解"，到春秋战国的"赋诗断章"，再到两汉的"《诗》作经解"。"《诗》作经解"是两汉《诗经》接受史的历史特点，同时也是"《诗经》汉学"[①]的基本特点，它经魏晋隋唐一直影响至两宋，在《诗经》接受史上雄霸了一千多年。

春秋士大夫"赋诗断章"，似少有引用《关雎》者。《关雎》作为《诗经》的开篇之作，是汉代《诗经》接受史的首要篇章，也是汉代"《诗》作经解"的典型范例。那么，何谓"《诗》作经解"？谁在把《关雎》作经解？如何看待汉儒的《关雎》作经解？这是《关雎》汉代接受史必须回答的几个核心问题。

其一，何谓"《诗》作经解"？从《诗三百篇》到《诗经》，名称的这一变换，是《诗经》接受史上的重大事件，它标志着这部来源于民间的乐歌集，上升到了民族文化经典的崇高地位。从现存典籍看，最早把《诗》纳入"经"的范畴，可见于《庄子·天运篇》和《礼记·经解》。最早把《诗三百篇》题名为《诗经》，应是司马迁《史记·儒林传·申公传》所谓"申公独以《诗经》为训以教"。西汉以后，称《诗经》者，日渐普遍。这当然与西汉经学家"《诗》作经解"

---

①洪湛侯："'诗经汉学'指的是自汉至唐长达一千年的古文诗经学派"，"是一个学术流派的名称，它不等于汉代诗经学"。（洪湛侯《诗经学史》上册，中华书局2002年版，第155页。）

是密切相关的。

何谓“《诗》作经解”？刘勰《文心雕龙·宗经》曰：“经也者，恒久之至道，不刊之鸿教也。”所谓“《诗》作经解”，从表层看，就是着意发掘诗篇中蕴含的“至道”和“鸿教”，从而让“三百篇”发挥“以《诗》教人”和“以《诗》谏君”的政教作用；从深层看，则是刻意把言情的“诗”上升到载道的“经”的高度，以增强以《诗》教人、以《诗》谏君的权威性和说服力。这两层含义，前者侧重文本，后者侧重功能，一体两面，表里融合。一言以蔽之，“《诗》作经解”就是把抒情之诗诠释为载道之经，增强其诗教的神圣性、权威性和说服力，以更好地达到通经致用的目的。

其二，谁在把《关雎》作经解？《诗经》在汉代的传授，分为齐、鲁、韩、毛四家。四家《诗》中，齐、鲁、韩三家诗以今文传播，西汉初年即被立为官学；《毛诗》以古文书写，最初在民间传授，西汉末年平帝元始中置立博士，不久即废。在诗经学史上，前者称为“三家诗”，后者称为“毛诗”。汉代把《关雎》作经解的，就是“三家诗”和“毛诗”这两大派。

三家《诗》与《毛诗》当时所受重视程度不同，在诗旨解释、章节编次、字词辨析、名物训诂等方面也存在歧异。这一切同样体现在《关雎》的传授阐释中。尽管他们都把《关雎》作经解，但对《关雎》诗旨的解释，三家《诗》与《毛诗》就有着“美”与“刺”的明显不同。

三家《诗》把《关雎》解释为“刺诗”。清人陈奂《诗毛氏传疏》即谓：申培鲁诗、《韩诗章句》，“并以《关雎》为刺诗”。

《鲁诗》解释道：“后妃之制，夭寿治乱存亡之端也。是以佩玉晏鸣，《关雎》叹之，知好色之伐性短年，离制度之生无厌，天下将蒙化，陵夷而成俗也。故咏淑女，几以配上，忠孝之笃、仁爱之作也。”又说：“周之康王夫人晏出朝，《关雎》豫见，思得淑女以配君子。”又说：“周衰而《诗》作，盖康王时也。康王德缺于房，大臣刺宴，故诗作。”等等①。

《韩诗》解释道：“《关雎》，刺时也。”又说：“诗人言雎鸠，贞洁慎匹，以声相求，隐蔽于无人之处，故人君退朝入于私宫，后妃御见有度，应门击柝，鼓人上堂，退反宴处，体安志明。今时大人内倾于色，贤人见其萌，故咏《关雎》，说淑女、正容仪以刺时。”②

《关雎》创作的时代，《鲁诗》认定作于西周初年康王之世。《关雎》诗旨，《鲁诗》认为，康王晏起，夫人不鸣璜，宫门不击柝，《关雎》之人见机而作，以刺康王失德、夫人失职。《韩诗》则认为，“大人内倾于色，贤人见其萌，故咏《关雎》，说淑女、正容仪以刺时”，以容仪贞洁的“淑女”，刺内倾于色的“大人”。后汉文人张超，把鲁、韩两家诠释的《关雎》之旨，写进了他的《诮青衣赋》。赋曰：

周渐将衰，康王晏起，毕公喟然，深思古道。
感彼关雎，性不双侣，愿得周公，配以窈窕。
防微消渐，讽喻君父，孔氏大之，列冠篇首。

三家诗的《关雎》刺诗说，在两汉影响之深远，亦可见一斑。

《毛诗》则把《关雎》解释为“美后妃之德”的“美诗”。《毛诗序》曰：“《关雎》，后妃之德也。……是以《关雎》乐得淑女，以配君子，忧在进贤，不淫其色；哀窈窕，思贤才，而无伤善之心焉。是《关雎》之义也。”郑《笺》申言之，略谓：“言三夫人、九嫔，皆乐后妃之事。后妃今日所以得以佐助者，由此幽闲之善女未得之时。后妃于觉寐之中则常求之，欲与之共己职，故得之也。”这就是说，雎鸠

①王先谦《诗三家义集疏》，中华书局1987年版，第4页。
②王先谦《诗三家义集疏》，中华书局1987年版，第4—5页。

是淑女之兴,诗美后妃进贤不妒之德,乐得淑女以配君子之德。

三家《诗》和《毛诗》对《关雎》诗旨的阐释,孰是孰非,各有师承而各执一见;孰长孰短,后代学者则有所评骘。元代经学家郝经认为,《毛诗》之解似优于三家《诗》之见。他在为朱熹《毛诗集传》写的《序》中论及汉代诗经学时说:“《诗》之所见、所闻、所传闻者颇为加多,有齐、鲁、毛、韩四家而已,而源流未分,师异学异,更相矛盾,如《关雎》一篇,齐、鲁、韩氏以为康王政衰之时,毛氏则谓‘后妃之德也风之始’。盖毛氏之学规模正大,有三代儒者之风,非三家所及也。”

从《关雎》接受史看,《毛诗》的“美后妃之德”说似影响更为深广,发挥者更多。西汉焦延寿的《焦氏易林》,被王世贞称为“四言之懿,《三百》遗法”。《焦氏易林》曾反复借用被《毛诗》阐释过的《关雎》意象和诗旨。如《履之颐》:“雎鸠淑女,圣贤配耦。宜家受福,吉善长久。”《姤之无妄》:“《关雎》淑女,贤妃圣耦。宜家寿母,福禄长久。”《小畜之小过》:“《关雎》淑女,配我君子。少姜在门,君子嘉喜。”唐代孔颖达《毛诗正义》接着《毛诗》说,申发《毛诗》之旨,自不待言。宋代杨简《慈湖诗传》也赞同此说,认为《毛诗》的解释“义大而精”。他写道:“《关雎》,小序言后妃进贤为后妃之德,义大而精。大臣之职莫大于求贤才以佐朝廷之治。后妃之职莫大于与贤淑共成宫闱之化。后妃求淑女,此德之所以为至。”此说一直延续到清代。清人严虞惇《读诗质疑》进一步发挥:“《关雎》之诗,言后妃求淑女也。雎鸠为淑女之兴。惟淑女可配君子,故后妃欲求而得之,其未得有寤寐反侧之忧,其既得有琴瑟钟鼓之乐。志在进贤,绝无妒色,故曰《关雎》后妃之德也。”朱熹《诗集传》认为《关雎》是“美太姒之德”。他说:“周之文王,生有圣德,又得圣女姒氏以为之配。宫中之人于其始至,见其有幽娴贞静之德,故作是诗。”朱熹的解释与《毛诗》的“美诗”说本质一致，则是作了历史还原，把“后妃”落实为文王之妃“太姒”。

除了“美诗”与“刺诗”之外，汉代以后《关雎》诗旨的阐释，出现了第三种思路，即由对立的“或美或刺”，发展为合二为一的“兼美兼刺”。宋人范处义提出“美文刺康”说，其《诗补传》曰：“《关雎》虽作于康王之时，乃毕公追咏文王太姒之事，以为规谏，故孔子定为一经之首。”皮锡瑞《诗经通论》评曰：“宋以后说《关雎》者，惟范氏此说极通，可谓千古特识！”清人魏源则提出“美文刺纣”说，其《诗古微》曰“二《南》及《小雅》皆当纣之末季，文王与纣之时。谓谊兼讽刺则可，谓刺康王则不可”云云。

其实，无论“或美或刺”，还是“兼美兼刺”，不出美刺二端。因此可以说，西汉四家《诗》的美刺说，奠定了现代之前两千年儒家经生说《关雎》的基本思路。此外，三家《诗》与《毛诗》虽有或“美”或“刺”之别，但有两点是共同的。一是阐释目的上，无不“《诗》作经解”以“通经致用”。汉儒把“《关雎》之道”视之为“妃匹之际，生民之始，万福之源”，上升到“纲纪之首，王教之端”的高度。二是阐释途径上，无不采用历史还原和伦理评价的方式。经生们先把《关雎》还原到历史环境中，坐实为历史人物，然后对之进行政治评价和道德评判。

其三，如何看待汉儒的“《关雎》作经解”？为什么汉儒要把《关雎》这首优美的爱情婚恋之歌，解读成“刺”康王之淫、或“美”后妃之德的政治课本和道德教材？其“用心”何在？这批“沈浸醲郁，含英咀华”的“饱学之士”，真是一些不可理喻的“迂腐之人”吗？长久以来，现代论者都是如此认为的，并以鄙夷的态度嘲笑之、否定之，少有对汉儒解诗的“用心”作同情之理解的。如果真能回到汉儒的时代，尊重历史而作同情之理解，可以发现，在汉儒穿凿附会的思维方式背后，隐藏着严肃的文化动机和政教目的。这种“严肃的文化动机”或“文化用心”是什么？如前所说，那就是把抒情之诗诠释为载道之经，增强诗篇的神圣性、权威性和说服力，以更好地达到通经致用的目的。

问题的关键是，汉儒的这种文化用心和文化目的是否能实现？或者说，在汉儒的时代，“《诗》作经解”和“《关雎》作经解”是否具有实现这种文化目的的可能性？是否具有实现这种文化目的的合理性？

首先，在汉儒看来是完全可能的。汉儒认为，《诗》在“五经”中最具动情力、感染力和教化力。《毛诗大序》有曰：“故正得失，动天地，感鬼神，莫近于诗。先王以是经夫妇，成效敬，厚人伦，美教化，移风俗。”白居易在《与元九书》中对“诗”的独特功能作了进一步的学理阐释。他说：“感人心者，莫先乎情，莫始乎言，莫切乎声，莫深乎义。诗者：根情，首言，华声，实义。”这是古典诗学对诗的审美特质下的最完整的定义。感人心者，莫近于诗！所以，在“五经”中《诗经》最早立于官学[①]；而且，汉儒曾直接“以三百五篇为谏书”。《汉书·儒林传》曰：“式为昌邑王师，昭帝崩，昌邑王嗣位，以行淫乱废，昌邑群臣皆下狱诛……式系狱当死，治事使者责问曰：‘师何以亡谏书？’式对曰：‘臣以《三百五篇》朝夕授王，至于忠臣孝子之篇，未尝不为王反复诵之也；至于危亡失道之君，未尝不流涕为王深陈之也。臣以《三百五篇》谏，是以亡谏书。’使者以闻，亦得减死论。”王式“以《三百五篇》为谏书”，被汉儒阐释为“刺

---

①王应麟《困学纪闻》卷八《经说》：“后汉翟酺曰：‘文帝始置一经博士。’考之汉史，文帝时，申公、韩婴以《诗》为博士，‘五经’列于学官者，唯《诗》而已。景帝以辕固生为博士，而余经未立。武帝建元五年（136），初置‘五经’博士。”

康王之淫”、“美后妃之德”的《关雎》，也自然成为王式谏昌邑王的一篇“谏书”。

其次，在今天看来也不乏一定的合理性。原因何在？用现代文艺学话说，就是形象大于思想与阐释的无限性；从传统诗学观点看，就是诗中有象与诗无达诂。钱锺书批评汉儒说诗：“以深文周内为深识底蕴，索隐附会，穿凿罗织；匡鼎之说诗，几乎同管辂之射覆，绛帐之授经，甚且成乌台之勘案。”①汉儒解诗确常“深文周内，穿凿附会”，但也不能一概而论，一笔抹搬。尤其是《毛诗》“小序”，有些解说并非毫无历史依据和学理依据，那些能“雄霸”千余年的诠释，更值得重视和反思。毕竟汉儒的解说“去古未远”，其政治文化语境也完全不同于今天。《毛诗》的“美后妃之德”说之所以胜过三家《诗》的“刺康王之淫”说影响千余年，就在于《关雎》的“淑女”、“君子”、“琴瑟”、“钟鼓”等一系列意象体系，为《毛诗》的“美后妃之德”说提供了阐释依据，完全不同于三家《诗》的“刺康王之淫”，纯粹是“忘言觅词外之意，超象揣形上之旨”。

再次，“《诗》作经解”，中西相通，具有人类普遍性。《圣经》中《雅歌》的神学化，如同《诗经》中《关雎》的经典化，便是典型一例。《雅歌》和《关雎》是东西方上古两首最优美的情歌。《雅歌》的诞生与《关雎》同时稍后，是希伯来民间诗人的杰作，两千多年来传诵于全世界。在古今情诗中，《雅歌》对爱情的表达，以大胆而坦率、热烈而欢快、纯洁而坚贞著称。《雅歌》开篇，炽热的爱情扑面而来：“愿你用口与我亲嘴，因你的爱情比酒更美。”两千年前，犹太拉比们曾因《雅歌》能否编入圣经正典而争执不休。当时，犹太教权威人物亚基巴首次运用“寓意法”对《雅歌》作了神学阐释，发

①钱锺书《管锥编》(第一册)，中华书局1979年版，第15页。

掘出隐藏于《雅歌》表面字义下的宗教寓意，即《雅歌》对世俗爱情的描写，只是为了喻示“神人之爱”：上帝对以色列人的爱和以色列人对上帝的回爱。经过这一番“诗作经解”的转换，一首世俗的民间情诗终于成了神圣的宗教经典。此后，基督教父继承这一阐释思路，认为诗中寄寓的是耶稣基督与教会或信徒之间的互爱。到了中世纪，天主教又在女主角身上发现了童贞女玛利亚①。

仔细比较，东西方的“《诗》作经解”有一差异，用钱锺书的话说，即中国是“诗而史”，西方则“诗而玄”②。汉儒对《关雎》作经学阐释，犹太拉比对《雅歌》作神学阐释；汉儒以《关雎》作“谏书”，基督教父则以《雅歌》为“圣书”。对今人而言，无论东方的“《诗》作经解”，还是西方的“《诗》作经解”，其穿凿附会的思维方式固然应当摒弃，其背后所隐藏的文化动机和良苦用心，似应当作同情的理解。

四、从“《诗》作经解”到“《诗》作诗读”

东汉以后，《毛诗》独行，三家《诗》式微以至亡佚，“美后妃之德”说成为《关雎》诗旨的定论，几乎雄霸了一千年。直至两宋重新开启了从“《诗》作经解”到“《诗》作诗读”的接受史新阶段。

当然，《毛诗》在此期间并非没有遇到挑战者。历史上曾流传一则东晋谢安夫人指斥《关雎》传统阐释的故事：“谢太傅欲置伎妾，命兄子往劝夫人，因言《关雎》《螽斯》‘不妒’之诗。夫人问谁为此诗，云是周公。夫人曰：‘周公是男子，周姥撰诗，当无是语。’”(《遣愁集·妒记》)所谓“不妒”，显然是用《毛诗》的解释；

①参阅梁工《圣经诗歌》(增订版)，百花文艺出版社1998年版，第200—209页。

②钱锺书《谈艺录》，中华书局1984年版，第231页。

说作者是“周公”，应当是谢氏子弟或故事作者的刻意虚构，《关雎》阐释史上并无此一说。谢安夫人的回答看似戏谑，含义却十分深刻，是对汉儒“《诗》作经解”的辛辣批判。魏晋是儒学中衰的时期，也是思想解放的时期，“文的自觉”的时期。此则传说故事的真实性暂且不论，它所流露的批判性思想是与时代精神相一致的。

同时，魏晋以降《关雎》开始“《诗》作诗用”，《关雎》的意象和意境不断被诗人和文士化入诗文之中。曹丕的《善哉行》暗用《关雎》的意境，诗曰：

有美一人，婉如清扬。妍姿巧笑，和媚心肠。
知音识曲，善为乐方。哀弦微妙，清气含芳。
流郑激楚，度宫中商。感心动耳，绮丽难忘。
离鸟夕宿，在彼中洲。延颈鼓翼，悲鸣相求。
眷然顾之，使我心愁。嗟尔昔人，何以忘忧。

这首诗二用《诗经》，开篇直接借用《野有蔓草》诗句，后篇“离鸟夕宿，在彼中洲。延颈鼓翼，悲鸣相求。眷然顾之，使我心愁”，则化用了《关雎》的比兴手法和愁思意境。陈祚明《采菽堂古诗选》卷五评曰：“‘离鸟’六句，言愁至深。诗所以贵比兴者，质言之不足，比兴言之则婉转详尽。”可以看出，从焦延寿到曹丕，对《关雎》的借用有了质的变化。如果说焦延寿是“《诗》作经用”，重申汉儒所谓“淑女能为君子和好众妾”的诗旨；那么曹丕则是“《诗》作诗用”。《善哉行》是一首哀婉的情诗，曹丕借《关雎》之意境，传心中之深情。此外，陆机《日出东南偶》的“窈窕多容仪，婉媚巧笑言”、谢灵运《会吟行》的“肆呈窈窕容，路曜鞭娟子”，形容女子容貌，“窈窕”已成流行意象。

《关雎》“《诗》作诗读”的接受史新阶段，开启于南北两宋，流行于明清两代。这与当时社会文化背景密切相关。具体地说，北宋疑古思潮的出现，两宋诗话写作的兴盛，南宋“《诗》作诗读”观念的形成，是形成《关雎》接受史新阶段的重要文化语境。

在《诗经》阐释史上，开疑古之风气的标志性著作是北宋欧阳修的《诗本义》。诗经宋学“疑”的对象是诗经汉学。《诗本义》就是为订毛、郑之失而作：“予欲志郑氏之妄，益毛氏之疏略而不至者，合之于经。”（《诗本义·诗统解·序》）欧阳修认为，毛、郑二家之学，在三百五篇中不得古人之意者一百四十篇。对这一百四十篇，《诗本义》先逐章论毛、郑之得失，而后申之以“本义”。《诗本义》开篇就是对《关雎》毛传、郑笺的质疑和订正。在批驳了毛传、郑笺后，《本义》论曰：

> 诗人见雎鸠雌雄在河洲之上，听其声则关关然和谐，视其居则常有别也，似淑女匹其君子，不淫其色，亦常有别而不黩也。淑女谓太姒，君子谓文王也。“参差荇菜，左右流之”者，言后妃采彼荇菜，以供祭祀。以其有不妒忌之行，左右乐助其事，故曰左右流之也。流、求也。此淑女与左右之人常勤其职，至日夜寝起，不忘其事，故曰“寤寐求之，辗转反侧”之类是也。后妃进不淫其色以专君，退与左右勤其职事能如此，则宜有琴瑟钟鼓以友乐之而不厌也。此诗人爱之之辞也。《关雎》周衰之作也。太史公曰：周道缺而《关雎》作。盖思古以刺今之诗也。谓此淑女配于君子，不淫其色而能与其左右勤其职事，则可以琴瑟钟鼓以友乐之尔，皆所以刺时之。不然，先勤其职而后乐，故曰关雎乐而不淫；其思古以刺今而言不迫切，故曰哀而不伤。

《诗本义》不同于《毛诗传》主要有三点：一是把“淑女”与“君子”坐实为“太姒”与“文王”，二是创作时代定为“周衰之作”，三是《关雎》主旨是“思古刺今”。如此看来，《诗本义》并未脱离汉儒解经思路,许多观点只是以"三家诗"取代《毛诗》而已。但是,《诗本义》对毛、郑权威的挑战,在《诗经》阐释史上具有革命性的意义。南宋楼钥有一段精要的论述:

由汉以至本朝,千余年间,号为通经者,不过经述毛、郑,莫详于孔颖达之《疏》,不敢以一语违忤二家,自不相侔者,皆为曲说以通之。韩文公大儒也,其上书所引《青青者莪》,犹规规然守其说。然欧阳公《本义》之作,始有以开百世之惑,曾不轻议二家之短长,而能指其不然,以深持诗人之意。其后王文公、苏文定公、伊川程先生,各著其说,更相发明,愈益昭著,其实自欧阳氏发之。(《经义考》卷一百四引)

从两汉、经隋唐至两宋,楼钥以《诗经》"千余年"接受史为背景,阐述了《诗本义》"开百世之惑"的学术贡献,以及启发两宋学人"各著其说,更相发明"的深远影响。

《诗本义》开启了"诗经宋学"的新阶段,对《关雎》的新阐释,则激发了"《诗》作诗读"的新思路。南宋郑樵说《关雎》便是典型一列。郑樵是著名史学家,著有二百卷通史《通志》。他也是"诗经宋学"的著名学者,有《诗传》、《诗辨妄》、《诗名物志》等著作,并是"废《序》"说的首创者,直接影响到朱熹的《诗集传》。他在《诗辨妄》中,辨毛郑之妄,以审美观点说《关雎》,论曰:"'关关雎鸠,在河之洲',每思淑女之时,或兴见关雎在河之洲,或兴感雎鸠在河之洲。雎在河中洲上不可得也,以喻淑女不可致之义。何必以雎鸠而说淑女也!毛谓以喻后妃悦乐,君子之德无不和谐,何理?"[①]在《诗名物志》中,郑氏借孔子之语极力赞美《关雎》声韵的平和之美:"其曰:'师挚之始,《关雎》之乱,洋洋乎盈耳哉!'此言其声之盛也。又

①转引自洪湛侯《诗经学史》(上册),中华书局2002年版,第397页。

曰:'《关雎》乐而不淫,哀而不伤。'此言其声之和也。人之情闻歌则感,乐者闻歌则感而为淫,哀者闻歌则感而为伤,惟《关雎》之声和而平,乐者闻之,而乐其乐不至于淫;哀者闻之,而哀其哀不至于伤,此《关雎》之所以为美也。"[①]在《关雎》接受史上,郑樵应是"诗经宋学"中最早的"《诗》作诗读"的阐释者之一。

从《诗经》接受史看,"《诗》作诗读"的观念,早于"《诗》作诗读"的命题,"《诗》作诗读"的做法,又早于"《诗》作诗读"的观念。"《诗》作诗读"的做法,则始于齐梁,盛于两宋的诗话。

"诗话之源,本于钟嵘《诗品》。"[②]从钟嵘开始,诗话作者就开始了对《诗经》的诗学解读。《诗经》是第一部诗歌总集,诗话作者最为关注的便是《诗经》的艺术影响和原型母题意义。钟嵘《诗品》为汉魏诗歌溯源,指出"文温以丽,意悲而远"的古诗,"其体源出于《国风》";"骨气奇高,词彩华茂,情兼雅怨,体被文质"的曹植诗,"其源出于《国风》";"言在耳目之内,情寄八荒之表"的阮籍诗,"其源出于《小雅》"云云。如果说钟嵘的论述着眼于整体风格,那么谈论《诗经》具体诗篇对后人的艺术影响,可见于南北朝颜之推的《颜氏家训》。《颜氏家训·文章篇》曰:"王籍《入若耶溪》诗云:'蝉噪林逾静,鸟鸣山更幽。'江南以为文外断绝,物无异议。……《诗》云:'萧萧马鸣,悠悠旆旌。'《毛传》曰:'言不宣哗也。'吾每叹此解有情致,籍诗生于此耳。"可见,诗话之始,《诗经》的审美批评和"《诗》作诗读"就开始了。

"以后人诗法诂先圣之经",这是四库馆臣对钟惺《诗评》和贺贻孙《诗触》"《诗》作诗读"的批评。其实,从唐宋开始,诗话作者

---

①转引自刘毓庆《历代诗经著述考(先秦—元代)》,中华书局2002年版,第184页。

②章学诚著,叶瑛校注《文史通义校注》,中华书局1994年版,第559页。

不同于儒家经生之处，不仅在于“以后人诗法诂先圣之经”，而且把《诗经》视为诗歌艺术的最高典范，用以诠释诗歌创作的理论与技巧。北宋魏泰《临汉隐居诗话》用以倡导诗的含蓄“余味”：“诗者述事以寄情，事贵详，情贵隐，及乎感会于心，则情见于词，此所以入人深也。如将盛气直述，更无余味，则感人也浅。……‘桑之落矣，其黄而陨。’‘瞻乌爰止，于谁之屋。’其言至于乌与桑，及缘事以审情，则不知涕之无从也。”魏泰认为，《氓》之“桑之落矣，其黄而陨”和《小雅·正月》之“瞻乌爰止，于谁之屋”，是含蓄而又有余味的艺术典范。南宋许顗《彦周诗话》揭示《诗经》的母题意义，其论《邶风·燕燕》曰：“‘燕燕于飞，差池其羽。之子于归，远送于野。瞻望弗及，泣涕如雨！’此真可泣鬼神矣。张子野长短句云：‘眼力不知人，远上溪桥去。’[①]东坡《送子由诗》云：‘登高回首坡陇隔，惟见乌帽出复没。’皆远绍其意。”彦周此则不同于经生说《燕燕》有二：一是摆脱汉儒所谓“卫庄姜送归妾”的历史化解说，纯以审美的眼光赞叹《燕燕》的艺术魅力；二是把《燕燕》放在诗歌史上，指出其作为“万古送别之祖”（王士禛语）的母题意义。至清代，王夫之和刘熙载先后从《小雅·采薇》佳句中提炼出两条诗学原则，更是诗学史上的佳话。王夫之《姜斋诗话》曰：“‘昔我往矣，杨柳依依；今我来思，雨雪霏霏。’以乐景写哀，以哀景写乐，一倍增其哀乐。”刘熙载《艺概·诗概》曰：“‘昔我往矣，杨柳依依；今我来思，雨雪霏霏。’雅人深致，正在借景言情。若舍景不言，不过曰春往冬来耳，有何意味？”王夫之见出《采薇》借景言情的辩证法，刘熙载借以强调借景言情的形象美。

---

①钱锺书：“张先《虞美人》：‘一帆秋色共云遥；眼力不知人远，上江桥。’许氏误忆，然‘如’字含蓄自然。实胜‘知’字，几似人病增妍、珠愁转莹。”（《管锥编》第一册，中华书局 1979 年版，第 78 页。）

一部《关雎》接受史，可以分为两条线索，一条是“《诗》作经解”的经学阐释史，一条是“《诗》作诗读”的诗学阐释史。孔子以后《关雎》的诗学阐释，首先见于历代诗话论《关雎》。作为《诗经》的开篇之作，《关雎》自然成为唐宋诗话诗学思考的重要对象。论题不论大小，诗话作者总不忘请《关雎》助阵。皎然《诗式》借《关雎》论比兴，曰：“诗人皆以征古为用事，不必尽然也。今且于六义之中，略论比兴。取象曰比，取义曰兴。义即象下之意。凡禽鱼、草木、人物、名数，万象之中义类同者，尽入比兴，《关雎》即其义也。”李颀《古今诗话》借《关雎》等篇论句法渊源，曰：“三字句，若‘鼓咽咽，醉言归’之类。四字句，若‘关关雎鸠，在河之洲’之类。五字句，若‘谁谓雀无角，何以穿我屋’之类。七字句，若‘交交黄鸟止于棘’之类。其句法，皆起于《三百五篇》也。”姜夔《白石道人诗说》以《关雎》为理想诗风，曰：“喜词锐，怒词戾，哀词伤，乐词荒，爱词结，恶词绝，欲词屑。乐而不淫，哀而不伤，其惟《关雎》乎！”张镃《诗学规范》引杨时语，论鉴赏“体会”中的“想象”，同样以《关雎》为例，曰：“何谓体会？且如《关雎》之诗，诗人以兴后妃之德。盖如此也，须当想象‘雎鸠’为何物，知雎鸠为挚而有别之禽；则又想象‘关雎’为何声，知关雎之声为和而通；则又想象‘在河之洲’是何所在，知河之洲为幽闲远人之地。则知如是之禽，其鸣声如此，而又居幽闲远人之地，则后妃之德可以意晓矣。是之谓体会。”（《龟山语录》）杨时此论可谓旧瓶装新酒，借汉儒旧解，步步深入地描述了“体会”的审美心理过程。

理论源于实践。“《诗》作诗读”的观念正是在“《诗》作诗用”和唐宋诗话以审美眼光说诗艺、论诗学的风气下逐渐形成的。至于“《诗》作诗读”观念史的发展线索，钱锺书有精要的论述。他写道：

……前引《项氏家说》讥说《诗》者多非“词人”,《朱子语类》卷八十亦曰:“读《诗》且只做今人做底诗看。”明万时华《〈诗经〉偶笺·序》曰:“今之君子知《诗》之为经,而不知《诗》之为诗,一蔽也。”贺贻孙《诗触》、戴忠甫《读〈风〉臆评》及陈氏之书(指陈舜百《读〈风〉臆补》),均本此旨。诸家虽囿于学识,利钝杂陈,而足破迂儒解经窠臼。阮葵生《茶余客话》卷十一:“余谓《三百篇》不必作经读,只以读古诗、乐府之法读之,真足陶冶性灵,益人风趣不少。”盖不知此正宋、明以来旧主张也。①

钱锺书的论述表明,“《诗》作诗读”既不是清人的新见解,更不是五四以后今人的新观念,而是宋明以来的旧主张;进而勾勒了“《诗》作诗读”从南宋至明清的发展线索,以及受“《诗》作诗读”观念影响解说《诗经》的代表性著作。项安世与朱熹大致同时,其《项氏家说》卷四有曰:“大抵说诗者皆经生,作诗者乃词人,彼初未尝作诗,故多不能得作诗者之意。”可谓明通之论。《朱子语类》卷八十尚有论读《诗》之法多则,如曰:“读《诗》正在于吟咏讽诵,观其委曲折旋之意,如吾自作此诗,自然足以感发善心。”此外,南宋林希逸曾为严粲《诗缉》作过序,称严氏“能以诗言《诗》”,曰:“余尝得其旧稿五七言,幽深夭矫,意具言外,盖尝穷诸家阃奥,而独得《风》、《雅》余味,故能以诗言《诗》,此《笺》、《传》所以瞠乎其后也。”②在林希逸看来“能做方能评”,而“以诗言《诗》”,或许是“《诗》作诗读”最初的明确表述。

从“《诗》作诗读”的观念史看,“《诗》作诗读”至少包含两层

①钱锺书《管锥编》(第一册),中华书局1979年版,第79—80页。

②转引自刘毓庆《历代诗经著述考(先秦—元代)》,中华书局2002年版,第312页。

意思:一是强调从诗经文本出发,而不是从政教观念的出发,二是“以后人诗法训诂先圣之经”,对诗经文本作审美“细读”。从这一原则看,唐宋诗话对《关雎》的阐释尚大多站在文本之外,往往是点到为止;明清的《诗经》解说者才真正深入到文本之内,并对《关雎》的诗旨诗艺作双重的深入阐发。

五、诗旨诗艺的审美解读

深入《关雎》文本的审美解读,兴盛于明清两代。明代中后期至清代三百年,越来越多的诗话作者和《诗经》研究者,在始于明代的世俗化思潮的影响下,以诗言《诗》,以诗法解《诗》,以审美眼光和文学心灵读《诗》,对《关雎》的诗旨和诗艺作了深入而又精细的阐释,把《关雎》“《诗》作诗读”的接受史推向了新阶段。

首先是《关雎》诗旨的新阐释。新一代的解读者,立足文本,以心换心,把汉儒视《关雎》为“美后妃之德”的经书,径直解读为“君子追求淑女”的情诗。这可以从《牡丹亭》中杜丽娘读《关雎》的情节说起。

杜丽娘读《关雎》,这是一个颇具讽刺意味而在《关雎》接受史上极具标志意义的情境:杜太守要陈最良为杜丽娘讲授“经旨”,《诗经》开首便是“后妃之德”,觉得“四个字儿顺口”,且是家传学问,更希望女儿杜丽娘能从“诗教”中培养出贤淑之德来,于是指示陈最良教杜丽娘学《诗经》。陈先生自然是奉旨行事,一上来教的就是“关关雎鸠”,并大讲了一通“后妃贤达”,“有风有化,宜室宜家”的道理。然而杜丽娘并未从中感受到“后妃之德”的庄严神圣,反而因“关关雎鸠”而“牵动情肠”。汤显祖借贴身丫鬟春香说出了杜丽娘的心事:“小姐呵,为诗章,牵动情肠”,“读到《毛诗》第一章,‘窈窕淑女,君子好逑’,悄然废书而叹曰:圣人之情,尽见于此矣。今古同怀,岂不然乎?”春香的话告诉我们,小姐是因读《关雎》而情致萌动的。在杜丽娘看来,“圣人”也是有情的,这就是君子追求淑女的男女之情;“今古同怀,岂不然乎”,人同此心,心均此理,这是一种古今相通的心灵共鸣。更有甚者,杜丽娘感慨系之地说:“关了的雎鸠,尚有洲渚之兴,可以人而不如鸟乎?”在她看来,雎鸠是雌雄相求,而不是雌雄有别;“兴”也并非以比兴喻教化,而是对男女之情的天然“感兴”。《关雎》被杜太守视为传授“后妃之德”的最佳教本,杜丽娘却直觉地认定这是一首热烈的情歌。

《牡丹亭记题词》曰:“天下女子有情,宁有如杜丽娘者乎?……如杜丽娘者,乃可谓之有情人耳。情不知所起,一往而深。生者可以死,死可以生。生而不可与死,死而不可复生者,皆非情之至也。”杜丽娘的“情肠”为诗章牵动,杜丽娘的“至情”为《关雎》点燃!汤显祖正是通过有情女子杜丽娘这个艺术形象,对《关雎》的“情诗”本质作了独特的文学化阐释。

杜丽娘“《诗》作诗读”,《牡丹亭》提供了充分的文化语境。这位“西蜀名儒,南安太守”的女儿,是一位酷爱诗词文章的多情女子,平日里已读了许多抒写“古之女子,因春感情,因秋成恨”的乐府诗词,也读了不少描写“才子佳人,密约偷期”的言情小说;而且年方二八,正当妙龄,叹息自己“如花美眷,似水流年”,“年已及笄,不得早成婚配”,心中流淌着爱的激情。正因为具有这种“期待视野”和心灵的“前结构”,杜丽娘《小雅》能够透过“后妃之德”的教条,以直觉地认定这是一首热烈的情歌。

杜丽娘的审美直觉,来源于汤显祖的《诗》学观念;而汤显祖的《诗》学观念,则反映了明代的社会文化风气。正如有学者指出:明代中晚期,无论民风还是士风,无论思想领域还是文学领域,都发生了由“崇理”向“崇情”、由高雅向世俗的转变。这样,情感化和世俗化的社会环境,促成了《诗经》学由人伦道德、天理纲常为重心的经学研究,向以人生情怀为基础的文学研究的转变①。《诗经》文学化的文化背景,也是《关雎》“情诗”论的文化语境。冯梦龙《情史叙》说:“六经皆以情教也。《易》尊夫妇,《诗》首《关雎》……岂非以情始于男女?”张次仲《待轩诗记》论《关雎》诗旨也说:“窃谓诗以言情,古今人情不甚相远,以情求之,仿佛可得。”进而认为,《关雎》“味诗语轻盈妩媚,固类闺秀”。

《关雎》写情,前写思之忧,后写得之乐。旧说,或以为写文王的忧喜,或以为写宫人的忧喜。明万历沈守正《诗经通说》,一反陈说,指出:“唯淑女为君子之嘉耦,是以未得不胜其忧,既得不胜其喜。所谓忧之喜之者,不必泥定文王,亦不必泥定宫人,只是爱之重之,而形容无已之词。”所谓“不必泥定”,就是应当把握诗以言情的本质,不泥章句,不泥史实,从普遍的人情入手,方可探得诗之妙趣。清代崔述《读风偶得》更进一解:“细玩此篇,乃君子自求良配,而他人代写其哀乐之情耳。盖先儒误以夫妇之情为私,是以曲为之解。不知情之所发,五伦为最。五伦始于夫妇,故十五国风中男女夫妇之言尤多。”大旨谈情,由《关雎》推向十五国风。可以说,今人关于《关雎》诗旨的情诗说和“《诗》作诗读”的观念,同样是明代以来的旧主张。

其次是《关雎》诗艺的新解说。明清《诗经》学对《关雎》诗艺的解说,比之诗旨的认定更为精细而深入。

《文心雕龙·章句》从写作角度论述了篇、章、句、字的辩证关系;其所谓篇法、章法、句法、字法,也为后世诗文评的文本分析确

①参阅刘毓庆《从经学到文学——明代〈诗经〉学史论》,商务印书馆 2001 年版,第 245 页。

立了思路。明后七子理论家王世贞《艺苑卮言》卷一论“七律之法”，曰：“篇法有起有束，有放有敛，有唤有应，大抵一开则一阖，一仰则一抑，一象则一意，无偏用者。句法有直下者，有倒插者，倒插最难，非老杜不能也。字法有虚有实，有沉有响，虚响易工，沉实难至。……篇法之妙，有不见句法者，句法之妙，有不见字法者。”立足文本的诗艺分析，对明清《关雎》接受者产生了深刻影响。综合诸家之说，《关雎》的诗艺之妙，至少表现在四个方面。

其一，艺术构思上，别出心裁，“翻空见奇”。《关雎》这一特点极为明清评家称道。明代戴君恩《读风臆评》说：“此诗只‘窈窕淑女，君子好逑’便尽了，却翻出未得时一段，写个牢骚忧受的光景；又翻出已得时一段，写个欢欣鼓舞的光景，无非描写‘君子好逑’一句耳。若认做实景，便是梦中说梦。”清代牛运震《诗志》也说：“辗转反侧，琴瑟钟鼓，都是空处传情，解诗者以为实事，失之矣。”透过古朴的诗句，深入诗人的心灵，见出“翻空见奇”、“空中设想”的运思之妙，确为有得之见。

其二，篇章结构上，波澜起伏，文势曲折。翻空见奇的艺术构思，必然形成波澜起伏的篇章结构。明陆化熙《诗通》论《关雎》结构曰：“一意而情词曲折，正是风人妙境。”《关雎》无论作为乐还是作为歌，它都不平衍，不单调。贺贻孙《诗触》曰：“‘求之不得，寤寐思服。悠哉悠哉，辗转反侧’，此四句，乃诗中波澜。无此四句，则不独全诗平叠直叙，无复曲折，抑且音节短促，急弦繁调，何以被诸管弦乎？忽于‘窈窕淑女’前后四叠之间插此四句，遂觉满篇悠衍生动矣。此即后人所谓诗中活句也。”邓翔《诗经绎参》析之更详，曰：“‘流之’、‘求之’，文气游衍和平。至第五句紧顶‘求’字，忽反笔云‘求之不得’，乃作者着意布势，泛起波澜，令读者知一篇用意在此。得此一折，文势便不平衍。下文‘友之’、‘乐之’，乃更沉至有味。”陈继揆《读诗臆补》则进而见出《关雎》的起承转合之法,曰:“诗不论近体、古风,皆要知起承转合之法。以三百篇论之,即如此诗,则第一章首二句是起,三四句是承,第二章是转,第三章是合。”以此说来,则《关雎》并非即口吟唱之作,而是经过一番思索安排功夫“作”出来的。《关雎》全诗,谋篇确是最为周匝。

其三,炼字锻句,妙手天成,意味无穷。凌濛初《孔门两弟子言诗翼》论《关雎》核心,认为:“诗理性请,以此为诗始;然皆根‘窈窕淑女’来,故章章言之。”“窈窕淑女”是全诗重心,也成为阐释的重点,评家从不同角度发掘其组句之妙和在诗中的灵魂地位。牛运震《诗志》曰:“‘窈窕淑女,君子好逑’不平对,错综得妙。若作‘淑女窈窕,君子好逑’,便直致无味。”这是指组句错综之妙。施山《姜露庵杂记》卷六称赞“窈窕淑女”句“善于形容”,曰:“盖‘窈窕’虑其佻也,而以‘淑’镇之;‘淑’字虑其腐也,而以‘窈窕’扬之。”这是说四字塑造出一位美丽而又贤淑的女主人公,宛然如画,德容俱足。张次仲《待轩诗记》引李愚公曰:“‘窈窕淑女’一句,篇中四翻叠咏,总以此人为足重。首章说‘君子好逑’,真有一见跃然,喜不自胜光景。此时即已亲爱快乐,但直接以末章友、乐,趣便索然。翻从昔日未得怀思一段彷徨之景,反复追述,则今日得之,喜乐何能自已!此诗人之文以情生也。”这是指“窈窕淑女”作为全篇核心之句,虽“四翻叠咏”,实“文以情生”,具有反复重叠而又“亲爱快乐”的审美效果。从组句、意蕴到篇中地位,越见越深而言之有据,颇能说诗解颐。

其四,艺术观念上,比兴区分,力求阐明“兴”的审美特质。《文心雕龙·比兴》曰:“毛公述传,独标兴体。”然汉儒说诗,往往以兴为比,混而不分。《毛传》标《关雎》为“兴”体,释之曰:“雎鸠,王雎也,鸟挚而有别……后妃说乐君子之德,无比和谐,又不淫其色，慎固幽深，若关雎之有别焉，然后可以风化天下。”刻意在“挚而有别”上找到二者的相似点和可比性。正如钱锺书指出：“毛、郑诠为‘兴’者，凡百十有六篇，实多‘赋’与‘比’；且命之曰‘兴’，而说之为‘比’，如开卷之《关雎》是。”[①]对汉儒的“以兴为比”，直至清代仍有不少学者为之辩护。

然而，由浑而画，由粗而精，这是思维发展的必然规律。宋人李仲蒙对“赋、比、兴”三义即有精辟阐释，曰：“索物以托情，谓之比；触物以起情，谓之兴；叙物以言情，谓之赋。”所谓“触物”，似无心凑合，信手拈起，复随手放下，与后文附丽而不衔接，非同“索物”之着意经营，理路顺而词脉贯。在这种理论背景下，南宋郑樵开始质疑汉儒的做法，力求将比兴作明确区分。郑樵《诗名物志序》曰：“夫《诗》之本在声，而声之本在兴，鸟兽草木乃发兴之本。汉儒之音《诗》者既不论声，又不知兴，故鸟兽之学废也。”比兴区分的理念直接影响了明清的《关雎》阐释者。张次仲《待轩诗记》援以说《关雎》之“兴”，曰：“郑鱼仲谓：兴者，一时之兴谋而感于心，所见在此，所得在彼，不可以事类推，不可以义理求。故兴之所在，鸳鸯鸤鸠黄鸟桑扈俱可以咏后妃。如必关雎然后可以美后妃，他无与焉，不可以语诗也。观此可以破说诗之固。然兴会感触亦须情与物有关映之处，则滋味深长。”张次仲“情与物有关映之处”与李仲蒙“触物以起情”，以近似的语言揭示了“兴”不同于“比”的审美特质。这也是明清《诗经》学审美自觉的重要标志。

纵观《圣经·雅歌》阐释法，有传统的作神学阐释的“寓意法”和“预表法”，也有近现代以来作审美阐释的“原型批评”和“字义法”。所谓“字义法”，就是摆脱宗教神学的“前见”，直接从作品本

---

①钱锺书《管锥编》（第一册），中华书局1979年版，第65页。

身出发,发掘诗篇的文学价值和世俗性意义。“字义法”的开先河者,是18世纪中后叶的犹太籍学者门德尔松。这派学者旗帜鲜明地指出:《雅歌》之中,除了对世俗爱情的歌颂,再无他物可寻。由此可见,在强调从作品本身出发上,《关雎》的“《诗》作诗读”与《雅歌》“字义法”,有异曲同工之妙;在接受史转向的文化背景上,《关雎》的由伦理向世俗的转变与《雅歌》由神学向世俗的转变,也有异域同风之处。这种跨文化比较的发现,颇耐人寻味。

六、“诗”“经”双解与审美之圆

今人如何读《诗经》?今天如何读《关雎》?是《诗》作诗读?还是《诗》作经读?抑是作“诗”与“经”的双重解读?从百年前的20世纪初,到百年后的世纪之交,学者们的态度出现了微妙的变化。

闻一多是力主“《诗》作诗读”的现代代表。1934年,他在《匡斋尺牍》中,对《诗经》两千多年接受史作了精当的概括和中肯的批评。他指出:

> 汉人功利观念太深,把《三百篇》做了政治的课本;宋人稍好点,又拉着道学不放手——一股头巾气;清人较为客观,但训诂学不是诗;近人囊中满是科学方法,真厉害。无奈历史——唯物史观的与非唯物史观的,离诗还是很远。明明一部歌词集,为什么没人认真的把它当文艺看呢![①]

当代学者把汉代以来的《诗经》接受史分为四个阶段,即“诗经汉学”、“诗经宋学”、“诗经清学”和“现代诗经学”[②]。闻一多的这段

①《闻一多全集》(3),湖北人民出版社1998年版,第214—215页。

②参阅洪湛侯《诗经学史》,中华书局2002年版。

论述可视为一部《诗经》接受史的大纲；同时，这一论述大致可以移评汉代以来的《关雎》接受史。当然，闻一多对明清《诗经》接受史的批评并不全面。根据这一判断，闻一多主张“用《诗经》时代的眼光读《诗经》”：“如果与那求善的古人相对照，你便说我这希求用《诗经》时代的眼光读《诗经》，其用‘诗’的眼光读《诗经》，是求真求美，亦无不可。”①所谓“用《诗经》时代的眼光”，就是未经汉儒经学化的眼光，也就是“用‘诗’的眼光读《诗》”。闻一多所谓“用‘诗’的眼光读《诗》”，同宋代以来“以诗言《诗》”、“以读古诗之法读之”的旧主张是一脉相承的。同时，他也以这种眼光读《关雎》，其《风诗类钞乙》说：“《关雎》，女子采荇于河滨，君子见而悦之。”这同清人方玉润所谓“《关雎》乐得淑女以配君子也”的看法也是一致的。

不过，被现代诗经学奉为新观念的，不是前人“以诗言《诗》”的旧说法，而是闻一多“用‘诗’的眼光读《诗》”的新表达；为《关雎》阐释者称引的，也是闻一多“女子采荇于河滨，君子见而悦之”的看法。闻一多以其一系列诗经学著作，奠定了现代诗经学的基础，也开启了《关雎》接受史的现代新阶段。

《关雎》诗旨的诠释，闻一多之后的主流见解，更明确地认定这是一首描写青年男女之爱的情歌和恋歌。从刘大白的《白屋诗说》到余冠英的《诗经选》，从陈子展的《诗经直解》到高亨的《诗经今注》，从程俊英的《诗经注析》到扬之水的《诗经别裁》等等，无不如此。余冠英写道：“这诗写男恋女之情。大意是：河边一个采荇菜的姑娘引起一个男子的思慕。那‘左右采之’的窈窕形象使他寤寐不忘，而‘琴瑟友之’‘钟鼓乐之’便成为他寤寐求其实现的愿

①《闻一多全集》(3)，湖北人民出版社1998年版，第215页。

望。”[①]余冠英的阐释,隐然可见闻一多的影子,也是对闻一多的衍义。程俊英则直接从闻一多说起。她写道:“这是一首贵族青年的恋歌。闻一多《风诗类钞》说:‘《关雎》,女子采荇于河滨,君子见而悦之。’……这位君子爱上了那位采荇菜的女子,却又‘求之不得’,只能将恋爱与结婚的愿望寄托在想象中。”[②]

不少现代读者,不再仅限于字面诗意的疏解,而是深入文本,别具会心地发掘出古朴诗句中蕴含的深情蜜意。扬之水说“琴瑟友之”,即是一例。她写道:“‘钟鼓乐之’,是身份语,而最可含英咀华的则是‘琴瑟友之’一句。朱熹曰:‘友者,亲爱之意也。’辅广申之曰:‘以友为亲爱之意者,盖以兄友弟之友言也。’如此,《邶风·谷风》‘宴尔新昏,如兄如弟’的形容正是这‘友’字的一个现成的注解。若将《郑风·女曰鸡鸣》《陈风·东门之池》《小雅·车舝》等篇合了来看,便知‘琴瑟友之’并不是泛泛说来,君子之‘好逑’便不但真的是知‘音’,且知情知趣,而且更是知心。”[③]用“知音”、“知情”、“知趣”、“知心”四个“知”来诠释一个“友”字,真可谓淋漓尽致而切理餍心。今人讲爱情,三千年前的古人同样重爱情;从“琴瑟友之”蕴含的深情看,有过之而无不及。这真是我们这个诗的民族的艺术灵感之源。

与此同时,对《关雎》诗艺的阐释也在新的理论背景下不断深化。有的对明清接受者从诗法、文法说《关雎》作系统的总结。1948年,姚莰在《二南解症》中指出,《关雎》一诗在艺术上有“七胜”,即格局之胜、运笔之胜、文法之胜、字法之胜、造词之胜、用韵

①余冠英《诗经选》,人民文学出版社1979年版,第3页。

②程俊英、蒋见元《诗经注析》,中华书局1991年版2页。

③扬之水《诗经别裁》,中华书局2012年版,第5—6页。

之胜和音节之胜；并认为“此诗擅上七胜，情文并茂，所以独有千古”①。今人聂石樵《漫说〈关雎〉》进而概括道：“其声、情、文、义俱佳，足以为《风》之始，三百篇之冠。”②并就上述四个方面逐一作了分析。有的运用艺术思维，力图呈现《关雎》含而不露的艺术意境。1986 年，刘毓庆在《〈关雎〉之新研究》中对《关雎》首章作了诗意的解说：“首章暗点出春天水边的嘉会，‘关关’是春声，‘河洲’是春地，‘淑女’是春眼，‘好逑’是春思。只消数语，便将耳中声、眼中景、意中人、心中情一并托出……‘窈窕淑女’一句，是耀眼处，只为此，便害得许多相思。”③线性的诗句化为立体的画面，无声的语言传出有声的心曲，眼前为之一亮。

经过近百年的“《诗》作诗读”，进入新世纪，一些学者开始对单纯的“《诗》作诗读”进行反思，以为对于《诗经》这部对民族精神和民族性格产生深广影响的文化巨著，不应轻易将其视为普通的“诗歌总集”，而应同时重视其两千多年来“经”的地位和“经”的影响，应当对“诗经”作“诗”与“经”的双重解读。

明确提出这一观念的，是当代《诗经》学者刘毓庆。2012 年，他在《诗经二南汇通》的“弁言”中，对自己三十多年治《诗经》的经历作了回顾和反思：“笔者治《诗》三十余年，初服膺于清儒《诗经》考据之翔实，追慕者若干年；后折腰于闻一多创新之硕，追慕者若干年。私以清儒、闻氏为《诗经》学史上的两座高山，只可仰之，不可越之。后读书日广，所思日深，日久生疑。每见秦汉旧说，以传说为依据；后世新说，则每多研究推求所得。静夜思之，历史本靠传述而示于后世。岂由后世逻辑推导所得？安可以后人的所谓

①转引张树波《国风集说》(上)，河北人民出版社 1993 年版，第 17 页。

②人民文学出版社编辑部编《诗经鉴赏集》，人民文学出版社 1986 年版，第 2 页。

③刘毓庆《〈关雎〉之新研究》，《中州学刊》1986 年第 3 期，第 86—87 页。

‘研究成果’,取代历史传述?故一改前此信清儒、闻氏之作风,对问题重新思考。”①在质疑清儒的“考据”和闻氏的“创新”的同时,他对先前同样倡导的对《诗经》作纯文学研究的偏颇也提出批评,强调绝不能忽略《诗经》作为“经”的意义。他写道:

> 更可注意者,是今人以《诗经》为纯文学之作,要求以文学的眼光读《诗经》,而忽略了《诗经》在两千多年的中国历史上作为经学存在的意义。更不思《诗经》所承载的承传及营造中国文化的使命,决非一部以文学身份出现的“诗歌总集”所能承担。故今读《诗经》,在欣赏其诗韵之美的同时,决不可忽略其作为“经”的意义。②

据此,他的《诗经二南汇通》对诗意的解说,就分为“诗”与“思”、“诗说”和“经说”两个部分。《诗经》的经学意义,百年来被大多数研究者忽视,所以他认为应当特别给予标举③。

那么,在他看来,《关雎》的“诗学”意义和“经学”意义究竟何在?

首先,《关雎》的诗学意义,就是“《诗》作诗读”、《诗》的文学性阅读,它可析而为三。从诗旨看,这是一篇爱情诗,首章写“艳遇”,二章写“求爱”,三章写未得之苦,四章写相思恋之欢,五章写既得之乐;全诗主题,即如《诗序》所说:“乐得淑女,以配君子。”从构思看,为了表现君子淑女相得之乐,诗中虚设了一种情景,即:一位贵族公子邂逅一位端庄娴雅的小姐。他一见钟情,于是害了相思,但又无法马上得到她,刻骨铭心的思念,使他“寤寐思服”、“辗转反侧”。最后,终于在幻境(或梦境)中得到满足。从结构看,此

①刘毓庆《诗经二南汇通》,中华书局2017年版,第1页。

②刘毓庆《诗经二南汇通》,中华书局2017年版,第2页。

③刘毓庆《诗经二南汇通》,中华书局2017年版,第11页。

诗之妙在于“山穷水尽”之地，忽逢“柳暗花明”之景。既感“求之不得”之苦，忽又现琴瑟钟鼓之乐，于幻境中完成了恋爱、成婚的乐事，可谓绝处逢生①。从接受史看，以上见解，实卑之无甚高论。正如论者所说，构思的翻空见奇，结构的曲折变化，“君子”的复杂心理等等，戴君恩、张次仲等明清论者多有体会。

其次，《关雎》的“经学”意义，就是从“思”的角度对诗篇的观念形态、价值取向等问题的讨论，既看到它在历史上对于建构中国文化的意义，也发掘它在当下及未来的意义。据此，《关雎》古今相通的意义，至少有两点。一是发乎情，止乎礼，得“性情之正”。《诗序》说：“发乎情，人之性也；止乎礼义，先王之泽也。”所谓“先王之泽”，即先王的道德观念，也是民族认同的道德观念，它制约着人们的行为，使人把握爱情的尺度。《关雎》表现的爱情，就是发乎情，止乎礼，有分寸的恋爱进行曲。孔子所谓“乐而不淫，哀而不伤”。这种道德观和爱情观，是文明人类应当永远遵循的。二是“正夫妇”的意义。《关雎》表现的是和谐的爱情关系；《毛诗》所谓“后妃悦乐君子之德，无不和谐，又不淫其色”。虽然“后妃”、“君子”之说不见其是，但那种“无不和谐”的气氛是可以感受到的，那种“知音”、“知情”、“知趣”、“知心”的情感也是可以体验到的。《诗序》所谓“风天下而夫妇正”，就是希望化民成俗，让天下夫妇皆能如《关雎》之人。家庭是社会的细胞，夫妇是家庭的根本。“夫妇正了家道就可以兴，家兴了国就可以治，天下也就可以安。风俗归于淳厚，民皆敦于孝敬，这无疑是人所共盼的。这也是《关雎》作为‘经’要承担的文化责任。”②刘氏以大量材料表明，《关雎》的双重经学意义，也是朝鲜、日本、越南等东亚邻国的接受者反

①刘毓庆《诗经二南汇通》，中华书局2017年版，第40页。

②刘毓庆《诗经二南汇通》，中华书局2017年版，第46页。

复强调的。

其实,近年主张对《诗经》以及《关雎》作双重解读,发掘其“诗”与“经”的双重价值,似乎并非个例。1990 年代,骆玉明在一篇《关雎》赏析文章中,表现出同样的接受态度和阐释趣向。他认为,《关雎》是三千年诗歌史上,表现“夫妇之德的典范”。这可以从三个方面见出:一是《关雎》所写的爱情,开始就有明确的婚姻目的,最终又归结于婚姻的美满。这是一种“明确指向婚姻,表示负责任的爱情”;二是男女双方乃是“君子”与“淑女”,表明这是一种与美德相联系的结合,追求的是“体貌之美和德行之善”的完美统一;三是男女双方的恋爱行为具有节制性,“爱得很守规矩”。这种恋爱,“既有真实的颇为深厚的感情,又表露得平和而有分寸”①。据此,骆氏与刘氏一样,赞同《毛诗序》把《关雎》推许为“风天下而正夫妇”的“道德教材”,并作了进一步的阐述。他说:

> 古之儒者重视夫妇之德,有其很深的道理。在第一层意义上说,家庭是社会组织的基本单元。在古代,这一基本单元的和谐稳定对于整个社会秩序的和谐稳定,意义至为重大。在第二层意义上,所谓“夫妇之德”,实际上是指有关男女问题的一切方面。“饮食男女,人之大欲存焉”……饮食之欲比较简单,而男女之欲引起的情绪活动要复杂、活跃、强烈得多,它对生活规范、社会秩序的潜在危险也大得多。所以,一切克制、一切修养,都首先从男女之欲开始。……回到《关雎》,它所歌颂的,是一种感情克制、行为谨慎、以婚姻和谐为目标的爱情,所以儒者觉得这是很好的典范,是“正夫妇”并由此引导广泛德行的教材。②

---

①姜亮夫等《先秦诗鉴赏辞典》,上海辞书出版社 1998 年版,第 5 页。

②姜亮夫等《先秦诗鉴赏辞典》,上海辞书出版社 1998 年版,第 5 页。

骆氏的“道德教材”说与刘氏的“经学意义”说，二者是完全一致的。刘氏所谓“经学意义”，就是指“《诗经》作为‘至道’与‘鸿论’对于人生的指导意义，也就是它作为一种价值观，对于民族行为的规范与制约意义”[①]。

两位当代接受者对《关雎》“经学意义”的阐释，有一个共同特点，即从经典文本出发，又引用《诗序》、《毛传》和《郑笺》的解诗之语，联系现实人生作进一步的发挥。这从一个方面表明：汉儒解经，并非一无是处，其立足经典，立足人生，立足社会的解说之语，有其合理性、真理性和值得发掘的价值。

其实，早在1980年代初，徐复观就提出，应当重新认识《诗序》的价值问题。他在《两汉经学史》中指出：“若认为《诗》序为有价值，不等于说每一序皆无瑕疵；若认为无有价值，不等于说每一序皆无意义。最重要的是应当看出作《诗》序者的用心所在。”[②]可以说，这是今人对待《诗序》、《毛传》和《郑笺》应遵循的一条重要原则。根据这一原则，徐复观认为，那些“与诗的文义相切合”的“诗序”，至少有三方面的价值。

第一，“藉《诗》序以明《诗》教”。他说：“周公作诗，本以作教诫之用。……此即所谓古人的《诗》教。我在这里应首先点明的是，作《诗》序者的用心，乃在藉《诗》序以明《诗》教。……每一《诗》序，都有教诫的用心在里面，此之谓藉《诗》序以明《诗》教。”[③]中国的“诗教”传统，即由《诗》和《诗序》两部分构成。《诗序》的意义在于点“明”诗教、阐“明”经义；离开《诗序》，诗教的传统不完整，诗教的功能就难以有效实现。这就是“藉《诗》序以明

①刘毓庆《诗经二南汇通》，中华书局2017年版，第43页。
②徐复观《徐复观论经学史二种》，上海书店出版社2005年版，第106页。
③徐复观《徐复观论经学史二种》，上海书店出版社2005年版，第106—107页。

《诗》教"的真义和价值所在。

第二,藉《诗》序以表达"教勉之意"。清人程廷祚《诗论》说:"汉儒言诗,不过美刺二端。"其实,无论"美刺比兴",还是"主文谲谏",都是旨在向帝王指出"教勉之意",而不是"歌功颂德"。徐复观以《关雎》为例,论曰:"且《关雎》毛《诗》序以为咏后妃之德,三家《诗》则以为刺康王宴起之诗,合而观之,则正是思后妃之德,以刺康王宴起,知周室将衰,与《诗》序的基本用心正合。"①总之,据《诗序》可知,在政治上为统治者歌功颂德,无论如何是为中国"诗教"所不容的。

第三,藉《诗》序以明《诗》之本事。确如徐复观所说:"许多诗,赖《诗》序述其本事,而使后人得缘此以探索诗的历史背景、社会政治背景,更为对诗义的了解,提供一种可以把握的线索,这与《诗》教互相配合,也有莫大的价值。"②

从世纪之交《诗经》接受取向的转变看,徐复观重申"《诗序》价值",不妨视为当代接受者重视《关雎》"经学意义"的前奏。

《关雎》是中国诗歌史上体现"温柔敦厚"美学理想的第一情歌。纵观接受史,其经典品格和文化影响至少表现在三个方面:这是一曲痛苦而甜蜜的爱情之歌;这是一曲终成眷属的团圆之歌;这又是一曲夫妇和谐的幸福之歌。从孔子的"整体性阅读",到汉儒的"《诗》作经解",从明清及现代的"《诗》作诗读",再到当今"诗"与"经"的解读取向,《关雎》两千五百年接受史,形成一个审美之圆。

诗作为语言的艺术,是最富于精神性和思想性的艺术,这是"经学意义"即"思想意义"产生的文本根源;同时,没有经典我们

①徐复观《徐复观论经学史二种》,上海书店出版社 2005 年版,第 107 页。
②徐复观《徐复观论经学史二种》,上海书店出版社 2005 年版,第 107—108 页。

将停止思考,没有阐释经典将失去意义,经典和对经典的阐释都是传统,这是经学历史的价值之所在。更为本质的是,诗是塑造民族精神和民族性格最重要的手段,文学接受史就是民族精神的传播史,也是民族性格的塑造史。由此看来,是否应当超越非“经”即“诗”或非“诗”即“经”的接受偏向,从民族的文化传统出发,从《诗经》的接受传统出发,完整地汲取前人的接受智慧,对包括《关雎》在内的“三百篇”作“诗”与“经”双重解读,这是每一个《诗经》接受者可以思考的问题,也是每一个古典文学接受者可以思考的问题。

经典的沉寂与发现：李白《古风》唐宋接受史论略

尚永亮　谷维佳

《古风》五十九首是李白创作的一组重要诗作，但其在唐宋两代的接受过程却沉寂而缓慢。考察唐宋《古风》接受史的历时性演变，以及受众“古风”观变迁对其接受方式、方向、效果的影响，是李白研究的一个重要方面。但目前学界还少有人对此展开接受史层面的专论，台湾学者杨文雄的《李白诗歌接受史》①，侧重李白《古风》对前人接受的研究，而对其在后世的被接受却不曾论及；王红霞《宋代李白接受史》②虽涉及朱熹的《古风》评点，但对其特殊意义的认知似有一间之隔。有鉴于此，本文试图就此一问题作些考察，既勾勒《古风》在唐宋时期的接受脉络，发掘其内在意蕴，也尽可能地补足其缺失环节。

①杨文雄《李白诗歌接受史》，五南图书出版公司，2000年，第395—399页。
②王红霞《宋代李白接受史》，上海古籍出版社，2010年，第199—209页。

一、接受方式变迁与重要节点

唐宋时期对李白《古风》的接受,大致分为三个节点:先为晚唐贯休、宋人田锡等人的同题仿作以及员兴宗之戏作,次为五代后蜀韦縠《才调集》和北宋姚铉《唐文粹》的编选,终为南宋葛立方特别是朱熹等人的评点。从仿作到编选再到评点,呈现出既有交叉又步步深入的接受进程。

(一)仿作与戏作:诗歌创作层面的继承模仿

李白之后,韩愈有杂言《古风》一首,李绅《悯农》也曾题为《古风》。虽题目相同,但其语言、内容及艺术手法,均与李白《古风》相去甚远。到了晚唐,作者渐多,《唐语林》卷二《政事下》谓:"张维、皇甫川、郭鄠、刘庭辉,以古风著。"[①]可略见一时情形。据《宋史》卷二〇八《艺文七》载:刘驾、李殷、于濆各有"《古风诗》一卷",曹邺"《古风诗》二卷"[②]。只是这些题名《古风》的诗集,不见于《新唐书·艺文志》,很有可能为宋人裒集编纂而成,故存而不论。

值得重视的,是晚唐诗人贯休(832—912)所作《古风杂言》二十首[③],其中包括五言为主的《古意》九首,杂言十一首。《古意》九首从语言、内容到风格特征,均呈现出对《古风》明显的模仿痕迹。首先,吸收借鉴了大量李白《古风》中的词语,如"一笑双白璧,再

①王谠撰,周勋初校证《唐语林校证》卷二,中华书局,1987年,第157页。

②《宋史》第十六册卷二〇八《艺文七》,中华书局,1977年,第5342—5343页。

③贯休著,陆永峰校注《禅月集校注》卷二,巴蜀书社,2016年,第21—29页,下引贯休《古意》诗句皆出此本。惜此本删去了卷二后的"古风杂言"字样,不利于直观了解各卷诗歌的归类,中华再造善本续编本《禅月集》(国家图书馆出版社,2013年)保留原貌,可参看。

歌千黄金”(李白)——“我有双白璧,不羡于虞卿”(贯休);“归来广成子,去入无穷门”(李白)——“唯寻桃李蹊,去去长者门”(贯休);“金华牧羊儿,乃是紫烟客”(李白)——“莫见守羊儿,谓是初平辈”(贯休);“清风洒六合,邈然不可攀”(李白)——“是何清风清,凛然似相识”(贯休)。其次,句子结构也有相同处,如“人生非寒松,年貌岂长在”(李白)——“人生非日月,光辉岂长在”(贯休);“秋花冒绿水,密叶罗青烟”(李白)——“红泉浸瑶草,白日生华滋”(贯休)……如此等等,不一而足。稍加寻绎,即不难发现二者间的内在关联。当然,贯休《古意》对李白《古风》的接受,更多的是整体糅合后的一种吸收借鉴,而非单篇一对一的简单模仿,诸如《美人如游龙》篇,即融合了李白《古风》其四十九《美人出南国》与二十七《燕赵有秀色》对美人形象和结局的描写;《阳乌烁万物》篇,更是吸收了李白《古风》其二十、二十五、四十、四十五、四十七多篇诗句诗意,重新组合而成。对此细加体察,会有不少新的发现。

宋初田锡(940—1004)以实际创作追摹李白《古风》,其《咸淳集》现存诗歌中,“古风歌行”从卷十七到卷二十,共四卷四十五首,整体追求清真的格调,其中卷十七《拟古》十六首,从语言到风格与李白《古风》极为贴近,一脉相承。史浩有《古风》四首,另加标题《颐真》《云壑》《月岩》《善渊》,虽为写景,却有古味,得李白《古风》神韵。苏轼有《古风》一首,“俯仰凌倒景”[①]等句,在内容、风格上颇得李白《古风》游仙诗之精髓。惜乎三人均未明确提及其创作与李白《古风》之关系。与之相比,员兴宗的戏作就直接明朗了不少。其《李太白〈古风〉高奇,或曰:能促为竹枝歌体,何如?

①苏轼著,冯应榴辑注,黄任轲、朱怀春校点《苏轼诗集合注》卷四七,上海古籍出版社,2001年,第2341页。

戏促李歌为数章》，用竹枝歌体把李白《古风》中的《黄河走东溟》《天津三月时》《郢客吟白雪》《郑客西入关》四篇由五言古诗压缩改编成了七言绝句。这组诗歌，从诗意、用典到遣词造句，皆明确祖太白《古风》而来，全用《古风》中语进行剪裁压缩，很少自创新句。这样的仿作和改制，虽只能称为游戏笔墨，却丰富了对李白《古风》的接受方式，一定程度上扩大了《古风》的影响。

（二）从《才调集》到《唐文粹》：选本标准的变化和接受程度的加深

别集、选本是诗人诗作得以广泛传播的重要载体。不幸的是，唐人魏万、李阳冰、范传正所编李诗全本迄今全部散佚，现存四种选入李诗的唐人选本中，只有殷璠（盛唐时人）《河岳英灵集》和韦縠（五代时人）《才调集》收录了《古风》之作。然而，前者虽收有《庄周梦蝴蝶》一篇，却题作《咏怀》而非《古风》，这就在影响力上打了折扣；相较之下，后者明确以"《古风》三首"为题，堂堂正正地亮出了招牌，成为迄今所见最早连选《古风》三诗且以"古风"为题的唐诗选本，这就有了标识性和集中度，因而特别值得重视。《才调集》所收三诗，分别为《泣与亲友别》八句①，《秋露如白玉》②、《燕赵有秀色》两篇。韦縠为何选这三首，而不选

①《昔我游齐都》篇的分合颇有争议，两宋本作三篇，分别是"昔我游齐都"十句，"泣与亲友别"八句，"在世复几时"十二句，刘世教本注："是篇世本具作一首，宋本作三，今从之。"咸淳本分为两篇，"泣与亲友别"与"在世复几时"合为一篇。杨萧本将三者合而为一，王琦本、《唐宋诗醇》、瞿朱本、安旗本均从之。明胡震亨《李诗通》、清王士禛《古诗笺》把"昔我游齐都""泣与亲友别"合为一篇。朱谏将"昔我游齐都""在世复几时"合为一篇。韦縠《才调集》选"泣与亲友别"八句为一首。朱熹论及《古风》"多为人所乱，有一篇分为三篇者，有二篇合为一篇者"，似指此诗，然惜未深论。

②各家李诗版本，唯《才调集》和"咸淳本"作"如白玉"，余皆作"白如玉"。

最为后人看重的《古风》首篇《大雅久不作》，也不选在后世选本中入选频率较高的《西上莲花山》《大车扬飞尘》等篇？或与《才调集》编选标准独钟中晚唐温丽秀美的诗风有关，其自序明确选诗标准为“韵高而桂魄争光，词丽而春色斗美”[①]，所选《古风》三首，尤其是《秋露如白玉》《燕赵有秀色》两篇，韵致高雅，清丽秀美，是符合这一审美倾向的。由此，也可见出晚唐文学审美风气对李白《古风》接受趋向的影响。

真正使李白《古风》走入人们接受视野的是《唐文粹》的编选。从初盛唐到中晚唐，姚铉（967—1020）共选十六家诗人六十四首作品，汇编入“卷第十四上诗五”，总题曰“古调歌篇一《古风》”。兹按顺序摘录如下：

> 李白《古风》十一首，王绩《古意》三首，道士吴筠《览古》十四首，贺兰进明《古意》二首，释贯休《古意》九首，李涉《咏古》一首，卢仝《感古》三首，贾岛《古意》一首，释皎然《效古》一首，吕温《古兴》一首，刘禹锡《讽古》二首，白居易《续古诗》十首，孟郊《古意赠补阙》一首，祖咏《古意》二首，陆龟蒙《古意》一首，李白《古意》一首，权德舆《古兴》一首。[②]

由上可知，姚铉所选诗题中皆含“古”字，直观地体现了其“以古为纲”的选编准则。这些诗歌多以五言为主，重视讽谏，言多比兴，颇有古意。从内容看，或以古今对比穷究天人之理，探寻兴亡变化之道；或以历史人物遭际表达富贵无常、荣辱无定、祸福难料之慨；或以香草美人喻君恩难求，贤士见弃之感，是李白《古风》的自然延续。从风格看，继承儒家中正平和、温柔敦厚的诗教传统，

---

①韦縠辑，殷元勋注，宋邦绥补注《才调集补注》，据清乾隆五十八年宋思仁刻本影印原书。

②姚铉《唐文粹》卷十四（上），光绪庚寅秋九月杭州许氏榆园校刊本。

整体上较为克制,浑厚温婉,与李白《古风》多有相似处。从语言、意象看,尽力淡化斧凿痕迹,摒弃浮艳华丽之风,追求清真自然,意象偏清新明丽之景,色调以雅致冷淡为主,契合李白《大雅久不作》篇所谓“绮丽不足珍”“垂衣贵清真”①的诗学追求。从诗中人物和用典看,多用历史典故,尤以历史人物为主,如吴筠《览古》中的尼父、巢由、子胥,卢仝《感古》中的箕子、比干、苏秦,祖咏《古意》中的楚王、夫差等,皆为上古三代高士,与李白《古风》中频繁出现的庄周、鲁仲连、郭隗等显示出高度的一致性。就此而言,这些入选诗作体现了古朴、厚重、平实、淡雅的特点,具有诗歌风格的整体性和统一性,使受众易于形成所选诗歌属同一类型的认同感。编选者在选择诗人作品时显然注意到了这一点,这是姚铉以“古风”为这类诗歌命名的一大要因;但更重要的是,他将这类诗歌的肇始者确定为李白,而且把李白《古风》放在最显要的打头位置,连选了十一篇作品,这不能不说是对李白此类诗作的一个大力彰显。某种意义上,他既借此展示出其尚古态度和复古倾向,又为李白此类诗作了一个大大的广告,使后来者只要涉足古题古意,便无法越李白《古风》而过之。

(三)由偏误到矫正:朱熹评点的奠基意义

目前所见,唐代尚无对《古风》直接评点的资料传世。宋初最先论李白而涉及“古风”概念者是田锡。其《贻陈季和书》曰:

> 夫人之有文,经纬大道。得其道则持政于教化,失其道则忘返于靡漫……若豪气抑扬,逸词飞动,声律不能拘于步骤,鬼神不能秘其幽深,放为狂歌,目为古风,此所谓文之变也。

①李白《古风》引文出自清末聚锦堂藏王琦《李太白文集辑注》卷二,并结合中华书局2011年校注整理过的《李太白全集》和两宋本。下引《古风》诗句除特殊情况,不再另注。

李太白天付俊才,豪侠吾道。观其乐府,得非专变于文欤?[①]

这里,“古风”是一个泛指的概念,并非专指《古风》五十九首,由“观其乐府”可知,他所说的“文之变”“变于文”,主要指李白那些乐府诗作。所谓“豪气抑扬,逸词飞动”“放为狂歌,目为古风”,似与《古风》五十九首的整体格调不相吻合,也与李白在《古风》中表现的复古倾向和诗学追求不尽一致。这只要看看《古风》首篇“大雅久不作,吾衰竟谁陈?”“王风委蔓草,战国多荆榛”“正声何微茫,哀怨起骚人”“我志在删述,垂辉映千春”等诗句,即可明显感知到李白以复归《风》《雅》为己任的创作旨趣了。事实上,《古风》五十九首从整体上大都展示出一种雍容和缓的基调,较少出现“豪气抑扬,逸词飞动”的情况。就此而言,田锡这段评说,虽然涉及“古风”一词,却并非对李白《古风》的准确评价。

与田锡相比,南宋初葛立方(?—1164)的相关评说更具针对性。在《韵语阳秋》中,他曾数次发表对李白《古风》的看法:“李太白、杜子美诗皆掣鲸手也。余观太白《古风》、子美《偶题》之篇,然后知二子之源流远矣。李云:‘《大雅》久不作,吾衰竟谁陈!《王风》委蔓草,战国多荆榛。’则知李之所得在《雅》。”[②]“李太白《古风》两卷,近七十篇,身欲为神仙者,殆十三四:或欲把芙蓉而蹑太清,或欲挟两龙而凌倒景,或欲留玉舄而上蓬山,或欲折若木而游八极,或欲结交王子晋,或欲高挹卫叔卿,或欲借白鹿于赤松子,或欲餐金光于安期生。岂非因贺季真有谪仙之目,而固为是以信其说邪?抑身不用,郁郁不得志,而思高举远引邪?”[③]这两段议论,

①田锡著,罗国威校点《咸平集》卷二,巴蜀书社,2008年,第32页。

②葛立方《韵语阳秋》卷三,上海古籍出版社,1984年,据上海图书馆藏宋刻本影印原书。

③同前注,卷十一。

一方面为李白《古风》寻找到了久远的源头，谓其“所得在《雅》”，另一方面又不无偏颇地认为这些诗作多游仙之词，是李白主观上对“谪仙”称谓的自我强化。当然，他同时也提出另一种解释，即在这些貌似游仙的作品背后，也许深藏着作者“郁郁不得志”的现实情怀。细味葛氏上述意见，尽管尚未尽善，但毕竟已接触到了《古风》的几个重要特点，为稍后朱熹的评说作了先期铺垫。

或许受到葛立方看法的影响，朱熹（1130—1200）的《古风》评点在准确度和深度上有了大幅升进，并对田锡的偏误认识起到了根本性的矫正作用。其观点约有如下几端：

> 李太白诗不专是豪放，亦有雍容和缓底，如首篇《大雅久不作》，多少和缓！
>
> 张以道问：“太白五十篇《古风》不似他诗，如何？”曰：“太白五十篇《古风》是学陈子昂《感遇诗》，其间多有全用他句处。”
>
> 李太白诗非无法度，乃从容于法度之中，盖圣于诗者也。《古风》两卷多效陈子昂，亦有全用其句处。太白去子昂不远，其尊慕之如此。然多为人所乱，有一篇分为三篇者，有二篇合为一篇者。①
>
> 且以李杜言之，则如李之《古风》五十首，杜之《秦蜀纪行》《遣兴》《出塞》《潼关》《石濠》《夏日》《夏夜》诸篇……亦

①朱熹著，朱杰人等主编，郑明等校点《朱子全书》（修订本）（第十八册），《朱子语类》（五）卷一百四十《论文下·诗》，上海古籍出版社、安徽教育出版社，2010年，第4323页。朱熹为何会以“雍容和缓”评价李白《古风》，王红霞认为与其理学家的身份所带来的内敛、温厚的气质有关，此论颇有合理处，可为参考（《宋代李白接受史》，上海古籍出版社，2010年，第201—202页）。

自有萧散之趣，未至如今日之细碎卑冗无余味也。[①]

这些论说，都注意到了李诗不专主豪放飘逸，而是还有"雍容和缓"的一面。朱熹所举《大雅久不作》，正是这种和缓诗风的代表。平实而论，这一观点是准确的，是深具慧眼的，在此前的评点中，似尚无人明确认识到这一点。在朱熹看来，太白尊慕子昂，其《古风》学的是《感遇》，这就为其找到了一个近源；这类诗与杜甫的一些古体名篇一样，均具"萧散之趣"，能令人从中体悟到言外之"余味"。从这一角度出发，他还指出李诗非无法度，而是运用随心，消弭于无形，这是李白圣于诗的表现。以"法度"和"圣"论李白而非杜甫，也是朱熹的创见。进一步看，朱熹指出了《古风》的文本错乱问题，认为这种错乱是后人所为，虽未明言错乱的具体文本为何，但就其"一篇分为三篇，二篇合为一篇"的说法，结合《才调集》、"两宋本"来看，几可确指其二十《昔我游齐都》篇。而由文本的错乱，又间接引出篇数不定的问题，从而使《古风》文本的不确定性凸显出来。

朱熹对李白《古风》是非常熟悉的，对其内涵也有深入的体悟。据稍后于他的罗大经记载：

公尝题广成子像云："陈光泽见示此像，偶记李太白诗云：'世道日交丧，浇风变淳源。不求桂树枝，反栖恶木根。所以桃李树，吐花竟不言。大运有兴没，群动若飞奔。归来广成子，去入无穷门。'因写以示之。今人舍命作诗，开口便说李杜。以此观之，何曾梦见他脚板耶？"[②]

---

①《朱子全书》（修订本）（二十三册），《晦庵先生朱文公文集》（肆）卷六四《答巩仲至》，2010 年，第 3095 页。并见罗大经《鹤林玉露》卷六甲编《朱文公论诗》校勘记，中华书局，1983 年，第 116 页。

②罗大经《鹤林玉露》卷六甲编《朱文公论诗》，中华书局，1983 年，第 113 页。

这里所录诗，是《古风》中的第二十五首，表面上看，似与广成子遁世求仙相关，但深一层看，透露的却是诗人对“世道日交丧”的无比愤慨之情。“不求桂树枝，反栖恶木根；所以桃李树，吐花竟不言”，以比兴手法出之，讽谕当世，余味曲包，给人留下多少警醒和启示！正是看到了这一点，朱熹才在观友人所示广成子像时将此“偶记”之作表而出之，并直斥今人虽口称李杜，却未得李杜真精神，谓其“何曾梦见他脚板耶?”某种意义上，朱熹对李白的称赞，是以他对李诗的真切体察为基础的，是有着强烈的现实针对性的，同时，这段记述，也适可成为前引评点的某种印证。

朱熹之后，刘克庄（1187—1269）、方回（1227—1305）等对《古风》亦有所论及。刘克庄延续了朱熹的观点，认为《古风》源自陈子昂《感遇》：“太白《古风》……与陈拾遗《感遇》之作笔力相上下，唐诸人皆在下风。”①更晚的方回则认为《古风》是学《选》体的结果：“太白初学《选》体，第一卷《古风》是也。”②比之朱熹，二人所论新见无多，只是在前者基础上的延续和发挥而已。

二、唐宋接受中“古风”观的变迁

唐宋《古风》接受方式和节点变化，根植于时人创作和“古风”观的变迁，在仿作、编选、评点三个层面互相影响，呈现出由偏误到矫正，由浅显到深入，由模糊到清晰的特征。

“古风”一词，中古时期已经出现，其义皆指太古之风、古朴之风，且多用以评人。到了唐代，“古风”始与诗文创作发生关联，人们对其内涵的理解，也开始多样化起来。据《唐摭言》载，“孟

①刘克庄《后村诗话》前集卷一，中华书局，1983年，第8页。

②方回《桐江集》卷五，宛委别藏本，江苏古籍出版社，第329页。

郊……工古风,诗名播天下";"王贞白、张蠙律诗、赵观文古风之作,皆臻前辈之阃域者也";"刘驾与曹邺为友,俱攻古风诗"[①]。这里的"古风",似已专指特定的诗歌类型,即与今体律诗相对的古体诗,除其风格古朴、真淳,形式上不拘格律、可以自由抒写外,在内容上也与风雅比兴挂起钩来。如宝应二年,唐代宗在写给刘晏的制词中,就说他"词蔚古风,义存于比兴"[②];《旧唐书·李翱传》载李翱奏状,批评当世"为文则失《六经》之古风"[③],即将是否合乎"比兴"之法、发扬"《六经》"之旨视为"古风"的一个基本义项。这种情形,在中晚唐诗人的作品中表现得就更明显了。

考察此期诗人们对"古风"的认识,大多与李白所倡诗旨相契合。这可从涉及"古风"一词的诗句一窥其貌。王鲁复《吊韩侍郎》"星落少微宫,高人入古风。几年才子泪,并写五言中"[④],将五言视为古风诗歌的主要语言样式;刘驾《送人登第东归》"见诗未识君,疑生建安前……我皇追古风,文柄付大贤"[⑤],以建安前诗为标准判断所作古诗是否具有古风精神;姚合《赠张籍太祝》"古风无手敌,新语是人知"[⑥]、齐己《览延栖上人卷》"今体雕镂妙,古风

---

①王定保《唐摭言》卷十、卷七、卷四,中华书局,1960 年,第 116、74、50 页。按:"张蠙律诗",原作"张蠙诗",据李昉《太平广记》卷一八四《贡举七》引《摭言》改。

②王钦若等编修,周勋初等校订《册府元龟》卷七三《帝王部·命相第三》,凤凰出版社,2006 年,第 787 页。

③《旧唐书》卷一六〇《李翱传》,中华书局,2000 年,第 2865 页。

④彭定求等编《全唐诗》第 7 册,卷四七〇,中华书局,1960 年,第 5346 页。

⑤刘驾著,江标编《刘驾诗集》一卷,湖南灵鹣阁清光绪二十一年(1895)刻本。

⑥姚合著,吴河清校注《姚合诗集校注》卷四,上海古籍出版社,2012 年,第 218 页。

研考精"[①],认为"古风"是与"今体""新语"相对而言、同时而生的概念;郑谷《访题进士张乔延兴门外所居》"近日文场内,因君起古风"[②]、李中《和昆陵纠曹昭用见寄》"还往多名士,编题尚古风"[③],注意到了当世追慕古风的热潮,文人编题"崇尚古风"的风气在晚唐文场得以复兴;李中《览友人卷》"初吟尘虑息,再詠古风生。自此寰区内,喧腾二雅名"[④]、杜荀鹤《读友人诗》"君诗通大雅,吟觉古风生"[⑤],皆追踪溯源,将"古风"与《雅》诗关联起来;李咸用《览友生古风》"分明古雅声,讽谕成凄切"[⑥],更将讽谕之旨和凄切之调视为这类源于雅诗之作的传统。此外,从上述引诗还可看出,无论是对人还是对诗,称其"有古风"或"得古风"乃是一种赞美性的正面评价。从语言风格、艺术手法到追根溯源各方面,唐人对古风诗歌的认识,及对当时文场复归古风思潮的直观感知,都是比较敏锐且有见地的。这些认识虽皆产生于李白《古风》之后,与李白"古风"观和《古风》五十九首整体风格相契合,但因未明确提及与李白《古风》之关联,我们还难以将二者简单地捆绑在一起。不过,有一点倒是可以确定的,即至迟至晚唐诗人张祜(约785—

①齐己著,王秀林校著《齐己诗集校注》卷二,中国社会科学出版社,2011年,第111页。

②郑谷著,严寿澄、黄明、赵昌平笺注《郑谷诗集笺注》卷一,上海古籍出版社,2009年,第62页。

③李中《碧云集》三卷,卷下,《唐诗百名家全集》,席氏琴川书屋清康熙四十一年(1702)刻本;席素威清光绪八年(1882)后印。

④李中《碧云集》三卷,卷中,《唐诗百名家全集》,席氏琴川书屋清康熙四十一年(1702)刻本;席素威清光绪八年(1882)后印。

⑤聂夷中、杜荀鹤《聂夷中诗杜荀鹤诗》,中华书局,1959年,第47页。

⑥李咸用著,江标编《唐李推官批沙集》六卷,第二卷,《唐诗百名家全集》,席氏琴川书屋清康熙四十一年(1702)刻本;席素威清光绪八年(1882)后印。

849?)之时,李白的此类诗作似已冠以“古风”之名,张祜也读到了其中的一些作品。其《梦李白》有言:“我爱李峨嵋,梦寻寻不见……匡山夜醉时,吟尔《古风》诗。振振二雅具,重显此人词。”① 这里,张祜由读李白“《古风》诗”,既表达了对其人的追慕,也揭示了此类诗作对“二雅”的承接。由此反观前引中晚唐人有关“古风”的诗句,则其以五言为主,上溯风雅,崇尚复古而志在讽谕的“古风”认知和创作旨趣,已昭然可见。

唐人对“古风”的这种认识,在宋初田锡这里发生了一定程度的偏移和泛化。田氏在“目为古风”的论点下举李白乐府为例,而不选《才调集》中即已定名为“古风”的《古风》五十九首,以及《咸平集》中“古风歌行”四卷混编的做法,皆缘此而致。到了稍后的姚铉这里,田锡的偏误方得以纠正。姚铉编选《唐文粹》,将关注点放在《古风》五十九首,在“古风卷”编次中“以古为纲”,抓住了古风诗歌的精髓,使其“古风”观得以明确展现。从其入选作者、篇目、数量诸方面综合考察,可以得出如下几点初步认识:其一,入选诗篇题目中皆含“古”字;其二,所选诗人从初唐王绩、祖咏,到盛唐李白,再到中唐孟郊、权德舆、刘禹锡、白居易,最后到晚唐陆龟蒙、贯休,形成一条古风诗的创作主线,大致涵盖了唐诗发展的几个阶段;其三,盛、中唐无论诗人数量,还是入选篇数,都大大超过初、晚唐,这与唐诗发展的整体态势相当,也表明编选者以盛、中唐为重心的倾向;其四,姚铉把李白《古风》置于首位,其余诗人大体按生活时代先后为序,并把李白《古意》也编排于后,极有可能是为了照应总题名中的“古风”二字,隐射“古风自

①张祜著,尹占华校注《张祜诗集校注》卷第十,巴蜀书社,2007年,第532—533页。

李白始"[①]的观点;其五,诗人诗作能否入选"古风"卷,除以题目中是否包含"古"字为准则外,更重要的是从内容、主旨到艺术手法诸方面看其是否与李白《古风》相契合,李白《古意》的入选即证明了此点。如此看来,姚铉从"古题""古意"两方面着眼,秉持"以古为纲"的原则,选取唐诗各阶段最能代表古风精神的诗人诗作,以编选方式间接地展示了其"古风"观。

相较于"仿作"和"选编"在接受上的间接性来说,知名诗人的"评点"更加直接明确,对诗歌价值的发掘和接受方向的导向作用更大。朱熹的"古风"观是在评点李白《古风》时展示出来的,既精审公允,又新颖独到:从近源看,《古风》来自《感遇》,与陈子昂一脉相承;从风格看,雍容和缓,而非专是豪放;从内容看,多有寓目现实、抒写怀抱者;从手法看,从容于法度之中,有规可依;从艺术造诣和效果看,则属圣于诗者,饶有余味。这些意见,如散点透视,从不同方面概括出李白《古风》的几大特征,使人真正认识到了此类作品在李诗中的特殊面目和独有价值,具有《古风》接受史的奠基意义。如果将考察的视线再向后延伸,可以发现,元明清人如刘履、朱谏、胡震亨、陈沆诸家对《古风》的评价,几乎都沿着朱熹指点的方向细化、深化,而少有大变异者。由此,也可见出朱熹评点的导向功用。

三、《古风》接受史之特殊性及相关启迪

《古风》从产生到真正走入诗人及评论家视野,其价值由沉寂到渐次呈现再到被人重视,大约持续了 300 余年。考察此一接受

---

①李白之前并未见以"古风"二字作为单篇或组诗题目者,自李白《古风》之后,才有了以《古风》为题的现象,此点在学界已得到广泛认同。

过程，其特殊之处约有两端：

一是相较于李白隆盛的诗名，《古风》五十九首接受速度缓慢，潜藏期较长，出现了长时段的评点空白。直至朱熹等人，才真正以“评点”的方式揭橥其价值。究其原因，除唐人所编数种李白集过早散佚[①]、后人难睹其最初面目外，《古风》五十九首本身雍容和缓、清真雅正、似乎略显低沉消极的整体格调，与受众群体所熟知并偏爱的李白昂扬激烈、豪放飘逸的主体风格相去甚远，以致掩盖在李诗众多名篇璀璨夺目的光环之下而为人忽略，得不到应有的重视。这是其接受过程缓慢，价值发现较晚的最重要因素。

二是诗人对其所看重作品的期待，与受众接受效果之间，在较长时间段内存在“错位”现象。毫无疑问，《古风》五十九首是李白极为重视的一组大型诗歌，承载了其中、晚年以诗垂名的宏愿。组诗首篇《大雅久不作》开宗明义：“我志在删述，垂辉映千春。”表明诗人想要以此留名千古的宏愿。但诗人自身的重视并不意味着受众接受方向和效果的同步，这期间的“评点空白”及宋初田锡的偏误认知，即显示了诗人期望与读者接受之间的错位。

究其原因，这种情形又与唐宋时人抑李扬杜的诗学评价有关。李杜诗歌捆绑式的对立品评肇始于唐时元稹、白居易，至北宋王安石等人杜优李劣的舆论造势，此风变得更加炽热。对立式的评价方式必然诱发对诗人主导风格的过分强调，而相对忽视了脱离主导风格之外的其他作品，并最终导致对李杜诗歌评价的标签化倾向。诸如杜为“诗圣”、李为“诗仙”，“杜诗沉郁顿挫”“李诗豪迈

①唐人魏颢、李阳冰、范传正所编李诗全本尽皆散逸，以“古风”为题选李诗者只有《才调集》一种。目前所见李白《古风》五十九首最早的全本是两宋本，虽经过曾巩考订次序，李诗面目自此始治，然亦自此始乱，已远非唐人所编李诗全本旧貌。

飘逸”这类标签式、印象式的单一评价，对迥异于李诗主导风格的《古风》组诗，起到了很大程度的遮蔽作用，以致大批受众往往受其影响而不自觉。“千秋万岁名，寂寞身后事。”杜甫的话，用在《古风》接受史上，倒是很贴切的。

《古风》五十九首唐宋时期特殊的接受历程，给我们以多方面的启迪：首先，在对诗人主导风格认知的同时，更要关注知名诗人的小众另类诗歌，尤其是诗人自身比较看重的作品，以避免后者为前者遮掩的“灯下黑”现象。其次，受众群体对诗人某种诗风的集体认同易于形成强大的惯性力量，在这种力量的推涌下，后来的接受者往往形成“接受盲区”，只有在某个历史节点，出现有识见、有影响力的评说者揭破其面目，才会使这部分作品真正走入接受者的视野。第三，这位有识见、有影响力的评说者，对深入认知某一接受对象所起的作用和效果，可能远远大于被认知惯性遮蔽的受众群体，用西方接受学术语来说，这位评说者即“第一读者”，他在准确揭示文本深层内涵的同时，也大致规定了接受维度，引导了后世的接受方向。就此而言，将朱熹视为《古风》接受史上矫枉开新、引领方向的第一读者，也未为不可。

《种柳戏题》本事之传播讹变与原初推探

尚永亮

在柳宗元所作诗中,《种柳戏题》堪称别具一格。该诗以“戏题”笔墨,传神地描述了作者种柳柳江之事:

> 柳州柳刺史,种柳柳江边。谈笑为故事,推移成昔年。垂阴当覆地,耸干会参天。好作思人树,惭无惠化传。①

“柳”是一篇诗眼。诗人姓柳,任官柳州,又种柳树,且在柳江,一个“柳”字,逗引出一篇有趣的文字。所以诗开篇连用四个“柳”字,在反复重叠中传达出一种巧妙的意义关联和特殊的声情效果。

大概正是由于此诗巧用叠字,以姓、地、树、江四者中之“柳”相互关合,开篇即入笔擒题,显得自然而精警,诙谐而多趣,所以受到后代不少诗评家的关注,或谓其“兴致洒落,正以戏佳”②;或谓“有两句叠四字者,如柳子厚诗云‘柳州柳刺史,种柳柳江

①柳宗元著,尹占华等校注《柳宗元集校注》卷四二,中华书局2013年,第2847页。

②孙鑛《孙月峰评点柳柳州全集》卷四二,民国十四年(1925),上海会文堂石印本。

边’是也”[①]。宋长白《柳亭诗话》更列举近体诗一篇之中叠字数见者多首,而在柳诗下特意注明“自云‘戏题’”[②],以突出其创作意图和形式特点。与这些评说相关,还有很多作者借鉴柳诗写法,在涉及“柳”的场合出以类似笔墨,或明言其事,或暗中化用。如北宋那位戏谑大家苏东坡即先在《故周茂叔先生濂溪》诗中写道:“应同柳州柳,聊使愚溪愚。”[③]又在《南乡子·绣鞅玉环游》一词中再次说道:“春入腰肢金缕细,轻柔,种柳应须柳柳州。”[④]他如元人徐瑞《送从弟兰玉视牍柳州》:“柳侯种柳柳江边,岁岁春风岁岁妍。”[⑤]明人林爱民《送郑万松经柳州府》:“闲追柳侯兴,种柳柳江边。”[⑥]陶奭龄《插柳》:“前年插柳一丈高,今年插柳如蓬蒿。柳边不是柳州柳,五柳先生持浊醪。”[⑦]清人王芑孙《种柳》:“昔人先种花,吾今更栽柳。……未携柳枝伎,聊学柳江守。”[⑧]梁焕奎《桂蠹》:“他年种柳柳长成,更对浓阴一回首。”[⑨]这样一种或咏其事,或用其意的现象,在柳诗接受史上非常独特,它既展示了后人对这首柳诗的重视,也强化了《种柳戏题》的典型特征。用日人近藤元

①赵翼著,曹光甫校点《陔余丛考》卷二三,上海古籍出版社 2011 年,第 420 页。
②宋长白《柳亭诗话》卷二三,清光绪八年(1882)刻本,第 13 页。
③苏轼著,王文诰辑注,孔凡礼点校《苏轼诗集》卷三一,中华书局 1982 年,第 1667—1668 页。
④苏轼著,傅成、穆俦标点《苏轼全集》词集卷二,上海古籍出版社 2000 年,第 607 页。
⑤徐瑞《松巢漫稿》(一),史简编《鄱阳五家集》卷六,清文渊阁《四库全书》本。
⑥舒启修,吴光升撰《乾隆柳州县志》卷十《艺文·诗》,清乾隆二十九年修民国二十一年铅字重印本,第 14 页。
⑦陶奭龄《赐曲园今是堂集》卷六,明崇祯刻本。
⑧王芑孙著,王义胜整理《渊雅堂全集》卷十七,广陵书社 2017 年,第 327 页。
⑨梁焕奎《青郊诗存》卷四,长沙梁焕均 1917 年刻本,第 20 页。

粹的话说便是:“种柳柳州,柳果为一典故矣。”①

然而,与这种创作中仿效、化用柳诗者相比,历史上还存在大量对《种柳戏题》之本事的误解和误传,严重干扰了对此诗创作动因的理解。其始作俑者,似当首推晚唐范摅。在范著《云溪友议》卷中《南黔南》条,记载了这样一则故事:

> 南中丞卓,吴楚游学十余年。……转黔南经略使,大更风俗。凡是溪坞,呼吸文字,皆同秦汉之音,甚有声光。先柳子厚在柳州,吕衡州温嘲谑之曰:“柳州柳刺史,种柳柳江边。柳馆依然在,千株柳拂天。”至南公至黔南,又以故人嘲曰:“黔南南太守,南郡在云南。闲向南亭醉,南风变俗谈。”②

这里所记二诗,一为“柳州柳刺史”,一为“黔南南太守”,句法相似,均具明显的叠字特点,且作者都定为“吕温”,故范摅将其一并拈出,作为诗坛掌故,本是一件有意义的事。同时,这则记载也间接交待了柳诗创作的起因,亦即先有吕温赠诗在前,后有柳宗元附和引申,这就解决了创作的本事,其价值似不可低估。但问题在于,这则看似有用的材料却因一个基本的常识性错误而大打了折扣。下面试稍分疏之:

其一,吕温为柳宗元挚友,生于景云二年(771),长柳二岁;卒于元和六年(811),其时宗元尚在永州,得其死讯曾作《同刘二十八哭吕衡州兼寄江陵李元二侍御》《唐故衡州刺史东平吕君诔》等诗文痛悼之。而至宗元刺柳(815—819)之时,吕温去世已数年之久,如何能写出“柳州柳刺史”的诗来?

其二,南卓生卒年不详,但与裴度、白居易、元稹、贾岛等人有

①[日]近藤元粹评订《柳柳州诗集》卷三,光绪三十一年(乙巳 1905),青木嵩山堂版。

②范摅著,唐雯校笺《云溪友议校笺》卷中,中华书局 2017 年,第 141 页。

交往,《新唐书·艺文志》著录其《羯鼓录》一卷、《唐朝纲领图》一卷、《南卓文》一卷。其早年羁旅困顿,大和二年(828)始中制科,至大中年间(847—860)方官黔南观察使。而此时吕温去世已三四十年,又如何能预知"黔南南太守"之事?

其三,今存四库本《吕衡州集》未载二诗。而该集先由吕温友人刘禹锡编次,后由明末冯舒重编[①],集中不收此作,说明编纂者或未之见,或对其取存疑态度。

如此看来,这则材料所记二诗之作者是经不起推敲的,也是完全错误的。可是,范摅这段记载却对后世发生了极大的影响。也许是由于范为唐人,距柳宗元时代较近,其所记事易于取得后人信任[②];也许是后来的著书者多为耳食之徒,只管把前人文章抄录下来便是,而不去做稍加翻检即可明了事实真相的核查工作,因而,在自宋至清的千年时间中,上述记载便一而再、再而三地出现在各种笔记、诗话之中。如宋人陈应行《吟窗杂录》卷四八、计有功《唐诗纪事》卷五四、明人郭子章《六语》之《谐语》卷四、蒋一葵《尧山堂外纪》卷二九、清人吴襄《子史精华》卷四二、张玉书等《佩文韵府》卷四四之一,均录范著之语以为谈助,而质疑者罕睹。其间更有附加己意以引申者,如明人魏濬即在《峤南琐记》卷下说了这样两段话:

吕衡州温善谑,子厚在柳州,温谑之曰:"柳州柳太守,种

①参纪昀等《四库全书总目》卷一百五十《集部·别集类一·吕衡州集》,中华书局1965年,第1290页。

②四库馆臣《云溪友议》提要既谓该书一些纪事"皆委巷流传,失于考证",又谓:"然六十五条之中,诗话居十之七八,大抵为孟棨《本事诗》所未载,逸篇琐事,颇赖以传。又以唐人说唐诗,耳目所接,终较后人为近。故考唐诗者如计有功《纪事》诸书,往往据之以为证焉。"(《四库全书总目》卷一百四十《子部·小说家类》,中华书局1965年,第1186页。)

柳柳江边。柳馆依然在，千秋柳拂天。”南公至黔南，温又谑之曰：“黔南南太守，南郡向云南。闲向南亭醉，南风变俗谈。”

柳州有《种柳戏题》诗：“柳州柳刺史，种柳柳江边。谈笑为故事，推移成昔年。垂阴当覆地，耸干会参天。好作思人树，惭无惠化传。”盖追忆衡州戏语而作也。①

较之《云溪友议》之单从吕温一方说起，这两段文字将吕诗与柳诗对照列出，进一步强调了二者间的关联；同时，于前段添加“吕衡州温善谑”一语，于后段补缀“盖追忆衡州戏语而作也”一语，从不同方面坐实了柳诗与吕温的关系。

魏濬之后，大凡涉及其事者，如清人汪森《粤西丛载》卷五、金鉷《（雍正）广西通志》卷一二七、独逸窝退士《笑笑录》卷三等，便不再提及《云溪友议》和范摅之名，而径以《峤南琐记》所载为准的，原样照录其语，遂使得三人成虎，谬误斯甚。

更为严重的是，在曹寅等编《全唐诗》卷八七〇《谐谑二》中，竟在吕温名下公然著录上引二诗，并新加二题，一为《嘲柳州柳子厚》，一为《嘲黔南观察南卓》，从而在未交待出处的情况下，将二诗的著作权郑重其事地划归吕温。由于《全唐诗》的官修性质，极易使人误以为吕温便是这两首诗名副其实的作者，而很难从历史的、学理的角度进行质疑，以正视听。此一错误，只有留待今日的专家学者来订正了②。

---

①魏濬《峤南琐记》，《丛书集成初编》本，中华书局1985年版，第33—34页。

②按：查王启兴主编《校编全唐诗》（湖北人民出版社2001）、陈贻焮主编《增订注释全唐诗》（文化艺术出版社2001），于吕温名下均未收此二诗。此外，王国安《柳宗元诗笺释》（上海古籍出版社1993）卷三、尹占华等《柳宗元集校注》（中华书局2013）卷四二亦于《种柳戏题》下辨此二诗作者之误。又，拙稿完成后，始蒙莫道才教授见告，知其有《〈全唐诗〉载吕温二首诗均为伪诗说》一文，载《古籍整理研究学刊》2005年第3期，可参看。

当然,关于这首误植为吕温之诗,文献中也有不同于范摅的记载。如刘斧《青琐高议》前集卷一《柳子厚补遗》条载:

柳宗元,字子厚,晚年谪授柳州刺史。子厚不薄彼人,尽仁爱之术治之。民有斗争至于庭,子厚分别曲直使去,终不忍以法从事。于是民相告:"太守非怯也,乃真爱我者也。"相戒不得以讼。后又教之植木、种禾、养鸡、育鱼,皆有条法。民益富。民歌曰:"柳州柳刺史,种柳柳江边。柳色依然在,千株绿(抄本作柳)拂天。"①

刘斧为北宋末人,想必读过《云溪友议》,但他却未从范说,而是将"柳州柳刺史"归诸"民歌",这一方面说明他对范说有怀疑,另一方面也说明其所载或当另有来源。

与刘斧大略同时的阮阅在《诗话总龟》卷四一《诙谐门》中也涉及此事,但仅记载了"柳州柳太守"(按:此处易"刺史"为"太守",与诸本异)和"黔南南太守"二诗,而略去了吕温其人,并在后诗前添加"人嘲之曰"数字②,这就将诗作从具指的作者换成了泛指的众人。据此而言,阮阅及其所征引文献之作者也是不信范摅的话的③。

那么,刘斧等人所载事可信吗?回答大致是肯定的。

首先,种柳是惠民之举,自然易于赢得民众的欢欣爱戴。韩愈在《柳子厚墓志铭》中说柳宗元到柳州后,"因其土俗,为设教禁,州人顺赖。其俗以男女质钱,约不时赎,子本相侔,则没为奴婢。子厚与设方计,悉令赎归。其尤贫力不能者,令书其佣,足相当,则

①刘斧撰辑,施林良校点《青琐高议》,上海古籍出版社 1983 年,第 10 页。
②阮阅编,周本淳校点《诗话总龟》,人民文学出版社 1987 年,第 403 页。
③按:《总龟》此条未交代出处。

使归其质。观察使下其法于他州,比一岁,免而归者且千人。"[①]又在《柳州罗池庙碑》中记载说:"凡令之期,民劝趋之,无有后先,必以其时。于是民业有经,公无负租,流逋四归,乐生兴事,宅有新屋,步有新船,池园洁修,猪牛鸭鸡,肥大蕃息。子严父诏,妇顺夫指,嫁娶葬送,各有条法,出相弟长,入相慈孝。……大修孔子庙,城廓道巷,皆治使端正,树以名木,柳民既皆悦喜。"[②]这两段话,缕述了柳宗元在柳州的善政及柳民对他的感戴之情,其中"树以名木,柳民既皆悦喜",所指虽非种柳一端——考柳宗元集,即有《柳州城西北隅种甘树》《种木槲花》等诗作;但因"柳"之一字与人、地、树、江的多重关合,既自然贴切,又新奇有趣,其时有好事者将之编成歌谣,传唱开来,便是情理中的事了。

其次,细详《种柳戏题》诗意,当与民间歌谣存在一定的对应关系。起首二句之"柳州柳刺史,种柳柳江边",开门见山,不加铺垫,似即为对民歌的直接引用;颔联之"谈笑为故事,推移成昔年",承上推衍,将首联所说以"谈笑"与"故事"总括之,意为今日尔等所唱虽为一时之谈笑,但随着时间推移,也许会成为日后之故事;而在后人看来,眼下的所作所为,自然也就成了可堪追忆的"昔年"。这里有时空的转换,有人事的更迭,两句话十个字,简当之至,余味曲包。到了诗作的后幅,作者掉转笔锋,既设想所种之柳"垂阴当覆地,耸干会参天"的繁盛之状,又借"好作思人树,惭无惠化传"二语,通过对召公之典的巧用,将诗思拉回到种柳与理政益民的关联上来,这便大大提升了诗的品位;而由"戏题"所产生的调侃、谐谑意味,也因其所包含的德政主旨而避免了流向浮薄浅

①韩愈《柳子厚墓志铭》,马其昶校注,马茂元整理《韩昌黎文集校注》第七卷,上海古籍出版社 2014 年,第 571 页。

②同上,韩愈《柳州罗池庙碑》,第七卷,第 550 页。

露。令人读来,别具一种亲切活泼的情趣。

如此看来,这首《种柳戏题》与民间歌谣便有了较密切的关联。推探其本事原初情形,大抵是柳宗元先有种柳于柳江畔之善举,民间好事者即由此编出"柳州柳刺史,种柳柳江边"的歌谣以传唱,宗元闻歌后有感于心,遂作《种柳戏题》以申发之。

不过,事情也不是绝对的。除此之外,还可能存在以下两种情形:一是宗元率人种树之际,或有参与者因其姓与地、江、树之关合,而随口说出"柳州柳刺史,种柳柳江边"的话,以博一粲;宗元即以此为话头,作《种柳戏题》一首;而后人又因宗元此诗,繁衍出"柳州柳刺史,种柳柳江边。柳色依然在,千株柳拂天"的歌谣,以追忆、纪念这位曾造福于柳州的父母官。换言之,前两句是原有的,后两句是后人补加的;在后两句中,《云溪友议》记作"柳馆依然在,千秋柳拂天",《青琐高议》记作"柳色依然在,千株绿拂天",字词不无小异,但无论是哪种情况,一个"依然在",一个"柳(绿)拂天",都说明这是后人的语气,而非宗元当时人所能道。二是《种柳戏题》本无依傍,其首二句乃宗元自作,后世百姓因感其德政,遂取其原句而补缀后二句,传唱开来。比较这两种情形,又当以前者为合乎情理一些。

倘若这一推断可以成立,那么可以认为:围绕《种柳戏题》之本事,始于范摅《云溪友议》的错误记载曾对后人产生了严重的误导作用,其间虽有刘斧《青琐高议》未循范说,所述亦略得情实,但因其时代靠后,且未突出"柳州柳刺史"与"黔南南太守"的叠字特征,故多为人所忽略,以致范说一枝独秀,后人以讹传讹,终为《全唐诗》编者纳入官修典册,形成更强的固化效应。这种情形,一方面固然造成了诗歌解读的困扰,另一方面也须看到,范著将两首叠字诗的创作权归诸吕温,虽属无稽,但却不能因此而否定此二诗的真实性。换言之,这两首叠字诗必定出现在柳宗元至范摅的四五十年间,是中晚唐无名诗人极具特点的一种创作,其形成存在一个跨时空的持续过程。而且推寻起来,"黔南南太守,南郡向云南"一诗系受"柳州柳太守,种柳柳江边"之影响而作,也不无可能。

从北宋《白氏文集》准印牒文看宋代文集出版的审查制度*

王兆鹏

宋代的图书审查制度，祝尚书先生十多年前发表的《试论宋代的图书审查制度》已有详实的考察①，颇多发明之功。然北宋仁宗景祐四年（1037）杭州刻本《白氏文集》所附当时杭州详定所颁发的准印牒文（为叙述方便，姑将此文题为《白氏文集准印牒文》）②，祝先生未曾留意，《全宋文》亦未收录。此文可略补祝文之未备，

*本文为国家社会科学基金重大项目“唐宋文学编年系地信息平台建设”（项目编号：12&ZD154）的成果。

①祝尚书《试论宋代的图书审查制度》，《传统文化与现代化》1997年第6期。

②景祐四年（1037）杭州刻本《白氏文集》久佚，准印牒文则完整地保存在日本内阁文库所藏白居易诗文选《管见抄》中（原文复印件附后）。参日本芳村弘道《唐代诗人和文献研究》第二部第五章《白居易〈醉吟先生墓志铭〉之真伪》，日本京都朋友书店2007年版，第329页。原文复印件亦承芳村弘道先生见示，特此志谢。按，谢思炜《日本古抄本〈白氏文集〉的源流及校勘价值》亦曾提及《管见抄》本“附有景祐四年杭州详定所牒文”（载所著《白居易集综论》，中国社会科学出版社1997年版，第47页），然未录附牒文原文。

对细化了解北宋文集出版的审查制度颇有助益。兹先将《白氏文集准印牒文》录之于下,然后再作解读。

详定所

准景祐四年正月十六日

转运司牒准

礼部贡院牒准

敕命指挥毁弃淫侈浮浅俚曲秽辞并

近年及第进士一时程试文字不可行用

者除已追取印板当官毁弃外有白氏文

集一部七十二卷可以印行今于元印板

后录略

详定条制照会施行者

详定官将仕郎宋杭州司法参军李臧

详定官朝奉郎试秘书省校书郎权杭州观察推官毕京

重详定官朝奉郎太常博士通判杭州军州事兼劝农同盟市舶司事林冀

这则佚文,包含着丰富的历史信息,具有特殊的文献价值和历史意义。

一、北宋文集出版审查制度的运行机制

北宋文集出版印行的审查制度("详定条制"),始于真宗大中祥符二年(1009)。这年正月庚午,就下达过《诫约属辞浮艳令欲雕印文集转运使选文士看详诏》:

仍闻别集众制,镂板已多,倘许攻乎异端,则亦误于后学。式资诲诱,宜有甄明。今后属文之士,有辞涉浮华,玷于名教者,必加朝典,庶复素风。其古今文集可以垂范,欲雕印者,委

本路转运使选部内文士看详,可者即印本以闻。①

此诏令的背景,原是针对杨亿等酬唱《宣曲》诗而发。《续资治通鉴长编》卷七一载:

御史中丞王嗣宗言:"翰林学士杨亿、知制诰钱惟演、秘阁校理刘筠,唱和《宣曲》诗,述前代掖庭事,词涉浮靡。"上曰:"词臣,学者宗师也,安可不戒其流宕!"乃下诏风励学者:"自今有属词浮靡,不遵典式者,当加严谴。其雕印文集,令转运使择部内官看详,以可者录奏。"

祥符二年正月己巳,御史中丞王嗣宗奏杨亿、钱惟演、刘筠唱和的《宣曲》诗,"词涉浮靡",故次日(庚午)真宗下诏告诫学者,将严谴属词浮靡者,同时下令今后"雕印文集",须由转运使委派部内官员"看详",审查通过后方可印行。这是文献记载可查的北宋最早的一份文集雕印审查诏令。

仁宗天圣五年(1027),也曾下诏民间印行文集须经有司看详:

(天圣五年正月乙亥)诏民间摹印文字,并上有司,候委官看详,方定镂板。初,上封者言契丹通和,河北缘边榷场商人往来,多以本朝臣僚文集传鬻境外,其间载朝廷得失,或经制边事,深为未便。故禁止之。②

(天圣)五年二月二日,中书门下言:"北戎和好已来,岁遣人使不绝,及雄州榷场商旅往来,因兹将带皇朝臣僚著撰文集印本传布往彼,其中多有论说朝廷防遏边鄙机宜事件,深不便稳。"诏:"今后如合有雕印文集,仰于逐处投纳,附递闻奏,

①《宋大诏令集》卷一九一,中华书局1962年版,第701页。《宋史》卷七《真宗纪》亦载:"二年春正月庚午,诏:'读非圣之书及属辞浮靡者,皆严谴之。已镂板文集,令转运司择官看详,可者录奏。'"

②李焘《续资治通鉴长编》卷一百五,中华书局1985年版,第2436页。

候差官看详，别无妨碍，许令开板，方得雕印。如敢违犯，必行朝典。仍候断遣讫，收索印板，随处当官毁弃。”①

仁宗至和二年(1055)欧阳修又上《论雕印文字札子》，再次请求严格执行印书详定制度：

臣伏见朝廷累有指挥禁止雕印文字，非不严切，而近日雕板尤多，盖为不曾条约书铺贩卖之人。臣窃见京城近有雕印文集二十卷，名为《宋文》者，多是当今论议时政之言。其首篇是富弼往年让官表，其间陈北虏事宜甚多，详其语言，不可流布。而雕印之人不知事体，窃恐流布渐广，传入虏中，大于朝廷不便。乃更有其余文字，非后学所须，或不足为人师法者，并在编集，有误学徒。臣今欲乞明降指挥下开封府，访求板本焚毁，及止绝书铺，今后如有不经官司详定，妄行雕印文集，并不得货卖。许书铺及诸色人陈告，支与赏钱贰百贯文，以犯事人家财充。其雕板及货卖之人并行严断，所贵可以止绝者。取进止。②

可见，真、仁之世，朝廷和朝官曾多次重申文集出版的详定制度。但当时文集的详定，具体如何运作、如何施行，上述诏令并未明言。

《白氏文集准印牒文》则为我们了解北宋文集出版看详的运作流程，提供了完整的历史信息：州设图书详定所，详定所委派州官中文士二人为详定官、一人为重详定官。详定官初审后再请重详定官详定，然后牒请转运司呈礼部贡院，最终由礼部贡院审定后下达“敕命指挥”，经转运司传至详定所，详定所再行文给印书业者“照会施行”。详定条制须于原书印板后照录，以立此

---

①徐松《宋会要辑稿》刑法二之十六，中华书局1957年版，第6503页。

②欧阳修《欧阳修集》卷一〇八，中华书局2001年版，第1637页。

存照。

二、北宋文集出版审查的内容

北宋文集出版的审查，主要看详哪些内容呢？仁宗天圣五年的诏令和至和二年欧阳修的奏章，都是强调民间印行的文集不得涉及边机时政，审查的内容，主要是与朝政、军机相关的文字，看是否危及和不利于国家安全。真宗祥符二年所下诏令，是文风审查，旨在禁止"辞涉浮华，玷于名教"。而景祐四年《白氏文集准印牒文》则透露出当时的文集出版审查已扩大了范围，增加了新的审查内容。

牒文中最堪注意的是"敕命指挥毁弃淫侈浮浅俚曲秽辞"一款。这表明，当时朝廷已禁止出版淫秽浮浅的俚曲艳词，对已出版的淫词艳曲，必须"追取印板，当官毁弃"。北宋时期很少有词别集印行[①]，除了受制于诗尊词卑的文体观念之外，是否与朝廷的明令禁止有关？过去我们很少从法律制度层面去考量，这篇牒文为我们重新审视北宋词集刊行甚少的原因提供了新的思考路向和文献依据。

柳永因写淫冶艳曲而遭到宋仁宗的黜落，是词史上人们熟知的故事。吴曾《能改斋漫录》卷十六曰：

> 仁宗留意儒雅，务本理道，深斥浮艳虚薄之文。初，进士柳三变好为淫冶讴歌之曲，传播四方。尝有《鹤冲天》云："忍把浮名，换了浅斟低唱。"及临轩发榜，特落之。曰："且去浅

①参王兆鹏《宋代文学传播探原》下编第九章，武汉大学出版社2013年版，第197—257页。

斟低唱，何要浮名！”景祐元年方及第，后改名永，方得磨勘转官。①

因为这则轶事的主角是柳永，因此我们的关注点是放在柳永身上，对于“仁宗留意儒雅，务本理道，深斥浮艳虚薄之文”，以为只是停留在其思想意识层面，没想到的是，仁宗已经把他“深斥浮艳虚薄之文”落实到了制度法令层面，通过对文集出版的详定制度，来推行实施其文化理念。他临轩放榜时黜落柳永，并非偶然的冲动，也不仅仅是表达对柳永个人的不满，而是他既定的文化政策使然。不过是柳永正好撞在枪口上，成为其“深斥浮艳虚薄之文”的典型案例而已。将《能改斋漫录》所言“仁宗留意儒雅，务本理道，深斥浮艳虚薄之文”与《白氏文集准印牒文》之“敕命指挥毁弃淫侈浮浅俚曲秽辞”对读，我们对仁宗的文化政策和当时词集出版传播的语境会有新的认识。

有意思的是，柳永因“好为淫冶讴歌之曲”而临轩放榜时遭仁宗黜落，是在景祐元年之前，而《白氏文集准印牒文》是颁发于景祐四年。这两件事情发生的时间正好接近。《白氏文集准印牒文》虽是景祐四年行下，但可以肯定的是，“毁弃淫侈浮浅俚曲秽辞”的“敕命”，在这之前的若干年就已制定实施，《白氏文集准印牒文》是依令而行。即是说，景祐元年柳永中进士之前，仁宗“深斥浮艳虚薄之文”的文化理念和“毁弃淫侈浮浅俚曲秽辞”的文集详定制度早就推行实施。明乎此，我们就可以了解宋仁宗对待柳永的态度绝非偶然，进而也可了解当时的文化生态。北宋时期，歌曲形态（口头传播）的宋词十分流行，而作为别集出版（书面传播）的宋词却相当少见，是否与仁宗朝制定的这种文集出版政策有着

①吴曾《能改斋漫录》卷十六，上海古籍出版社 1979 年版，第 480 页。

深层的联系?是否为唱词有自由、印词有纪律的文化生态下的必然产物?答案应该是肯定的。

三、北宋文集印行详定牒文的文体样式

前引真宗、仁宗的看详诏令,都说雕印文集须经官员看详认可后方能付印。然则北宋有司详定后的牒文如何行文,至今也不得其详。南宋文集印行的详定批文,我们从绍兴十七年(1147)黄州刻本《小畜集》书末所附牒文可知其梗概:

黄州契勘诸路军州间有印书籍去处。窃见王黄州《小畜集》文章典雅,有益后学,所在未曾开板,今得旧本计一十六万三千八百四十八字。检准绍兴令:诸私雕印文书,先纳所属申转运司选官详定,有益学者,听印行。除依上条申明施行,今具雕造《小畜集》一部共八册,计四百五十二板,合用纸墨工价等项:

甲书纸并副板四百四十八张。表褙碧青纸一十一张。大纸八张,共钱二百六文足。赁板棕墨钱五百文足。装印工食钱四百三十文足。除印书纸外,共计钱一贯一百三十六文足。见成出卖,每部价钱五贯文省。

右具如前。

绍兴十七年七月日。校正:承节郎、光黄州巡辖马递铺周郁①

校正:左从政郎、司理参军李俨

校正:右从政郎、录事参军李彬

校正:左从政郎、州学教授梅守卓

①王禹偁《小畜集》卷末,《四部丛刊》本。又见《宋集珍本丛刊》本《小畜集》。《全宋文》卷四四二四亦收此文,题作《黄州雕造小畜集后记》。

监雕造：右文林郎、军事推官宗亚昌
监雕造：右文林郎、军事判官王杰
右朝奉郎、通判军州事胡兟
左朝散大夫、权知军州事沈虞卿

这其实不是详定所的批复牒文，而是印书者获准印行后向上司提供的回复报告。“检准绍兴令”云云，显然是出版前依照绍兴年间颁布的相关文集出版诏令送呈转运司详定，详定官看详后批复“有益学者，听印行”，于是黄州知州沈虞卿等校正付梓。文集印成后，沈虞卿等就文集的出版依据、印制成本、出售价额等开列报告上呈备案。这对我们了解南宋官刻图书的审批机制、图书价格和出版成本非常有意义。

南宋《小畜集》所附牒文是出版后印书者的缴送报告，北宋《白氏文集准印牒文》则是出版前详定官看详后的批文，故二者的行文格式大不相同，署名者也大相径庭。《小畜集》牒文署名的是校正者、监造者和负责印造者（知州沈虞卿），而《白氏文集准印牒文》署名的则是详定官和重详定官。

对比南北宋的两篇牒文，还可以看出一些潜在的差异。北宋《白氏文集》可能是由个人或书坊出版，故报送本州（杭州）的详定所看详，详定官由本州官员（司法参军、通判等）担任，他们看详后报送转运司并上呈礼部贡院牒准。而南宋《小畜集》是由州官负责出版，本州的知州、通判和其他官员都是文集出版的相关责任人，他们不能再自我看详审查，于是上呈本路转运司，由转运司委派官员详定。这是否意味着即使是官刻本，也需呈送上一级有司详定，本州官员需回避？还需要另觅文献进一步证实。

总之，《白氏文集准印牒文》，不仅为文学传播研究提供了丰富的传播学信息，也为文体学研究北宋详定所文集出版的牒文，提供了一个现存最早的出版详定牒文的实例，具有独特的标本式意义。

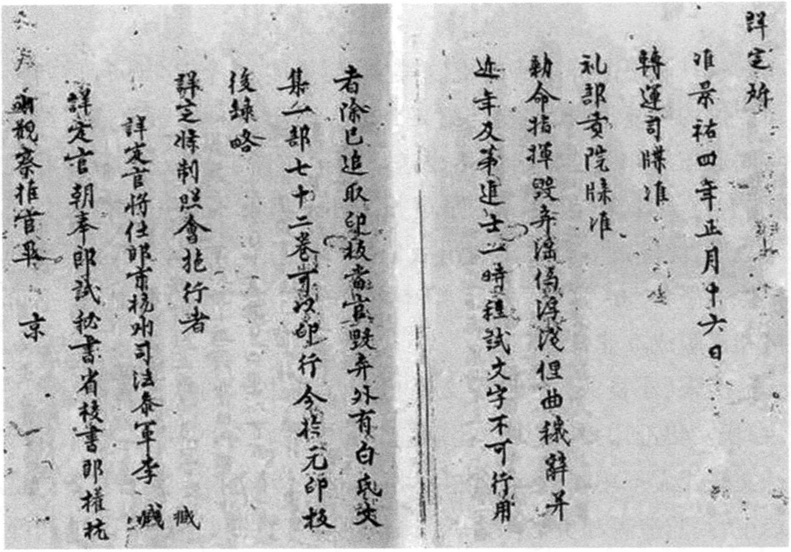
詳定所
准景祐四年正月十六日
轉運司牒准
礼部貢院牒准
勅命指揮毀弃謠傷浮淺俚曲穢辭并
近年及第進士一時程試文字不可行用
者除已追取印板當官毀弃外有白氏文
集一部七十二卷可以印行今將元印板
後錄略
詳定條制照會施行者　職
詳定官將仕郎前杭州司法參軍李　職
詳定官朝奉郎試秘書省校書郎權杭
州觀察推官兼　京

论文学史对词体文学经典的建构

谭新红

经典研究是文学研究的一项重要任务,而如何确认经典则是文学经典研究的关键。不少学者注意到了文学史与文学经典的密切关系,如南帆《文学史与经典》云:“文学史无疑是经典之作的鉴定,许多人无条件地信任文学史公布的经典书目。”[①]潘建国《中国文学史中小说章节的变迁及其意义》云:“绝大部分《中国文学史》均作为教材而编写,文学史课程的性质,要求它必须以讲述基础性知识和经典性作品为主,故《中国文学史》编写,事实上就是一个文学经典的筛选、确立和呈现的过程。”[②]文学史是作家作品走向经典的一条非常重要的渠道。本文拟对百年来有代表性的文学史中有关词的内容展开研究,希望能够反映出词在文学史中的呈现状况及经典化问题。

---

①《文艺理论研究》1998 年第 12 期。

②《北京大学学报》2016 年第 3 期。

一、词进入文学史

经过千百年的尊体运动,词在中国文学史的草创时期即进入了文学史的叙述范围。窦警凡《历朝文学史》、林传甲《中国文学史》及黄人《中国文学史》被公认为是中国人自己撰写的最早的三部中国文学史。窦警凡《历朝文学史》脱稿于光绪二十三年(1897),光绪三十二年(1906)铅印出版,从创作时间看,这是中国人自己撰写的第一部中国文学史①。此书共五个部分,第五部分“叙集”分别描述了文、诗、词、曲的发展历程与代表作家,其中论述词的部分云:

> 又词为诗余,唐时只有李白等三、四人,仍附诗集,其名词稿者,始于《南唐二主词》及冯延巳《阳春词》,南唐后主李煜乃独擅其胜。北宋则晏殊《珠玉词》,欧阳修《六一词》,张子野先之《安陆集》,周美成邦彦之《片玉词》,黄鲁直庭坚之《山谷词》,叶梦得之《石林词》及晏殊子几道之《小山词》为最著者。盖宋词以姜夔之《白石道人歌曲》、吴文英《梦窗稿》为正宗。又有柳耆卿永之《乐章集》、秦少游观之《淮海词》,皆以婉丽胜,为秦柳派。苏长公《东坡词》、辛弃疾《稼轩词》以豪迈胜,为苏辛派。惟陆放翁词为秦柳、苏辛通一驿骑。女子以词著者,济南李清照之《漱玉词》。清照,字易安,湖州守赵明诚妻,礼部李格非女。海宁朱幽栖淑真之《断肠词》,淑真为新安文公之从侄女,皆为宋词家翘楚。元则有张翥《蜕岩词》,明则有吴子孝《玉霄仙明珠集》,其余传者无多。国朝安丘曹贞吉《珂雪词》,朱彝尊《曝书亭词》,陈维崧《乌丝词》,顾

①陈玉堂《中国文学史书目提要》,黄山书社 1986 年,第 4 页。

贞观《弹指词》，纳兰性德《饮水词》《侧帽词》，厉鹗《樊榭词》，郭麐《衡梦楼词》，张惠言《茗柯词》，皆秦柳派也。蒋士铨《铜弦词》，苏辛派也。尤侗《百末词》，郑燮《板桥词》，皆学放翁而时近苏、辛。①

寥寥四五百字就将千年词史大致勾勒了出来！有些观点如视姜、吴为一派，将叶梦得与晏殊、欧阳修、周邦彦等相提并论，视陆游为打通秦柳与苏辛的关键词人等，或与今日观点异趣，却也不无启发之处。难能可贵的是，窦氏厚古而不薄今，宋代词人列了16位，清朝词人也列了11位，对普遍认为是衰亡期的元明两代也各列了一位代表词人，在在可见作者宏通的词史观，这要超过后来很多文学史家狭隘的文学史观。

光绪三十年(1904)，林传甲、黄人几乎同时开始撰写《中国文学史》，林传甲历时半年即告完成，黄人则三年后始写至明代部分，因此这实际上是一部尚未完成的文学史②。林传甲《中国文学史》共十六篇，内容包括文字学、音韵学、训诂学、修辞学、经、史、子、集等，谈文学时主要涉及到散文，间及诗歌，词则未置一辞。黄人对于文学特质和中国文学史体系的认知，较之林传甲胜出一筹，钱仲联赞其"创论层出，冠绝时贤"③，浦江清称此书"始具文学

①窦警凡《历朝文学史》，光绪三十二年(1906)铅印本，国家图书馆藏。

②林传甲《中国文学史》长期被认为是第一部中国文学史，该书完成于1904年底，1910年《广益丛报》连载此书，其后被诸多书店和书局争相刊印，参文茜《林传甲〈中国文学史〉编后记》，林传甲《中国文学史》，知识产权出版社2013年，第207页。黄人《中国文学史》的撰写及出版情况可参杨旭辉《黄人〈中国文学史〉前言》，黄人《中国文学史》，苏州大学出版社2015年。

③钱仲联《南社吟坛点将录》，《苏州大学学报》1994年第1期。

史之规模”[①]。黄人以“真、善、美”建构自己的文学史，认为宋词有积极之美。他在第二编第四章“文学华离期”中说语录、四六和词是两宋文学中的三大特色，并云：“语录为积极之真的一方面，诗余为积极之美的一方面，而四六以美表真，成辞命之新种，皆创观也。”[②]他比王国维《人间词话》更早用“美”论词，将词从经学的束缚中解脱出来，为词在文学史中争得了重要的地位。

其后历经百余年，中国文学史的编写浩如烟海，佳作如林。本文选取其中有代表性的12部文学史，通过综合分析入选的词人词作，揭示词在文学史中所呈现的状况以及经典化态势。这12部文学史是：

编者	文学史名称	简称	初版	本文所据版本
胡云翼	新著中国文学史	胡本	上海北新书局1932年	河南人民出版社2017年
郑振铎	插图本中国文学史	郑本	朴社1932年	岳麓书社2013年
钱基博	中国文学史	钱本	湖南蓝田公益书局1933年	上海古籍出版社2011年
刘大杰	中国文学发展史	刘本	中华书局1941年(上卷)、1949年(下卷)	复旦大学出版社2011年；商务印书馆2017年
林庚	中国文学简史	林本	厦门大学1947年	清华大学出版社2007年
文学所	中国文学史	社本	人民文学出版社1962年	人民文学出版社1980年

①浦江清《郑振铎〈中国文学史〉》，《浦江清文史杂文集》，清华大学出版社1996年，第130页。

②黄人《中国文学史》，苏州大学出版社2015年，第14页。

续表

编者	文学史名称	简称	初版	本文所据版本
游国恩等	中国文学史	游本	人民文学出版社1963年	人民文学出版社1979年
台静农	中国文学史	台本	创作于20世纪60年代	上海古籍出版社2017年
章培恒等	中国文学史	章本	复旦大学出版社1996年	复旦大学出版社2004年
郭预衡	中国古代文学史	郭本	上海古籍出版社1998年	上海古籍出版社1998年
袁行霈	中国文学史	袁本	高等教育出版社1999年	高等教育出版社2014年
孙康宜等	剑桥中国文学史	孙本	三联书店2013年	三联书店2013年

荷兰汉学家杜威·佛克马曾云:"格林·约翰逊(Glen Johnson,1991)通过比较用于教学的不同版本的选集,来研究北美大学的英语文学经典。尽管这些选集涉面很广,但通过观察其中的作家的名字和每一个作家在其中所占的页数,仍然可以为我们提供一个线索,这个线索就是关于一般的教师和学生被认为应该掌握和应该学到的东西。这些统计也通过分析每一个作家所占的篇幅,而为我们展示了文学经典的层次或等级。"①循着同样的思路,下面我们首先依次考察这十二种文学史的代表性以及它们收录词体文学的概况:

1. 胡云翼《新著中国文学史》

胡云翼《新著中国文学史》堪称第一部纯文学史。他在卷首

①杜威·佛克马著,李会方译《所有的经典都是平等的,但有一些比其它更平等》,《中国比较文学》2005年第4期。

自序中批评了之前文学史家们文学观念的驳杂不纯:“在最初期的几个文学史家,他们不幸都缺乏明确的文学观念,都误认文学的范畴可以概括一切学术,故他们竟把经学、文字学、诸子哲学、史学、理学等,都罗致在文学史里面,如谢无量、曾毅、顾实、葛遵礼、王梦曾、张之纯、汪剑如、蒋鉴璋、欧阳溥存诸人所编著的都是学术史,而不是纯文学史。”他认为“只有诗歌、辞赋、词曲、小说及一部分美的散文和游记等,才是纯粹的文学”①。这一观念纠正了之前一些文学史由于概念不明确而带来体例混乱、范围过宽的缺点。

是书共 10 编 28 章:第四编唐代文学共四章,其中第十三章为唐代的歌词,余三章分别为“唐代的文学运动”、“唐代的诗歌”、“唐代的小说”;第五编五代文学只有一章,专论五代歌词;第六编宋代文学共四章:宋代的文学运动、宋代的歌词、宋代的诗歌、宋代的小说。先宋词后宋诗,从章节的排列顺序也可看出编者的价值取向;第九编清代文学共三章,第二十五章“清代的正统文学”中谈到清词。就章节设置而论,胡云翼给予了唐宋词特别是宋词以极高的敬意。从页码所占比例也可看出来,第五编论五代词共 9 个页码,第十七章论宋词时有 27 个页码,第十八章论宋诗时只有 8 个页码,可见胡云翼对词的重视。他在文学史中直言:“宋朝是词的黄金时代。当其盛时,上自帝王名相,下至乐工伎女,莫不能词。文学的趋势,盖已由诗歌转而为词作中心的发展了。”②“一代有一代之文学”的文学史观历史悠久,胡云翼在文学史中正式确立了词为宋代文学代表的崇高地位,其传播范围之广和影响之大又要超过焦循、王国维等在个人学术著作中表达的类似观点。

①胡云翼《新著中国文学史》,河南人民出版社 2017 年,第 3、5 页。

②胡云翼《新著中国文学史》,第 173 页。

2. 郑振铎《插图本中国文学史》

郑振铎《插图本中国文学史》在当时的同类著作中堪称翘楚。这是较早一部有文学经典意识的文学史,郑振铎在《自序》中即云:"假如一部英国文学史而遗落了莎士比亚与狄更司,一部意大利文学史而遗落了但丁与鲍卡契奥,那是可以原谅的小事么?许多中国文学史却正都是患着这个不可原谅的绝大缺憾。……这是使我发愿要写一部比较的足以表现出中国文学整个真实的面目与进展的历史的重要原因。"①郑振铎不受"一代有一代之文学"传统观念的影响,对每种文体起伏盛衰的全过程都有关注。他不是只论唐宋词,也论金元明词②,这也是他超越胡云翼《新著中国文学史》的地方。

这部文学史中词的内容主要分布在中卷"中世文学"。从章节页码考察,郑振铎重视宋词甚于宋代的诗文,第三十五章"北宋词人"共 44 页,第三十四章"西昆体及其反动"、第三十六章"江西诗派"两章谈北宋诗歌共 23 页,第三十七章"北宋散文"共 5 页;第四十一章"南宋词人"共 23 页,第四十二章"南宋诗人"共 6 页,第四十四章"南宋散文与语录"共 8 页,论述宋词的部分远超诗文部分,可见郑振铎也是以词为宋代文学的代表。

3. 钱基博《中国文学史》

钱基博学贯四部。他的《中国文学史》除了谈集部中的作家作品外,也谈经、史、子部中的内容,只要所涉作品有情感有形象即可。这既不同于之前一些文学史著作由于文学观念的不明确而混经、史、子、集于一谈,也不同于一些文学史家完全摒弃经、子、史中

①郑振铎《插图本中国文学史》,岳麓书社 2013 年,第 1—2 页。

②此书共 64 章,从第 65 章至 82 章有目无文,其中第 73 章为"词与散曲作家们"。可见清词原也在论述之列,只是最后没有完成而已。

作品的狭隘文学观，而是取舍有度。这一科学合理的文学史观影响深远，为后来众多文学史编撰者所采用。

钱基博《中国文学史》描述了“以诗文为主，包括赋和词的文学史”，也梳理了中国小说的发展历程①。是书凡六编，第一编为绪论，第二编上古文学为先秦及秦代文学，第三编中古文学论汉三国两晋南北朝文学，第四编、第五编近古文学论唐、宋、元文学，第六编近代文学谈明代文学。因清代部分文稿被毁，此书后附“清代文学纲要”“读清人集别录”，权当清代文学史。论述词的部分主要在近古文学部分。钱先生持文体代变的文学演变观念，他认为词是由律诗绝句演变而来的：“唐之律诗绝句，一变而为宋之词，又一转而为元之剧曲，诗之破整为散则然也。”②

4. 刘大杰《中国文学发展史》

刘大杰《中国文学发展史自序》说：“文学史者的任务，就在叙述他这种进化的过程与状态，在形式上，技巧上，以及那作品中所表现的思想与情感。并且特别要注意到每一个时代文学思潮的特色，和造成这种思潮的政治状态、社会生活、学术思想以及他种种环境与当代文学所发生的联系和影响。”③提出了文学史编撰的目标与任务。朱自清说此书是与胡适《白话文学史》、郑振铎《插图本中国文学史》齐名的“几部有独见的中国文学史”④。骆玉明《中国文学发展史前言》说：“要论影响的广泛与持久，至今还没有一

①周振甫《对钱子泉师〈中国文学史〉的审读意见》，《中国出版》1987 年第 1 期。

②钱基博《中国文学史》，上海古籍出版社 2011 年，第 237 页。

③刘大杰《中国文学发展史》，商务印书馆 2017 年，第 1 页。（复旦 2011 年版无此序。）

④朱自清《中国文学史序》，林庚《中国文学史》，清华大学出版社 2009 年。

种文学史能够超过它。”[①]董乃斌《文学史研究的成就和教训》也说:“无论是全书结构的科学严谨,无论是史料运用的丰富精当,无论是对中外古今相关研究成果的汲取和必要讨论,也无论是行文的畅达流利、富于感情和鲜明的个性色彩,几乎每一个方面都有独到之处,都居于同类著作的上游,称得上是文学史撰著的一座丰碑。”[②]可见此书的突出成就和重要地位。即使是60年代游国恩和余冠英主编的两种高水平的文学史面世后,刘大杰《中国文学发展史》仍然是一枝独秀[③]。

是书共32章。唐代文学中第十六章为“词的兴起”,共23页;宋代文学五章中论述词的部分有两章共50页,论诗36页,论文15页,可见在宋代文学中词是重点。需要注意的是,论述词的两章的标题分别为“苏轼与北宋词人”、“辛弃疾与南宋词人”,可见苏辛词在刘大杰《中国文学发展史》中的分量。刘著写于抗日战争时期,时代赋予了文学史新的使命,那就是振奋民族精神,因此苏辛词风得到大力张扬。(据复旦2011年版)

5. 林庚《中国文学简史》

林庚《中国文学简史》“是一部有个人风格的写活了的真正的文学史……集开创性、深刻性、生动性几美于一身,为我们今后的古典文学研究开辟了无数法门”[④]。此书“虽然简略,却以深刻的思考、高明的见解著称,在同类著作中显得卓然不群,成为‘文学

①见刘大杰《中国文学发展史》,复旦大学出版社2011年,第3页。

②董乃斌《近世名家与古典文学研究》,上海大学出版社2005年,第119页。

③戴燕《文学史:一个时代的记忆》,《书城》2007年9月。

④吴相洲《一部“活”文学史——读林庚先生〈中国文学简史〉》,《北京大学学报》1996年第3期。

史'学科九十多年发展历程中最重要的成果之一"①。林先生是诗人,他的文学史也是用诗一样的语言写成,在各种文学史中具有独特的诗性风格。

全书共33章,其中第十六章"宋代文坛"中的"散文的成就"共8页,第十七章"宋诗的老化"共28页,第十八章"宋词的盛衰"共38页,可见在宋代文学中,林先生亦是以宋词为重。此外,第十五章"文坛的新潮与词的发展"中"词的成长"共8页论述唐五代词,在其他相关章节还论及元代词人萨都剌、明代词人王九思和清词人纳兰性德。

6. 游国恩《中国文学史》

前五部文学史都是个人编著,游国恩《中国文学史》则是集体编撰。《中国文学史》以讲述作家作品及其在文学史上的价值、地位和影响为主,对历代文学题材、文学流派及体裁、语言、技巧等文体形式的发展演变也颇多关注。

此著有几点值得注意:一是为著名词人辛弃疾设置专章,使辛弃疾仅凭词人的身份就成为与屈原、陶渊明、李白、杜甫、苏轼、陆游、关汉卿、王实甫、汤显祖等享受同等待遇的著名作家,这为辛弃疾经典词人地位的确立发挥了巨大的作用。二是重视系统性,不忽略元、明这两段所谓"衰亡"时期的词作,元词提及白朴、萨都剌、张翥,明词论到杨慎、王世贞、陈子龙,并高度评价陈子龙是优秀作家、明词冠军。不忽略元明词,完整叙述词的起、盛、衰、复兴等全过程的文学史,在12部文学史中只有钱著、孙著及此书。三是此书一直到20世纪90年代还流行于各高校

①张鸣《〈中国文学简史〉导读》,林庚《中国文学简史》,清华大学2007年,第17页。

的中文系，到2018年一共印刷了29次，印数达279000册，远超一般的文学史。受众多，受众层次高，为词体文学的传播及经典化发挥了很大的作用。

7. 中国社会科学院文学研究所《中国文学史》

葛晓音《一个历史阶段的标志——两部〈中国文学史〉的对照看文研所对文学史研究的贡献》称中国社会科学院文学研究所《中国文学史》与游国恩《中国文学史》为“总结20世纪中叶学术研究成果的双璧”①。这部由余冠英总负责，由余冠英、钱锺书、范宁任分卷负责人并聚集了文学所18位著名学者编纂而成的文学史，确实担得起这份赞誉。

全书将古代文学分为封建社会以前文学和封建社会文学两大部分，前一部分从原始社会到东周为止，后一部分则按封建王朝的先后次序分为八期。其中唐代部分有14页论词，宋代约有55页论词，比例不可谓不大。唐宋文人中，列专章的文人有李白、杜甫、苏轼、陆游、辛弃疾，其中辛弃疾是纯粹以词人的身份而享有专章的荣耀，这与游国恩《中国文学史》同一旨趣，二著都不约而同地高举爱国主义旗帜，将辛弃疾定义为爱国词人并给予最高赞誉。

8. 台静农《中国文学史》

台静农《中国文学史》虽为未竟稿，但在同类著作中，“没有比台先生更具‘性情’与‘见识’的作品；如果我们肯定文学史为一‘有生命’之书写，则台先生的著作分明贯串以古典‘诗人’的精神，乃为一真正‘诗人之作’、一符应中国古典文学传统的特质之

①《文学遗产》2003年第5期。

作,其‘方式’与‘意志’皆遥接史迁”①。何寄澎《叙史与咏怀——台静农先生的中国文学史书写》②用“叙史与咏怀”概括台先生文学史的特色,叙史是说台先生的文学史追求历史的真相,咏怀则是说其抒写个人情怀,是客观与主观的有机结合。

是书凡七篇,始于“先秦篇”,终于“金元篇”。第六篇为“宋代篇”,共三章。第一章为宋文,5 节 19 页;第二章为宋诗,3 节 48 页;第三章为宋词,4 节 59 页。从章节页码的设置可以看出台先生在宋代文学中,也是以词为重。他在文学史中也说:“宋一代的散文,大体未能脱离唐人的范畴,不能像唐人那样,尽管承受六朝的影响,却能自成一种新兴的面目;宋人没有做到这一点,他们的大作家,总不免有跟着唐人走的嫌疑。因此我以为宋代的散文与诗,实是唐代古文与诗的延续,这是基于文体本身发展的看法,不是有意贬抑宋代古文的价值,何况宋代大作家的成就并不在唐人之下。”③

9. 章培恒、骆玉明《中国文学史》

1996 年复旦大学出版社出版章培恒、骆玉明《中国文学史》,至 2007 年增订版《中国文学史新著》出版,11 年间累计销售超过 20 万套,也是一部影响较大的文学史。章著强调创作主体的气质、性格等心态特征对作品和作家个人命运的深刻影响,把作品看作作家心灵的外化④。

章著共八编,第四编“隋唐五代文学”共 7 章 269 页,其中第七

①何寄澎《中国文学史序》,台静农著,何寄澎主编《中国文学史》,上海古籍出版社 2017 年,第 6 页。

②台静农《中国文学史》附,第 667 页。

③台静农《中国文学史》,第 447 页。

④黄世中、马冰丽《评章培恒〈中国文学史〉》,《开府新论》1997 年第 5 期。

章“唐五代词”共23页;第五编“宋代文学”共7章234页,其中还包括第七章的辽金文学。在宋代文学体量要远超唐代的前提下,如此的页码比例可以看出编者有重唐轻宋的倾向,事实上,编者在文学史中也确实明确地表达了这一倾向:“总括以上所述,来归纳宋代文人的一般特点,大体可以说:他们比较重理智而轻感情;比较注重个人对国家对社会的政治责任与道德义务,而抑制个性的自由发展、自由表露。因而,宋代文人比起唐代文人来,思想也许更成熟深沉,情感也许更含蓄复杂,但明显缺乏唐代文人那种豪气干云、才华横溢,那种天真直率、舒卷自如,那种浮华怪诞、异想天开等种种性格特点。”①

在宋代文学内部,编者认为最能代表宋代文学的还是宋诗:“说起宋代文学,人们首先想到的,往往是与唐诗相提并论的宋词。不过,宋代文人真正最重视的、也最能反映他们的思想性格的文学体裁,实际还是诗歌。”②

10. 郭预衡《中国古代文学史》

郭预衡《中国古代文学史》是一部有所开拓、富于个性,在创新中时时不忘文学史教材所应具有的科学性和稳定性的著作。本书自1998年由上海古籍出版社出版以来,迄今已印刷多次,被称为新时期以来最有影响的文学史著作之一,1999年11月荣获华东地区古籍评奖特等奖。

是书共八编,第四编“隋唐五代文学”共15章344页,其中第十四章为“唐代的词曲”,第十五章“五代十国的文学”谈的主要也是词。第五编“宋代文学”共11章322页,其中词约有115页,可见其分量。此著也直接表达了宋词的成就要高于诗与文:

①章培恒、骆玉明《中国文学史》,复旦大学出版社2004年,中册,第297页。
②章培恒、骆玉明《中国文学史》,中册,第299页。

“宋代文学以诗、文、词最为发达，话本次之，戏曲等其他形式又次之。就诗、文、词三者来说，绝对水平都很高，如果作横向比较，很难说孰优孰劣；但如果和前后代作竖向比较，则词的成就相对更高一些。”①他还从文体发展的角度说苏轼词的成就也要高于其诗文的成就：“苏轼诗、文、词的成就，都堪称文学史上的丰碑，达到宋代文学的最高水平。在苏轼以前，前人的诗、文都已有显著成就，而词则相对显得不足。所以与前人相比而言，苏词的成就似高于诗文。”②

11. 袁行霈《中国文学史》

袁行霈《中国文学史》属“高等教育面向 21 世纪教学内容和课程体系改革计划”的成果。袁先生在“总绪论”中提出了编写文学史时重视文学本位、史学思维与文化学视角三原则：第一，“把文学当成文学来研究，文学史著作应立足于文学本位”，“紧紧围绕文学创作来阐述文学的发展历程”；第二，“文学史属于史学的范畴，撰写文学史应当具有史学的思维方式”，“清晰地描述出承传流变的过程”；第三，“注意文学史与其他相关学科的交叉研究，从广阔的文化学的角度考察文学”。是书自 1999 年出版后，曾先后获国家图书奖、北京市哲学社会科学优秀成果特等奖、全国普通高等学校优秀教材一等奖，是新世纪后最通用的教材。

袁本《中国文学史》凡四卷，在 12 种文学史中是部头比较大的一种，加上所邀编撰人员多为专攻某一领域的名家，故所涉内容往往显得深细一些。是书第四编“隋唐五代文学”共 12 章，第十二章为“词的初创及晚唐五代词”；第五编“宋代文学”也是 12 章，其中第二章“柳永与北宋前期词人的探索”、第四章“苏轼”第四节“苏

①郭预衡《中国古代文学史》，上海古籍出版社 1998 年，第 3 册，第 17 页。
②郭预衡《中国古代文学史》，第 3 册，第 115 页。

轼的词”、第六章“周邦彦和北宋后期词人的创造”、第七章“李清照与南渡词风的新变”、第九章“辛弃疾和南宋中期词人的拓展”、第十章“姜夔、吴文英及南宋后期词人的深化”为论述词的部分。从中可以看出编者最为重视柳永、苏轼、周邦彦、李清照、辛弃疾、姜夔、吴文英等词人,其中尤以辛弃疾为最。第九章“辛弃疾和南宋中期词人的拓展”共四节,前三节写辛弃疾,后一节写辛派词人。并且说:“在两宋词史上,辛弃疾的作品数量最多,成就、地位也最高。就内容境界、表现方法和语言的丰富性、深刻性、创造性和开拓性而言,辛词都可以说是空前绝后的。”[①]

12. 孙康宜、宇文所安《剑桥中国文学史》

《剑桥中国文学史》是一部富有创新性的文学史。与以往的文学史以文类为主并在文类中介绍经典作家作品的编撰方式不同,《剑桥中国文学史》的编撰是采取更为综合的文化史或文学文化史视角,较多关注过去的文学是如何被后世过滤并重建的,而“文类的出现及其演变的历史语境亦成为文化讨论的重点”。“这部文学史不可避免地也会讨论不同时代的伟大作家,但是我们在大多数情况下更关注历史语境和写作方式而非作家个人,除非作家的生平(不管真实与否)已经与其作品的接受融为一体。”[②]因此《剑桥中国文学史》不仅会收录一些大家耳熟能详的作家作品,也会漏掉一些著名的作家,同时又会提到一些其他文学史绝对不会收录的作家。

《剑桥中国文学史》并不受传统观念的影响,而是认为在宋代诗歌仍然是占主导地位的文类:“词在宋代,并不是首要的诗体形

①袁行霈主编《中国文学史》第三卷,高等教育出版社 2014 年,第 138 页。

②孙康宜、宇文所安《剑桥中国文学史英文版序言》,孙康宜、宇文所安主编《剑桥中国文学史》,生活·读书·新知三联书店 2013 年,第 6、7 页。

式,不像诗是唐代首要的诗体形式。有宋一代,诗仍然是占主导地位的、声望更高的诗体形式。”[①]在章节页码设置方面,第五章“北宋”共 9 节,除了第二节“欧阳修与文艺散文”、第八节“宋词”、第九节“非文艺散文”外,余皆论述的是宋代的诗歌。在总共 87 个页码中,涉及散文 19 页,词 20 页,而宋诗则占 48 页,远超宋文和宋词。

在论述历代词人词作时,《剑桥中国文学史》一共只涉及到敦煌词 1 首,唐五代 6 人,两宋 13 人 22 首,金元 2 人 2 首,明 3 人 6 首,清 5 人 5 首,显得格外严苛。秦观、王沂孙等著名词人没有进入叙述范围,但是文及翁、刘淑、秋瑾等不怎么有名的词人却进入了,这既解构了部分经典,同时又建构了新的典范。

以上 12 部著作都是通代文学史,时间跨度上至民国,下至新世纪;以大陆文学史为主,也兼及海外著作;既有个人的独立创作,也有众人的集体编写,代表了百年来文学史编纂的最高水平。这些文学史为词的经典化作出了巨大的贡献。除了章培恒《中国文学史》及《剑桥中国文学史》明确宣称宋词的地位不如宋诗外,其他文学史都认为词为宋代文学的代表,这除了从章节页码的分布可以看出来以外,还可以从他们的论述中体会到,除前引胡云翼《新著中国文学史》相关论述外,刘大杰《中国文学发展史》云:“词是宋代文学的灵魂。他继承着晚唐五代词体初兴的机运,在那三百年中,经许多天才作家的努力创作,发扬光大,造成了光辉灿烂的成绩。在中国的诗史上,他代替了旧诗的地位,而成为那几百年文学林中的代表作品了。”“于是词这一种体裁,便接替唐诗的地位,在中国的韵文史上,成为五代、两宋的代表作品了。”[②]郭预衡《中国古代文学史》云:“宋代是继唐代之后文学发展的又一高峰期。表现之一是各种

---

①孙康宜、宇文所安主编《剑桥中国文学史》,第 489 页。

②刘大杰《中国文学发展史》,商务印书馆 2017 年,第 600、524 页。

文体，诸如诗、词、散文、话本小说等都非常繁荣，尤以词最为发达，堪称一代之文学。”①都可以看出文学史家对宋词无比推崇的态度，也正是他们的推崇，才使得宋词取得了与唐诗并称的经典地位。

二、文学史选择的历朝词人

“任何文本都是人创作出来的，每一个文本背后，都站着一个甚至一批作者。”②“以时代为序，以作家为纲”的编著模式为多数文学史所采用，作家是文学史叙述的一个十分重要的维度。哪些作家能够入史，一方面是作家的经历和成就所决定，同时也体现着编者的观点。因此，我们统计了 12 部文学史论及的历代词作者的数量：

	胡本	郑本	钱本	刘本	台本	林本	游本	社本	章本	郭本	袁本	孙本
唐五	15	47	8	38	15	22	13	13	20	23	12	6
宋	54	106	22	98	12	43	41	26	37	32	45	13
金	0	3	1	0	0	0	3	1	3	7	0	1
元	0	6	2	0	0	1	3	2	1	0	0	1
明	0	4	3	0	0	1	3	0	0	0	1	3
清	30	0	16	46	0	1	23	6	15	2	33	5
总数	99	166	52	182	27	68	86	48	76	64	91	29

由上表可知，刘大杰《中国文学发展史》论及词人数量最多，达到 182 人。刘先生在编撰文学史时，不仅注意到名家大家，而且

①郭预衡《中国古代文学史》，第 3 册，第 1 页。

②董乃斌主编《文学史学原理研究》，河北人民出版社 2008 年，第 64 页。

会关注到那些虽不以词名家却不应被忽视的人物，如宋初词人聂冠卿，仅存词《多丽》一首，但刘先生却让他进入了文学史，因为“已为长调，颇可注意”[①]；又如清初满族词人佟世南，著有《东白堂词》，《全清词》收其词 62 首，陈廷焯《白雨斋词话》卷三曾云：“容若《饮水词》，在国初亦推作手，较《东白堂词》似更闲雅。然意境不深厚，措辞亦浅显。”[②]吴梅《词学通论》亦云：“同时佟世南有《东白堂》词，较容若略逊，而意境之深厚，措词之显豁，亦可与容若相勒。”[③]认为佟世南词的意境、措辞丝毫不逊《饮水词》甚至有胜出之势。刘大杰《中国文学发展史》则进一步申论：“（佟世南）与《饮水词》风格最相近，……长于小令，意境之深厚，修辞的婉丽，情感的蕴藉，态度的天真，可与纳兰性德相比。在清代词坛，这两位满洲词客，可称为小令的双星。”[④]后来除游国恩《中国文学史》论述纳兰性德时曾简略提及佟世南外[⑤]，再也少有人关注，连严迪昌《清词史》都未论及。正因为愿意关注这些声名不彰却并不一定没有贡献的词人，刘大杰《中国文学发展史》才为我们提供了最多的值得重视的词人名单。

郑振铎《插图本中国文学史》论及词人 166 人，如果他能完成清词部分的写作，《插图本中国文学史》论及词人的数量将肯定超过刘大杰《中国文学发展史》。郑先生对中小词人也有不少独得之见，如北宋湖北词人吴则礼，历代词话少有评说，《插图本中国文

①刘大杰《中国文学发展史》，商务印书馆 2017 年，第 614 页。
②唐圭璋编《词话丛编》本，中华书局 2005 年，第 3828 页。
③吴梅《词学通论》，中华书局 2010 年，第 153 页。
④刘大杰《中国文学发展史》，商务印书馆 2017 年，第 1089 页。
⑤游国恩《中国文学史》：“与他风格相近的作家有佟世南、顾贞观。佟亦满洲人，词亦缠绵婉约。”

学史》则云:“则礼词多慷慨激昂之作,……当已开了辛弃疾的先路。”①又如韩元吉之子南宋词人韩淲,历代少有评论,《插图本中国文学史》则高度评价道:“有《涧泉诗余》一卷。淲词缠绵悱恻,时有好句,且在丽语之中,尚能见出他的个性来,这是时流所少有的。”②韩淲及其诗词近几十年引起了学界较大的研究兴趣,《插图本中国文学史》实有导引之功。

相对而言,台静农《中国文学史》与《剑桥中国文学史》在推介词人方面最显薄弱。台静农《中国文学史》是因为只写到金元,明清词皆未涉及。《剑桥中国文学史》则是因为编者并不把推介作者当作自己的主要任务。主编孙康宜曾云:“相比于一般的文学史,我们还不一定把经典化看得那么重……我们的主要目的是给普通读者看,又由于自身的局限性,可能就不会那么注重作家个体,而会更注重一种倾向(tendency)或者一种潮流(trend)。”③因此,许多在词史中十分重要的作家如秦观、王沂孙等都没有介绍,相反,一些相对来说并不那么重要的作家,书中却予以较为突出的介绍。

上面我们考察了12种文学史分别推介词人的情况,下面我们来看12种文学史论及到哪些词人:

表三:12种文学史论述词人统计表

词人姓名	论及次数	人数
温庭筠、韦庄、李煜、冯延巳、柳永、晏殊、欧阳修、晏几道、张先、苏轼、周邦彦、辛弃疾	12	12

①郑振铎《插图本中国文学史》,第495页。

②郑振铎《插图本中国文学史》,第582页。

③孙康宜《新的文学史可能吗》,《清华大学学报》2005年第4期。

续表

词人姓名	论及次数	人数
秦观、姜夔、吴文英	11	3
李璟、黄庭坚、贺铸、李清照、张孝祥、刘过、王沂孙、张炎、敦煌词	10	9
张志和、刘禹锡、韦应物、白居易、范仲淹、朱敦儒、陆游、史达祖、刘克庄、周密	9	10
张元干、陈亮、纳兰性德	8	3
欧阳炯、王安石、高观国、刘辰翁、蒋捷、陈维崧、朱彝尊、张惠言、周济	7	9
李白、皇甫松、戴叔伦、李珣、牛峤、王建、叶梦得、岳飞、蒋春霖、顾敻	6	10
晁补之、陈与义、寇准、鹿虔扆、牛希济、萨都剌、王鹏运、吴激、项鸿祚、元好问、朱祖谋	5	11
曹贞吉、晁端礼、陈允平、陈子龙、龚自珍、顾贞观、况周颐、李符、李良年、厉鹗、沈岸登、宋祁、谭献、王士禛、魏承班、文天祥、吴伟业、向子諲、张泌、赵鼎、郑文焯、沈皞日、宋徽宗	4	23
白朴、蔡松年、曾觌、陈师道、龚翔麟、和凝、胡铨、李纲、林逋、毛文锡、毛熙震、孙光宪、唐玄宗、唐昭宗、王衍、文及翁、文廷式、杨慎、张辑、张耒、张翥、赵令畤、赵长卿、周紫芝、朱淑真、万俟咏、杨无咎	3	27
蔡伸、晁冲之、陈经国、陈克、陈人杰、戴复古、董士锡、段成式、范成大、方岳、葛立方、郭麐、韩翃、韩琦、韩偓、韩元吉、侯寘、黄公度、蒋景祁、蒋士铨、金式玉、康与之、李珣、李之仪、卢祖皋、吕渭老、毛滂、彭孙遹、钱惟演、沈佺期、司马光、唐明皇、唐庄宗、佟世南、汪元量、王琪、王诜、王世贞、王禹偁、魏夫人、无名氏、谢逸、阎选、杨炎正、元结、张抡、张琦、张松龄、张希复、赵彦端、郑符、周之琦、程垓、金应城、秋瑾、庄棫	2	56

续表

词人姓名	论及次数	人数
曹勋、曹组、曾惇、曾慥、柴望、陈德武、陈锐、陈维岳、陈尧佐、成彦雄、仇远、崔怀宝、崔液、党怀英、邓千江、邓郯、邓廷桢、邓剡、丁履恒、丁澎、杜安世、杜牧、段成己、段克己、冯煦、戈载、歌妓、葛胜仲、龚翔麟、顾瑛、顾贞立、郭应祥、过春山、韩淲、洪适、黄峨、黄机、黄景仁、黄升、贾昌朝、蒋敦复、今释澹归、李昂英、李邴、李存勖、李端、李光、李景伯、李祁、李演、李兆洛、李廌、廖莹中、林则徐、刘基、刘淑、刘仙伦、刘一止、刘长卿、柳如是、柳氏、柳宗元、卢炳、陆继辂、吕滨老、毛奇龄、梅尧臣、孟昶、倪瓒、聂冠卿、潘阆、裴谈、钱芳标、钱季重、秦湛、屈大均、瞿佑、阮阅、僧仲殊、邵亨贞、史唯圆、舒亶、司空图、苏舜卿、苏庠、隋炀帝、孙枝蔚、唐氏、田为、完颜亮、完颜璹、万树、汪森、王安中、王策、王方、王夫之、王观、王九思、王千秋、王清惠、王炎、王野、王以宁、王胄、王灼、韦骧、魏了翁、吴绮、吴潜、吴翌凤、吴藻、吴则礼、向滈、项廷纪、谢绛、谢任伯、徐灿、徐昌图、徐君宝妻、许棐、薛昭蕴、杨贵妃、杨基、杨万里、杨炎、杨泽民、姚宽、叶清臣、尹鹗、尤侗、虞集、袁去华、岳珂、恽敬、张昇、张肯、张舜民、张说、张镃、赵抃、赵师秀、赵文、赵以夫、赵子昂、郑抡元、郑燮、朱翌、左辅	1	151

文学史著作既要兼顾众体,文学通史还要顾及各个朝代,部头又不能太大,因此能够入史的作家是有限的。编纂者选择哪些作家,一方面是由作家的成就和影响所决定,同时也体现着编者的审美理想。由上表可知,一共 324 位词人进入了 12 种文学史。其中 12 位词人在所有文学史中都有出现,无一遗漏。这 12 位词人唐五代 4 人,北宋 7 人,南宋 1 人,是最被文学史认可的词人,堪称典范。他们不仅创作成就高,而且都是标志性的词人,对后世影响大。温庭筠是花间领袖,韦庄与其齐名,李煜以词抒写不幸遭遇和内心悲苦,冯延巳则开北宋一代风气,此四位唐五代词人均对后世

影响深远。柳永为宋代第一个专业词人，也是第一个在词的内容题材方面有大开拓的词人；晏氏父子与欧阳修，共同将传统词风发挥到极致；张先虽然名气没有其他 11 人大，但首创词序，首重词境，将视角从闺阁移向自然，功莫大焉；周邦彦重音律，讲寄托，或被视为词中之集大成者；苏、辛二人，雄视词坛，前无古人而后无来者。此数人在词史上地位重要，因此被每位文学史家重点论述也是必然的。

站在顶峰上的这 12 位词人，少数几位又被文学史家誉为顶峰上的顶峰，是词人中的词人。20 世纪上半叶，文学史家更多地认为李煜是登峰造极的那位词人，如胡云翼《新著中国文学史》云："五代词至于李煜，可以说是登峰造极了。……一洗五代曼艳绮靡的词风……李后主的词真是圣品了。拿温庭筠、韦庄来和李后主比较，便越显出李后主的伟大。"①钱基博《中国文学史》也说李煜是词中杜甫："词之有后主，犹诗之有杜，文之有韩；宋初诸家，靡不祖述，五代文学之馨烈所扇，有开必先者，莫如词；而后主，则词家之宗也。"②刘大杰《中国文学发展史》则进一步发挥王国维《人间词话》的观点，认为李煜是用真性情写真感情："李后主是一个彻底的主观诗人，他的眼光，他的心，从没有直视过现实，没有关心过社会种种的现象和问题，但他却将他自己的生活形态和心理状态，一点不隐藏不掩饰地和盘托出了。中国的诗人，能将自己的生活和他的作品发生这样密切的联系的，除李煜以外，只有屈原、陶潜和李清照。他们从没有说过一句假话，自己的生活是如何，心境是如何，就那么样真实地描写下来，成为最真实的作品了。在那些作品中，无一不充满着作者的个性情感和血肉淋漓的生命……后主

①胡云翼《新著中国文学史》，第 116、117 页。

②钱基博《中国文学史》，第 364 页。

的词，无论写艳情，写感慨，全是素描，不加雕饰。用着最明浅、最清丽的句子，最调和的音调，表达最深厚曲折的感情。他在小词的艺术上，达到了无可超越的境地。他有唐五代诸词人的长处，没有其短处，因此他成了当代词坛第一个伟大的代表。”[①]刘先生不仅称其词有着深厚的感情，也赞其艺术水准无可超越。

到了20世纪下半叶，文学史家赞誉更多的则是辛弃疾的英雄主义、爱国主义。之前的文学史对辛弃疾评价也很高，但尚没有哪一部文学史认为他是古今词坛第一人的，如胡云翼《新著中国文学史》说辛弃疾是“南宋第一大词人……他的词有悲壮，有苍凉，有哀艳，……也有放浪、颓废、游戏、诙谐，……他的怀古长调，固是激扬奋厉，极回荡豪放之能事；他的抒情曼词，也极其悱恻缠绵，昵狎温柔；尤其是他那些抒写闲散性情，描绘山水田园风趣的词，最足以代表作者的艺术”[②]。《插图本中国文学史》也承认辛弃疾是南宋最伟大的词人，并认为他的代表作是那些缠绵多情的作品，而非奔放不羁的调子[③]。钱基博《中国文学史》则多从艺术风格和创作手法肯定辛弃疾：“大抵弃疾之词，得灵警松秀之笔于花间，得浑灏排荡之气于东坡；而镕经铸史，糅杂俚俗，发以粗大，溢为奇恣；此所以异军突起，而名一家言也。”[④]林庚《中国文学简史》也说辛弃疾“是南宋词坛最突出的词人，成为豪放一派的宗主”[⑤]。都是从艺术成就和豪放风格肯定辛弃疾。到了五六十年代，文学史家更多地从精神层面肯定辛词，如社科院文学所的《中国文学史》云：

①刘大杰《中国文学发展史》，商务印书馆2017年，第567页。
②胡云翼《新著中国文学史》，第190页。
③郑振铎《插图本中国文学史》，第574页。
④钱基博《中国文学史》，第661页。
⑤林庚《中国文学简史》，第234页。

“宋南渡后，以气节自负、以功业自许、有交相之才、曾活跃于当时政治舞台的辛弃疾，也是一位被称为‘大声镗鞳，小声铿鍧，横绝六合，扫空万古’（刘克庄语）的爱国词人。他歌唱了时代的哀怨和欢乐，民族的悲愤和希望，使词这一种文学形式获得了空前的艺术力量。”[①]游国恩《中国文学史》说：“爱国词人辛弃疾和陆游的同时出现，标志着南宋文学爱国主义的主流在诗词创作方面所达到的新的高度。”[②]在那段激情燃烧的岁月里，这两部文学史不约而同地用“爱国主义”来评价辛弃疾。到了20世纪90年代，文学史家又突出辛弃疾的英雄情怀，如章培恒《中国文学史》云：“辛弃疾生长于被异族蹂躏的北方，恢复故土的愿望比一般士大夫更为强烈，而且因为他在主动承担民族使命的同时，也在积极地寻求个人生命的辉煌，在他的词中表现出不可抑制的英雄主义精神。”[③]袁行霈《中国文学史》亦云：“辛弃疾横刀跃马登上词坛，又拓展出一类虎啸风生、气势豪迈的英雄形象。”[④]到了21世纪的《剑桥中国文学史》，则干脆集众美于一身：“辛弃疾是词史上的划时代人物。他技巧卓绝，题材广泛，风格多样。作品主题涉猎广泛，从英豪纵放、爱国情操、政治评论、人生哲学到俗情世虑，以及素朴安详的乡村生活乐趣，兼收并蓄；风格从激昂宏肆、悲壮慷慨、沉郁奋厉，到妩媚缠绵、精练平淡，乃至幽默讥刺，变化多姿。”[⑤]全方位地肯定辛弃疾为划时代的词人。

以上论述的是全部被12部文学史论及到的12位词人，他们

---

①中国社科院文学研究所《中国文学史》，第563页。

②游国恩等《中国文学史》，第3册，第128页。

③章培恒、骆玉明《中国文学史》，第454页。

④袁行霈主编《中国文学史》，高等教育出版社2014年，第132页。

⑤孙康宜、宇文所安主编《剑桥中国文学史》，第576页。

处于金字塔的顶端,毫无疑问是获得了大家一致认可的典范。下面我们再考察被超过半数文学史论及到的词人,他们处于金字塔的中部,属于第二层次的词人,共 34 人。其中如秦观、李清照、姜夔、吴文英这样在当代学术界被高度重视的词人,居然也曾被有的文学史遗忘,而且李清照是被遗忘了两次[①]。34 人中,出现了 5 位清代词人的名字:纳兰性德、陈维崧、朱彝尊、张惠言、周济,特别是纳兰性德,除了郑振铎《插图本中国文学史》和台静农《中国文学史》是因为没有写完清代部分而缺少纳兰性德的内容外,只有郭预衡《中国古代文学史》和《剑桥中国文学史》没有论及。这 34 位第二层次的词人,基本上属于词人典范,今后的文学史著作不容放过。

只被 6 种或 6 种以下文学史论及的历代词人,是第三层次的词人。这是一个数量十分庞大的群体,多达 278 人。特别是有 151 位词人只被 1 种文学史论及,其中绝大多数都籍籍无名,但也有少数词人如完颜亮虽存词不多,却是不输李璟、宋徽宗的帝王词人;再如柳如是识见胸怀均不输须眉,其词更是巾帼翘楚;又如清代道光年间词誉遍大江南北的女词人吴藻,胡云翼《新著中国文学史》誉其为清代女词家第一人,就都是应该被文学史记住的人。

当然,有些偶尔进入文学史的词人,更多地可能是因为文学以外的因素,如林则徐、邓廷桢进入袁版文学史,是因其"充实的社会内容"、"表现了反侵略和爱国的激情"[②],编者重视的是词作的思想内容。又如清初的几位遗民词人屈大均、王夫之等,文学史论述的时候,也更多的是因为他们词作的"故国之思","或写怀念故

①钱基博《中国文学史》遗忘了李清照,《剑桥中国文学史》遗忘了秦观,台静农《中国文学史》遗忘了李清照、姜夔、吴文英。

②袁行霈主编《中国文学史》第四卷,高等教育出版社 2014 年,第 391 页。

明,或记抗清复国,或咏物言志,表示不仕二姓的气节,或以古喻今,寄托回天无力的悲愤”[①]。

总之,对第三层级的278位词人,即使是其中只被一种文学史论及的151位词人,我们也要充分重视,既不轻易放过,也不盲目轻信,综合分析,看他们是否具有文学史意义。此外,12种文学史平均论及词人82人,考虑到郑振铎《插图本中国文学史》和台静农《中国文学史》没有写完,这个平均数约为90人左右。因此一部文学史接纳词人的最佳数目应为90人左右。

三、文学史中的经典词作

一代一代优秀的文学作品构成了文学史,文学史的本位是文本[②]。因此有必要探讨这12种文学史收录作品的情况。据统计,12种文学史一共论及1349首词,平均每部文学史论词约112首,这是一部文学史容纳词作最合适的数量。1349首词中916首分别只被一种文学史论及,意味着12位文学史家在编撰文学史时选择的词作近68%完全不一样,可见他们的编撰旨趣及审美眼光有着很大的不同。1349首词中,前100名分别被5种或5种以上的文学史论及,见下表:

序号	词	作者	时代	次数	未论及的文学史
1	虞美人·春花秋月何时了	李煜	五代	11	孙
2	渔父·西塞山前白鹭飞	张志和	唐	10	台、孙

①袁行霈主编《中国文学史》第四卷,第228—229页。

②董乃斌主编《文学史学原理研究》,第48页。

续表

序号	词	作者	时代	次数	未论及的文学史
3	摊破浣溪沙·菡萏香销翠叶残	李璟	五代	10	胡、孙
4	浪淘沙·帘外雨潺潺	李煜	五代	10	孙、郑
5	雨霖铃·寒蝉凄切	柳永	北宋	10	孙、台
6	八声甘州·对潇潇暮雨洒江天	柳永	北宋	10	孙、胡
7	水调歌头·明月几时有	苏轼	北宋	10	台、郑
8	念奴娇·大江东去	苏轼	北宋	10	孙、台
9	满庭芳·山抹微云	秦观	北宋	10	孙、钱
10	梦江南·梳洗罢	温庭筠	唐	9	郑、刘、孙
11	菩萨蛮·小山重叠金明灭	温庭筠	唐	9	郑、孙、胡
12	浣溪沙·一曲新词酒一杯	晏殊	北宋	9	郑、台、胡
13	声声慢·寻寻觅觅	李清照	南北	9	台、钱、林
14	六州歌头·长淮望断	张孝祥	南宋	9	台、孙、胡
15	扬州慢·淮左名都	姜夔	南宋	9	台、钱、林
16	忆江南·江南好,风景旧曾谙	白居易	唐	8	郑、台、钱、孙
17	女冠子·四月十七	韦庄	五代	8	郑、林、孙、胡
18	望海潮·东南形胜	柳永	北宋	8	郑、台、钱、胡
19	鹤冲天·黄金榜上	柳永	北宋	8	钱、林、孙、胡
20	渔家傲·塞下秋来风景异	范仲淹	北宋	8	台、钱、孙、胡
21	踏莎行·候馆梅残	欧阳修	北宋	8	台、钱、孙、胡
22	鹧鸪天·彩袖殷勤捧玉钟	晏几道	北宋	8	台、钱、林、胡

续表

序号	词	作者	时代	次数	未论及的文学史
23	青玉案・凌波不过横塘路	贺铸	北宋	8	台、钱、孙、胡
24	兰陵王・柳阴直(烟)	周邦彦	北宋	8	袁、社、钱、孙、胡
25	六丑・正单衣试酒	周邦彦	北宋	8	章、游、台、社、孙
26	武陵春・风住尘香花已尽	李清照	南北	8	台、钱、孙、胡
27	醉花阴・薄雾浓云愁尽昼	李清照	南北	8	台、钱、孙、胡
28	贺新郎・梦绕神州路	张元干	南北	8	台、社、钱、孙
29	念奴娇・洞庭青草	张孝祥	南宋	8	郑、台、孙、胡
30	破阵子・醉里挑灯看孙	辛弃疾	南宋	8	台、钱、孙、胡
31	摸鱼儿・更能消几番风雨	辛弃疾	南宋	8	郑、台、孙、胡
32	贺新郎・甚矣吾衰矣	辛弃疾	南宋	8	台、社、孙、胡
33	沁园春・斗酒彘肩	刘过	南宋	8	台、社、孙、胡
34	忆秦娥・箫声咽	李白	唐	7	袁、台、孙、胡、郭
35	调笑令・胡马胡马	韦应物	唐	7	郑、台、钱、刘、孙
36	忆江南・春去也	刘禹锡	唐	7	郑、台、钱、孙、郭
37	更漏子・玉炉香	温庭筠	唐	7	郑、袁、台、社、孙
38	菩萨蛮・人人尽说江南好	韦庄	唐	7	郑、钱、刘、孙、胡
39	乌夜啼・林花谢了春红	李煜	五代	7	郑、社、钱、孙、胡
40	天仙子・水调数声持酒听	张先	北宋	7	台、社、钱、孙、胡
41	蝶恋花・庭院深深深几许	欧阳修	北宋	7	郑、袁、社、钱、孙
42	江城子・老夫聊发少年狂	苏轼	北宋	7	台、钱、刘、林、胡
43	临江仙・梦后楼台高锁	晏几道	北宋	7	郑、章、社、孙、胡
44	踏莎行・雾失楼台	秦观	北宋	7	郑、台、钱、孙、胡

续表

序号	词	作者	时代	次数	未论及的文学史
45	诉衷情·当年万里觅封侯	陆游	南宋	7	台、钱、林、孙、胡
46	点绛唇·燕雁无心	姜夔	南宋	7	郑、游、台、孙、胡
47	疏影·苔枝缀玉	姜夔	南宋	7	袁、台、社、钱、胡
48	高阳台·接叶巢莺	张炎	南宋	7	郑、游、台、林、孙
49	解连环·楚江空晚	张炎	南宋	7	郑、游、台、林、孙
50	菩萨蛮·平林漠漠烟如织	李白	唐	6	袁、台、林、孙、胡、郭
51	转应词·边草	戴叔伦	唐	6	章、台、钱、林、孙、胡
52	菩萨蛮·水精帘里颇黎枕	温庭筠	唐	6	台、社、钱、刘、孙、胡
53	女冠子·昨夜夜半	韦庄	唐	6	袁、台、社、林、孙、郭
54	菩萨蛮·人生愁恨何能免	李煜	五代	6	台、社、钱、林、孙、胡
55	木兰花·晓妆初了明肌雪	李煜	五代	6	游、台、钱、林、孙、胡
56	谒金门·风乍起	冯延巳	五代	6	游、台、刘、林、孙、胡
57	菩萨蛮·枕前发尽千般愿	无名氏	五代	6	郑、游、钱、刘、孙、胡
58	蝶恋花·槛菊愁烟兰泣露	晏殊	北宋	6	章、游、台、社、钱、孙
59	江神子·十年生死两茫茫	苏轼	北宋	6	郑、袁、游、台、林、胡
60	桂枝香·登临送目	王安石	北宋	6	游、台、钱、林、孙、胡
61	清平乐·春归何处	黄庭坚	北宋	6	郑、袁、游、台、刘、孙
62	千秋岁·水边沙外	秦观	北宋	6	郑、台、钱、刘、孙、胡
63	一剪梅·红藕香残玉簟秋	李清照	南北	6	郑、台、钱、刘、孙、胡
64	永遇乐·落日熔金	李清照	南北	6	郑、台、钱、刘、林、胡
65	如梦令·昨夜雨疏风骤	李清照	南北	6	游、台、钱、刘、孙、胡
66	满江红·怒发冲冠	岳飞	南宋	6	章、台、钱、孙、胡、郭

续表

序号	词	作者	时代	次数	未论及的文学史
67	永遇乐·千古江山	辛弃疾	南宋	6	台、社、钱、刘、孙、胡
68	鹧鸪天·壮岁旌旗拥万夫	辛弃疾	南宋	6	郑、台、钱、刘、林、孙
69	水调歌头·不见南师久	陈亮	南宋	6	郑、游、台、钱、孙、胡
70	暗香·旧时月色	姜夔	南宋	6	游、台、社、钱、林、胡
71	双双燕·过春社了	史达祖	南宋	6	游、台、刘、孙、胡、郭
72	齐天乐·一襟余恨宫魂断	王沂孙	南宋	6	郑、台、社、林、孙、胡
73	转应词·团扇	王建	唐	5	郑、袁、游、台、钱、孙、胡
74	望江南·莫攀我	无名氏	唐	5	郑、游、台、钱、刘、孙、胡
75	思帝乡·春日游	韦庄	五代	5	郑、袁、社、钱、刘、林、孙
76	生查子·春山烟欲收	牛希济	五代	5	袁、社、钱、刘、孙、胡、郭
77	临江仙·金锁重门荒苑静	鹿虔扆	五代	5	章、袁、游、社、钱、林、孙
78	苏幕遮·碧云天	范仲淹	北宋	5	章、袁、台、社、钱、孙、胡
79	踏莎行·小径红稀	晏殊	北宋	5	郑、袁、游、台、钱、孙、郭
80	翦牡丹·野绿连空	张先	北宋	5	郑、台、社、钱、孙、胡、郭
81	定风波慢·自春来	柳永	北宋	5	郑、台、社、刘、林、孙、胡
82	南歌子·凤髻金泥带	欧阳修	北宋	5	郑、游、台、社、林、孙、郭

续表

序号	词	作者	时代	次数	未论及的文学史
83	定风波·莫听穿林打叶声	苏轼	北宋	5	郑、社、钱、刘、林、孙、胡
84	卜算子·缺月挂疏桐	苏轼	北宋	5	袁、台、社、钱、刘、孙、胡
85	鹊桥仙·纤云弄巧	秦观	北宋	5	郑、台、钱、刘、林、孙、胡
86	凤凰台上忆吹箫·香冷金猊	李清照	南北	5	台、社、钱、刘、林、孙、郭
87	水龙吟·楚天千里清秋	辛弃疾	南宋	5	郑、社、钱、刘、林、孙、胡
88	南乡子·何处望神州	辛弃疾	南宋	5	郑、台、社、刘、林、孙、胡
89	贺新郎·老大犹堪说	辛弃疾	南宋	5	郑、台、钱、刘、林、孙、胡
90	清平乐·茅檐低小	辛弃疾	南宋	5	郑、台、钱、刘、林、孙、胡
91	西江月·明月别枝惊鹊	辛弃疾	南宋	5	郑、游、台、社、钱、林、孙
92	丑奴儿·少年不识愁滋味	辛弃疾	南宋	5	郑、袁、游、刘、林、孙、胡
93	沁园春·杯汝来前	辛弃疾	南宋	5	郑、游、台、社、钱、孙、胡
94	六州歌头·中兴诸将	刘过	南宋	5	郑、台、钱、刘、林、孙、胡
95	钗头凤·红酥手	陆游	南宋	5	袁、游、台、社、钱、孙、胡

续表

序号	词	作者	时代	次数	未论及的文学史
96	长亭怨慢·渐吹尽枝头香絮	姜夔	南宋	5	章、台、钱、刘、林、孙、胡
97	齐天乐·庾郎先自吟愁赋	姜夔	南宋	5	郑、台、社、钱、林、孙、胡
98	人月圆·南朝千古伤心事	吴激	金	5	袁、台、社、钱、刘、林、胡
99	眉妩·渐新痕悬柳	王沂孙	南宋	5	郑、台、社、钱、林、孙、胡
100	越溪春·听风听雨过清明	吴文英	南宋	5	章、游、台、钱、刘、孙、胡

这100首词共由40位词人创作,另有唐代2首无名氏词。其中辛弃疾词最多,有12首,其后依次为李清照7首,苏轼和姜夔6首,柳永和李煜5首,温庭筠、韦庄、秦观各4首,晏殊和欧阳修3首,李白、范仲淹、张先、晏几道、周邦彦、张孝祥、陆游、刘过、王沂孙、张炎各2首,余下的张志和、白居易、韦应物、刘禹锡、戴叔伦、王建、牛希济、鹿虔扆、李璟、冯延巳、王安石、黄庭坚、贺铸、张元干、岳飞、陈亮、吴激、史达祖、吴文英等各有1首进入前100首。这些词作计唐五代14人25首(另有2首无名氏词),北宋12人32首,南宋11人32首,南北宋2人8首,金1人1首。除了金人吴激有1首外,余皆为唐宋词人的作品,可见元明清还缺少被文学史家所共同认可的经典之作。

100首唐宋词,12种文学史论述到的首数从多到少分别是:章本91首,郭本89首,袁本81首,游本75首,刘本68首,社本64首,林本61首,郑本51首,钱本35首,胡本29,台本21首,孙本12首。排前四位的章本、郭本、袁本、游本都是新中国成立后的文学史,这说明越到后来,人们对经典的认同越趋于一致。我们得佩服刘大杰独到的眼光,作于三四十年代的《中国文学发展史》,能够在100首最受关注的唐宋词中论及68首,实属不易。相反,《剑桥中国文学史》因为不以介绍经典为务,论述词作本来就少,进入100首名篇的就更少了,只有12首。胡云翼虽然是词学家,然其《新著中国文学史》一共只论及64首词,其中有29首进入了100首之列。

100首词中,李煜《虞美人·春花秋月何时了》以11次入选文学史而独占鳌头。文学史家之所以欣赏这首词,在于它不仅有亡国之痛、家国之思,而且这样一种沉重悲伤的感情是通过具有诗意的形象比喻和艺术概括极强的语言来表现的,遂臻沉郁顿挫之境①。另外10次进入12种文学史的8首词均为唐五代北宋词,看来文学史家对唐五代北宋词的认同更加趋于一致。

王兆鹏先生《宋词排行榜》通过统计历代词选、互联网页、历代评论、研究论文和唱和五个方面的数据,最后选取排名居前的100首词,作为宋词名篇排名的有效数据②。将这两份排行榜进行比较,发现有46首词不同。需要说明的是,《宋词排行榜》只对受欢迎的宋词进行排行,不包括唐五代词,而本文排列的受文学史家

①钱基博《中国文学史》云:"及为宋俘以抵汴京,封违命侯,怆怀家国,而又噤不敢发,一托之词,乃臻沉郁顿挫之境矣。"台静农《中国文学史》云:"后主词则是写宇宙人生之感触、亡国之悲痛。"社科院《中国文学史》云:"把一个不幸者的悲伤表现得分外真切,分外沉重,而产生感情上的动人力量。……李煜在表现这一切时是通过具有诗意的形象比喻和艺术概括极强的短诗形式。……这种表现形式,要求他必须以生动而经济的艺术手段去渲染出悲伤的情态和深度,而没有、也不可能在词中去具体叙说他所怀念、所悲悼的内容。"

②王兆鹏、郁玉英、郭红欣《宋词排行榜》,中华书局2012年。

青睐的100首则包括历朝历代所有的词作，如果去掉其中的27首唐五代词和1首金词，则余下的72首宋词仍有18首没有进入《宋词排行榜》，比例不可谓不高。另外，《宋词排行榜》100首词中有9首一次都没有被12种文学史论及①。看来，有名的词不一定入得了文学史，进入了文学史的词也不一定就很有名！当然，换一个角度看，我们今后撰写文学史时，应该对这些没有进入文学史的名篇给予特别关注，而对已经进入文学史却在后世没有太大影响的那些作品则给予重新考量，将经典与名篇结合起来，撰写出来的文学史必定会拥有更为完善的经典篇目。

①这9首词分别为周邦彦《花犯·粉墙低》《风流子·新绿小池塘》《大酺·对宿烟收》《蝶恋花·月皎惊乌栖不定》《解连环·怨怀无托》、章楶《水龙吟·燕忙莺懒》、史达祖《东风第一枝·巧沁兰心》、晁冲之《汉宫春·潇洒江梅》、陈亮《水龙吟·闹花深处层楼》。

20世纪上半叶中国文学通史中的苏轼词叙述*

贾倩颖　陈文新

20世纪早期,既是词学现代转型的时期,也是文学史建构和著述的热潮期。很多国内学者,不仅在词学上建树颇丰,同时也尝试编写中国文学史。这一时期的文学史,尚未形成统一的范式,又往往用作教材讲义,比较能够反映出编写者的风格和想法。不同的文学史作者对苏轼词的看法不尽一致,为我们的考察提供了丰富的可资对比的素材。本文的论述以"中国文学通史"为限,不包括断代史或专题的文体史,拟在梳理20世纪上半叶中国文学通史中的苏轼词叙述概况的基础上,考察苏轼词叙述的各种变化及其变化的原因,以期作出较有深度的描述和阐释。

一、20世纪上半叶文学史中的苏轼词叙述概况

20世纪早期的中国文学通史,大体呈现出文字、文学和学术

---

* 本文为国家社科基金重大招标项目"中国文学史著作整理、研究及数据库建设"(17ZDA243)的阶段性成果。

不分的状态。林传甲《中国文学史》仅叙述苏轼的散文和骈文，没有提到他的诗词成就。稍后的黄人《中国文学史》虽称赞苏轼“弱冠博通经史，为文浑涵光芒，雄视百世，器识宏伟，议论卓荦，挺挺大节，诸贤无出其右”①，列举了苏轼大量的诗文，却唯独没有涉及到词。至于窦警凡《历朝文学史》，更是只有一段对于词史的概述，用一句话叙述苏轼《东坡词》以“豪迈”胜。

随着文学史写作的深入，苏轼词的叙述篇幅和范围越来越大，但这个时期的苏轼词叙述，几乎都是由前人评语和著名典故构成的，相似性极大。如曾毅《中国文学史》②：

> 昔苏子瞻在玉堂，有幕士善歌，因问：“我词比柳词何如？”对曰：“柳郎中词，只好十七八女孩儿，执红牙拍，歌‘杨柳岸，晓风残月’；学士词须关西大汉，执铁绰板，唱‘大江东去’。”公为之绝倒。此不特以苏柳之异，抑亦南北两派之形容也。③
>
> 词至东坡出，始脱音律之拘挛，创为激越之声调，一洗绮罗香泽之态，摆脱绸缪宛转之度，使人登高望远，举首高歌，而逸怀浩气，超然乎尘垢之表，皂隶花间，舆台耆卿，不足道也。或以其音律小不谐，自是横放杰出，曲子内缚不住者，黄九和

①黄人《中国文学史》，苏州大学出版社，2015年，第232页。

②曾毅《中国文学史》，上海泰东图书局，1917年，第224—225页。

③该典故出自俞文豹《吹剑续录》，同时运用该典故的还有谢无量《中国大文学史》（1917）、谭正璧《中国文学进化史》（1929）、《中国文学史大纲》（1933）、郑振铎《插图本中国文学史》（1932）、胡怀琛《中国文学史概要》（1933）、贺凯《中国文学史纲要》（1933）、柳村任《中国文学史发凡》（1935）、施慎之《中国文学史讲话》（1941）、杨荫深《中国文学史大纲》（1947）等等。著者的侧重点各有不同，主要有二，一是用来说明苏轼词不谐音律的特点，二是用来说明苏轼词区别于柳永词的豪放之风。

之，虽称高妙，然其粗俗处往往而有。后村之徒，则以东坡如教坊雷大使之舞，虽极天下之工，要非本色。

第一段选取俞文豹《吹剑续录》中的典故，第二段先引胡寅《酒边词序》①，再引晁补之《评本朝乐章》、陈师道《后山诗话》，几乎没有著者本人的发挥。与此类似的还有朱希祖《中国文学史要略》，其叙述实为胡寅《酒边词序》和《四库总目》的综合：

至苏轼出，乃一洗绮罗香泽之态，绸缪宛转之度，浩气逸怀，超乎尘埃之外，遂为词之别派，论者谓词自晚唐五季以来，大抵以清切婉转为宗，至柳永而一变，如诗家之有白居易；至苏轼而又一变，如诗家之有韩愈，亶其然乎。②

谢无量《中国大文学史》内容更加充实，不仅引了《四库总目》《东坡词》提要和《吹剑续录》，还引了曾敏行《独醒杂志》中的一则来说明苏词传播的广泛：

轼守徐州日，作燕子楼乐章，其稿初具，逻卒已闻张建封庙中有鬼歌之，其事荒诞不足信，然足见轼之词曲，舆隶亦相传诵，故造作是说也。③

20世纪二三十年代，尤其是在白话文用于文学史写作之后，更多丰富和全面的评价出现了。这样的变化，既与文学史的篇幅扩大有关，更与评价标准的变化有关，苏轼对开拓词境的贡献，以

①胡寅《酒边词序》引用率也颇高，谭正璧《中国文学进化史》（1929）、胡云翼《新著中国文学史》（1932）、柳村任《中国文学史发凡》（1935）、钱基博《中国文学史》（1939）、施慎之《中国文学史讲话》（1941）等均曾提及，未必是完整的引用，化用的现象也很常见。

②朱希祖《早期北大文学史讲义三种·中国文学史要略》，北京大学出版社，2005年，第293页。

③谢无量《中国大文学史》卷八，中华书局，1917年，第72页。

及他的词本身的内容和意趣,得到了更多关注。

胡云翼《新著中国文学史》(1932)这样评价苏轼的词:

> 词体之得解放,自苏轼始。……他一方面超越了“词为艳科”的狭隘范围,变婉约的作风为豪放的作风;一方面又摆脱了词律的严格的拘束,自由去描写。……可是,我们认定这种“别派”,是词体的新生命。①

陆侃如、冯沅君的《中国文学史简编》(1939),从辞句、内容和音律三个方面评价了“怪杰”苏轼:

> 在辞句方面,他往往杂采诗赋语,经典语,甚至于以散文的句法作词,……在内容方面,他以词调笑,以词说理,以词写乡思,以词叙幽情,……在音律方面,他不喜剪裁以就声律(见《词林纪事》);故词的束缚以他而解放了,词的领域以他而扩张了。②

这两本文学史的共同特点,是专注于苏轼词开拓了新的意境和创立了新的风格。此外,在30年代以后,注意到苏轼词婉约与豪放的特点本是“你中有我,我中有你”的文学史著作也有不少,如柳村任《中国文学史发凡》(1935)、施慎之《中国文学史讲话》(1941)、杨荫深《中国文学史大纲》(1947)等等。施慎之虽然明确区分了豪放派和婉约派,但他还指出了苏轼也有绮丽的词(《卜算子·水是眼波横》)。杨荫深也提出,苏轼词并非完全是豪放的,也有不少是“清空灵隽,细腻婉约”③的,且以张炎“东坡词清丽舒徐处,高出人表,周秦诸人,所不能到”的评语作为佐证。钱基博

①胡云翼《新著中国文学史》,上海北新书局,1947年,第188—189页。

②陆侃如、冯沅君《中国文学史简编》,上海开明书店,1939年,第174—175页。

③杨荫深《中国文学史大纲》,商务印书馆,1947年,第260页。

《中国文学史》(1939)亦云：

> 词之有苏轼，犹诗之有李白，往往高举无前，以歌行纵横之笔，盘屈而为词，跌宕排奡，一变晚唐五代之旧格，遂为辛弃疾一派开山。……然轼之词，非尽大笔淋漓，亦有赋情婀娜。……虽是情辞缠绵，依旧阵仗纵横；天生一枝健笔，有必达之辞，无难显之情。①

此类叙述摆脱了仅仅留意苏轼词豪放风格的单一视角，而能兼而有之，比较完整地呈现出苏轼词的特点。

从苏轼词的引用率来看，《念奴娇》(大江东去)在20世纪上半叶文学史中已经成为苏轼最有代表性的作品。论苏轼豪放、不谐音律的特点，《念奴娇》(大江东去)几乎是必述之词；论苏轼开创了新的意境、新的风格，此词也不能避开。陆续提到该词的有曾毅《中国文学史》、周群玉《白话文学史大纲》、贺凯《中国文学史纲要》、谢无量《中国大文学史》、郑振铎《插图本中国文学史》、胡云翼《新著中国文学史》、顾实《中国文学史大纲》、胡怀琛《中国文学史概要》、钱基博《中国文学史》、施慎之《中国文学史讲话》、杨荫深《中国文学史大纲》等等。《减字木兰花》(贤哉令尹)、《减字木兰花》(惟熊佳梦)、《醉翁操》(琅然)、《洞仙歌》(冰肌玉骨)、《水调歌头》(明月几时有)、《哨遍》(为米折腰)、《哨遍》(睡起)、《定风波》(莫怪鸳鸯绣带长)、《念奴娇》(凭高眺远)、《无愁可解》(光阴百年)、《醉落魄》(轻云微月)、《江城子》(梦中了了醉中醒)、《江城子》(老夫聊发少年狂)、《卜算子》(缺月挂疏桐)、《卜算子》(水是眼波横)、《蝶恋花》(花褪残红青杏小)、《水龙吟》(似花还似非花)、《水龙吟》(古来云海茫茫)、《临江仙》(夜饮东坡醒复

①钱基博《中国文学史》，上海古籍出版社，2015年，第508—509页。

醉)、《虞美人》(冰肌自是生来瘦)、《贺新郎》(乳燕飞华屋)等等,也是引用率较高的作品。

二、进化的文学史观与苏轼词叙述

就对词体的评价而言,文学史叙述的总体趋势是不断提升的。文学史家们对进化史观的普遍应用改变了苏轼词叙述的整体格局。

1912年王国维在《宋元戏曲考·自序》中写道:"凡一代有一代之文学,楚之骚,汉之赋,六代之骈语,唐之诗,宋之词,元之曲,皆所谓一代之文学,而后世莫能继焉者也。"[①]1915年,胡适提出"词乃诗之进化"的观点[②]。其后,胡适在《文学改良刍议》(1917)中阐发了他的进化文学观:"文学者,随时代而变迁者也。一时代有一时代之文学:周秦有周秦之文学,汉魏有汉魏之文学,唐宋元明有唐宋元明之文学。此非吾一人之私言。乃文明进化之公理也。……吾辈以历史进化之眼光观之,决不可谓古人之文学皆胜于今人也。"[③]五四新文化运动之后,进化史观逐步成为文学史书写的主导观念。胡适首开其端,其《国语文学史》(1922)勾勒了白话文学变化的动态历史进程,《白话文学史》(1928)引子尤为明确地说:"我要大家都知道白话文学史就是中国文学史的中心部分,中国文学史若去掉了白话文学的进化史,就不成中国的文学史了,只可叫做'古文传统史'罢了。"[④]胡适以进化的文学史观为他所倡导的白话文学张目,断言白话文学是当时中国的正宗,打开了进化

①王国维《宋元戏曲史》,东方出版社,1996年,第1页。

②胡适《胡适学术文集·新文学运动》,中华书局,1993年,第328页。

③胡适《胡适文存》(卷一),上海三联书店,2014年,第9—10页。

④胡适《白话文学史》,岳麓书社,2010年,第2页。

史观在文学史书写中的新格局。20年代末,谭正璧的《中国文学进化史》(1929)面世,径以"进化"名书,后来又多次再版,仍以"进化"为名;30年代初,郑宾于《中国文学流变史》(1930)问世,"流变"一词,是"进化"的化用,说明进化史观已经形成一个初步的热潮。此后,进化史观在文学史叙述中无可置疑地占据了主导地位。穆济波的《中国文学史》、陈冠同的《中国文学史大纲》、刘大白的《中国文学史》、杨荫深的《中国文学史大纲》,都在正文之前的绪论部分表明书中所持的是"进化史观"。

在进化史观的视野下,词摆脱了"小道"地位,从诗的附庸成为独当一面的文体。在以往,如郑振铎《插图本中国文学史·绪论》所说:

> 最早的几部"文学史"简直不能说是文学史,只是经、史、子、集的概论而已;而同时,他们又根据传统的观念——这个观念最显著的表现在《四库全书总目提要》里——将纯文学的范围缩小到只剩下"诗"与"散文"两大类,而于"诗"之中,还撇开了"曲"——他们称之为"词余",甚至撇开了"词"不谈,以为这是小道;有时,甚至于散文中还撇开了非"正统"的骈文等等东西不谈;于是文学史中所讲述的纯文学,便往往只剩下五七言诗、古乐府,以及"古文"。①

林传甲《中国文学史》(1904)共有十六篇,包含了文字学上的音韵训诂、写作学上的修辞、文体文法等等;只讲散文、骈文,以"古文"为"正统",绝不涉及小说、词曲等。黄人则称:"诗有词至唐后始分……一言蔽之,则词之必出于诗,有断然者,则实谓之诗余可矣。"②在当时,关于有宋一代的代表文学,也有人选择道学或理

①郑振铎《插图本中国文学史》,当代世界出版社,2009年,第5页。
②黄人《中国文学史》,苏州大学出版社,2015年,第41—42页。

学,如谢无量《中国大文学史》(1918)专门开辟了一节来论述宋之道学:“唐文学之特质仅在诗歌,宋文学之特质则在经学文章之发达。”①在接受了西方现代文学观念以后,学者们选择各个时代的代表性文学时,抛弃了道学、小题八股等不属于现代文学范围的文体,词便成为论述宋代文学无法回避的对象,谭正璧在《中国文学进化史》(1929)中直言“词遂渐渐占了律绝的地位取而代之”,宋代是“词的黄金时代”②。文学史著作逐渐容纳了词的起源、词家的介绍、词作的选择和创作风格的分立等内容,形成了较为丰富的叙述。在宋词叙述逐渐扩大规模的基础上,苏轼的词在文学史叙述中的篇幅自然水涨船高,且有逐渐超过诗文类篇幅的趋势。且看《白话文学史》出现前后,胡怀琛的两部勾勒“文学变迁之大势”的文学史:

文学史	目录	苏轼词叙述
《中国文学史略》(1924) 第八章　宋 第二十一节　此时代文学变迁之大势	(一)欧阳修之复古也 (二)理学之影响于文学也 (三)永嘉永康之演为功利派也 (四)诗派之变迁也 (五)词派之变迁也 (六)平话之创体也 (七)语录之创体也③	至苏轼,再变而为粗豪④。

①谢无量《中国大文学史》(第四编),中华书局,1918年,第1页。
②谭正璧《中国文学进化史》,上海光明书局,1929年,第145页。
③胡怀琛《中国文学史略》,上海梁溪图书馆,1924年,第87—96页。
④胡怀琛《中国文学史略》,上海梁溪图书馆,1924年,第93页。

续表

文学史	目录	苏轼词叙述
《中国文学史概要》(1931) 第七章 (一)宋代文学变迁的大势	(一)词的发展变化及其变迁 (二)"评话"的发达 (三)"散文"的变迁及其派别 (四)文人诗的变迁及其派别 (五)民歌的流行 (六)"滑稽戏"的发展 (七)外国人的侵略影响于文学①	苏轼纯是文人,不知音律,他的散文如长江大河一般,滔滔汩汩,一泻千里,他的词也恰好和他的散文一样,"粗豪"的批评,是很适当的②。

除了篇幅的明显增加之外,词、诗、文的目录顺序也值得关注。胡怀琛剔除了理学、语录等内容,把目光转移到民间文学发展上来,词也成为宋代首位需要叙述的重要文体,位于散文诗歌之前。而在以往,如曾毅、谢无量等人的文学史中,词的叙述是放在宋代文学的最后或者倒数第二位的,且苏轼的诗文往往与苏轼的人生经历结合在一起叙述,词则归类到整个北宋词人当中以几句话带过。类似的变化很多,胡云翼《新著中国文学史》中的宋代文学叙述了苏轼的古文、词和诗,诗歌和古文的叙述比之于词都要少得多。虽然词的位置在古文之后诗歌之前,但古文仅有一句评语("妙称天下"),而胡云翼却用两页多的篇幅说明苏轼词在转变词风、开创新的道路方面的作用,还列举了《念奴娇》《水调歌头》两篇好词。在进化史观的引导下,国内甚至还产生了因偏执该理论而叙述内容不完整的文学史,如刘麟生《中国文学ABC》(1929)、谭正璧《中国文学进化史》(1929)、郑宾于《中国文学流变史》(1930)、胡小石《中国文学史》(1931)、杨荫深《中国文学史大纲》

①胡怀琛《中国文学史概要》,商务印书馆,1933年,第105—121页。
②胡怀琛《中国文学史概要》,商务印书馆,1933年,第106页。

(1938)等等,都明确声明只叙述“当代发达的文学”,唐代只叙诗歌、传奇,宋代专取其词,余下元明清时代只记录俗文学,这一现象尤其说明了词已被多数文学史家确认为“宋代之所胜”。

三、胡适的词学研究与苏轼词叙述

苏轼词在文学史叙述中的地位提升与胡适的词学研究也有密不可分的关系。胡适不是论词的专家,但他为了配合他所主张的文学革命和白话文运动,以局外人身份带来了词学价值观念的转变和创新。他以新的眼光发现了词体的价值所在,总结了词史发展道路,提供了新的批评鉴赏标准。

胡适认为,由诗到词是诗体的一大解放:

> 吾国诗句之长短韵之变化不出数途,又每句必顿住,故甚不能达曲折之意,传宛转顿挫之神。至词则不然。如稼轩词:落日楼头,断鸿声里,江南游子,把吴钩看了,阑干拍遍,无人会,登临意。以文法言之,乃是一句,何等自由,何等顿挫抑扬!①

诗体解放后,诗的内容自然跟着进化,于是词便能表现更丰富、自由、曲折的情感和语气。在胡适后来发表的一系列词学论著里,他有意识地把词和白话文学紧密地联系起来,提出了“白话词”的观点,以体现他的文学革命的主张和要旨。《南宋的白话词》(1922)把南宋的词人分为两派,一派以辛弃疾、陆游、刘过、刘克庄为代表,承接北宋白话词的遗风,并加入一种高超的意境与情感;一派则以声调、字句、典故为特长,缺乏实质内容,算不上有价值的文学。《白话文学史》虽然只完成了上卷,但在已拟定的新纲

---

①胡适《胡适口述自传》,华文出版社,1992 年,第 89—290 页。

目里,“两宋的白话文学”包括了“北宋的白话词”和“南宋的白话词”[①]。胡适以“白话”作为标准来判定词的文学价值,轻视词体的音乐特性,与当时许多词论家大为不同。新的标准肯定了词体的时代价值,同时也打破了长期以来词史尊“正宗”抑“别派”的局面。历来称好苏辛者不在少数,然而胡适的角度则与前人不同。他说苏辛“只是用词体作新诗”,从词体解放的角度肯定了苏轼对于词体的贡献,实在是为了配合其白话文学的主张。在《词选》中,胡适通过序言、附录、词人小传等各种内容,充分肯定了苏轼在词体解放上所作出的贡献:“词至苏轼而一大变。”“他只是用一种新的诗体来作他的‘新体诗’。词体到了他手里,可以咏古,可以悼亡,可以谈禅,可以说理,可以发议论。”[②]《词选》一共选录了295首宋词,苏轼词就有20首,其中既有《水调歌头》(明月几时有)、《念奴娇》(大江东去)这样的经典名篇,也有《哨遍》(为米折腰)、《无愁可解》(光阴百年)这样的鲜少出现在大众视野、不太有名的作品。这些作品艺术价值并不高,但因语言较为俚俗,符合胡适认为的白话词学的要求,因而大受推重,如《无愁可解》(光阴百年)被胡适评为贵在通俗明白;而历来颇受好评,王国维称之为“咏物之词”“最工”的《水龙吟》(似花还似非花)却没有入选。虽然胡适的影响力在词学界没有达到一呼百应的程度,仍然有相当多的学者视词的音乐性为词的本质特征之一,如顾实《中国文学史大纲》中云“世俗之文学史家,全不顾此填词,然不知此填词,则至元代特有文学之杂剧、传奇,而论究其发展,必不甚明也。抑填词者,特以声调之严见称,为中国律语之一体”[③],但胡适的观点确实引

①胡适《白话文学史》,岳麓书社,2010年,第3页。

②胡适《词选》,商务印书馆,1927年,第5页。

③顾实《中国文学史大纲》,商务印书馆,1933年,第218页。

发了文学史著作的新变化。例如胡云翼说:“论词是不问正宗与别派,只要好词。至于‘不谙音律’,这是音乐方面的事,并不能涉及文学本身的价值问题。”[①]他认为苏词不顾及音律的原因,是苏词要“抒写宏壮的襟怀”,“以形成作品的伟大”。胡云翼注重“文学本身的价值问题”而不管“音乐性”,显然是受了胡适的影响。胡云翼这样赞美苏轼的词:

> 这种新词体抛弃了百余年来习惯了的绮靡纤艳的旧墟,而走向一条雄壮奔放的道路。这条新路可以使我们鼓舞,可以使我们兴奋,而不是叫我们昏醉在红灯绿酒底下的“靡靡之音”。这是苏轼词的特色。[②]

> 故我们今日对于词的派别的研究,应该摒弃古人这种不同的陋见,而从词体的趋向和其作风上去着眼……婉约派是依样画葫芦的,是因袭的,模拟的;豪放派是异军突起的,是自己的,创造的。[③]

这都是胡适的口吻。郑宾于在《中国文学流变史》(1930)中强调婉约派虽然是正统,但同时也是守旧的不利于发展的,只有豪放派才能赐予词体新的生命,也部分采用了胡适的说法。尤其重要的是,在胡适之后,诸多文学史都一致推崇语言白话活泼的苏轼词,而贬低晦涩深奥的姜夔、吴文英词,从整体上显示了胡适词学研究所带来的中国文学史书写的变化。

胡适《词选》的另一重要层面,是对词史的分期。胡适认为“文学史上有一个逃不了的公式”[④],即文学的新方式出于民间,毁

①胡云翼《宋词研究》,岳麓书社,2010年,第39页。

②胡云翼《新著中国文学史》,上海北新书局,1947年,第188—189页。

③郑宾于《中国文学流变史》,上海北新书局,1936年,第166页。

④胡适《词选》,商务印书馆,1927年,第9页。

于文人匠手,由此再在民间产生新的文学。词史发展也遵循这个规律,唐至北宋中期的歌者的词,是接近于平民的文学;北宋中期至南宋中期的诗人的词(以苏辛为代表),不论音律,以词体作新诗;最后一个时期是南宋中期到元初的词匠的词,音律与古典占据了创作的主流,词已经走向末路。在这种大的视野下,胡适对唐宋词,也分为三个段落:歌者的词(苏东坡以前,是教坊乐工与娼家妓女歌唱的词)、诗人的词(东坡到稼轩、后村的词)和词匠的词(白石以后,直到宋末元初的词)。尽管这种褒贬分明的评价在当时遭遇了不少质疑,但为数众多的学者接受了这样的分期。胡怀琛《中国文学史概要》说:"若就词的实质而言,未必是后胜于前。因为唐、五代及宋初的词还很和民间的情歌接近,到柳永、苏轼以后,就渐渐变而为文人化了。文人的习气太重,反不如民间的情歌表情更为深切。"①这一表述,主要采用了胡适的论点。20 世纪三四十年代编选的词史及各种文学史,如薛砺若《宋词通论》、胡云翼《词学 ABC》《中国词史大纲》《中国词史略》,以及柯敦伯《宋文学史》、刘经庵《中国纯文学史纲》、柳村任《中国文学史发凡》、容肇祖《中国文学史大纲》、陆侃如冯沅君《中国诗史》、郑振铎《插图本中国文学史》、刘大杰《中国文学发展史》等等,虽然有的把苏轼词归入第三期,有的归入第二期,如:胡云翼把北宋词分为四个时期,第三时期"诗人的词"以苏轼、黄庭坚诸人为代表;郑振铎《插图本中国文学史》(1932)将北宋词分为三个时期,第二个时期"创造的时候"以柳永、苏轼、秦观、黄庭坚等人为代表;刘经庵《中国纯文学史》(1935)分为三个时期,第三个时期的代表是苏轼、黄庭坚;刘大杰也使用胡适"诗人的词"的说法评价苏轼词。总之,在 20 世

①胡怀琛《中国文学史概要》,商务印书馆,1933 年,第 105 页。

纪30年代以后，文学史评价苏轼词时，大多会或多或少、直接或间接地采用胡适的观点，或是以胡适的评价为依据，仅在语气和措辞上作适当调整。

四、文学史家的个人素养与苏轼词叙述

除却进化史观和胡适的词学研究，文学史家的个人素养也会深度影响其笔下的苏轼词叙述。作为马克思主义者的郑振铎，较早采用社会学的思路叙述文学发展的历史；作为诗人的林庚，较多用诗性逻辑叙述文学发展的历史，都是显著的例证。

俄国十月革命后，李大钊等人开始引进马克思主义，在时代风气的影响下，郑振铎也开始注意人民群众在历史发展中的作用，其文学史观念与这种理念密切相关。郑振铎曾说："1930年以后所写的东西，比较的有些新的观点。"[①]这些"新的观点"正是历史唯物主义理论的雏形。"原来，自十九世纪以来，学者们对于'历史'的概念，早已改变了一个方向。学者们都承认一部历史绝对不是一部'相斫书'，更不是往古的许多英雄豪杰的传记的集合体；而是人民群众所创造的历史。"[②]在《插图本中国文学史》的章节中，郑振铎尝试用初步的阶级分析法分析文学现象。"词在这个黄金时代中，乃是盛传于文人学士的一个阶级及与文人学士的一个阶级最接近的歌女阶级中的一个文体。到了最后，词之体益尊且贵，且已有了定型，词的生命便日益邻于"没落"了[③]。"所以无论什么作家，都或多或少地受有他所生活着的

①郑振铎《郑振铎全集》（第4卷），花山文艺出版社，1998年，第2页。
②郑振铎《中国文学史》（插图本），北京工业大学出版社，2009年，第2页。
③郑振铎《中国文学史》（插图本），北京工业大学出版社，2009年，第391页。

那个时代的影响。那个时代的广大人民的生活都会不期然而然地印染于他们的作品上。"[①]郑振铎认为,人是社会的动物,文学作品受到政治经济的影响,文学必然要反映社会生活与时代环境,在《插图本中国文学史》中,他讨论文学进展,十分注意联系时代与环境。例如在探讨词的兴衰以及词作风格嬗变的原因时,指出南宋词坛早期出现词风"奔放"的局面是因为来自金国的外患促使像张孝祥、张元干等慷慨的政治家们发出慷慨激昂的声音。而自金国出现内乱和外敌后,无法对南宋朝廷造成足够的侵略,南宋的人士又迎来了一个宴安享乐的时代,"像陆放翁、辛稼轩的豪迈的词气,已自然的归于淘汰"[②]。郑振铎把南宋时期苏轼词风的消歇与时代环境的变化密切联系在一起,是对马克思主义理论的初步运用。

对于苏轼的"豪放"词风,郑振铎并不从"解放词体"的角度给予带有偏见的称赞,而是更为客观一些。他指出,苏词中存在两个"境界"。一种境界是"横放杰出",可以用词来作诗,也能用来作史论、写游记,他将其称之为"史论""游记"式的风格。对这种作词方式,郑振铎持保留意见,因为这种写法虽用了白话,却容易产生像《减字木兰花》(贤哉令尹)这样"过于枯瘠,无丝毫诗意含蓄"的恶劣倾向[③]。另一种境界是"清空灵隽",对此郑振铎极为赞赏,并认为这才是苏轼词最重要的侧面——"苏轼的词最重要的,却是他的清隽的名作"[④]。正是这个境界让苏轼成为一个"绝为高尚"的词人。这也与郑振铎另一个关于文学的观念相契合,文学与非

①郑振铎《中国文学史》(插图本),北京工业大学出版社,2009年,第3页。
②郑振铎《中国文学史》(插图本),北京工业大学出版社,2009年,第475页。
③郑振铎《中国文学史》(插图本),北京工业大学出版社,2009年,第407页。
④郑振铎《中国文学史》(插图本),北京工业大学出版社,2009年,第479页。

文学有天然的疆界，这个疆界包含“情绪”与“美”[①]，文学需得有情绪，无情绪不是文学。

林庚（1910—2006），字静希，原籍福建闽侯（今福州市），生于北京。1928 年毕业于北京师范大学附属中学，是年考入清华大学物理系。1930 年转入清华大学中文系，1933 年毕业留校，是年秋出版了第一本自由体诗集《夜》。1934 年起在北京大学等校兼课，讲授中国文学史。“七七”事变后到厦门大学任教。1947 年返京任燕京大学中文系教授，1952 年院系大调整，改任北京大学教授。著有《春野与窗》《问路集》《空间的驰想》等六部诗集及《中国文学史》《诗人屈原及其作品研究》《天问论笺》《诗人李白》《唐诗综论》《新诗格律与语言的诗化》等多部学术著作。是著名的现代诗人、古代文学学者、文学史家。

作为诗人，林庚的《中国文学史》长于发挥诗性逻辑，并形成了一种以生命感为特征的文学发展观。林庚赋予文学以生命的体征，叙述了它由童年而盛年至衰老然后迎来新生的历程。他对诗歌的发展，尤其诗的内容和语言形式的关系有独到的认识。例如他认为《诗经》是“中国创造的童年，便带有童年的健康与喜悦”[②]，它是我国最早的文艺特色，一切逻辑的语言已在其中培养起来，此后两千年的文艺都将在“诗的国度”中发展。

林庚同时也用诗歌的抒情传统来讨论诗歌以外的各种文体，展现了他以诗的思维来诠释文学史的特点。如评价庄子的散文：“富有文艺趣味，正因为他追求绝对，而成为心灵的归宿。……散文到了这个地步，它一方面完成了自己，一方面却更近于诗；散文

①郑振铎《中国文学史》（插图本），北京工业大学出版社，2009 年，第 5 页。

②郑振铎《中国文学史》（插图本），北京工业大学出版社，2009 年，第 25—26 页。

的高潮乃重新又走向诗去。”①“更近于诗”,便是说庄子文字清新,气象活泼,富有文艺趣味,具有诗的美感。

鉴于诗词之间复杂而特殊的关系,林庚在自序中点出了一个久已困扰人们的问题:“词的长短句如果像历来所认为的,是解放的形式,则何以词的范围反较诗更狭小?”②林庚在回答这个问题时,亦采用了比照诗歌的方法。诗歌在盛唐时期展现了它的“少年精神”,“诗国的高潮”过后便着重于形式与格律,“文艺失去内在的发展,便不能不求之于技巧的补足”③,律诗的出现预示着诗歌的垂老,词在此时则凭借着句式的跳跃性,形成了新的文学形式:“所谓长短句的自由,并不是指的字数而言,词的格律,或许竟是比诗更为麻烦的。然而它因为音乐节奏的关系,每个句子都无妨自成片段,这在表现上便是一个绝大的自由。所以词里极少对仗,因为它每个句子都是独立的。这独立的变化,便增加了它的创造性。”④词由小令发展到慢调,慢调盛行之后,浪漫主义最终形成了古典的倾向,近乎骈文的风致随着散文进入到词的创作中,诗词都趋向古典而不再变化,“一切走入陈腐而缺少创造”⑤。不同于一般的文学史著作,林庚以诗人的眼光洞察到词旺盛的生命力逐渐凋零的一个原因。在诗性逻辑下,林庚对于小令的喜爱和赞赏要高于慢调,因为小令轻快灵动,流动着新鲜的血液,代表着词之初始和纯粹抒情的传统。

对苏轼词的叙述极富林庚的个人特色。他认为苏轼词所在的

---

①林庚《中国文学史》,鹭江出版社,2005年,第42页。
②林庚《中国文学史》,鹭江出版社,2005年,第2页。
③林庚《中国文学史》,鹭江出版社,2005年,第177页。
④林庚《中国文学史》,鹭江出版社,2005年,第231页。
⑤林庚《中国文学史》,鹭江出版社,2005年,第273页。

时期，正是“诗”和“文”在词这个文学载体中调和得正好的时期，“诗”的特点是指此时词的骈俪形式尚没有开始，而“文”的多样叙述又使得词的内容上了一个新的阶段。散文的成分加入词中形成了慢调，一方面增加了叙事，一方面增加了说理。苏轼词有别于柳词，是因为苏轼的叙述常兼说理，而柳词则过于叙事和感伤。以《水调歌头》《念奴娇》为例，苏轼以词记录与兄弟中秋不能团圆的情景，以词兴发对于古迹的感叹，在叙述某件事情时表达自己的人生感悟和哲学思考。“说理”成分的添加使得苏轼词有了一种超然的态度，颇具豪放之风。相比于慢调，苏轼的小令则“以纯粹的诗的文字，受了这理趣的影响，便成为许多警绝的言语”①，像《蝶恋花》（花褪残红青杏小）、《卜算子》（缺月挂疏桐）这类往往被归于苏轼的婉约风格的词，林庚则认为它们胜以“理趣”，以短小精巧的文字，却勾画出充满诗意的境界，依然体现了哲学的趣味。林庚不以豪放婉约来定义苏轼词的特点，而是挑出“理趣”来形容苏轼诗词的特长。理趣造就了苏轼词独有的品格，它的超脱豪放在此，它的落于议论、流于轻易也在此。

五、结语

苏轼词叙述在20世纪上半叶的文学史著作中经历了丰富多彩的演变过程。在20世纪最早的文学史中，它几乎无迹可寻；在起步阶段，主要是古人语录的引用，很少新的阐发；后来，随着文学史观念的变迁和胡适等学者的词学研究的展开，苏轼词叙述突破了传统词学的藩篱，走向了新的书写方向。其间，文学史家独特的治学观念和个人素养又为之添色。文学史书写始终与它所在时代

①林庚《中国文学史》，鹭江出版社，2005年，第246页。

的学术风气、社会环境息息相关,文学史中对苏轼词的多样阐释,也与学术研究产生了双向互动,有助于苏轼词得到更加深入的阐释。

宋代《赤壁赋》的“自媒体”与“多媒体”传播

王兆鹏

苏轼的前后《赤壁赋》,到了南宋,就已成为公认的经典名篇。本文要追问的是,在宋代同样的传播环境中,为什么《赤壁赋》能从数千篇苏文中脱颖而出倍受人们的青睐,它是通过哪些特殊媒体的传播而格外引人注目的。原来,《赤壁赋》经由了其他苏文所没有的“自媒体”和“多媒体”传播。

一、“自媒体”传播

当下所谓自媒体(We Media),是指以电子媒介自由传播信息,其特点是私人化、普泛化和自主化。本文所谓“自媒体”,是指宋代作家所用自己能掌控的具有大众传播功能的媒体。虽然宋代的“自媒体”跟当下的自媒体不可同日而语,但在传播信息的私人化、自主化和普泛化方面,二者是有共通之处的。

苏轼用什么样的自媒体来传播自己的作品呢?答曰:书法。

神宗元丰五年(1082),苏轼谪居黄州的第三年,心情渐渐地从惊恐、苦闷、失望的低谷中走出,在秋冬间写出了两篇参透人生的《赤壁赋》。这是苏轼的"得意"之作①。既然是得意之作，就想传播开去，让人阅读，给人欣赏。但因身在谪籍，又因文字贾祸，他又不敢公开传播，以免再度被人"笺注""酝酿"成罪。他在与友人的信中一再表白申明：

但得罪以来，不复作文字，自持颇严。若复一作，则决坏藩墙，今后仍复衮衮多言矣。②

某自窜逐以来，不复作诗与文字。所谕四望起废，固宿志所愿。但多难畏人，遂不敢尔。其中虽无所云，而好事者巧以酝酿，便生出无穷事也。③

某自得罪，不复作诗文，公所知也。不惟笔砚荒废，实以多难畏人，然好事者不肯见置，开口得罪，不如且已。④

虽然一再申明"不复作文字"，但有时技痒难熬，禁不住要写，而且一不小心，写了不少名篇佳作。写出来后，不敢对外公开传播，于是就用"自媒体"私下里传播。

自己书写自己的文章送人，不需要任何人审查批准，它是私人化的、自主化的。所以我称之"自媒体"。苏轼不止一次亲书《赤壁赋》。清人孙承泽就说："《赤壁赋》为东坡得意之作，故屡书之。"⑤据文献记载，苏轼一生至少书写了五种文本的《赤壁赋》。

其一是元丰六年（1083）写本。今传苏轼亲书《赤壁赋》款

---

①李之仪《姑溪居士集》卷三一《与友人往还手简》："近时欧阳文忠公《秋声》，乃规摹李白，其实则与刘梦得、杜牧之相先后者。东坡自以前后《赤壁》为得意。"（《丛书集成初编》本，商务印书馆 1935 年版，第 3 册，第 239 页）

②苏轼《答秦太虚》之四，《苏轼文集》卷五十二，中华书局 1986 年版，第 1536 页。

③苏轼《与陈朝请》之二，《苏轼文集》卷五十七，第 1709 页。

④苏轼《与沈睿达》之二，《苏轼文集》卷五十八，第 1745 页。

⑤孙承泽《庚子销夏记》卷八，《景印文渊阁四库全书》本，台湾商务印书馆 1985 年版，子部第 826 册，第 93 页。

识云：

> 轼去岁作此赋，未尝轻出以示人，见者盖一二人而已。钦之有使至，求近文，遂亲书以寄。多难畏事，钦之爱我，必深藏之不出也。又有《后赤壁赋》，笔倦未能写，当俟后信。轼白。[①]

苏轼说，去年（元丰五年）作此赋，不敢轻易拿出示人，只有身边一二好友见过。今年（元丰六年）老朋友钦之（傅尧俞）派专人来索要新近写的文章，于是亲自书写以寄。苏轼特别叮嘱，年来"多难畏事"，务必"深藏"而不要拿出去示人，免得授人以口实，深文周纳，再次获罪。这一方面表明苏轼对钦之的信任，即使是多难畏事，还是将近文写呈；另一方面也体现出苏轼对此文的自得与满意，即使是冒着再次获罪的风险，苏轼还是忍不住要把《赤壁赋》寄给友人，而且连《后赤壁赋》都先行告知，准备写好后再寄。这表明他还是想让人知道、让人分享他的得意新作。何薳《春渚纪闻》所载一事可与此相印证。东坡在黄州画墨木竹石寄章质夫，同时寄手帖一幅云："'某近者百事废懒，唯作墨木颇精，奉寄一纸，思我当一展观也。'后又书云：'本只作墨木，余兴未已，更竹石一纸同往。前者未有此体也。'是公亦欲使后人知之耳。"[②]苏轼在黄州画墨木竹石，别创一格，前无此体，主动寄友人章质夫，以便让"后人知之"。他所作《赤壁赋》，在文体上亦有创新，自然也"欲使后人知之"。苏轼"亲书"《赤壁赋》寄钦之，虽然属于人际传播，当时或许没有进行大众传播的主观意愿，但政治气候变化之后，钦之就可以公之于世，传之久远了。"深藏"只是暂时的，传世则是必然的。果然，这份小字楷书本《赤壁赋》经历代收藏家、鉴赏家的

①台北故宫博物院藏《赤壁赋》真迹。

②何薳《春渚纪闻》卷六，中华书局1983版，第87页。

递藏[①]，一直传存至今，现收藏于台北故宫博物院。

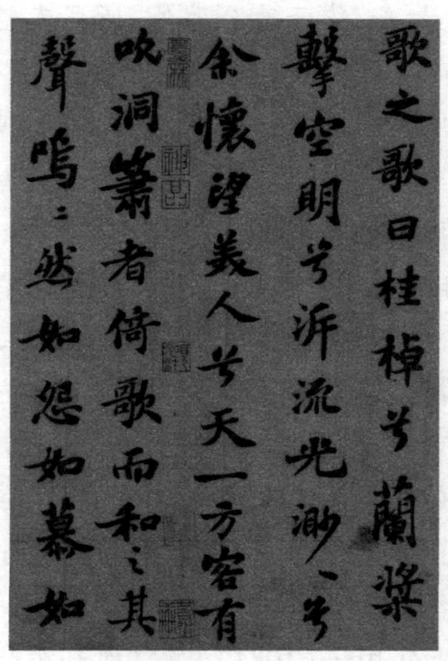

苏轼说《后赤壁赋》“俟后”再写呈。后来他确实写了，并有《跋自书后赤壁赋》：

> 黄州少西山麓，斗入江中，石色如丹。传云曹公败处，所谓赤壁者，或曰非也。时曹公败归，由华容路，路多泥泞，使老弱先行，践之而过，曰“刘备智过人而见事迟，华容夹道皆葭苇，使纵火，则吾无遗类矣。”今赤壁少西对岸即华容镇，庶几是也。然岳州复有华容县，未知孰是？[②]

明人娄坚曾见过苏轼手书《后赤壁赋》并跋：

> 尝见他书有谓坡公误以赤鼻为赤壁者，非也。公别有《书

---

①参张丑《清河书画舫》卷七上，《石渠宝笈》卷二九《宋苏轼书前赤壁赋》。

②《经进东坡文集事略》卷一《后赤壁赋》注引，《四部丛刊》本。

赋后》约二百言,是元丰六年秋题。首言:“黄州少西山麓,斗入江中,石色如丹,传云曹公败处,所谓赤壁者。或曰非也。曹公败归,由华容路,今赤壁少西对岸即华容镇,庶几是也。然岳州复有华容县,竟不知孰是。”盖公既借曹公以发妙论,犹《后赋》鹤与道士云尔,岂必求核!而不知者遽谓公未暇考,所见殆与此画手同。信知痴人前决不可说梦也。①

娄氏所见苏轼手书《后赤壁赋跋》原文有二百字,而他本所引不足百字,《经进东坡文集事略》所引仅百许字,可见都是节引。娄氏所见原跋应署有时间,故娄氏明谓是“元丰六年秋题”。元丰六年秋苏轼手书的《后赤壁赋》,想来应是如约赠给钦之的。苏轼手书的《后赤壁赋》传至清代康熙间,高士奇曾寓目,其《江村销夏录》有著录:“宋苏文忠公《后赤壁赋》卷,纸本,高一尺余,长六尺,行书。”②此后下落不明。

其二是元丰七年甲子(1084),苏轼离开黄州量移汝州之前,应潘大临、大观兄弟之请,又书写了前后《赤壁赋》,并跋曰:

> 元丰甲子,余居黄五稔矣,盖将终老焉。近有移汝之命,作诗留别雪堂邻里二三君子。独潘邠老与弟大观,复求书《赤壁》二赋。余欲为书《归去来辞》,大观砉石欲并得焉。余性不耐小楷,强应其意。然迟余行数日矣。苏轼。③

苏轼应潘氏兄弟之请自书赤壁二赋后又跋,说临别黄州前,潘

①娄坚《学古绪言》卷二三《题手书苏长公前后赤壁赋后》,《景印文渊阁四库全书》本,子部第1295册,第269页。

②高士奇《江村销夏录》,《中国书画全书》本,上海书画出版社1992年版,第7册,第1011页。

③陆增祥《八琼室金石补正》卷一〇八,《续修四库全书》史部第898册,上海古籍出版社2002年版,第309页。

氏兄弟来求书《赤壁》二赋，原想书写陶渊明《归去来辞》以赠，但潘大观二者都想要，于是一并书之。值得注意的是，潘氏兄弟打磨好了石碑来求《赤壁》二赋，显然是要刻石以广其传。而苏轼也明知潘氏兄弟“砻石”以待，表明苏轼是默许他俩刻石以传的。苏轼这次“小楷”书写的真迹没有流传下来，仅有石刻本传世（详后）。

其三是元丰八年（1085）在开封为滕达道书写的二赋。他在《与滕达道书》中说：

> 所有二赋，稍晴，写得寄上。次只有近寄潘谷求墨一诗录呈，可以发笑也。①

信中所谓“二赋”，或当指前后《赤壁赋》。这封尺牍作于元丰八年，故知此本也写于这一年。后世未见传本。

其四是哲宗绍圣年间（1094—1097）苏轼在惠州的醉书本。元人王恽有题跋：

> 余向在福唐，观公惠州醉书此赋，心手两忘，笔意萧散，妙见法度之外。今此帖亦云。醉笔与前略不相类。岂公随物赋形，因时发兴，出奇无穷者也。②

王恽说他以前在福唐（今福州）见过苏轼在惠州醉时书写的《赤壁赋》，笔意萧散，妙见于法度之外。今又见“此帖”（当为拓本），醉笔与此前在惠州所见本不尽相同。于此看来，苏轼或者曾两次醉书。也就是说，有两种醉书本。此本后世无传。

其五为初稿本。元人吾衍《闲居录》载：

> 天竺僧传公有苏子《赤壁》墨本，与今本有数字不同。“呜呜然”作“焉”，“郁乎苍苍”作“蔚”，“酾酒临江”作“举

---

①张志烈、马德富、周裕锴《苏轼全集校注》，第十六册文集七，河北人民出版社2010年版，第5583页。编年即据此书。

②王恽《秋涧集》卷七十三《题东坡赤壁赋后》，《四部丛刊》本。

酒”，“渺沧海之一粟”作“浮海”，“盈虚者如彼”作“嬴之”，“所共乐”作“共适”。字法甚逸。当是初成此作，佳客在座，且诵且书，故心与神变，字随兴会而得。①

所谓“《赤壁》墨本”，即《赤壁赋》的石刻拓印本。因其中有不少字句与流行之本不同，所以吾衍认为它是“初成”之原稿本。其说有理。如此看来，苏轼《赤壁赋》的原稿本也曾流传于后世。

书法作品的传播，似乎只是人际之间一对一地传播，即书法作者与受赠者之间的传播。其传播范围是否有限？其实，受赠者拿到书法作品后，会像今天的微信接受者一样，是可以在朋友圈里“转发”的，让更多的人分享和欣赏，其传播广度不可限量。

其“转发”的方式，一是刻石，二是临摹。一件书法作品，一旦刻石之后，就可以无限地拓印成墨本（又称碑本、石本、拓本等），化一为万。书法作品由原来的人际传播就转变为大众传播了。

苏轼的《赤壁赋》是有石刻本的。就今所知，至少元丰七年为潘氏兄弟书写的《赤壁》二赋，是被刻石的。陆增祥《八琼室金石补正》卷一〇八、《壮陶阁书画录》卷三都有著录。南宋朱熹也见过《赤壁赋》的碑本。《朱子语类》卷一百三十就说过：“碑本《后赤壁赋》‘梦二道士’‘二’字当作‘一’字，疑笔误也。”②

像苏轼这样的大书法家的书法作品，除了石刻拓本，还会有临摹本。人们会临摹仿写，既学其文，又学其字。比如明代董其昌，就喜爱临东坡的书法。他见过三种东坡手书的《赤壁赋》，都借来临摹一过：

余三见子瞻自书赤壁赋：一在槜李黄承玄家，一在江西杨

①吾衍《闲居录》，《景印文渊阁四库全书》本，子部第866册，第642页。

②黎靖德《朱子语类》卷一百三十，《朱子全书》，第18册，上海古籍出版社、安徽教育出版社2010年版，第4057页。

寅秋家，一在楚中何宇度家，皆从都下借临。[①]

明代董其昌会临写，宋代一般的书法爱好者和读者，当然也会临写。黄庭坚曾说有一僧人藏苏轼十数帖，“因病目，尽为绿林君子以其摹本易去”[②]，可见宋代苏轼的书法是不乏摹本的。这些石刻本、临摹本，自然会加速《赤壁赋》的传播。何况大书法家书写自己的得意文章，既是文学作品，又是书法作品，既有文学审美价值，也有书法艺术价值。其传播功效，自比一般的印刷书籍要强大得多。

我们还应该注意到当时的文化环境对苏轼《赤壁赋》传播的影响。苏轼去世不久的徽宗崇宁、大观年间(1102—1110)，蔡京等新党执政，疯狂打击元祐党人与元祐学术，禁止刊印、收藏苏轼等人的文集、文字墨迹。崇宁二年四月乙亥朝廷下诏：

> 苏洵、苏轼、苏辙、黄庭坚、张耒、晁补之、秦观、马涓《文集》，范祖禹《唐鉴》，范镇《东斋记事》，刘攽《诗话》，僧文莹《湘山野录》等印板，悉行焚毁。[③]

政和元年(1111)曾一度解禁。《苏公遗事》载：

> 崇宁、大观间，蔡京等用事，以党籍禁苏黄文词并墨迹而毁之。政和改元，忽弛其禁，诏求轼墨迹甚急。世人莫知其由。或传徽宗宝箓宫醮筵，尝亲临之。一日启醮，道士至醮坛，拜章伏地，久之方起。上诘其故，答曰：“适至上帝所，值奎宿奏事，良久方毕。始能上其章故也。”上叹讶之，问曰：“奎宿何人？所奏何事？”对曰：“所奏不可得知，然此宿者，乃本

①董其昌《画禅室随笔》卷一《书后赤壁赋跋》，《中国书画全书》本，第3册，第1005页。

②黄庭坚《豫章黄先生文集》卷二七《跋东坡论画》，《四部丛刊》本。

③毕沅《续资治通鉴》卷八十八，中华书局1980年版，第2252页。

朝之臣苏轼也。”上大惊,不惟弛其禁,且欲玩其文辞墨迹矣。①

解禁的原因似乎有些荒诞,但在那荒诞的时代,道士无非是利用徽宗尊事道教的心理让其解禁苏轼文字②。到了宣和五年(1123)和六年,朝廷又先后下诏重申禁毁苏轼、黄庭坚文集及相关文字:

(宣和五年七月)中书省言福建路印造苏轼、司马光文集。诏令毁板,今后举人传习元祐学术者,以违制论。明年,又申严之。冬,又诏曰③:“朕自初服,废元祐学术。比岁,至复尊事苏轼、黄庭坚,轼、庭坚获罪宗庙,义不戴天。片文只字,并令焚毁勿存。违者以大不恭论。”靖康初,罢之。④

---

①张丑《清河书画舫》卷八下引,《景印文渊阁四库全书》本,子部第817册,第324页。

②清人周召《双桥随笔》卷十二就看清了此点:“宋崇宁、大观间,蔡京当国,设元祐正人党籍之禁,苏文忠公文辞字画存者悉毁之。人莫敢读其文。政和中,建上清宝箓宫,斋醮之仪,备极诚敬。徽庙每躬造焉。一夕道士拜章伏地,逾数刻乃起,叩其故,对曰:‘适至帝所,见奎宿奏事,良久方毕,臣始能达上帝。’颇叹异,问奎宿何如人?其所奏何事?曰:‘所奏不可得闻言,此星宿者,故端明殿学士苏轼也。’帝为之改容,遂弛其禁。友人偶谈及此,谓余不信,阴阳者如此等事,真耶?否耶?余曰:此道士必能敬慕苏公者,故伪其事以动帝听,不觉耸然,尽改前事耳。时帝奉道教方极其诚,而道士伏地状及见帝,而奎宿奏事等语,皆易入其耳。或在事之臣,有阴为此计,而嘱道士为之,亦未可知也。”(《景印文渊阁四库全书》本,子部第724册,第516—517页)

③《钦定续通志》卷三十三载时在宣和六年十月庚午,“诏有收藏苏轼黄庭坚之文者并焚毁,犯者以大不恭论”(《景印文渊阁四库全书》本,史部第392册,第380页)。

④陈均《皇朝编年纲目备要》卷二十九《禁元祐学术》,中华书局2006年版,第750页。

从上引“比岁，至复尊事苏轼、黄庭坚”的说法看，政和元年解禁苏轼文字应属实。朝廷几度下令禁毁苏轼的文字，自然会阻碍和限制苏轼诗文的传播，但也会从反面刺激人们对苏轼文字的热爱与追捧，出现了禁愈严而传愈多的奇观：

> 东坡诗文，落笔辄为人所传诵，每一篇到，欧阳公为终日喜。前辈类如此。一日，与棐论文及坡，公叹曰：“汝记吾言，三十年后，世上人更不道着我也。”崇宁、大观间，海外诗盛行，后生不复有言欧公者。是时朝廷虽尝禁止，赏钱增至八十万，禁愈严而传愈多，往往以多相夸，士大夫不能诵坡诗者，便自觉气索，而人或谓之不韵。①

禁令之下，收藏苏诗、吟诵苏诗，竟成为士大夫的一种文化时尚、一种身份标志。士大夫彼此见面，如果不能称道诵读几句苏轼，会被认为没文化、没品位。在这种语境中，苏轼手书的《赤壁赋》文本，理所当然地会受到士大夫的追捧和关注。严禁时苏轼诗文墨迹尚且受到追捧，解禁之后，受追捧的程度会更加高涨。下面这个故事，可见一斑：

> 东坡既南窜，议者复请悉除其所为之文，诏从之。于是，士大夫家所藏既莫敢出，而吏畏祸，所在石刻多见毁。徐州黄楼，东坡所作，而子由为之赋，坡自书。时为守者独不忍毁，但投其石城濠中，而易楼名观风。宣和末年，禁稍弛，而一时贵游以蓄东坡之文相尚，鬻者大见售，故工人稍稍就濠中摹此刻。有苗仲先者，适为守，因命出之，日夜摹印，既得数千本，忽语僚属曰：“苏氏之学，法禁尚在，此石奈何独存。”立碎之。人闻石毁，墨本之价益增。仲先秩满，携至京师，尽鬻之，所获

①朱弁《曲洧旧闻》卷八，中华书局2002年版，第204—205页。

不赀。[①]

苏轼南贬惠州、儋州之后,文章墨迹就被禁止流传。宣和末年弛禁之后,在王公显贵的上层社会,流行收藏东坡诗文墨迹的风气。何薳《春渚纪闻》也说,宣和间,内府复加搜访东坡墨迹,"一纸定直万钱,而梁师成以三百千取吾族人《英州石桥铭》,谭稹以五万钱掇沈元弼'月林堂'榜名三字。至于幽人释子所藏寸纸,皆为利诱,尽归诸贵近"[②]。所以,东坡书写的《黄楼赋》碑本,成为抢手货。《黄楼赋》原文是苏辙所作,尚且如此热络,《赤壁赋》其文其书都是苏轼所作,更是双绝。乾隆皇帝即说:"《赤壁赋》为千古杰作,又得其自书真迹,诚双绝也。"[③]可以推想,像《赤壁赋》这样的文学和书法杰作,会更加受人追捧喜爱,其传播面会更广,知晓率会更高。

到了北宋末年,前后《赤壁赋》就传遍天下,获得时人的高度称许。唐庚《唐子西文录》说:

> 余作《南征赋》,或者称之。然仅与曹大家辈争衡耳。惟东坡《赤壁》二赋,一洗万古,欲仿佛其一语,毕世不可得也。[④]

唐庚此评,写于何时难以考知。但其人卒于宣和三年(1121),则此评最迟写于宣和三年以前。其时唐庚已视《赤壁赋》为万古绝唱。靖康初年(1126),韩驹出守黄州,黄州人何次仲与他唱和时,

---

①徐度《却扫编》卷下,《丛书集成初编》本,商务印书馆 1936 年版,第 148 页。

②何薳《春渚纪闻》卷六,中华书局 1983 年版,第 96—97 页。按,"谭稹以五万钱掇",原误作"谭禛以五万钱辍",兹据《文渊阁四库全书》本《式古堂书画绘考》卷十引文改,子部第 827 册,第 517 页。

③《石渠宝笈》卷二《御临苏轼书赤壁赋》,《景印文渊阁四库全书》本,子部第 824 册,第 56 页。

④《说郛》卷七十九,《说郛三种》本,上海古籍出版社 1988 年版,第 3645 页。

有诗道:“儿时宗伯寄吾州,讽诵高文至白头。二赋人间真吐凤,五年溪上不惊鸥。”①“宗伯”,意为宗师、大师,指苏轼。次仲儿时即诵苏轼的“高文”,如今老大白头了,依然如故。在苏轼的“高文”中特别拈出“二赋”来称美,也可想见其时《赤壁》二赋已是人们心目中的杰作。

二、“多媒体”传播

本文所谓“多媒体”,主要指可视化的图画、可听化的吟诵歌唱等传播方式,有点像当下的音像视频。不含纸质的印刷媒体和以文字为媒介的石刻、题壁等形式。

先说吟诵。

赋,一般不能入乐歌唱,只能吟诵,故《汉书·艺文志》说“不歌而诵谓之赋”。苏轼的《赤壁赋》,宋代就常常通过吟诵来传播。

喜欢吟诵《赤壁赋》的,既有儿童,也有成人。有位九岁小和尚,就特别会吟诵《赤壁赋》。《东坡志林》载:

> 朱氏子出家,小名照僧,少丧父,与其母尹皆愿出家。照僧师守素,乃参寥弟子也。照僧九岁,举止如成人,诵《赤壁赋》,铿然鸾鹤声也,不出十年,名闻四方。此参寥子之法孙,东坡之门僧也②。

苏轼将这位会诵《赤壁赋》的小和尚载入《东坡志林》中,有自我推广之意。南宋熊禾曾说:“儿童诵东坡前后《赤壁赋》,但觉其有荡心悦目之趣,而不能自已。”③看来童声吟诵《赤壁赋》,会有特

①吴曾《能改斋漫录》卷六,上海古籍出版社 1979 年版,第 151 页。.

②苏轼《东坡志林》卷二,中华书局 1981 年版,第 38 页。

③熊禾《勿轩集》卷一《跋文公再游九日山诗卷》,《景印文渊阁四库全书》本,集部第 1188 册,第 775 页。

别的荡心悦目的传播效果。

至于喜欢吟诵《赤壁赋》的文士,更屡见记载。南宋初晁公溯有诗说:“尊前每诵《赤壁赋》,如见当年秃鬓翁。”[①]绍兴二十六年八月,文士傅自得与朱熹同游九日山,朱熹兴致盎然,击楫而歌屈原《九章》,“声调响壮”,傅自得则诵“东坡先生《赤壁》前后赋和之,每至会心处则迭起酬劝”[②]。

苏轼自己也喜欢朗诵《赤壁赋》。有一次客人来黄州造访,兴酣之时,他朗诵一过。杭州僧金镜跋苏轼竹石画卷曰:

> 壬戌,先生责黄州,仆亦有事于黄。竹逸方君寄此卷素,以乞先生竹石,至则先生往蕲水。俟旬余始还,得拜觌于临皋亭中,握手问故,饮半,剧述前望游赤壁之胜,起而抚松长啸,朗诵《赤壁赋》一过。仆知先生兴酣矣,遂出卷顶恳,蒙慨然挥洒,复书“春夜行蕲水,过酒家饮酒,乘月至溪桥上,解鞍少休”《西江月》词一阕赐仆。……武林金镜敬跋。[③]

苏轼不仅自诵,还劝人在享受美食、饮茶品茗之后,“解衣仰卧,使人诵东坡先生《赤壁》前、后赋,亦足以一笑也”[④]。这些吟诵,只要听众在场,就是一种公开的传播。

南宋时更有专业性的歌妓吟诵《赤壁赋》。绍兴年间,黄州知州曾惇在宴集时就常常让自家歌姬吟诵《赤壁赋》以侑觞,在士大

①晁公溯《嵩山集》卷九《鲜于东之晋伯之子赠诗次韵》,《景印文渊阁四库全书》本,集部第1139册,第50页。

②傅自得《游金溪记》,《全宋文》卷四六七六,上海辞书出版社2006年版,第211册,第34页。熊禾《勿轩集》卷一《跋文公再游九日山诗卷》亦言及此事。

③李日华《六研斋笔记》三笔卷一《苏文忠竹石一卷》,凤凰出版社2010年版,第175—176页。

④朱弁《曲洧旧闻》卷五,中华书局2002年版,第153页。

夫间传为佳话。谢伋《曾使君新词序》载：

曾侯知我不能度曲，尝觞我，顾其侍儿诵苏东坡前后《赤壁》二赋。①

王明清言之更详：

舅氏曾宏父，生长绮纨，而风流酝藉，闻于荐绅。长于歌诗，脍炙人口。绍兴中守黄州，有双鬟小颦者，颇慧黠，宏父令诵东坡先生《赤壁》前后二赋，客至代讴，人多称之。见于谢景思所叙刊行词策。后归上饶，时郑顾道、吕居仁、晁恭道俱为寓客，日夕往来，杯酒流行，顾道教其小获亦为此技，宏父顾郑笑曰：“此真所谓效颦也。”②

客人来宴集，曾宏父令其家姬诵前后《赤壁赋》，代替唱流行的词曲，可见相当动听。离任回到上饶后，友人郑望之（顾道）与吕本中等诗人雅集，也让家中侍女为“此技”待客。曹勋《送曾紘父还朝》还特地提到此事：“阿苹能唱大苏词（原注：公姬名小苹），《赤壁》长哦更一奇。”③称“奇”称“技”，应该不是兴之所至的随意诵读，而是很动听的有技巧的专业吟诵。“人多称之”，可见被视为雅事，故而郑望之也仿此待客。

次说歌唱。

吟诵《赤壁赋》还不足为奇，配乐歌唱《赤壁赋》才足称奇。南宋初年，前后《赤壁赋》居然被配乐歌唱，成为流行歌曲。王灼《碧鸡漫志》卷一说：

李唐伶伎取当时名士诗句入歌曲，盖常俗也。蜀王衍召

---

①林表民《赤城集》卷十七，《景印文渊阁四库全书》本，集部第 1356 册，第 770 页。

②王明清《挥麈录》后录卷十一，中华书局 1964 年版，第 216 页。

③曹勋《松隐集》卷十八，《景印文渊阁四库全书》本，集部第 1129 册，第 431 页。

嘉王宗寿饮宣华苑，命宫人李玉箫歌衍所撰《宫词》云："辉辉赫赫浮五云，宣华池上月华春。月华如水映宫殿，有酒不醉真痴人。"五代犹有此风，今亡矣。近世有取陶渊明《归去来》、李太白《把酒问明月》、李长吉《将进酒》、大苏公《赤壁》前后赋协入声律，此暗合其美耳。①

王灼明言是将前后《赤壁赋》协入声律为歌曲，原赋特有的语言节奏与音乐节奏暗合。宋末元初方回《续古今考》也说：

近人长篇古乐府，不必皆可歌，有诗而不用于声者也。欧阳公《醉翁亭记》、东坡《赤壁赋》世人以为歌。熟之而后可也。②

所谓"世人以为歌"，是说世人常常把它当作歌曲来唱。的确，声歌《赤壁赋》常常在士大夫们的酒席之间被演唱，不仅动听，而且使人心旷神怡。宁宗嘉泰二年壬戌(1202)林正大在《风雅遗音序》中说：

世尝以陶靖节之《归去来》、杜工部之《醉时歌》、李谪仙之《将进酒》、苏长公之《赤壁赋》、欧阳公之《醉翁记》类凡十数，被之声歌，按合宫羽，尊俎之间，一洗淫哇之习，使人心开神怡。③

南宋甄龙友《霜天晓角·题赤壁》词也写到"但见尊前人唱，《前赤壁》、《后赤壁》"④。士大夫不仅是宴客时让歌妓来演唱，闲暇时分、得意时节自己也唱。南宋状元姚勉中秋泛舟时就"仰空长

①岳珍校笺《碧鸡漫志》，人民文学出版社2015年版，第15页。

②方回《续古今考》卷三十三，《景印文渊阁四库全书》本，子部第853册，第555页。

③林正大《风雅遗音》卷首，《四库全书存目丛书》本，集部第422册，第12页。

④盛如梓《庶斋老学丛谈》卷中下，商务印书馆1939年版，第37页。

歌《赤壁赋》”①,欧阳君厚“偶快意饮酣,歌永叔《醉翁亭记》、坡老《赤壁赋》”②。可见,《赤壁赋》,当时已是一种流行歌曲,颇受文人士大夫的喜爱,动辄唱上一遍。

在有的南宋士大夫心目中,唱《赤壁赋》比唱小词要高雅。度正《赵公墓志铭》载:

> 邑簿樊文若以文会邑之士,馆之龙多,诿公茂掌其笔削。樊一日载酒过山中,且使侑尊者歌以为乐,所歌鄙俚。公茂起曰:“诸生蒙俎豆,济济在列,将于大夫观礼。且春秋七子赋诗,君子知其可以为列国大夫,今歌词如此,诸生何观,请彻之。若必欲不废公燕之乐,则有《赤壁》之赋在。”樊改容以谢。③

县簿樊文若与邑中文士雅集,让歌妓唱流行的小词以为乐,赵公茂认为歌女所歌的歌词鄙俚,不宜唱,应唱《赤壁赋》这样的大雅之歌。

《赤壁赋》不仅入乐歌唱,而且有曲谱流传,从南宋一直传到明清。据查阜西《存见古琴曲谱辑览》收集整理,明代黄士达《太古遗音》、《风宣玄品》、《重修真传》、《玉梧琴谱》、《文会堂琴谱》、《藏春坞琴谱》、杨抡《太古遗音》、《太古正音琴谱》、《理性元雅》和清代的《自远堂琴谱》、《裛露轩琴谱》等十一种琴谱收录有《前赤壁赋》的曲谱。明代黄士达《太古遗音》、《风宣玄品》、《重修真

①姚勉《中秋放舟》,《全宋诗》卷三四〇五,第64册,北京大学出版社1998年版,第40503页。

②黄仲元《四如集》卷四《欧阳君厚墓志铭》,《景印文渊阁四库全书》本,集部第1188册,第664页。

③度正《性善堂稿》卷十三,《景印文渊阁四库全书》本,集部第1170册,第256页。

传》和清代《琴学轫端》四种琴谱收录有《后赤壁赋》的曲谱[①]。这些曲谱都是原文演唱,不增减字句,不破句,也不更换字句[②]。作为歌曲形态的《赤壁赋》,人们随时随地可以传唱,不受任何媒介的制约,口耳相传,传播的速度与广度自比纸本的单一传播要大得多。

明清琴谱所载《赤壁赋》曲谱,来自于宋代。宋代精通琴理的文人,或从散文名篇中获得灵感,谱成琴曲,或直接将有关诗文谱成琴曲。北宋太常博士沈遵,曾依欧阳修《醉翁亭记》,谱成琴曲《醉翁吟》,可惜有曲无词,后来苏轼据谱以作词,成为琴中绝唱[③]。宋末俞琰,也曾将《醉翁亭记》、《赤壁赋》等谱成琴曲。他自称:

> 予自德祐后,文场扫地,无所用心,但闭户静坐,以琴自娱,读《易》、读内外二丹书,遂成四癖。琴之癖,欲以六律正五音,问诸琴师,皆无答。后得《紫阳琴书》、《南溪琴统》、《奥音玉谱》,始知旋宫之法,乃作《周南》、《召南》诗谱及《鹿鸣》、《皇华》等诗弦歌之,《离骚》、《九歌》、《兰亭诗序》、《归去来辞》、《醉翁亭记》、《赤壁赋》,皆有谱琴之癖。[④]

可见,明清琴谱所载《赤壁赋》曲谱,确实是其来有自。明清文人,视琴为"书室中雅乐,不可一日不对清音",像"《归去来》、《赤壁赋》,亦可以咏怀寄兴,清夜月明,操弄一二",就是最好的

---

①查阜西《存见古琴曲谱辑览》,人民音乐出版社 2001 年版,总 14 页,总 396—397 页。

②《四库全书总目》卷一百十三《琴谱合璧提要》即谓:"《归去来词》、《听颖师琴诗》、《秋声赋》、《前赤壁赋》,不增减一字,而声韵自合,亦足取也。"(中华书局 1965 年版,第 970 页)

③王辟之《渑水燕谈录》卷七"庆历中欧阳公"条,中华书局 1981 年版,第 85—86 页。

④俞琰《席上腐谈》卷下,《景印文渊阁四库全书》本,子部第 1061 册,第 617 页。

“养性修身之道”[①]。明清琴谱之所以载《赤壁赋》曲谱甚多，原因就是明清文人特别喜欢琴曲《赤壁赋》怡情养性的艺术效果。

再看绘画。

除了入乐歌唱，《赤壁赋》还入画图。宋代有多位著名画家把《赤壁赋》画成图画以传播。今可考知的至少有11种宋金人依《赤壁赋》创作的《赤壁图》。

1. 北宋李公麟《赤壁图》

最早依《赤壁赋》作画的，是著名画家李公麟（1049—1106）。明汪砢玉《珊瑚网》卷二十二载：

> 苏子瞻前后《赤壁赋》，李龙眠作图，隶字书，旁注云：“是海岳笔，共八节。惟前赋不完。”[②]

这是说，李公麟（号龙眠）作《赤壁图》，而米芾（海岳）用隶书将前后《赤壁赋》写于图画上，画分八景，字分八节书写前后《赤壁赋》[③]。此画传到清代，高士奇《江村销夏录》卷二载：

> 《宋李龙眠赤壁图卷》：绢本，高一尺余，长八尺，全用水墨。树石沈着，人物工雅，有秋空幽致。[④]

画末有永乐二年正月豫章胡俨跋：“士文持此图求题，因书旧诗以

①高濂《遵生八笺》卷十，《景印文渊阁四库全书》本，子部第871册，第757页。

②汪砢玉《珊瑚网》卷二十二，《景印文渊阁四库全书》本，子部第818册，第372—373页。又见都穆《寓意编》，《景印文渊阁四库全书》本，子部第814册，第637页。

③虽然字面上没有明说书写的是前后《赤壁赋》，但从“惟前赋不完”句可看出，米芾书写的是前后《赤壁赋》。“惟前赋不完”，表明后赋是完整的，只是前赋不完整而已。

④高士奇《江村销夏录》卷二，《中国书画全书》本，第7册，第1011页。按，高士奇《江村书画目》又载：“宋李龙眠赤壁图一卷，真宋人笔，自跋。四十两。”（《中国书画全书》本，第7册，第1074页）

附卷末。”卞永誉《式古堂书画绘考》卷四十二亦载：

> 《李伯时赤壁图卷》：绢本，高一尺余，长八尺，水墨。布景苍老，肖形闲逸，江风山月之游，宛然如或见之。

高士奇、卞永誉之后，此画下落不明。此画卷长八尺，高一尺余，足以容纳前后《赤壁赋》原文。

2. 北宋乔仲常《后赤壁赋图》

李公麟之后，有乔仲常画《后赤壁赋图》。素笺本，墨画分段，楷书。画卷纵 30.48 厘米，横 566.42 厘米。学李公麟的构图法，也分八景，每景皆楷书《后赤壁赋》一节。堪称图文并茂。后有宣和五年（1123）八月七日赵德麟跋：“观东坡公赋赤壁，一如自黄泥坂游赤壁之下。听诵其赋，真杜子美所谓‘及兹烦见示，满目一凄恻。悲风生微绡，万里起古色’者也。”①此画今存美国密苏里州堪萨斯市纳尔逊·艾金斯美术馆。

3. 北宋王诜《赤壁图》

王诜画《赤壁图》，传本甚罕，明代画家文伯仁曾见过，说苏轼

①《石渠宝笈》卷三二，《景印文渊阁四库全书》本，子部第 825 册，第 294 页。

书《后赤壁赋》卷前有王诜画的《赤壁图》。董其昌跋《苏文忠公后赤壁赋卷(行书纸本高一尺余长六尺)》曰:“文德承又谓此卷前有王晋卿画,若得合并,不为延津之剑耶?用卿且藏此以俟。甲辰六月观于西湖上因题,董其昌书。”[①]按,文伯仁,字德承,号五峰,苏州人,善画山水人物。文征明之侄。他说苏轼所书《后赤壁赋》卷前有王诜画,董其昌希望苏书王画能成合璧,自当有据。因文献记载甚少,难知其详。

4. 南宋杨士贤《赤壁图》

杨士贤画《赤壁图》,绢本设色,纵30厘米,横733厘米。今藏美国波士顿博物馆。按,杨士贤,宣和待诏。绍兴间,至钱塘,复旧职,赐金带。工画山水人物。[②]

5. 南宋萧照《赤壁轴》

萧照画《赤壁图》,今无传本。清梁章钜《退庵所藏金石画跋尾》有著录:“萧照《赤壁轴(绢本)》。萧照,濩泽人。绍兴中补迪功郎,画院待诏,赐金带。此画赤壁景,苍润秀逸,幅边用小篆书署名,亦自古雅。幅上有郭升题识,谓本李唐弟子而誉擅出蓝。按,萧照本家北方,靖康中随李晞古南渡,尽以画法授之。兼工书,多

①卞永誉《式古堂书画汇考》卷十,《景印文渊阁四库全书》本,子部第827册,第516页。

②夏文彦《图绘宝鉴》卷四,《中国书画全书》本,第2册第878页。

署名于树石间。”①

6. 南宋赵伯驹《后赤壁图》

赵伯驹(1120—1182)《后赤壁图》,后有高宗赵构亲书的《赤壁赋》。《清河书画舫》载:

> 赵伯驹《赤壁图》一。伯驹字千里,其画传世甚多。此卷后有高宗亲书苏赋。而布景设色,亦非余人可及。②

吴升《大观录》言之更详:

> 赵千里《后赤壁图卷》。千里名伯驹,善画山水花禽竹石,尤长于人物。精神清润,高宗极爱重之。官至浙东兵马钤辖。此图淡色绢本,高一尺,长丈许,绢素稍有损处。山峰树石设色轻倩,但首尾颇入院习,乏士气。中幅山湾屋宇觉生趣动人耳。书后思陵书赋,宸藻焕发,尾钤大玺。画末押节制胡卢印。丹丘跋亦佳迹。③

可惜此画今已不传。

7. 赵伯骕《后赤壁图》

赵伯骕(1124—1182)《后赤壁图》,鲜见文献著录。明文征明有《仿赵伯骕后赤壁图》,纵 31. 5 厘米,横 541. 6 厘米,今藏台北故宫博物院。后有隆庆六年壬申(1572)文征明之子文嘉跋:“《后赤壁图》,乃宋时画院中题,故赵伯骕、伯驹皆常写,而予皆及见之。若吴中所藏,则伯骕本也。后有当道欲取以献时宰(严嵩),而主人吝与,先待诏语之曰:‘岂可以此贾祸,吾当为重写,或能存其仿

①梁章钜《退庵所藏金石画跋尾》卷十二,《中国书画全书》本,第 9 册第 1069 页。

②张丑《清河书画舫》卷七,《景印文渊阁四库全书》本,子部第 817 册,第 267 页。

③吴升《大观录》卷十四,《中国书画全书》本,第 8 册第 436 页。按,同页载丹丘柯九思跋曰:“右题千里画《后赤壁赋图》。位置障密,傅彩秀润,诚近代之佳手也。溪山胜概,亭中不可无此清玩矣。盍宝之。丹丘柯九思识。”

佛。’因为此卷，庶几焕若神明，复还旧观。岂特优孟之为孙叔敖而已哉！壬申九月仲子嘉敬题。”文嘉谓见过赵伯骕原画《后赤壁图》，又有文征明之摹本可证。自然所言不虚。

8. 南宋马和之《后赤壁图》

马和之《后赤壁图》，画后有高宗赵构草书的《后赤壁赋》。《南宋院画录》载：

> 马和之《后赤壁图》绢画一卷，画法简逸，意趣有余。后高宗书《后赤壁赋》一篇，书法宗钟、王二家。①

此画绢本墨笔，纵25.8厘米，横143厘米。今藏北京故宫博物院。安岐《墨缘汇观》卷四亦有著录：“余收和之《后赤壁》一卷，有高宗书赋，精妙绝伦。”②

9. 南宋李嵩《赤壁图》

李嵩（1166—1243）《赤壁图》，团扇，绢本，水墨，淡设色。图中暗礁石壁，漩流急浪，气势高远，孤舟泛波，又含悠远幽闲之趣。此画亦存，今藏于美国密苏里州堪萨斯市纳尔逊·艾金斯美术馆。只是历代书画文献中罕见著录。

---

①厉鹗《南宋院画录》卷三，《景印文渊阁四库全书》本，子部第829册，第569页。

②安岐《墨缘汇观》卷四，《中国书画全书》本，第10册第402页。

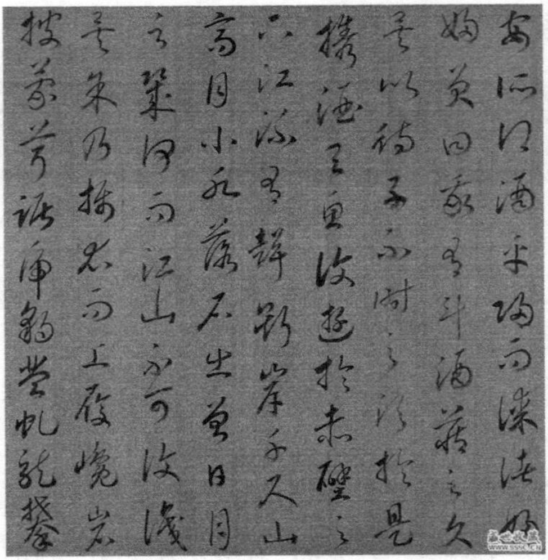

安所得酒乎歸而謀諸婦
婦曰我有斗酒藏之久
矣以待子不時之須於是
攜酒與魚復遊於赤壁之
下江流有聲斷岸千尺山
高月小水落石出曾日月
之幾何而江山不可復識
矣余乃攝衣而上履巉巖
披蒙茸踞虎豹登虯龍攀

10. 南宋徐参议《赤壁图》

徐参议《赤壁图》，见王炎《双溪类稿》卷六《题徐参议画轴三首》其二《赤壁图》。诗曰：“乌林赤壁事已陈，黄州赤壁天下闻。东坡居士妙言语，赋到此翁无古人。江流浩浩日东注，老石轮囷饱烟雨。雪堂尚在人不来，黄鹄而今定何许。此赋可歌仍可弦，此画可与俱流传。沙埋折戟洞庭岸，访古壮怀空黯然。”①按，徐参议，名里不详。参议是官名，不知何许人。王炎所题三画轴，分别是墨梅、赤壁图和岁寒三友。王炎《双溪类稿》卷六另有《题徐参议所藏唐人浴儿图》，可见徐参议既是画家，又是收藏家。

11. 金武元直《东坡游赤壁图》

武元直的《赤壁图》，纸本，水墨，纵 50.8 厘米，横 136.4 厘米，今藏台北故宫博物院。明李日华《六研斋笔记》卷二载：“丙寅夏，余购得《东坡游赤壁图》，笔法布置，苍秀古雅，极类唐人。元遗山跋云：‘画系武元直所作。’元直事金昌宗，居画院，去宋不远。岂即宗元之裔耶？其萧然矩度，诚不知于岳壁何如，顾其状山川之郁盘，风露之浩渺，天空水阔之趣，必有当于坡翁者也。”②

①王炎《双溪类稿》卷六，《景印文渊阁四库全书》本，集部第 1155 册，第 487 页。
②李日华《六研斋笔记》卷二，凤凰出版社 2010 年版，第 37 页。

以上11幅《赤壁图》,有四幅是书画同图,画传赋意,画写赋文,书画文三美兼具。名家之文、名家之画、名家之书,合为一处,堪称三绝。三绝之赋书画,其传播效果自非单一印刷文本所能比拟。正如明人杨荣所说:“东坡以文章擅名当代,传诵于天下后世。如此赋尤为奇崛,读之锵然,若振乎黄钟大吕之音,令人击节叹赏。而又得图画之工、字书之妙,皆可为翰墨之珍玩矣。”[①]一幅名画,就是一种传播渠道,十一幅名画,就是十一种传播渠道,何况每种绘画还可能有多种摹本呢!如赵伯骕《桃源图》,“旧藏宜兴吴氏,尝请仇实甫摹之,与真无异。其家酬以五十金。由是人间遂多传本”[②]。赵伯骕的《桃源图》自从有了仇英的摹本后,传本遂多。《桃源图》有摹本,《赤壁图》自然也会有摹本。所以,绘画的传播具有累积性特点。一本可以变多本,多图多本的传播,会有叠加层累效应。

绘画的传播,更具有聚观性和增殖性特点。

所谓聚观性,是说收藏家每得一书画作品、特别是名家书画,往往要请人一同观赏品鉴。众人共赏的热烈氛围,是一人独自读书时所无法体验的。书画文献中就常有多人同观书画的记载:

纯老、彦祖、巨源、成伯、子雍、完夫、正重、子中、敏甫、子瞻、子由同观,熙宁十年三月廿三日书。[③]

刘丞可延安幕府中会张仲微、杨如晦、蒋仲和、贾习之、晁

---

①杨荣《文敏集》卷十五,《景印文渊阁四库全书》本,集部第1240册,第232页。

②张丑《清河书画舫》卷一下,《景印文渊阁四库全书》本,子部第817册,第25页。

③朱存理《珊瑚木难》卷三,《景印文渊阁四库全书》本,子部第815册,第83页。

伯以同观。叹息斯人清德绝俗，闭目焚香之余，世人但玩其诗笔耳。政和甲午孟冬二十八日记。①

嘉泰壬戌冬至后五日，林成季、周南、朱鼐、赵汝譡、朱元纮、滕峸别盱昭施武子于虎丘，同观书画。②

其为定武真帖不疑矣。前后同观者十有六人。③

藏家请客人同观，既是对外宣示自己的藏品，也是与友人分享艺术鉴赏的乐趣，当然也有共同讨论原作得失的用意。苏轼友人、书画家王诜（字晋卿）每次观画，都请精于鉴赏的韩拙（字纯全）一同观赏，共同讨论：

韩纯全云：王晋卿每阅画，必召某同观。论乎渊奥，构其名实。偶一日于赐书堂东挂李成，西挂范宽。先观李公之迹，云：李公家法，墨润而笔精。烟岚轻动，如对面千里，秀气可掬。次观范宽之作，如面前真列峰峦，气势雄逸，笔力老健。此二画之迹，真一文一武也。余尝思其言之当，真可谓鉴通骨髓矣。④

与王诜同时的江西派诗人谢薖，偶然得到李公麟所作《阳关图》后，也请十来位友人到他家聚观同赏，作有《集庵摩勒园观李伯时画〈阳关图〉，以“不能舍余习，偶被世人知”为韵，得人字，赋

①岳珂《宝真斋法书赞》卷九，《景印文渊阁四库全书》本，子部第813册，第666页。按“政和”原误作“正和”。政和甲午，为徽宗政和四年(1114)。

②俞松《兰亭续考》卷一，《景印文渊阁四库全书》本，史部第682册，第166页。

③俞松《兰亭续考》卷二，《景印文渊阁四库全书》本，史部第682册，第175页。

④朱谋垔《画史会要》卷五，《景印文渊阁四库全书》本，子部第816册，第579—580页。按，韩拙著有画论著作《山水纯全集》，今有《四库全书》本等。

六言》诗纪事。[①]

所谓增殖性，是指在传播过程中，不断实现文化增殖。因文学作品《赤壁赋》的传播，而催生了多幅绘画艺术品的《赤壁图》，文字文本转化为绘画文本，这是一重文化增殖。

由《赤壁赋》转化而来的《赤壁图》，不是简单艺术样式的翻版，而是渗透着画家自己对人生和自然的理解，较之《赤壁赋》，又增扩了多样化的人生感悟和情思蕴含。这是第二重文化增殖。

《赤壁图》上都书写有《赤壁赋》原文，如李公麟的《赤壁图》有米芾的隶书，赵伯驹、马和之的《赤壁图》有宋高宗赵构的法书，在绘画艺术价值上又增加了书法艺术价值。这是第三重文化增殖。

观赏后名家常常要留下题跋，乔仲常的《赤壁图》就有宣和五年赵德麟的跋。这类题跋，往往既有理论批评价值，又有历史价值。如元好问的《题闲闲书〈赤壁赋〉后》，就极具理论批评价值和历史价值：

> 夏口之战，古今喜称道之。东坡《赤壁》词，殆戏以周郎自况也。词才百许字，而江山人物无复余蕴，宜其为乐府绝唱。闲闲公乃以仙语追和之，非特词气放逸，绝去翰墨畦径，其字画亦无愧也。辛亥夏五月，以事来太原，借宿大悲僧舍。田侯秀实出此轴见示。闲闲七十有四，以壬辰岁下世。今此十二日，其讳日也。感念畴昔，怅然久之。因题其后。《赤壁》，武元直所画。门生元某书[②]

跋谓东坡《念奴娇·赤壁怀古》词“才百许字，而江山人物无

①傅璇琮等编《全宋诗》，第24册，第15789页。另参王兆鹏《宋代文学传播探原》，武汉大学出版社2013年版，第150—152页。

②元好问《元好问文编年校注》，中华书局2012年版，第1162页。按，武元直，原误作“武元真”。

复余蕴”，堪称“绝唱”，独具慧眼地指出了此词的艺术特色所在，并高度评价了此词的艺术贡献和艺术价值。末谓《赤壁图》为武元直所画，更为确定此画的著作权人提供了直接的历史依据。因为武元直的《赤壁图》无作者款印，明代以来一直被当作北宋朱锐的作品。近人马衡据元好问此跋，始确定为武元直作[①]。这些题跋的理论批评价值和历史价值，可以说是第四重文化增殖。

文人观赏画图后常常有题诗，如前述南宋王炎观赏了徐参议《赤壁图》后赋诗，称赞“此赋可歌仍可弦，此画可与俱流传”，一并为《赤壁赋》和《赤壁图》做了广告宣传。读到此诗的人，自会对《赤壁赋》和《赤壁图》产生兴趣，从而提升《赤壁图》和《赤壁赋》的影响力与知名度。宋末郑思肖和陆文圭也分别题有《苏东坡前赤壁赋图》和《赤壁图二首》诗[②]。元好问《遗山先生文集》卷三有题《赤壁图》诗，《御定题画诗》卷三一也录有金人李晏的《题武元直赤壁图》诗。元揭傒斯也有《题高丽幼上人所藏金人画苏子瞻游赤壁图》诗，诗末说：“上人远示我，传观及童奴。笑问此何人，舟中人姓苏。”[③]知此诗是观赏武元直《赤壁图》后所作。由赋而画，由画而诗，形成了创作—传播—接受—创作的赋画诗创作链。一篇赋，引发多幅图，又催生多首诗，这是第五重文化增殖。

这些绘画、书法、题跋、题诗的传播，提升和扩大了《赤壁赋》的传播效应和经典指数。所以，到了南宋，《赤壁赋》就已成为文章中的经典。罗大经说：“太史公《伯夷传》，苏东坡《赤壁赋》，文

①参庄严《前生造定故宫缘》之《武元直绘〈赤壁图〉卷》，紫禁城出版社 2006 年，第 187—190 页。

②傅璇琮等编《全宋诗》卷三六二四，第 69 册，第 43400 页；卷三七一二，第 71 册，第 44598 页。

③揭傒斯《揭傒斯全集》，上海古籍出版社 2012 年版，第 229 页。

章绝唱也。”[①]林希逸也说《赤壁赋》“兴味之远，前无古人”[②]。在南宋，《赤壁赋》是文士们爱读、爱吟、爱唱、爱书写的经典之作，不少诗人写有读《赤壁赋》的诗，如王十朋有诗说：“读公赤壁词并赋，如见周郎破贼时。”[③]方夔《读赤壁赋》诗有云：“形胜空传二《赤壁》，文章谁肯百东坡。”[④]文天祥也有《读赤壁赋前后二首》[⑤]。杨万里甚至觉得，读《赤壁赋》可以治病，所谓“二苏三赋在，一览病应休”[⑥]。文学经典，是在多元传播媒介和传播方式的共同作用下形成的。不了解作品的传播过程，就无法深入理解作品的经典化过程。

①罗大经《鹤林玉露》甲编卷六，中华书局 1983 年，第 106 页。

②林希逸《清风峡施水庵记》，《全宋文》卷七七三七，第 336 册第 14 页。

③傅璇琮等编《全宋诗》卷二〇三八，第 22880 页。

④方夔《富山遗稿》卷九，《景印文渊阁四库全书》本，集部第 1189 册，第 438 页。

⑤文天祥《文山集》卷二十，《景印文渊阁四库全书》本，集部第 1184 册，第 750 页。

⑥杨万里著，辛更儒笺校《杨万里集笺校》卷三《和王才臣再病二首》，中华书局 2007 年版，第 189 页。

杨易霖《周词订律》与词学研究新视野

谭新红

邵瑞彭先生《周词订律序》评价杨易霖《周词订律》时说:“不惟美成之功臣,抑亦词林之司南。”①认为《周词订律》不仅是一部指导创作的词谱工具书,也是研究周邦彦词的一部重要著作。这一观点得到了不少词学家的认同。吴则虞先生在《清真词版本考辨》中就将杨易霖与毛晋、朱祖谋、郑文焯等词坛大家相提并论,认为他是整理周邦彦词集的一个重要参与者②。王兆鹏先生《词学史料学》也将《周词订律》列为周邦彦词别集的“近人校注本”之一③。可见他们都认为《周词订律》是周邦彦词集传播中的一个重要版本。《周词订律》在词谱学上的特点与意义本人已撰文揭载,本文即从周邦彦词集版本的角度探讨杨易霖《周词订律》的特点与价值。

①杨易霖《周词订律》,开明书店 1937 年版,第 2 页。
②吴则虞《清真词版本考辨》,《西南师范学院学报》1957 年第 3 期,第 28 页。
③王兆鹏《词学史料学》,中华书局 2004 年版,第 188 页。

一、收词全，校勘精

周邦彦词集宋本流传至今者有两个系统，一是强焕序刻本《清真词》。强焕《题周美成词》云："余欲广邑人爱之之意，故裒公之词，旁搜远绍，仅得百八十有二章，厘为上下卷，乃辍俸余，鸠工锓木，以寿其传。"[①]强序本原刻已佚，然明末毛晋所刻《宋六十名家词》本《片玉词》乃据强序本刻成，在强序本二卷一百八十二阕的基础上，另补遗一卷十首，合计一百九十二首。据毛晋《片玉词跋》可知，毛晋删除了强序本的评注，并且厘正其中的讹谬之处。（第一九五页）故毛刻虽已非宋刻原貌，然仍保留了强序本的全部词作。关于强序本，王国维《清真先生遗事》云："（周邦彦词集）伪词最多，强焕本所增，强半皆是。"[②]对其评价并不高。

另外一个版本乃陈元龙注本，有宋宁宗嘉定四年刘肃序，共收词一百二十七阕。此本虽然篇数少于强序本，但正如王国维《清真先生遗事》所云："篇篇精粹，虽非先生手定，要为最先之本。"（第四六页）是周邦彦词集传播中所收作品最可靠的一个精善之本。朱祖谋《彊村丛书》所收《片玉集》十卷即在此本的基础上精校细刻而传于今者。《彊村丛书》堪称词集整理的典范，龙榆生先生即认为以王鹏运、朱祖谋为代表的校勘之学是清代词学五大贡献之一[③]，王仲闻先生亦云彊村本集众本之长，以至于唐圭璋先生在编《全宋词》时，宁愿用彊村本而不用祖本[④]。

---

①毛晋《宋六十名家词》，上海古籍出版社 1989 年版，第 178 页。

②王国维著，周锡山编校《王国维集》，中国社会科学出版社 2008 年版，第 1 册，第 53 页。

③龙榆生《龙榆生学术论文集》，上海古籍出版社 2017 年版，第 242 页。

④王仲闻、唐圭璋《全宋词审稿笔记》，中华书局 2009 年版，第 8 页。

杨易霖《周词订律》即以《彊村丛书》本《片玉集》为主编成，然后出更精，《周词订律》在《彊村丛书》本的基础上又有了很大的提升，主要体现在以下两方面：

（一）收词更全

《周词订律》以《彊村丛书》本《片玉集》为底本，但《彊村丛书》未收而见载于其他书籍者，无论真伪，均录入补遗，分上、下两卷共八十一首，因此《周词订律》收词比《彊村丛书》本《片玉词》要全。杨易霖对这八十一首词的真伪做了初步的考订：

1. 杨易霖认为八十一首词中有五十七首是周邦彦词，包括《玉团儿》（铅华淡伫新妆束）、《丑奴儿》（南枝度腊开全少）、《丑奴儿》（香梅开后风传信）等。按，杨易霖在此有失考之处，其中三首实非周邦彦所作。一是《忆秦娥》（香馥馥），沈际飞《草堂诗余隽》作苏轼词，何士信《草堂诗余类编》作周邦彦词，至正本《草堂诗余》作无名氏词，唐圭璋先生《宋词互见考》依此定为无名氏词①。《柳梢青》（有个人人）见毛本补遗，杨易霖据毛本误收，唐圭璋先生《宋词互见考》据至正本《草堂诗余》考定为无名氏词，陈钟秀本误作周邦彦词。（第一八七页）《南乡子》（夜阔梦难收）见毛本《补遗》，《周词订律》据此误收，罗忼烈先生指出此词乃明人邹逢时传奇《觅莲记》中的作品，非周邦彦作②。

2. 文献记载有差、不易遽下结论者共有四首：《蝶恋花》（鱼尾霞生明远树）、《青玉案》（良夜灯光簇如豆）、《南柯子》（桂魄分余晕）、《南歌子》（夕露沾芳草）。赵闻礼《阳春白雪》载《蝶恋花》（鱼尾霞生明远树），题何大圭作③。唐圭璋《宋词互见考》云此词

---

①唐圭璋《词学探微》，商务印书馆 2020 年版，第 190 页。

②罗忼烈《清真集笺注》，上海古籍出版社 2008 年版，第 330 页。

③赵闻礼《阳春白雪》，上海古籍出版社 1993 年版，第 171 页。

见周邦彦《片玉词》,《阳春白雪》题作何大圭是错误的。(第八二页)杨易霖则仅言"《阳春白雪》以为何播之作"(补遗上第二页),并未明言究为谁作。《南柯子》(桂魄分余晕)一词,《词林万选》选录为张元干词,毛刻本《芦川词》也收了这首词,到底是张元干词还是周邦彦词,杨易霖谨慎地说:"未知孰是。"(补遗上第十页)《南歌子》(夕露沾芳草)一词,《花草粹编》不着撰人,但恰好与淮海词衔接,按《花草粹编》的体例,此词当属秦观,可是《淮海集》又未收此词,著作权到底归属秦观还是周邦彦,杨易霖也是慎重地说"未知孰是"(补遗下第二〇页)。不遽下断语,俱可见其审慎之处。

3. 确定非周邦彦词者共有《感皇恩》(小阁倚晴空)、《水调歌头》(今夕月华满)等二十首。二十首词中,有些词的真伪前贤已有确考,杨易霖不费辞墨,直接转述考证结果,如《水调歌头》(今夕月华满),《周词订律》云:"王静安先生云:此词岁月不合,其伪无疑。"(补遗上第九页)因词的创作时间在周邦彦去世之后,可确定无疑不是他的作品,故杨易霖直接转述王国维的考证结果。除此之外,其他绝大多数都是杨易霖通过比勘材料而得出的结论,如《感皇恩》(小阁倚晴空),《乐府雅词》录为晁冲之词;《浣溪沙》(小院闲窗春色深),《乐府雅词》《花草粹编》《历代诗余》等录为李清照词;《如梦令》(花落莺啼春暮),《花庵词选》《乐府雅词》《花草粹编》等皆录为谢无逸词,毛刻《片玉词》不慎致误,杨易霖均予以纠正。

(二)校勘更为精审全面

周邦彦词集,自宋至清,版本很多,而各种选本、词话也多有选录,故文字异同,至为纷纭。校勘其间的异同,遂成为周邦彦词集整理的一项重要任务。这一工作,朱祖谋已着先鞭,杨易霖在其基础上,对各种文本之间的异文、脱字、衍字、句读、分片等进行了全面的比勘,在朱祖谋的基础上又有了很大的推进与提升。朱祖谋在校勘时主要比照了周邦彦词集中的陈注本、元本、明本、毛本以及《乐府雅词》《花庵词选》《阳春白雪》《草堂诗余》等选本,杨易霖使用的参校本则更为丰富。除了朱祖谋用到的这些文献以外,还用到了郑文焯校本,词选则有《云谣集》《梅苑》《花草粹编》《词统》《词综》《历代诗余》《词林万选》,词谱有《啸余谱》《诗余图谱》《词谱》《词律拾遗》,笔记诗话类则使用了《挥麈录》《苕溪渔隐丛话》《浩然斋雅谈》《唐音癸签》《庄岳委谈》《词林纪事》《词苑丛谈》《西泠词萃》,此外还用到了柳永、晏殊、欧阳修、张先、黄庭坚、贺铸、秦观、杨补之、吕圣求、李清照、严次山、陈正伯、陈凤仪等词人的别集。使用的文献越丰富,校勘时自然就会比较出更多的不同之处来。《彊村丛书》本《片玉集》共有校记二百五十六条,《周词订律》则有四百〇三条,多出一百四十七条。这多出的部分,呈现出更加丰富的内容来,如两部书所收的第一首词都是《瑞龙吟》(章台路),朱祖谋一共出了三条校记,分别比勘出陈注本中的"褪粉"、"因念"、"侵晨"在《乐府雅词》、明本、毛本中作"退粉"、"曾记"、"清晨",杨易霖则在此基础上增加了五条校记,比照出原本中"还见"、"愔愔"、"坊陌"、"意绪"在其他文本中的不同。又如他校《三部乐》(浮玉霏琼)中的"袄知"时说:"《历代诗余》《词谱》均作'祇知',彊村翁从之。按大典一一一一六五引林淳《定斋诗余》《鹧鸪天》云'天近袄知雨露浓'、杨泽民《宴清都》云'袄如宋玉难赋',疑'袄'字乃宋人俗语。《说文》读火干切,《玉篇》读阿怜切,《广韵》读于乔切。"(卷八第十三页)对朱祖谋的校勘作了进一步的申说,提出了不一样的观点。毫无疑问,杨易霖的校勘更加完备。

由于词乐失传,一首词在何处分片往往众说纷纭。因此,杨易霖在整理周邦彦词集时,不仅校字词,而且校分片。《瑞龙吟》(章台路)第一条校记就是关于这首词的分片问题:“《阳春白雪》分两段,以‘声价如故’句属上。《花草粹编》分两段,于‘盈盈笑语’句作前结。”(卷八第一页)杨易霖在校语中还只是客观地呈现诸书在分片中的不同,在后面的按语中则进一步揭示自己对分片的意见,如《垂丝钓》(缕金翠羽),毛晋本《片玉词》于“钿车似水”句作结,陈耀文《花草粹编》在“春将暮”后分片,吴文英同调词则在“向层城苑路”处作结,杨易霖对这三种分片都持保留态度,他认为从语意上看,应该在“寄风丝雁柱”后分片。(卷三第一页)又如《隔浦莲》(新篁摇动翠葆),《周词订律》云:“毛本、《花庵词选》《草堂诗余》《花草粹编》均以‘水亭小’句属前结,与西麓、履斋、放翁、介庵、竹屋、梅溪相同,惯用既久,自亦不妨从俗。惟详其语意,仍以属后为是。”(卷四第三页)在乐曲失传的情况下,通过语意给词分片不失为一种有益的尝试。

杨易霖对词调名也有精确的考校,如他考证《浣溪沙》的调名及其来源时说:“《浣溪沙》,一作《浣沙溪》,似以西子浣纱得名。《云谣》作《涣沙溪》,误。万氏云‘沙’应作‘纱’云云,然古无‘纱’字,以‘沙’为之。陈注引杜诗‘移船先主庙,洗药浣沙溪’为调名所本,非。”(卷三第十页)他对《望江南》《选冠子》《苏幕遮》《诉衷情》《渔父家风》等词调的源流演变及同调异名现象也都做了精彩的考论。

通过杨易霖的努力,《周词订律》录周邦彦词一百八十一首,在数量上远超《彊村丛书》本,在质量方面则又远胜毛本《片玉词》,并且作了精细的校勘,在当时可以说达到了周邦彦词集整理的最高水平,远超前贤。

二、首次关注词的对句

对偶是中国文学的一大特色。陈寅恪《论再生缘》云:“中国之文学与其他世界诸国之文学,不同之处甚多,其最特异之点,则为骈词俪语与音韵平仄之配合。就吾国数千年文学史言之,骈丽之文以六朝及赵宋一代为最佳。”①所谓“骈词俪语”,即指对偶的句子。尤其在近体诗兴起后,对偶成为必须遵守的一项规则,如律诗的中间四句除特殊情况外必须对偶,排律除首尾两联外,中间各联一般来说也都必须对仗。词又称“长短句”,因句式多长短不一,对偶句在整首词中往往不那么显眼,因此历来并未引起说词者的充分重视。其实宋人填词时,非常重视对句的使用,在长短错综的句式中经常使用精妙的对句。周邦彦就是其中有代表性的一位词人,他的词中存在着大量句式多样的对偶句,从三言对句到八言对句都有,杨易霖《周词订律》对这些对句首次进行了全面的考察,如:

三字对:

《苏幕遮》(燎沈香):“燎沈香,消溽暑”,必对。(卷四第十七页)

《醉桃源》(冬衣初染远山青):“情黯黯,闷腾腾”,必对。(卷六第九页)

四字对:

《瑞龙吟》(章台路):“褪粉梅梢,试花桃树”,必对。(卷一第四页)

《渡江云》(晴岚低楚甸):“清江东注,画舸西流”,必对。

①陈寅恪《寒柳堂集》,生活·读书·新知三联书店2011年版,第72页。

（卷一第十三页）

五字对：

《意难忘》（衣染莺黄）："低鬟蝉影动，私语口脂香"，必对。（卷十第二页）

《南柯子》（宝合分时果）："露下凉如水，风来夜气清"，必对。（补遗上第十页）

六字对：

《红林檎近》（高柳春才软）："那堪飘风递冷，故遣度幕穿窗"，必对。（卷六第十五页）

《浪淘沙》（昼阴重霜凋岸草）："南陌脂车待发，东门帐饮乍阕"，必对。（卷二第十八页）

七字对：

《昼锦堂》（雨洗桃花）："短歌新曲无心理，凤箫龙管不曾拈"，必对。（补遗下第十四页）

《浣溪沙》（争挽桐花两鬓垂）："跳脱添金双腕重，琵琶拨尽四弦悲"，宜对（卷三第十二页）。

八字对：

《风流子》（新绿小池塘）："金屋去来，旧时巢燕。土花缭绕，前度莓墙"，必对。或四字两对。（卷一第九页）

《一寸金》（州夹苍崖）："海霞接日，红翻水面。晴风吹草，青摇山脚"，乃八字对句，必对。（卷九第七页）

这些对句，整炼工巧，流动脱化，使词在整体的错落有致之外又呈现出局部的整饬之美来，语言自然更显丰富绚烂。

通过统计杨易霖在《周词订律》所加按语可知，周邦彦词中的三字对、五字对、六字对、七字对、八字对的数量并不多，最多的是四字对。具体统计数据见下表：

	三字对	四字对	五字对	六字对	七字对	八字对
必对	8	65	12	3	1	6
宜对	3	33	0	0	4	0
合计	11	98	12	3	5	6
所涉词作	8	51	8	3	4	3

从上表可知,在周邦彦词中,三字对、五字对、六字对、七字对、八字对一共只有 37 个对句,而四字对则有 98 对,远超前面五种句式之和。而其中的 6 个八字对句,又可视为 12 个四字对句,两者相加,则四字对多达 110 个。再统计偶字对与奇字对,三字、五字与七字对一共是 28 个,而四字、六字、八字对加在一起是 113 个,偶字对远远超过奇字对。我们都知道,骈体文又称骈四俪六,因其多用四言六言的句子对偶排比,故有此称呼。因此,从对句的角度考察,周邦彦词应该更多的是受骈体文而非近体诗的影响。柳宗元《乞巧文》云:“骈四俪六,锦心绣口。”①因为周邦彦词大量使用了骈式俪句,使得其词尤为优美华丽。

杨易霖在辨别周邦彦词对句时,还发现了与骈文、近体诗中不同的对句类型,比如领字对,也就是有领字的对句。所谓对句,上下句的字数一定要一样,可由于有些词句有领字的存在,这一规则被打破了。也就是说有领字的上句比下句多一个字,但它仍然和下句构成对句。比如《解连环》(怨怀无托)的上片有两句“似风散雨收,雾轻云薄”,杨易霖认为此乃“上一字逗,下接四字对句”,而吴文英同调词中在同一位置是“弄微照,素怀暗呈纤白”,变成了上三下六两句,不能成对,杨易霖认为吴文英在这里不用对句是错

①柳宗元《柳宗元集》,中华书局 1979 年版,第 489 页。

误的。(卷二第七页)又如《兰陵王》(柳阴直)中有两句“愁一箭风快,半篙波暖”,同样是上一字逗,下接两个四字对句,而南宋词人陈允平的同调词在同一位置是“回首处,应念旧曾攀折”,变成了上三下六两句,也不能成对,同样是错误的。(卷八第六页)《西平乐》(稚柳苏晴)一词,《周词订律》在按语中说:“‘叹事逐孤鸿尽去,身与塘蒲共晚,争知向此征途,伫立尘沙’句,乃上一字逗,下接六字对句,再接上六下四字句。泽民‘应便作归休计去,高揖渊明,下视林逋,到此如何,又走风沙’易为上一下六之七字句,下接四字对句,再接四字二句,误。”(卷二第十六页)这类对句,因对句之前有一领字,我们可称之为“领字对”。

又如三句对。一般的对句,都是两两成对,而周邦彦词中有三句成对的现象,杨易霖发现了这一现象并特别拈出予以说明。如《忆旧游》(记愁横浅黛)一词,《周词订律》在按语中说:“‘愁横浅黛,泪洗红铅,门掩秋宵’,必对。或上二句对,或下二句对,均可。西麓‘眉峰聚碧,记得邮亭,人别中宵’,不对,非。”(卷二第二十一页)又如《丁香结》(苍藓沿阶)一词,杨易霖云:“‘宝幄香缨,熏炉象尺,夜寒灯晕’句,‘宝幄香缨,熏炉象尺’,必对。西麓‘酒薄愁浓,霞腮泪渍,月眉香晕’,易为下二句对,亦可从。”(卷五第二十一页)这种对句形式,明人朱权在《太和正音谱》中给它取名为“鼎足对”、“燕逐飞花对”①。其特点是三句的句型一模一样,一句可对二句,二句可对三句,一句也可以对三句,又称隔句对。这种对句的使用,使周邦彦词的语言更具流利工巧之美。

①姚品文《太和正音谱笺评》,中华书局2010年版,第15页。

三、全面考察词的句法

刘勰《文心雕龙·章句》云:“夫人之立言,因字而生句,积句而为章,积章而成篇。”[①]句是组成文学作品最基本的单位。因此,创作也好,研究也好,都应该充分重视句法结构。词的句式长短不一,复杂多变,更应该是关注的重点。然而明人在创制词谱时,却有意识地忽略句法,如张綖在《诗余图谱·凡例》中就说:“诸调字有定数,而句或无常,盖取其声之协调,不拘拘句之长短,此惟习熟纵横者能之。”[②]他们只重视一首词的字数是多少、平仄如何、押韵情况怎么样,而不管四声,不顾句法。草创时期的词谱,简陋如斯,虽属正常,但这可能也是导致明词衰亡的一个重要原因。

到了清代,万树《词律》开始重视词的句法。《四库全书总目》卷一九九《〈词律〉提要》云:“其最入微者,一为旧谱不分句读,往往据平仄混填。树则谓七字有上三下四句,如《唐多令》‘燕辞归客尚淹留’之类。五字有上一下四句,如《桂华明》‘遇广寒宫女’之类。四字有横担之句,如《风流子》‘倚栏杆处上琴台去’之类。”[③]四库馆臣认为万树《词律》有一个很大的贡献就是给词分句读。

万树开始关注句中的“豆”,如云七字句中“上三下四”不同于“上四下三”,五字句中“上一下四”异于“上二下三”,结构不可错乱,平仄亦不能混淆。但是万树只注意到了几种最基本的特殊句法,并且只是偶尔提及,杨易霖则是第一位针对一家之词的句法进

①范文澜《文心雕龙注》,人民文学出版社 1958 年版,第 570 页。

②张綖《诗余图谱》,《续修四库全书》本,上海古籍出版社 2002 年版,第 1735 册,第 472 页。

③永瑢等《四库全书总目》,中华书局 1965 年版,第 1827 页。

行全面考察的词学家。他在《周词订律·凡例》中说:"词之圈识,有逗法、句法、韵法之别。自来读者,每于逗法失之忽略,而于上一下四,及上一下六二类句法,尤不措意,即万氏《词律》,亦未尝涉及此事,他更勿论矣。"(凡例第二页)最开始对词作句读分析的人是万树,杨易霖是发扬光大者。他通过对周邦彦词的详细考察,分析了清真词的各种句法,确立了不同词调中每个句子的句法标准,厥功甚伟!

周邦彦词的"章法句法,命意下字,自成一格,不易学步习容"(罗忼烈《清真集笺注》第四页),因此杨易霖非常重视分析周邦彦词的句法,他在《周词订律·凡例》中也说:"词学盛于两宋,美成体制宏雅,声律严密,尤足为后世准绳。本编专就美成诗余,稽其体制,辨其句逗,订其声律,以便按谱填词。"(凡例第一页)所谓"辨其句逗",说明辨识句逗是杨易霖编撰《周词订律》时最重要的工作之一。《周词订律》中的按语有一半以上篇幅在分析周邦彦词的句法,示例如下:

(一)四字句

四字句有两种基本句型:上二下二之四字句与一二一之四字句。杨易霖认为这两种句式不能相混,应以周邦彦词为准,如《瑞龙吟》(章台路)一词有"定巢燕子"句,乃上二下二句法,杨泽民的同调词里"问山崦里"一句则易为一二一句型(卷一第七页),又如《宴清都》(地僻无钟鼓)一词中有"洒窗填户"句、"梦魂飞去"句,都是上二下二句法,吴文英同调词中"胜东风秀"、"向承恩处"均易为一二一之四字句,杨易霖认为这种改变都是错误的,此调此处的句型应该以周邦彦的二二句型为是(卷五第八页)。同样,周邦彦词中为一二一句型的,随便改变为二二句型也是错误的,如《大酺》(对宿烟收)中的首句"对宿烟收"句乃一二一句法,陈允平同调词的首句“雾幕西山”、“渐入融和”均改为上二下二，杨易霖认为“不必从”，仍应以周邦彦的一二一句型为是(卷七第九页)。为了区分这两种句型，杨易霖“凡止注为四字句者，指上二下二之四字句而言，如《瑞龙吟》‘试花桃树’是也，其一二一之四字句，则于第一字加以逗点，如《还京乐》‘到长淮底’是也”(凡例第三页)，通过加逗点的方式来区别。

陈锐在《褒碧斋词话》中曾说：“词中四声句，最为着眼，如《扫花游》之起句，《渡江云》之第二句，《解连环》《暗香》之收句是也。又如《琐窗寒》之‘小唇秀靥’‘冷熏沁骨’，《月下调》之‘品高调侧’，美成、君特无不用上平去入，乃词中之玉律金科。今人随手乱填，又何也。”[①]对词中四字句的重要性及四声搭配进行了归纳总结，认为“上平去入”是四字句的标准四声。若能将陈锐四字句的四声用法与杨易霖四字句的句内结构结合起来，则词中四字句既具声情之美，亦得节奏之美，这无论是对词的创作还是词的鉴赏都有很重要的启示意义。

(二)五字句

词中的五字句也有两种基本句型：上二下三型、上一下四型。由于五言是近体诗的基本句型之一，而上二下三是其基本结构，这使得词中五言句中的上一下四结构多被忽略。在杨易霖看来，这两种句型在多数情况下不能混用，应以周邦彦词为准，如《琐窗寒》(暗柳啼鸦)中的结句“待客携尊俎”、《风流子》中的起句“新绿小池塘”、《浪淘沙》(昼阴重霜凋岸草)中的“琼壶敲尽缺”均为上二下三句法，苏茂一、沈天羽、吴文英在各自的同调词中分别作“为江山自赏”、“对洛阳春然”、“不攀春送别”，均易为上一下四句

①陈锐《褒碧斋词话》，《词话丛编》，中华书局1986年版，第4193页。

型,杨易霖认为这种改易是错误的。

周邦彦词中上一下四的五字结构比上二下三结构更多,如《还京乐》(禁烟近)中的“望箭波无际”、《忆旧游》(记愁横浅黛)中的“记愁横浅黛”、《六丑》(正单衣试酒)中的“渐蒙笼暗碧”等,均是上一下四结构,陈允平、吴文英的同调词中分别作“岸草烟无际”、“送人犹未苦”、“空余芳草碧”,均易为上二下三句法,杨易霖认为这也是错误的。

当然,五字句的两种句法不像四字句的两种句法完全不能改易,在以下四个词调中是可以通用的:《渡江云》(晴岚低楚甸)中的“骤惊春在眼”、《瑞鹤仙》(悄郊原带郭)中的“悄郊原带郭”、《忆旧游》(记愁横浅黛)中的“也拟临朱户”、《塞翁吟》(暗叶啼风雨)中的“乱一岸芙蓉”,就既可用上二下三句法,也可用上一下四句法,不必拘泥。

(三)六字句

周邦彦词的六字句也有两种句法:二二二结构和三三结构。如《隔浦莲》中的“帘花檐影颠倒”就是二二二结构,而陈允平的同调词作“接罹巾,任攲倒”,易为上三下三,杨易霖以其为误。又如《红窗迥》(几日来)中的“花影被风摇碎”,当读为二二二句法,《词律》注为上三下三,误。三三结构如《法曲献仙音》(蝉咽凉柯)中的“向抱影凝情处”句、《大有》(仙骨清羸)中的“却更被温存后”句,均是上三下三句法,不可与二二二句法混为一谈。

六字句要注意与两个三字句的区别,如周邦彦《应天长》(条风布暖)一词的上、下阕中分别有“梁间燕,前社客”、“青青草,迷路陌”两个三字句,陈允平同调词的上、下阕分别是“江湖几年倦客”、“情丝乱游巷陌”,皆易为二二二之六字句,杨易霖认为这也是错误的(卷一第十八页)。

（四）七字句

和五字句一样，七字句也是诗歌的基本句型，而上四下三则是诗歌七字句的基本句法。周邦彦词中的七字句，除了上四下三这一基本句法外，尚有上一下六和上三下四两种类型。和五字句中的上一下四句法经常被忽略一样，七字句中的上一下六类句法也经常被忽略。为了区别这几种类型，杨易霖对上三下四之七字句，则于第三字后加以逗点，如《琐窗寒》中“洒空阶、夜阑未休”；对上一下六之七字句，则于第一字后加以逗点，如《西平乐》中“叹、事逐孤鸿尽去”。

三种句法中，上三下四句法和上一下六句法可以通用，如《解连环》（怨怀无托）中的“漫记得，当日音书”句，“作上三下四，或上一下六句法，均可，泽民、梦窗是也”（卷二第四页）。《法曲献仙音》（蝉咽凉柯）中的“想依然京兆眉妩”句，“千里、泽民、梦窗、君亮，皆作上三下四句法。西麓‘想弓弯眉黛慵妩’，读为上一下六，亦可从”（卷四第九页）。但这两种句法均不可易为上四下三句法，如《玉烛新》（溪源新腊后）中的“想弄月黄昏时候”句，“好乱插繁花盈首”句，“作上一下六，或上三下四，均可，不必拘墟。但切忌作上四下三”（卷七第十一页）。又如《大酺》（对宿烟收）中的“等闲时，易伤心目”句，乃上三下四句法，杨泽民同调词中的“水云千里空流目”、吴文英同调词中的“总输玉井尝甘液”，“俱易为上四下三，不必从”（卷七第九页）。如此之类，所在多有，杨易霖均认为四三句法与三四句法应该严格区分，不宜互易。

杨易霖还据此勘正讹误，比如《满庭芳》（风老莺雏）中的“小桥外，新绿溅溅”，是上三下四句法，各家填此调时也皆作上三下四句法。然《词律》引晏几道此调时作“可怜流水各西东”而作上四下三句法。杨易霖据《花草粹编》及《彊村丛书》本小山词，此句皆作“可怜便流水西东”,为上三下四句法,故知《词律》误。

(五)其他句法

以上所论为词的基本句法,其他句式均可视为是这几种句式的重新组合,杨易霖也都有详细考察。比如八字句,他在《凡例》中说:“凡上一下七之八字句,则于第一字加以逗点;上二下六之八字句,则于第二字加以逗点;上三下五之八字句,则于第三字加以逗点;上四下四之八字句,则于第四字加以逗点。”(凡例第三页)从杨易霖在词后所加按语可知,八字句的这几种句法多可通用,但也有不能通用的,如《浪淘沙》(昼阴重霜凋岸草)中的“向露冷风清无人处”,乃上一下七句法,吴文英同调词此句为“半蜃起玲珑楼阁畔”,易为二一五之八字句(卷二第十八页);又如《六丑》(正单衣试酒)中的“静绕珍丛底成叹息”乃上五下三句法,吴文英同调词此句作“过眼年光,旧情尽别”,读为上四下四(卷七第二〇页),杨易霖均认为不可从。又如九字句,《凡例》云:“凡止注为九字句者,则为上二下七之九字句,或上四下五之九字句,或上六下三之九字句均可,并可易为一气呵成之九字句,惟千万不可作上三下六之九字句。凡遇上三下六之九字句,则于第三字加以逗点。”(凡例第三页)九字句中,上三下六较为特殊,故特加逗点加以区别。

杨易霖认为,词之句逗要分两种情况考察。他在《宴清都》(地僻无钟鼓)一词的按语中说:“宋人倚声,其句逗之例有二:一为律之句逗,即句法;一为词之句逗,即语意。如此调‘始信得,庾信愁多,江淹恨极须赋’,以律言,‘多’字当断句,而以词言,‘庾信愁多,江淹恨极’乃四字俪语,则‘多’字‘极’字须作二逗。又如《西河》‘燕子不知何世,入寻常巷陌人家相对,如说兴亡斜阳里’,以律言,‘世’字‘对’字叶韵,当断句,而以词言,则‘燕子不知何世入寻常巷陌人家'为一逗,'相对如说兴亡'为一逗。又如《拜星月慢》'谁知道,自到瑶台畔,眷恋雨润云温,苦惊风吹散',以律言,'畔'字叶韵,当断句,而以词言,'自到瑶台畔眷恋雨润云温',一气贯注,则'畔'字只能作逗。又如《四园竹》'肠断萧娘,旧日书辞,犹在纸',以律言,则辞字叶韵,当断句,而以词言,'肠断萧娘旧日书辞犹在纸',一气贯注,则辞字只能作逗。此外宋元人词中,如此之类,多不胜举。盖词之句逗,随人应用,与律之句逗分合有定者不同,不宜牵涉为一事,所当措意。"(卷五第六页)他认为句逗分词之句逗与律之句逗两种情况,律之句逗即句法,它是分合有定的;而词之句逗即语意,是随人应用。句逗应以律之句逗为圈法原则。

余 论

邵瑞彭先生在《周词订律序》中说:"缀学之士,若由美成之格律进而治唐宋诸大家之格律,并由词之格律进而治词之音律,行见前人《碧鸡漫志》《乐府指迷》等书,将以秕糠尘垢视之,即万律、戈韵,亦成附缀悬疣矣。"(第二页)邵先生给选题日蹙的今日词坛提供了一条可能会行之有效的路径,即先一家一家研治唐宋词人中那些著名词人的格律,详细考察每首词的四声、逗法、句法、韵法等问题,进而由格律之学过渡到音律之学的研究,包括对宫调、音谱等重要问题的探讨,词学研究自然会竿头日进。从这个意义看,杨易霖《周词订律》具有示范意义。

明词的境外创作及其传播

——论朝鲜朝《皇华集》中词

汪 超

明代共向朝鲜半岛的王氏高丽和李氏朝鲜遣使159次，其中朝鲜时代就达141次[①]。景泰元年（1450）至崇祯六年（1633）间，李氏朝鲜将其中25次明使创作及其与朝鲜君臣唱和的诗文词赋结集，印成24部《皇华集》传世[②]。“其中参与创作的中国、朝鲜诗人三百五十三人，收诗六千二百八十九首，赋二十篇，散文二百一十七篇，可谓煌煌巨著。”[③]这6526首作品中，虽然仅有34首词，但乃所知明词境外创作的唯一例证，值得讨论的问题不少。诸如诗赋外交背景下词作者的创作意图、创作过程；明词的功能化、传播与影响等均可由此窥其崖略，但学界关注较少。即便全面研究明使与《皇华集》问题的《明代文臣出使朝鲜与〈皇华集〉》（人民出

①苗状《明代出使朝鲜使臣的域外记志诗》，《域外汉籍研究集刊（第八辑）》，中华书局，2013年。

②因正德元年（1506）徐穆所留诗文过少，故与弘治六年（1493）艾璞《壬子皇华集》合刊。

③赵季《足本皇华集》，凤凰出版社，2013年，第3页。

版社 2010 年版）也只用少量篇幅略加介绍，余者可知。专文探讨《皇华集》中词作的成果，唯见韩国学者柳已洙教授的两篇论文[①]。笔者尝试结合外交活动的具体背景，讨论相关问题。

一、七人八调：《皇华集》中词作的基本情况

《皇华集》虽有 24 种之多，收录词作的却仅有三种：成化十二年(1476)祁顺、张瑾《丙申皇华集》，嘉靖十六年(1537)龚用卿、吴希孟《丁酉皇华集》，嘉靖十八年(1539)华察、薛廷宠《己亥皇华集》。尽管明代词人倪谦、张宁、朱之蕃等也曾担任使臣，却未见他们有出使朝鲜的词作传世。《皇华集》中词按创作、唱和情况，可分四组：

1. 祁顺、徐居正的《满江红》唱和。祁顺《满江红》（汉水风光）是第一首被收录的词。该词抒写登汉江楼所见，并畅发幽古之思。词序称："楼中近体诗已多，欲另作一体，未审众意何若。"[②]"显而易见，祁顺乃有意以词体挑战朝鲜词臣。"[③]事实上，祁顺之前的五部《皇华集》除近体诗而外，楚骚、乐府、赋、记、序、论、说等重要的文体已悉数登场。祁顺到朝鲜后，唱和不断，为标新竞胜，在"近体诗已多"的情况下，选词为"另作一体"的利器挑战东道主。

朝鲜群臣，除著名文士、远接使徐居正勉强和作一阕[④]之外，

---

①《〈全明词〉三题》，《词学》第 23 辑，华东师范大学出版社 2009 年版。《『皇華集』의 刊行과 收錄된 明詞에 관한 考察》，《中国学研究》第 47 辑，韩国中国学研究会 2009 年版。

②赵季《足本皇华集》，凤凰出版社，2013 年，第 276 页。

③杜慧月《明代文臣出使朝鲜与〈皇华集〉》，人民出版社，2010 年，第 150 页。

④赵季《足本皇华集》，凤凰出版社，2013 年，第 151 页。该阕无词牌，径书《效颦》次于祁顺词后。

竟无他人应战。杜慧月认为:“徐居正的词并未标明次韵,而题曰“满江红效颦”,盖因不娴此道,但又要挽回颜面,不得不作,以‘效颦’自我解嘲,故词作不合平仄格律,亦不太符合词牌。”①反观祁顺,他生活在词坛复苏的明代中期,其《巽川文集》卷八收有十二阕经过汰择的词作,且多为交际之词。选词挑战,自然有以己之长、攻人所短的意图,以及出奇制胜、折服对方的心理。

2. 吴希孟的《忆秦娥》孤吟。嘉靖十六年(1537)吴希孟为副使,赴朝鲜颁“元子诞生诏”,途中有《南川调忆秦娥》一阕。其词云:

> 山重重,南川渡口草桥通。草桥通,清流激湍,虚谷生风。
> 芰荷清处点残红。点残红,黄鹂鸣柳,白鹭横空。②

这首典型的写景之作,上阕平铺直叙,总写河川山谷。下阕细描局部,写出暮春景色,初荷碧柳,残红、黄鹂、白鹭,色彩搭配协调。然龚用卿、吴希孟入朝鲜是嘉靖十六年春三月事,北地春晚,合该花红柳绿,一片欣欣。何以见芰荷、残红?大约并非全然实写,而有为词造境之嫌。这阕词无人唱和,吴氏是否也有以词取胜、挑战朝鲜文臣的意图,吾人不得而知。

3. 龚用卿异调惜春联章词的群唱。龚用卿归国途中作《重过肃宁,三春将残。客途荏苒,不自觉也。作惜暮春数阕》,共有五调六阕,分别是《蝶恋花》(点点残花红送雨)、《蝶恋花》(莺唤纱窗惊晓梦)、《忆王孙》(落花无语怨狂风)、《菩萨蛮》(云山万里联如带)、《谒金门》(情索莫)及《玉楼春》(青草池塘飞柳絮)。惜春是诗词常见主题,龚用卿词虽非妙唱,但以实时现地之景打入羁愁,亦有可观。这组联章词,吴希孟与朝鲜远接使郑士龙并无和作。

---

①杜慧月《明代文臣出使朝鲜与〈皇华集〉》,人民出版社,2010 年,第 151 页。
②赵季《足本皇华集》,凤凰出版社,2013 年,第 696 页。

但是吴氏当时作有《送春十绝》回应,绝句序云:"三月晦日,予至安兴登百祥楼。国王遣户曹参判郑子来宴,馆伴郑子谓'明日春去矣'。云冈作调数断。予偶成十绝云。"[①]郑士龙即步吴诗韵十首,以此可知他也不熟悉词体。

这组词却在嘉靖十八年(1539)奏出了《皇华集》词唱和的高潮。该年出使的华察、薛廷宠以及朝鲜远接使、议政府左赞成苏世让三人共唱和四组二十四阕。副使薛廷宠赴汉城途中作《残春风雨用云冈惜暮春词五》六阕[②],其词虽用龚词词调,却非纯然和韵。苏世让步廷宠词韵,同作六阕。华察则在返国路过肃宁时,步龚用卿韵作《肃宁道中和云冈惜春词六阕》。苏世让再次同作,亦步龚韵。

龚用卿这组词因此成为《皇华集》中唱和最多的一组作品。苏世让也曾参与接待龚用卿使团,当时没有唱和的他,两年后反倒以十二首和词,成为《皇华集》收词最多的作者。

4. 龚用卿的《木兰花慢》独奏。在惜暮春联章词未获唱和之后,龚用卿仍以暮春主题,赋《至义顺怀田园,作〈木兰花慢〉一阕》。或因使聘之期将尽,有感而发。清人《钦定词谱》共收《木兰花慢》十二体,龚词不同于其中任何一体。赵季以为:"细推此词,与《钦定词谱》程垓体最接近(不押短韵),但是缺二字、少二韵,疑原文有脱漏或错讹。"[③]该词为龚用卿独自吟唱,始终无人唱和。至于其出律违式,更可见填词之道的艰难。

以上四组词作共有《满江红》《忆秦娥》《蝶恋花》《忆王孙》

---

①赵季《足本皇华集》,凤凰出版社,2013年,第719页。

②赵季《足本皇华集》,凤凰出版社,2013年,第777页。"五"字后,疑脱"调"字。

③赵季《足本皇华集》,凤凰出版社,2013年,第728页。

《菩萨蛮》《谒金门》《玉楼春》以及《木兰花慢》八个词调。这些词调全部进入王靖懿、张仲谋统计的《明词使用词调频率排行表》前55位①。均属常见词调,且绝大部分是小令,长调仅《满江红》二阕与《木兰花慢》一阕。词作内容也以惜春伤怀为主,而唱和形式则以步韵为主,间有和意不次韵者。

作者有中国的祁顺(广东东莞人)、吴希孟(江苏武进人)、龚用卿(福建怀安人)、薛廷宠(福建福清人)、华察(江苏无锡人)以及韩国的徐居正、苏世让七人。五位中国作者多来自有长期作词传统的地域,笔者曾统计明词作者地理分布,江苏、福建的词人数皆进入全国前五名,且江苏是明词作者最多的省份②。明人的域外词作从另一个侧面,呈现了明代地域词风盛衰的基本面貌。

再从《皇华集》整体观察,创作词的明使“也是写诗最勤,作品数量名列前茅”③,且涉猎文体较丰富者。《皇华集》收祁顺诗作142首,吴希孟194首,龚用卿220首,薛廷宠145首,华察131首,且吴希孟、龚用卿、华察三人都留有“神智体”诗等较罕见的游戏文体。这一方面有才情高下之别,另一方面也是词体在明代传播情况的旁证。

朝鲜文士唱和词作者少,既有语言问题,也与他们平时较少作词有关。但是,朝鲜半岛自高丽时代以至于近代,一直保持着创作词的传统。这与日本、越南等东亚汉文化圈的其他国家略有不同。故而在与明使展开诗赋外交的过程中,仍能应付。且官方刊行的

①王靖懿、张仲谋《论明词用调对宋词的继承与新变》,《江海学刊》2015年第3期。

②汪超《明词传播述论》,上海大学博士学位论文,2010年。

③衣若芬《“东坡体”:明代中韩诗赋外交之戏笔与竞技》,《域外汉籍研究集刊(第十辑)》,中华书局,2014年,第441页。

《皇华集》收录双方士人的词作,在一定程度上也反映了朝鲜君臣对词体的认同。

二、台前幕后:明鲜文人的创作与交锋

从正统十四年(1449)倪谦出使开始,“明鲜国交走向诗赋外交,同时形成了《皇华集》的国交传统”①,双方都非常重视。明朝欲“不失中国大体”,“亦可服远人之心”②。李氏朝鲜接待明使更为谨慎,诸多细节亦详加考虑,甚至于宴会所用交椅的颜色也细细讨论,大臣金谨思、金安老等以为“天使独坐时,依旧用黑漆,殿下与天使对坐时,用朱漆似当”③。接待安排如此巨细不捐,更罔论事涉国家体面的文场竞技了。宿构(或曰预作)与代作都成为外交现场诗赋活动的攻防策略,唱和或避和也成为维护国体的不同技巧。

1. 宿构与即席的较量。文学创作固然有出口成章的神奇,然即席立就,难免欠妥。多数作者更认同“文章不厌百回改”,宿构自然更具修改条件。因而,宿构与即席就成了两国士人文场攻防的策略之一。《皇华集》中的第一首词就是由祁顺、徐居正的宿构与即席较量所引发。

祁顺于天顺庚辰以二甲第二名及进士第,徐居正六岁知读书

①曹婷婷《〈皇华集〉——中朝文化交往的历史见证》,《韩国学论文集(第十二辑)》,北京大学出版社2004年版。

②张懋等《明宪宗实录》,台北:“中央”研究院历史语言研究所,1962年,第1254页。

③[日]末松保和《中宗大王实录》,《李朝实录》(第23册),东京:学习院东洋文化研究所,1959年,第524页。

属句,其人之才"求之中朝,不过二三人耳"①。以中华文士与之对比,则诗词唱和已不仅仅是文人日常交往的手段,而更具诗赋外交性质,借以展示国家"软实力"的意味了。所以徐居正欲先发制人,当时在场的成伣载云:

> 达城(徐居正)曰:"天使虽善作诗,皆是宿构。不如我先作诗以希赓韵,则彼必大窘矣。"游汉江之日,登济川亭。达城出呈诗数首曰:"大人逸韵,仆未能酬。今缀芜词,仰希高和。"户部(祁顺)微笑一览,即援笔写下,文不加点。……乘舟顺流而下,至于蚕岭不曾辍咏。达成胆落,岸帽长吟而已。②

金安老《龙泉谈寂录》也有相似记载。徐居正臆测祁顺预先作诗,故在游览汉江时抛出自己的"宿构"发难,最终却"胆落"长吟。但在李朝史籍中,朝鲜史臣又欲扳回颜面,他们说:"(祁)顺,词林大手,自鸭江至王都道途山川之景,辄形赋咏",居正唱和使"两使不觉屈膝"③。可知祁顺出使创作之勤,以及徐居正在诗文一道上与明使势均力敌。又说:"两使游汉江,登济川亭","两使请徐居正先作诗,正使即和之,在座者俱和"④。徐居正从率先发难,被记成了受邀首唱。无论如何,正因为徐居正"突袭",祁顺又起了较量之心,提出"楼中近体诗已多,欲另作一体",乃作《满江

①[日]末松保和《成宗大王实录》,《李朝实录》(第17册),东京:学习院东洋文化研究所,1958年,第725页。

②[朝]成伣《慵斋丛话》(卷一),蔡美花、赵季编《韩国诗话全编校注》(第一册),人民文学出版社,2012年,第258页。

③[日]末松保和《成宗大王实录》,《李朝实录》(第17册),东京:学习院东洋文化研究所,1958年,第725页。

④[日]末松保和《成宗大王实录》,《李朝实录》(第15册),东京:学习院东洋文化研究所,1958年,第597页。

红》道：

汉水风光，人尽道、海邦希有。莫不是、天生奇胜，地分灵秀。金马郡城传自昔，新罗人物皆非旧。记唐家都府亦留名，熊津口。　　鸥鸟狎，鱼龙吼。山入画，江如酒。使游人，到此贪欢忘久。佳会合超滕阁上，幽情不在兰亭后。恐明朝、一别隔层云，空回首。①

已然“胆落”的徐居正勉力和云：

尺五城南，形胜地、畜眼未有。自太古、尾星分野，巨鳌孕秀。宅都定鼎金汤坚，分裂元非丽济旧。兰桨桂棹、风流行乐，汉江口。　　鹢首飞，鼍面吼。瑠璃钟，琥珀酒。使佳会，安得天长地久。江山是壶中物外，人物非王前卢后。明日参商、南北何处，空搔首。②

祁词以“天生奇胜，地分灵秀”赞汉江景致，换头“鸥鸟狎”以下四句，皆实写所见。上阕后半段转为怀古，最后连用滕王阁、兰亭典故，暗示诗词竞唱的雅集风流，并以“佳期难再”的惆怅收束全篇。从词艺本身而言，这一阕无功无过，而登临怀古，符合现场语境，但在外交场合提到唐代与新罗合兵灭百济后，在百济故地设立羁縻府州熊津都府，看似非其所宜。考虑到祁顺的“天使”身份，朝鲜的“事大”国策，又非全然不可理解。《皇华集》还收录了祁顺的《游汉江记》，该文与词恰好形成可对照的互文文本。

不过，徐居正的和作以步韵形式展开，受到的限制较大，全篇乏善可陈。结拍“明日参商、南北何处，空搔首”，亦透露出作者不谙此道的事实。《满江红》结拍前句八字例在第三字略作停顿，而非似该词在第四字停顿。值得注意的是，徐居正显然有意回避了

①赵季《足本皇华集》，凤凰出版社，2013 年，第 276—277 页。

②赵季《足本皇华集》，凤凰出版社，2013 年，第 276—277 页。

"唐家都府",直指沧海桑田,其地已然非唐代时百济等的领土,而是朝鲜的金汤坚城,体现出较为强烈的自主意识。

要之,宿构或即席现作都不过是形式,作品在文战现场的及时传播,要传递国家文治,发挥维护国家尊严的实际目的才是外交场合文学创作的关键。

2. 预作与代作的竞逐。两国皆重视外交活动中的诗赋竞唱,朝鲜中宗谓苏世让:"他事则已矣,其中酬唱事甚为重难。若能于酬唱之事,则他余小事或不称,必不责也。闻正使善为长篇,此必中朝之精选,卿宜勉力而待之。"①明使如龚用卿、吴希孟也未敢轻忽,一路上"昼则吟咏,夜则书写云,疑或制诗也"②。彼此暗下功夫,或以宣扬上国威严,或以彰显东藩文治。

从龚用卿一气呵成五调六阕词看来,提前创作的可能性非常大。事实上,徐居正的《满江红》颇为生涩,吴希孟《忆秦娥》令朝鲜文人束手。龚用卿岂能不知?他再出联章词,自有用意。结合《丁酉皇华集》中,龚用卿掷出的"绝招"——东坡体,其背后"并不单纯"的原因更值得注意。衣若芬指出,在大礼议刚刚结束的政治背景下,龚用卿掷出东坡体有"加强对宗藩的统治和规范"的目的③。这一外部背景,再次说明诗赋外交的本质远非文人寻常的"以文会友",其中宣扬"软实力"、威慑藩国都是"题中应有之义"。

两年之后,华察出使,朝鲜政院启曰:"闻天使多做诗,而皆用

---

①[日]末松保和《中宗大王实录》,《李朝实录》(第23册),东京:学习院东洋文化研究所,1959年,第525页。

②[日]末松保和《中宗大王实录》,《李朝实录》(第23册),东京:学习院东洋文化研究所,1959年,第557页。

③衣若芬《"东坡体":明代中韩诗赋外交之戏笔与竞技》,《域外汉籍研究集刊(第十辑)》,中华书局,2014年,第444页。

龚、吴之韵云。”[①]殷辅也怀疑明使“若不预做,则跋涉之劳,岂能即做八首乎?”[②]华察等人有备而来,将预先完成的作品抛出,便令朝鲜文臣应接不暇。这事实上是与传播的沟通目的背道而驰的。远接使苏世让抱怨道:

> (华察)一行凡事略不顾问,惟以作诗为事,一日所作,无虑二十余首。日行百余里,又不辍宿所宴,臣不得顷刻安坐,或于马上,或于夜间,仅成和答,从事官、书写官,列坐誊书,夜以继日,亦不暇给。[③]

话虽如此,苏世让却完成了十二阕不同韵脚的词之唱和任务。这与朝鲜君臣重视此前教训,精心安排备询俊彦当“枪手”必有关联。

朝鲜进行接待准备时,集合全国力量欲奋起御“敌”,以消弭折损国家体面的危险。领议政金谨思等奏:

> 能制述及讲书人员,勿论京外,时散杂类,依前例抄择,天使到京后,令常仕于太平馆,凡游观谒圣时,亦令随之。别择文臣可堪讲论酬唱者为假儒生,以备答问。[④]

以举国文士,代制诗词酬唱以应对明使。究其原因,也不过“天使游汉江、谒成均及凡在大平馆时,例有制作,宰枢皆唱和,然岂皆自

①[日]末松保和《中宗大王实录》,《李朝实录》(第24册),东京:学习院东洋文化研究所,1960年,第107页。

②[日]末松保和《中宗大王实录》,《李朝实录》(第24册),东京:学习院东洋文化研究所,1960年,第105页。

③[日]末松保和《中宗大王实录》,《李朝实录》(第25册),东京:学习院东洋文化研究所,1960年,第107页。

④[日]末松保和《中宗大王实录》,《李朝实录》(第23册),东京:学习院东洋文化研究所,1959年,第524页。

作乎？赖有能文之士借述者多耳”[1]。

明使预作是为彰显上国威严，朝鲜集合文士代笔竞采是“恐其临接天使，多致国体埋没”[2]。说到底，诗词的唱和仍然是围绕国家尊严展开的表演。

3. 酬答与避和的歧见。因为明使处于相对强势，朝鲜馆伴到底是否唱和的压力也相对更大。明使常自拟或被比为周朝观风察政的采诗王官。柳根为《辛酉皇华集》作序提到：“古者有采诗之官，《国风》取曹、桧，周诗编《鲁颂》，今其述此意也耶？”[3]所以明使希望得到东人酬唱，其中也暗含观风或示威之意。唐皋、史道出使赋诗虽不索和，馆伴李荇却感觉“大抵上使每作诗，其意必欲众人和之，然不显言矣”[4]。但朝鲜馆伴对明使诗文也非篇篇必和。

面对词的唱和，朝鲜馆伴大多避锋免战。徐居正担任远接使之前便知“乐府句句字字皆协音律，古之能诗者尚难之”[5]。故而接到《满江红》挑战之后，徐氏自觉狼狈，但是他率先向明使下“战书”并得到回应，若不接受祁顺的挑战则有损国家体面，不得不勉强应答。

龚用卿、吴希孟出使，两人共创作八阕词。由于词体调式繁复，龚用卿单次创作量较大，朝鲜士人又少关注词，一时竟难以应

---

①[日]末松保和《中宗大王实录》，《李朝实录》（第23册），东京：学习院东洋文化研究所，1959年，第527页。

②[日]末松保和《中宗大王实录》，《李朝实录》（第23册），东京：学习院东洋文化研究所，1959年，第527页。

③赵季《足本皇华集》，凤凰出版社，2013年，第1643页。

④[日]末松保和《成宗大王实录》，《李朝实录》（第21册），东京：学习院东洋文化研究所，1959年，第659页。

⑤[朝]徐居正《东人诗话》（卷一），蔡美花、赵季编《韩国诗话全编校注》（第一册），人民文学出版社，2012年，第183页。

付，以至馆伴郑士龙等人一阕未答。苏世让则通过前期准备，唱和了华察、薛廷宠不同韵脚的联章词。但在唱和与避和的选择上，朝鲜文人却有不同看法。

许筠认为郑士龙不唱和应对得体，说：

> 歌词之作，必分字之清浊，律之高下。我国音律不同中原，固无作歌词者。龚、吴之来，湖阴不次之，世谓得体。其后苏退休次华侍讲之韵，有“伤心人复卷帘看，目断凄凄芳草色”之句。华公赞赏不一，抑皆中于律邪？抑只取其丽藻而然邪？①

许筠也曾任远接使从事官，他认为苏世让扬才露短，反而有失国家体面。两相比较，不如郑士龙藏拙不和。

事实上，苏世让的词序曾特地说明：“敝邦音调有异，不惯此作。然盛意不可虚负，录呈求教，伏希斤正。”②若论辞章，苏词该句的确是本色之作，而许筠的指摘主要是其词仍不合律，所以认为其不“得体”。许筠之姊许兰雪轩“自称‘作词则合律’”，许筠初不以为然，后“及见《诗余图谱》，则句句之旁尽圈点，以某字则全清全浊，某字则半清半浊，逐字注音”③。可知许氏熟悉词体，又极为信奉词谱，故而特别注意词律的问题。所以才觉得不长此道，不如不和。

---

①［朝］许筠《鹤山樵谈》，蔡美花、赵季编《韩国诗话全编校注》（第二册），人民文学出版社，2012年，第1448页。

②赵季《足本皇华集》，凤凰出版社，2013年，第778页。

③［朝］许筠《鹤山樵谈》，蔡美花、赵季编《韩国诗话全编校注》（第二册），人民文学出版社，2012年，第1448页。许筠误记了唱和对象，《鹤山樵谈》所引词句是苏世让唱和副使薛廷宠《玉楼春》的过拍，《己亥皇华集》作“伤春人复卷帘看，目断萋萋芳草色”，见赵季《足本皇华集》，凤凰出版社，2013年，第779页。

许筠称颂的郑士龙却并不一定认同许氏的判断。他选择不酬答明使词作虽“得体”，却不无遗憾。事后他曾填《南乡子·效龚云冈小词》[①]，该阕《皇华集》未收，龚氏也无唱和，大约是龚用卿离开朝鲜后所作。且在其文集中，还有《蝶恋花·惜春，作〈蝶恋花〉一阕，录奉松冈》《蝶恋花·松冈见和，复叠前韵》[②]。这两阕词均和薛廷宠韵，而未标明。私意以为词调、主题与韵部均相同的偶然是不容易发生的，可知郑氏为接待明使时未能以唱和维持国家体面而耿耿于怀，不但效龚用卿词意，且关注后来使节的词作。

那么，唱和或者避和的背后究竟有何秘辛？私意以为，无非是“国体”二字。不论是明人宿构、朝鲜代作，还是双方士人的文体选择，又或是其他看似文学的问题，若放在《皇华集》诗赋外交的显微镜下检验，其中在在体现着双方台前幕后的外交交锋，无不具有“维护国体”的政治目的。

三、雪泥鸿爪：两国文臣外交词作的流传与影响

由于《皇华集》中词作的诗赋外交创作背景、跨国传播途径等，使得其传播情况与影响都与普通文人词大不相同，是词史上的异质存在。今试从官方、民间的政治空间维度，中国、朝鲜半岛的地理空间维度，当时、后世的发生时间维度，交错并观，比较讨论。其要如下：

1. 官方外交场合即时传播的滞阻。在唱和活动的现场，明使与朝鲜馆伴均有维护国家体面的义务。不过，是否形成交锋，则因人而异。郑士龙担任远接使期间，最终未能酬答明使词作。苏世

---

①[韩]柳己洙《历代韩国词总集》，首尔：韩神大学出版部，2006年，第110页。

②[韩]柳己洙《历代韩国词总集》，首尔：韩神大学出版部，2006年，第110页。

让担任远接使时，尽管抱怨明使“惟以作诗为事”，致使“从事官、书写官，列坐誊书，夜以继日，亦不暇给”，仍然唱和了全部词作。对唱和词，明使“华公（华察）赞赏不一”。双方唱和的往返传播过程及时而有效，形成了“创作—传播—反馈”的完整文学传播链。从即时传播的角度说，华察一行与苏世让的词作唱和是《皇华集》中最成功的一次。即便祁顺、徐居正的《满江红》唱和也无从比拟。何以言之？祁顺赋词之前，有“未审众意何若”的隐形索和，而索和的对象是在场之“众”。但现场之“众”中，仅徐居正在不得不为之的情况下填词应付。而祁顺显然也注意到徐居正词的水准不足称道，故而在《游汉江记》中他叙述唱和过程时，有意忽略了徐氏唱和之词，称：

> 于是登楼纵观，举酒相酌。徐参赞赋诗二律，余即和之，复调《满江红》一阕于后。既而并拉登舟……酒酣，余复作辞二章、诗一律，廷玉又有作，又和之。①

文中提到了徐居正首倡律诗二首，在舟中的唱和活动。但词则只提及自己的《满江红》，并不说明是否有和作。

因而，除华察与苏世让的词唱和，传播链条是即时而完整的，其余唱和都有不同程度的滞阻。在即时传播阶段，明使与朝鲜士人之间未出现一首满座皆和的词作，也未出现双方反复赓和的情况。究其原因，不外乎以下两点：一是东人不惯作词，故而辍手；一是唱和词作不佳，明使扬才抑人的目的已经达到，故见好就收。这也说明，词这种文体在音韵、节奏、体式等诸多方面所具有的民族文学特性。

2. 官方书册印刷量的变化。《皇华集》“例于（明使）越江后，

①赵季《足本皇华集》，凤凰出版社，2013年，第323页。

以其诏使之制及陪臣所制,聚而印出送之"①。只是其印刷数量较少,嘉靖十六年四月初十,安州践慰使郑百朋复命,转述龚用卿对他说的:"出来时,朝中达官求见《皇华集》者甚众,请多印以送之。"次日,朝鲜中宗下令道:"《皇华集》三十件印出事,曾已传教矣。今闻天使欲得三十余件云,加印二十件可也。"②朝鲜方面接待明使事事寻求依据,编印《皇华集》这样的大事也必有前例。故而,印出三十件当是沿前朝旧制。龚用卿以朝中达官求《皇华集》为借口,索书三十余件,朝鲜中宗认为加印二十件即可,可知该书在朝鲜留存数不过十多册。则该书作为信息源,其传播影响有限。

若该书是雕版印刷,版片存于朝鲜尚可多次印刷,但今传嘉靖十六年龚用卿等《丁酉皇华集》乃铜活字印本,清华大学图书馆有庋藏。又据《中国科学院图书馆藏中文古籍善本书目》,中国科学院图书馆藏嘉靖十八年华察《己亥皇华集》、天启元年(1621)刘鸿训《辛酉皇华集》也是活字印本。至少说明,时过境迁之后,《皇华集》印版有可能不获保存。

朝鲜官方印制该书之后,朝鲜士人想要收藏也不容易。曾有官员报告朝鲜中宗,说:"前者(原注:丁酉年)制述官所次《皇华集》册入内,请下内入之本于馆伴,择其可观以备其用何如?"③《丁酉皇华集》在加印二十件的情况下,到两年之后就难以寻其踪迹,只能求拨宫廷藏本。其传播面之窄,不难想见。

---

①[日]末松保和《中宗大王实录》,《李朝实录》(第23册),东京:学习院东洋文化研究所,1959年,第575页。

②[日]末松保和《中宗大王实录》,《李朝实录》(第23册),东京:学习院东洋文化研究所,1959年,第583页。

③[日]末松保和《中宗大王实录》,《李朝实录》(第24册),东京:学习院东洋文化研究所,1960年,第107页。

朝鲜官方印成该书，其流通渠道有限，到中国后，复受明廷限制。龚用卿再三向朝方索求《皇华集》，但他收到该书同样颇费周折。嘉靖十七年(1438)，朝鲜冬至使柳世麟归国报告："《皇华集》，臣欲使通事私授于龚用卿、吴希孟之家。"但使节出入有严格规定，故而柳世麟通过有司上报礼部，礼部入奏。朝鲜受到明廷褒奖，"尊敬朝廷使命，其慕华之意至矣。书册非如金帛，请使传授。皇帝可其奏，礼部使人传授"。随后，龚、吴才能到会同馆收取该书[①]。

由于嘉靖皇帝认可了礼部"书册非如金帛"的说辞，此后明朝官员向朝鲜索取《皇华集》者渐多，竟至辽东地方官吏也以《皇华集》为索贿首选[②]。明使接受《皇华集》也因袭成例，华察面对朝鲜的厚礼即称："只可受者，《皇华集》、妆弓、箭筒、候箭而已。"[③]朝鲜国王也传令臣下，云："《皇华集》、《应制集》亦从速印出……而冬至(原注:权橃、任权)行次可及，则付送可也。"[④]《皇华集》在中国的影响渐增，至明使希望"略抄而多其件数，则朋友亦有欲见者也"，而"刻成之后，乞多惠数册。缘朝中士夫多欲得此尔"[⑤]。言

①[日]末松保和《中宗大王实录》,《李朝实录》(第23册)，东京:学习院东洋文化研究所，1960年，第5页。

②万历二年(1574)圣节使随员赵宪记载辽东都司掌印官陈言为难朝鲜使团，原因是"怒其《皇华集》、黑笠子之不来"。见赵宪《朝天日记》,《燕行录全集》本，首尔:东国大学校出版部，2001年，第5册第152页。

③[日]末松保和《中宗大王实录》,《李朝实录》(第24册)，东京:学习院东洋文化研究所，1960年，第115页。

④[日]末松保和《中宗大王实录》,《李朝实录》(第24册)，东京:学习院东洋文化研究所，1960年，第137页。

⑤[日]末松保和《中宗大王实录》,《李朝实录》(第24册)，东京:学习院东洋文化研究所，1960年，第119页。

下之意,似三十余件并不能应付上官、同僚及亲友之求索。

印数少、印版保存时间不长、收藏于深宫内廷,都影响着《皇华集》的传播。皮之不存,毛将焉附?《皇华集》中的词之传播信息源受限,可想而知。但信息源虽然受到中、朝两国官方一定的限制,自嘉靖十七年,皇帝认可龚、吴收受朝鲜赠书,该书开始出现了传播新变。《皇华集》在中国的影响日渐扩大,而词,也随之得到更多的流通可能。

3.《皇华集》中词作脱离官方语境后的影响。虽然有明使认为完成使行外交任务之后,"凡身之所过,目之所接,耳之所闻,不可纪、不必纪、不当纪"①。但时过境迁,《皇华集》仍被中国人编次、刊印。如华察的朝鲜诗文,到清代光绪三年(1877)被杨殿奎及其后裔华步瀛、华锡琦以《皇华集类编》的名目刊印,今藏国家图书馆及无锡市图书馆等地。但流布不广,影响有限。

明使或后人编纂文集时,收录其在朝鲜所作的诗文者并非少数,更有如倪谦撰《朝鲜纪事》,董越作《朝鲜赋》。编纂者作为把关人,容易左右作品在文集中的传播,词也是如此。朝鲜文臣的词作均收入他们的别集。徐居正《四佳诗集·补遗》卷二《诗类》收其《满江红·效颦》;苏世让《阳谷续集》卷一、卷二收有他的十二首词,同样编入《诗类》。明使则如祁顺《巽川先生文集》附录中收其《满江红》。龚用卿《云冈选稿》虽以类次序,卷一选录十多阕词,各卷所选诗文也多有作于朝鲜者,而独不录在朝鲜所作诸词。华察、薛廷宠作诗词虽多,但他们也注意到所作"草草塞白,肆不成

①吴希孟《使朝鲜录后语》,殷梦霞、于浩选编《中朝关系史料丛刊·龚用卿·使朝鲜录》,北京图书馆出版社,2003年,第8页。

章”,希望“择其稍可传者刻数篇”[①]。华察数结其集,但传世的《岩居稿》则全不录词。

总集中也有选录这些词作的,如清代顾璟芳等《兰皋明词汇选》录薛廷宠《谒金门》、《蝶恋花》(绿杨枝上黄鹂小)以及苏世让《菩萨蛮》(若到晚钟春已过)、《忆王孙》(无端花絮随晓风)等阕。只是顾璟芳等误将朝鲜重臣当成了女子,由这一失误可推断其作并非直接录自《皇华集》,选家也并不了解所选词作的诗赋外交背景。

值得注意的是两国作者的别集都是在附录或续编中收录词作,且朝鲜文人将其归于“诗类”。混淆诗词之体,似乎并非中国文人所独有,其影响及于朝鲜。对两国文人而言,使行中创作的词收入或者不收入无关紧要。脱离官方语境,两国文人的文集并非传播使行词作的重要方式。

事实上,《皇华集》中词在两国士人间的影响也比较微弱。虽然朝鲜官方持续印制《皇华集》,且众多朝鲜顶尖文人参与过明使的接待活动。但由于词体本来就不是其中的主要文体,朝鲜文人又多不习词,《皇华集》中的词作对朝鲜士人的影响有限。笔者所见朝鲜士人评论中,提及这些词作的仅许筠一人,显见其并未激发东国文学批评家强烈的兴趣。在中国,《皇华集》受到士人一定程度的关注,文坛领袖钱谦益曾评论其中的作品,不过笔者仍然没有见到谈论其中词的材料。

至若唱和的情况,也与评论相似。离开诗赋外交的语境后,朝鲜方面除前文提及的郑士龙,因特殊原因曾有唱和行为。其他唱

①[日]末松保和《中宗大王实录》,《李朝实录》(第24册),东京:学习院东洋文化研究所,1960年,第119页。

和词亦较罕见,如奇大升曾次《满江红》韵,而中国士人则几乎没有次韵作品流传。

虽然《皇华集》词的创作水平未必高明,但在东亚诗赋外交史上,仍然具有特殊的意义。这些词作承担了特定的外交功能,其传播乏力正说明明词的功能化运用深受使用场合的限制,离开特定语境则传播影响有限。考察《皇华集》中词的创作与传播情况,我们不难发现:外交场合以词唱和至少说明唱和者眼中,词的文体序列与诗文可以接续。但是,不论从现场反应、预先制作,还是词作出律违式来看,两国文人的词作都有纰漏。这反映出明代一般文人进行词创作的艰难,明人学词渠道究竟如何,还值得再探讨。且这些明代中外文人词作唱和活动,还提醒我们应该适度注意跳出单一的中国视野,将中国与东亚各国的词创作、阅读兼容通观。这或许可以为我们研究词的传播与新变提供一条新的思路。

清代书院课艺的编刊与传播*

鲁小俊　张　艺

书院生徒考课的原卷一般叫课卷,经过刊刻的一般称课艺。估算起来,课卷、课艺的数量应是相当可观的。但因课卷、课艺皆为生徒所作而非出自名家之手,又多为举业之文,所以历来较少受到重视,往往任其散佚。现今存世的课卷、课艺文献,其形式有三种:

一是课卷原件。多散见于各地公私藏所,如上海图书馆藏有东城讲舍丁梦松课卷、鸳湖书院钟梁课卷、金台书院吴大澄课卷。近年也有少数丛书将课艺原件影印刊行,如《中国历代书院志》第11册收录南菁书院课卷一份,作者未详;《清代稿抄本三编》第110册收录应元书院吴桂丹,广雅书院、菊坡精舍张为栋、方鸿慈、范公说、方恩溥,广雅书院易开骏等人课卷。

二是课艺别集。以个人书院课艺汇为一集,并不多见。笔者所经眼者,有王元稺《致用书院文集》,收文50篇;《致用书院文集续存》,收文63篇。皆经解、论说、考证之文,为其肄业致用书院时

* 本文为国家社会科学基金冷门绝学项目“清代书院课艺整理与研究”(19VJX095)的阶段性成果。

所作，刊于作者晚年(民国五年)。又，陈成侯《绳武斋遗稿》一卷(稿本)，皆其在致用书院课试之作[①]；恽宝元卒后，弟宝惠检获其书院课艺，凡经史舆地典制诗词，都若干篇，辑为《虚白斋遗著辑存》[②]。另外还有一种课艺别集，为地方长官或书院山长拟作的汇刊。如陈模(道光十六年进士)任宜阳知县三年，"每月官课而外，加课两次"，"每课俱有拟作，统三载共得八十首"[③]，辑为《文兴书院课士诗》。

三是课艺总集。这是存世课艺的主要形式，其名称多为"书院名+课艺"式，如《尊经书院课艺》《紫阳书院课艺》；亦有称"文集"或"集"者，如《致用书院文集》《学海堂集》；此外又有少数称"课集""会艺""文稿""试牍""课士录"的，如《研经书院课集》《培原书院会艺》《广雅书院文稿》《岳麓试牍》《滇南课士录》；还有个别称"日记"的，如《莲池书院肄业日记》。今存课艺总集，以刊本为主，另有少量稿本、抄本。

书院汇刊课艺，最早者是康熙年间安徽怀宁的《培原书院会艺》和湖南长沙的《岳麓试牍》[④]。但这只是偶然现象，书院刊刻课艺成为风尚，则始于嘉庆六年(1801)阮元手订的《诂经精舍文集》。其后直至清末，课艺的刊刻成为普遍现象。

学术界对于清代书院课艺的著录、整理和研究，也以课艺总集为主要对象，偶尔涉及课艺原件。

---

①柯愈春《清人诗文集总目提要》，北京古籍出版社 2002 年版，第 1974 页。

②南师大古籍所编《江苏艺文志 · 常州卷》，江苏人民出版社 1994 年版，第 887 页。

③陈模辑《文兴书院课士诗》，清道光二十二年刻本，陈模跋。

④陈谷嘉、邓洪波主编《中国书院制度研究》，浙江教育出版社 1997 年版，第 288 页。

历来目录学著作对课艺不甚重视，或不著录，或著录很少，如《清史稿·艺文志》(中华书局 1977 年)仅著录《紫阳书院课余选》和《敬修堂诗赋课钞》二种。著录稍多者，丁丙、丁仁《八千卷楼书目》(《续修四库全书》史部第 921 册)25 种，孙殿起《贩书偶记》(中华书局 1959 年)32 种，王绍曾主编《清史稿艺文志拾遗》(中华书局 2000 年)25 种。

20 世纪 90 年代以来，书院课艺渐渐受到关注。赵所生、薛正兴主编《中国历代书院志》(江苏教育出版社 1995 年)影印 20 种(其中总集 17 种)，季啸风主编《中国书院辞典》(浙江教育出版社 1996 年)收录提要 15 种，陈谷嘉、邓洪波主编《中国书院制度研究》(浙江教育出版社 1997 年)第五章第五节《清代书院刻书事业》、附录二《中国书院文献书目提要》著录 53 种，程克雅《从湖湘到广东：书院课艺在晚清经学传述中的重要性》(朱汉民主编《清代湘学研究》，湖南大学出版社 2005 年)著录 39 种。特别应该提到的是，徐雁平《清代东南书院与学术及文学》(安徽教育出版社 2007 年)下编第一章《清代东南书院课艺提要》撰写提要 86 种(另有未见课艺 14 种)，最为宏富。此外，李兆华主编《中国近代数学教育史稿》(山东教育出版社 2005 年)第三章第二节《书院的算学课艺概述》著录算学课艺 20 余种(其算学课艺取广义的概念，包括 1906 年清学部第一次审定教科书之前国人自编的算学讲义)。以上著作，为书院课艺研究指示门径，厥功甚伟。

在此基础上，鲁小俊《清代书院课艺总集叙录》(武汉大学出版社 2015 年)著录近 200 种总集。邓洪波主编《中国书院文献丛刊》第 1 辑(国家图书馆出版社 2018 年)和第 2 辑(国家图书馆出版社 2019 年)影印课艺总集近百种。存世课艺总集的基本情况，于此已经比较明晰了。考察这些课艺总集的编刊及流通过程，有助于了解知识在书院的教学和传播。

一、刊期、用稿率和用稿标准

一、刊期

书院刊行课艺，往往“随课随选，随付手民”①，“随排随印”②，故而课艺总集多具有连续出版物的性质。今所见著名书院的总集，亦多为数编乃至十数编，如《学海堂集》四集（广州）、《尊经书院课艺》三集（成都）、《经正书院课艺》四集（昆明）、《诂经精舍文集》八集（杭州）、《学海堂课艺》八编（杭州）、《紫阳书院课艺》十七编（苏州）、《正谊书院课选》四编（苏州）、《正谊书院课选》三集（苏州）、《尊经书院课艺》七集（江宁）、《南菁讲舍文集》三集（江阴）。有些总集虽仅见一编，但其选刊之初衷，仍有赓续之意。如《会文书院课艺初刻》（天津）如山序云：“由初刻以逮二刻、三刻，相续弗替，是所厚望者也。”③《高观书院课艺》（江夏）目录后署：“右文自光绪甲申（1884）起，至丙戌（1886）止，共计二百三十三篇。丁亥（1887）以后课卷，俟选定续刊。”④《崇文书院敬修堂小课甲编》（杭州）戴熙序：“先刊甲编公同好，可续将续。”⑤

课艺总集的刊期，短则一季一刊。笔者经眼《上海求志书院课艺》七种，分别为“春季”（疑为光绪二年丙子春季）、“丙子（1876）夏季”、“丙子（1876）秋季”、“丙子（1876）冬季”、“丁丑（1877）春季”、“丁丑（1877）春季”、“戊寅（1888）春季”课艺之汇编。

---

①朱泰修选编《蔚文书院课艺》，清同治八年序刊本，朱泰修序。
②华世芳、缪荃孙选编《龙城书院课艺》，清光绪二十七年刊本，凡例。
③如山选编《会文书院课艺初刻》，清光绪七年刊本，如山序。
④王景彝选编《高观书院课艺》，清光绪十三年刊本，卷首。
⑤戴熙选编《崇文书院敬修堂小课甲编》，清咸丰八年刊本，戴熙序。

常见的则是一年一刊或数年一刊。《金陵惜阴书舍赋钞》陈兆熙序:“金陵惜阴书舍创于安化陶文毅公。每年终,梓人汇前列课艺刻之。”①《紫阳书院课艺五编》(杭州)许景澄题识:“院课艺前列者,积数岁必一选刊,以资观摩。”②《紫阳书院课艺》十七编(苏州),刊于同治十一年(1872)至光绪十八年(1892),以一年一刊为主,间有三年一刊。《南菁讲舍文集》初集至三集(江阴),刊刻时间分别为光绪十五年(1889)、二十年(1894)、二十七年(1901)。

有些课艺总集,前后各编之间时间跨度很大。《学海堂集》初集至四集(广州),分别刊于道光五年(1825)、十八年(1838)、咸丰九年(1859)、光绪十二年(1886)。《当湖书院课艺》(嘉定)同治七年(1868)刊,《二编》光绪十三年(1887)刊,《三编》光绪二十二年(1896)刊。

经费充足与否,会影响课艺总集的刊期。《诂经精舍五集》(杭州)俞樾序:“往者精舍课艺岁一刻,之后以肄业者日众,经费绌焉,乃阅数岁而一刻。”③俞樾所言“往者”,指《诂经精舍三集》。是集《中国历代书院志》影印本有脱漏,排列次序亦有不妥。南京图书馆藏本包括四个部分:(1)同治五年丙寅(1866)、六年丁卯(1867)课艺。(2)同治七年戊辰(1868)课艺。(3)同治八年己巳(1869)课艺。(4)同治九年庚午(1870)课艺。至《诂经精舍四集》刊行时,已是光绪五年(1879);《五集》、《六集》、《七集》、《八集》则分别刊于光绪九年(1883)、十一年(1885)、二十一年(1895)、二十三年(1897)。

---

①陈兆熙选编《金陵惜阴书舍赋钞》,清同治十二年刊本,陈兆熙序。

②许景澄选编《紫阳书院课艺五编》,清光绪八年刊本,许景澄题识。

③俞樾选编《诂经精舍五集》,清光绪九年刊本,俞樾序。

对于捐资出版者，有的课艺总集特予注明。《崇文书院课艺》（杭州）监院题识："书院自兵燹后，经费支绌，前刊课艺散失无存。是集梨枣之资，悉由方伯石泉杨公筹款，详请刊刻。大吏嘉惠士林盛意，合并注明。"①《游文书院课艺》（常熟）李芝绶序："（汪公耕余）甲戌（1874）季夏以书来谂，且嘱绶择辛（1871）壬（1872）两年院中课艺之尤雅者，裒辑邮寄，公将捐廉，付之手民，为学者观摩之助。"②《会文书院课艺初刻》（天津）马绳武序："适丁藩伯权津关道篆，慨捐白金若干为剞劂费。"③

清代书院考课兴盛，课艺总集的稿源相当充足，往往"戢戢如束笋"④。如果选刊不及时，势必积压大量课艺。《正谊书院课选》（苏州）刊于光绪二年（1876），收录同治四年（1865）至六年（1867）课艺。光绪八年（1882）蒋德馨（1810—1893）谋刊《正谊书院课选二集》时，书院所存课艺已是"卷帙山积，插架连屋，间有虫侵鼠啮，简断篇残，未经厘订"。蒋氏"续加遴选，历年既多，架构林立，如泛珠湖而游玉海，美不胜收。虽博观约取，不无割爱，而媕雅之材，拔十得五，计所裒辑，已不下数十万言。若一旦全行付梓，不但排比烦冗，即剞劂亦未易蒇事。乃依初刻之例，仍以三年为一集"⑤。所收即为同治七年（1868）至九年（1870）课艺。而其刊行在光绪八年（1882），相隔十余年，发表周期颇为漫长。

不过，多数课艺总集的发表周期没有这么长。《紫阳书院课余选》（杭州）收录道光二十三年（1843）课艺，刊于二十四年（1844）；

---

①薛时雨选编《崇文书院课艺》，清同治六年刊本，监院题识。

②李芝绶选编《游文书院课艺》，清同治十三年刊本，李芝绶序。

③如山选编《会文书院课艺初刻》，清光绪七年刊本，马绳武序。

④俞樾选编《诂经精舍五集》，清光绪九年刊本，俞樾序。

⑤蒋德馨选编《正谊书院课选二集》，清光绪八年刊本，蒋德馨序。

《崇文书院课艺》(杭州)收录同治四年(1865)至六年(1867)课艺,六年(1867)冬月开雕,七年(1868)四月讫工;《东城讲舍课艺》(杭州)收录同治四年(1865)至七年(1868)课艺,八年(1869)季春付雕;《游文书院课艺》(常熟)收录同治十年(1871)、十一年(1872)课艺,十三年(1874)开雕;《姚江龙山课艺初刻》(余姚)收录光绪十七年(1891)、十八年(1892)课艺,十九年(1893)开雕;《续刊经训书院课艺》(南昌)收录光绪十四年(1888)至十六年(1890)年课艺,十九年(1893)仲冬开雕;《经训书院课艺三集》(南昌)收录光绪十八年(1892)、十九年(1893)年课艺,二十二年(1896)年孟夏开雕。一年至五年,是较为常见的发表周期。

二、用稿率

并非所有生徒的课艺都能够收入总集。有的属于“自然淘汰”,如《诂经精舍续集》(杭州)选刊之时,“年来所课卷,已散佚不全”①;《诂经精舍七集》(杭州)距离《六集》之刊已有十年,“课卷丛残,仅存大半”②;光绪七年(1881)曾兆鳌选刊《玉屏课艺》(厦门),其时他“司玉屏讲席十有八年于兹矣”,“客秋山居多暇,聚旧课将录而梓之,而庚午(1870)以前存者寥寥”③;《当湖书院课艺二编》(嘉定)选刊之时,距离初编已有二十年,“积之既久,间或散佚,计所存仅十之六七”④。

有幸存留的课艺,也未必都能入选总集。编选者往往“择尤甄

①罗文俊、胡敬选编《诂经精舍续集》,清道光二十二年刊、同治十二年重刊本,胡敬序。

②俞樾选编《诂经精舍七集》,清光绪二十一年刊本,俞樾序。

③曾兆鳌选编《玉屏课艺》,清光绪七年刊本,曾兆鳌序。

④杨恒福选编《当湖书院课艺二编》,清光绪十三年刊本,杨恒福序。

录”,故而由于“集隘,不能多载,遗珠之惜,诚所难免”①。至于用稿率,有些总集的序言已经明言。《敬修堂词赋课钞》(杭州崇文书院)胡敬序:“积时既久,散佚颇多,姑即所存,汰其繁芜,抉其瑕类,十取一二,合前刻成十有六卷。”②《羊城课艺》(广州)陈其锟序:“乃裒历岁所积,课艺盈千,删繁汰冗,得百十首付梓,以诏来兹。”③《钟山书院课艺初选》(江宁)孙锵鸣序:“尽发府署所存前列卷二千余篇,博观约取,又得二百八十余篇,为《续选》。”④可知这些总集的用稿率在10%—20%。

还有些总集,结合序言和选录情况,也可知其用稿率。《黄州课士录》(黄州经古书院)周锡恩序:“自庚寅(1890)夏迄辛卯(1891)春,诸生课作,千有余篇。兹择其尤雅,刊若干卷。”⑤是集所收203篇,用稿率约为20%。《丰山书院课艺》(香山)黄绍昌序:“计岁中阅时艺一千九百余首,经说、史论、骈散文、诗赋八百余首。明府谓宜择其尤雅者,刻为课艺。乃选时艺若干首,呈明府裁定,付之剞劂,而古学别为一编。”⑥笔者所见是集皆时艺,凡二卷66篇。序中所云古学一编,未见。推算起来,时艺的用稿率尚不足3.5%。

又有少数总集,可知其作者入选的几率。《尊经书院课艺》(江宁)薛时雨序:“岁在己巳(1869),时雨以谷山制府聘,承乏尊经书院。院中士肄业者二百人有奇,视承平时已减。”“起乙丑

①华世芳、缪荃孙选编《龙城书院课艺》,清光绪二十七年刊本,凡例。
②胡敬选编《敬修堂词赋课钞》,清道光二十二年刊本,胡敬序。
③陈其锟选编《羊城课艺》,清咸丰元年刊本,陈其锟序。
④李联琇选编《钟山书院课艺初选》,清光绪四年刊本,孙锵鸣序。
⑤周锡恩选编《黄州课士录》,清光绪十七年刊本,周锡恩序。
⑥黄绍昌选编《丰山书院课艺》,清光绪十四年刊本,黄绍昌序。

(1865)二月,迄己巳(1869)十二月,积一百余课,存文若干首。”①是集南京图书馆藏本仅一册,国家图书馆藏本六册,系全本。据全本,凡制艺161篇,作者38人。二百多人中,仅38人有课艺入选,亦可见发表之不易。

三、用稿标准

清代科举考试的主要文体是八股文,其衡文标准叫做“清真雅正”②。以八股文为主要内容的课艺总集,其选文亦以“有利于场屋”③为目标,故而“清真雅正”自然成为去取标准。兹列举数则序言或凡例,以见一斑。

文取清真雅正。④

每课一艺,必以能融会圣贤立言之旨为宗。至文之清奇浓淡,苟不诡于正,有长必录。⑤

其阅文也,奇正浓淡,有美毕收,而悉以理真法密为的。⑥

制艺代圣贤立言,以清真雅正为上。是选取文品不高不低,学有根柢,堪以应制科者为率。其有文涉寒俭,貌为高古者,概不入选。⑦

就近岁掇拾,得文百二十篇,一以清真雅正为主,其浪逞才华者置弗录。⑧

①薛时雨选编《尊经书院课艺》,清同治九年刊本,薛时雨序。

②龚延明、高明扬《清代科举八股文的衡文标准》,《中国社会科学》2005年第4期。

③雪岑氏选编《紫阳正谊课艺合选》,清道光二十二年刊本,雪岑氏题识。

④陈本钦选编《城南书院课艺》,清咸丰四年刊本,陈本钦序。

⑤潘遵祁选编《紫阳书院课艺》,清同治十一年刊本,潘遵祁序。

⑥杨延俊选编《鸾翔书院课艺》,清光绪三年刊本,杨延俊序。

⑦如山选编《会文书院课艺初刻》,清光绪七年刊本,例言。

⑧曾兆鳌选编《玉屏课艺》,清光绪七年刊本,曾兆鳌序。

择其尤者一百七十篇，皆理法清真而有书卷议论者。[①]

诗文以清真雅正为宗，而大要尤在于切。[②]

汇三年内官师课卷，择其理法双清、华实并茂者录之。[③]

龙邑侯锦飖叙前选云："浓淡平奇，浅深散正，一以宜乎今而不背乎古为准则。"今亦犹是意云尔。[④]

以经史词章为主要内容的课艺总集，则另有取舍标准。《学古堂日记》(苏州)吴履刚跋："贵筑黄公昔主讲保定莲池书院"，"其为教也，大约校勘必致精，纂录必举要，考据务详确而惩武断，义理尚平实而耻空谭，条贯本末，兼综汉宋，实事求是，期于心得，以上企孟氏详说反约、孔门博文约礼之训。"[⑤]《南菁讲舍文集》(江阴)黄以周序："凡文之不关经传子史者，黜不庸；论之不关世道人心者，黜不庸；好以新奇之说、苛刻之见自炫，而有乖经史本文事实者，黜不庸。"[⑥]

这里面有时还有"关系稿"。胡敬(1769—1845)主讲杭州崇文书院，选编《敬修堂词赋课钞》，收录董醇等81人课艺，其中胡琨、胡琮姓名之后皆有"附"字[⑦]。胡琨(1814—1860)，字次瑶；胡琮(1815—1861)，字季权：皆为胡敬子。琨、琮二人课艺入选是集，当是其父关照。需要说明的是，说琨、琮二人课艺为"关系稿"，不是说他们所作不佳。胡琮于道光二十一年(1841)补廪膳生，胡琨

①郭式昌选编《爱山书院课艺》，清光绪八年刊本，郭式昌序。

②屠福谦选编《冯岐课艺合编》，清光绪十七年刊本，凡例。

③马传煦选编《崇文书院课艺九集》，清光绪十七年刊本，马传煦序。

④杨恒福选编《当湖书院课艺三编》，清光绪二十二年刊本，杨恒福序。

⑤雷浚等选编《学古堂日记》，清光绪十六年至二十二年刊本，吴履刚跋。

⑥黄以周、缪荃孙选编《南菁讲舍文集》，清光绪十五年刊本，黄以周序。

⑦胡敬选编《敬修堂词赋课钞》，清道光二十二年刊本。

于二十四年(1844)乡试中式第32名举人[①],皆属一时俊彦。他们与其兄胡理有《胡氏群从集》三卷,《清史稿·艺文志》著录。

《紫阳书院课艺九集》(杭州)收录陈予鉴制艺一篇。文后评语云:“选课艺既竣,同学世兄骆筠溪持此卷语予曰:‘此旧徒陈某作也。刻苦为文,少年赍志以殁。可否存之?’辞甚切。虽然,欲于课艺中存其人,亦可哀矣。文亦足存者,因附卷中。”[②]其文虽“亦足存者”,但无骆筠溪的推荐则不能入选。

又,《江汉书院课艺》(武昌)辛卯(1891)卷,收录制艺10题31篇。每题皆收前三名所作,惟末题增收“四十名苏逢庚”一篇。壬辰(1892)卷收录制艺10题33篇,每题皆收前三名所作,惟第一、二、五题增收“四名陈略”、“一等百二十名陈略”、“五名陈略”三篇[③]。苏、陈二人考课名次靠后,却能入选,颇显突兀,故疑二人课艺属于“关系稿”。

二、润色、评点和牌记

一、润色

书院课艺总集从内容上看,有专收八股文和试帖诗的,有专收经史词章、时务算学的,也有兼收前两者的。不论何种类型,课艺题目多为官师(地方官员和书院山长)所拟,生徒所作皆是命题文章。故而总集之中,多同题之作。也有个别例外。黄彭年主讲保定莲池书院,认为“课试成材,非启牖向学。限之以命题,虑非性所

①胡理《诰授朝议大夫翰林院侍讲学士书农府君年谱》,《北京图书馆藏珍本年谱丛刊》第131册,北京图书馆出版社1999年版,第435、437页。

②王同选编《紫阳书院课艺九集》,清光绪二十年刊本。

③周恒祺选编《江汉书院课艺》,清光绪十七、十八年课艺,刊刻时间未详。

近也;拘之以篇幅,惧其辞不达也”,因而不再命题,改由生徒自拟题目,“命诸生为日记,人给以札,旬而易焉,月论其得失而高下焉”①。

生徒所作课艺,入选课艺总集时,一般是全文刊登。也有特殊情况。有的总集在刊登全文之后,附录其他作者所作相关段落。如《丰山书院课艺》(香山),陈金垣《未若贫而乐,富而好礼者也。子贡曰:〈诗〉云:“如切如磋,如琢如磨。”其斯之谓与》文后,附录杨彤英所作提比;梁煦南《人恒过,然后能改。困于心,衡于虑,而后作;征于色,发于声,而后喻》文后,附录唐景端所作起讲②。抄本《紫阳书院课艺》(凡十四册十五编,三四编合为一册)也是如此。如第一编收录巢序镛等人制艺全文 37 篇,有评点;又收录汪宗泰等 17 人所作“起比”、“后比”、“后四比”等段落,无评点③。这有些类似于今日学术刊物的“论点摘编”。

又有的总集,不能收录所有生徒的课艺,为免遗珠之憾,将未能入选总集的生徒姓名列在卷首。如《诂经精舍续集》(杭州)收录董醇等 59 人课艺,卷首列出壬辰年(1832)至壬寅年(1842)“诂经精舍肄业之士”183 人姓名④。《会文书院课艺初刻》(天津)收录赵銮扬等 23 人课艺,卷首列出“乙亥(1875)、丙子(1876)、丁丑(1877)三年内肄业者”49 人姓名⑤。《经训书院文集》(南昌)卷首有壬午

①黄彭年选编《莲池书院肄业日记》,清光绪五年刊本,黄彭年序。

②黄绍昌选编《丰山书院课艺》,清光绪十四年刊本。

③《紫阳书院课艺》,抄本,南京图书馆藏。

④罗文俊、胡敬选编《诂经精舍续集》,清道光二十二年刊、同治十二年重刊本,卷首。

⑤如山选编《会文书院课艺初刻》,清光绪七年刊本,卷首。

(1882)、癸未(1883)、甲申(1884)《与课同人题名》①。

生徒所作,偶有瑕疵,收入总集时,多经选编者修改润色。序言、题识中时有提及:

就中多寡,损益之,改易之,间摘瑜以补其瑕。②

每遇佳篇,击节称赏,偶有疵累,皆为商改尽善。或题蕴未尽者,拟作以畅其义。③

其中文字偶有删润者,多系学使改笔,或参用他卷之作。以无关宏旨,不复覼缕。④

兹集仍就随课录取前列之佳制,详加评骘,间为删易而润色之,归于完善,犹夫初、二集慎选之至意。⑤

爰择其尤者,得若干篇。间有一二点窜处,管窥所及,犹蕲与同志商之。⑥

有少数总集在各篇课艺之后,标明刊刻时删改字数,如《紫阳书院课艺》(苏州)初编至四编、八编至十一编。

也有未加润色而直接收录者。《蜀秀集》(成都)张选青题识云:"亦有文字略有小疵而未及更改者,则以风檐寸晷,下笔不能自休,姑仍之以存其本色。阅者录其尺瑜,略其微颣可已。"⑦

二、评点

课艺总集成书时,往往附录评点,间有署名。如《崇实书院课

①王棻选编《经训书院文集》,清光绪八年至十年刊本,卷首。
②萧延福选编《晴川书院课艺》,清同治七年刊本,萧延福序。
③杨延俊选编《鸾翔书院课艺》,清光绪三年刊本,杨延俊序。
④谭宗浚选编《蜀秀集》,清光绪五年刊本,张选青题识。
⑤晏端书选编《梅花书院课艺三集》,清光绪八年刊本,晏端书序。
⑥杨恒福选编《当湖书院课艺三编》,清光绪二十二年刊本,杨恒福序。
⑦谭宗浚选编《蜀秀集》,清光绪五年刊本,张选青题识。

艺》（清河），吴其程《一言以蔽之曰思无邪》评点二则，分别署“吴仲仙漕帅原评”、“楞仙”；钱丹桂《天下有达尊三爵一齿一》评点二则，分别署“武镜汀郡伯原评”、“楞仙”；山长钱振伦拟作《且知方也》评点二则，分别署“年愚弟吴棠拜读”、“吴昆田拜读”①。

总集所见评点，以总评居多，间有眉批、夹批。如《正谊书院小课》（苏州）收录《秧马赋》三篇。第一名洪鼎，起句：“新雨一犁，长堤短堤。草软三径，风轻四蹄。”夹批：“飒然而至，奕奕有神。”总评：“结体大方，虽缩本不至拘缚。”第二名王熙源，起句：“千塍绿颖浓如写，中有雀跃而行者。”夹批：“起势飞舞。”总评：“□干中有姿色致。”第三名吴汝渤，起句：“大田多稼，我马既同。莺鸣陇上，雀跃泥中。”夹批：“工于发端，全神已揭。”总评：“独见遒峭。”②又如《毗陵课艺》（常州）收录史致诰《君子人与》，眉批：“从下句逆探而入，笔势飘忽。”“神回气合。”“庄重不佻。”“笔力雄伟、包孕宏深。”“激昂慷慨、振笔直书。”“无意不周，无语不卓。”总评：“从一与字着想，题位一丝不溢。”③

评语中偶尔还能见到缘情之笔。如《崇川紫琅书院课艺》（江苏通州）张丽炎文末评语：“思清笔健，最得题情。张生性情纯笃，资识过人。绩学能文，名闻郡邑。余方以大成期之，而所如辄阻，不得志于时。英年遽别，士林惜之。遗稿甚多，聊登一二，以志瓣香云。”王嶒文末评语：“落落词高，飘飘意远，足征怀抱不凡。生孤寒力学，早岁能文，决为远到之器。乃食饩未果，修文遽召。岂真有才无命耶？览遗篇，为之出涕。”④

---

①吴棠、钱振伦等选编《崇实书院课艺》，清同治二年至光绪七年刊本。

②朱琦、欧阳泉选编《正谊书院小课》，清道光十八年刊本。

③谭钧培选编《毗陵课艺》，清光绪三年刊本。

④吴鸣镛选编《崇川紫琅书院课艺》，清嘉庆二十五年刊本。

入选总集的课艺，皆是优秀作品，故而评点几乎都是表扬性的。课艺原件中能够见到的批评性意见，如“情文相生，稍欠锤炼。排律误作五言”[①]，“寓意规讽，未始不佳。惟极力作态，而笔力不足以副之耳”，“后幅尚不直致结，未有余韵，前路未清”[②]，“诗有佳句，惜失拈”[③]等等，在总集中则极少见到。

三、牌记

有少数课艺总集以袖珍本刊行，如《鸾翔书院课艺》（杨延俊选编，光绪三年刊）、《广陵书院课艺》（范凌霻选编，光绪六年刊）。袖珍本的优势是便于携带，可以随时阅读，以备考试。《紫阳正谊课艺合选》雪岑氏题识：“钦遵古香斋袖珍板式，俾便舟车携览云。”[④]《各省校士史论精华·略例》：“是论仿袖珍板式，以备舟车便览。幸勿误带入填，致干功令。”[⑤]

有的课艺总集刊刻精良，如《冯岐课艺合编·凡例》：“是编从本年七月初发刊，至十一月初完工，写刻核对，均求详慎，尚少鲁鱼亥豕之讹。”[⑥]也有少数课艺总集编印仓促，校勘不精。如光绪十年（1884）上海江左书林翻刻的《关中课士诗赋录》、三十年（1904）任锡汾序刊的《春江书院课艺》。又有些课艺涉及图表，排印较为繁难，选入总集时也往往省略。如《龙城书院课艺》：“舆地各艺，原有图者颇多。今以匆促排印，不及绘刻。拟俟续镌，以成全璧。”“代数算式，工人不善排集。每遇算式，辄另镌木，费时既多，且易

①东城讲舍丁梦松课艺，上海图书馆藏。
②金台书院吴大澄课艺，上海图书馆藏。
③剡溪书院宋烜课艺，首都图书馆藏。
④雪岑氏选编《紫阳正谊课艺合选》，清道光二十二年刊本，雪岑氏题识。
⑤梅启照、姚润选编《各省校士史论精华》，清光绪二十八年刊本，略例。
⑥屠福谦选编《冯岐课艺合编》，清光绪十七年刊本，凡例。

散失。故只取简易者,略登一二。其他繁重诸作,概从割爱。”①

课艺可资揣摩,有助于科举考试,难免有人翻刻牟利。著名书院的课艺总集,尤其容易成为盗版的目标。维权之举,也往往必不可少。《正谊书院课选二编》(苏州)监院声明:

> 监院正堂欧阳示:本院课选二编,奉院长朱鉴定,经诸生参校付镌。如有抽减篇数,翻刻射利者,访闻确实,立即指名移究,惩办不贷。特示。②

《三编》、《四编》、《正谊书院小课》皆有同样声明。“翻刻必究”四字,在课艺总集的扉页上颇为常见。

《各省校士史论精华》则声称与他书绝无雷同:

> 是论与近日坊间木板、石印《史论正鹄》、《历代史论》、《国朝名家史论》诸编,绝无一艺雷同,并非改顿换面者可比。③

有的课艺总集标明定价。《游文书院课艺》(常熟):“板存苏州长春巷西口传文斋刻字店,每部纸张印工大钱壹佰贰拾文。”④《广陵书院课艺》(扬州):“每部实洋杭连贰角二分,竹纸壹角八分。”⑤《奎光书院赋钞》(江宁):“此赋原选十七年(1891),止价贰佰文;又增选至十九年(1893)春,止定价每部叁百文。”⑥

又有的课艺总集刊登广告。《惜阴书院东斋课艺》(江宁)、《钟山书院课艺初选》(江宁)的广告相同:

---

①华世芳、缪荃孙选编《龙城书院课艺》,清光绪二十七年刊本,凡例。

②朱珔、欧阳泉选编《正谊书院课选二编》,清道光十五年刊本,卷首。

③梅启照、姚润选编《各省校士史论精华》,清光绪二十八年刊本,略例。

④李芝绶选编《游文书院课艺》,清同治十三年刊本,扉页。

⑤范凌霱选编《广陵书院课艺》,清光绪六年刊本,卷首。

⑥秦际唐选编《奎光书院赋钞》,清光绪十九年刊本,扉页。

金陵书院课艺九种，其板永存江宁省城三山大街大功坊秦状元巷中李光明家，印订发售，价目列左：

钟山初选　四本制钱贰百文

续　八本制钱柒百文

惜阴东斋　八本制钱柒百文

西　八本制钱柒百文

尊经四刻　八本制钱柒百文

二　两本制钱壹百四十文

初　六本制钱叁百六十文

三　四本制钱贰百四十文

两本制钱□□□□□□①

《尊经书院课艺七刻》（江宁）、《奎光书院赋钞》（江宁）的广告也相同：

江南城聚宝门三山街大功坊郭家巷内秦状元巷中李光明庄，自梓童蒙各种读本，拣选重料纸张装订，又分铺状元境、状元境口、状元阁发售，实价有单。②

三、转载、流通和阅读

一、转载

根据编选层次，可将课艺总集分为初选本和二次选本。所谓初选本，指集内诗文系初次汇编成册者。这是今存课艺总集的主要形态。二次选本，则是从初选本中再选佳作、汇为一编者。这类

①孙锵鸣选编《惜阴书院东斋课艺》，清光绪四年刊本，广告页；李联琇选编《钟山书院课艺初选》，清光绪四年刊本，广告页。

②卢崟选编《尊经书院课艺七刻》，清光绪十五年序刊本，广告页；秦际唐选编《奎光书院赋钞》，清光绪十九年刊本，广告页。

选本数量不多，今存十余种，如《各省课艺汇海》（撷云腴山馆主人编，光绪八年刊）、《五大书院课艺》（光绪二十二年明达学社刊）、《最新两浙课士录》（浙报馆选，光绪二十六年刊）、《云间四书院新艺汇编》（姚肇瀛编，光绪二十八年刊）、《苏省三书院课艺菁华》（竹虚室主编，光绪二十八年刊）、《各省校士史论精华》（姚润编，光绪二十八年刊）、《选录金陵惜阴书院、浙江敬修堂论议序解考辨等艺》（抄本，上海图书馆藏）。如果说初选本类似于今之“学报”和“集刊”，二次选本则接近于今之“学报文摘”、“复印资料”。

二次选本亦多有连续出版物的性质。《紫阳正谊课艺合选》之后有《紫阳正谊两书院课艺合选二集》（苏州）；《金陵惜阴书舍赋钞》（江宁）陈兆熙序明言“经解杂作，集隘不能备登，俟之续刻”[①]；《最新两浙课士录》、《各省校士史论精华》则登出广告：“初编论，二三编续出。”[②]“二集选定，不日开雕。”[③]

其转载原文、评点，一般不作改动。《金陵惜阴书舍赋钞》（江宁）“批评次序，悉遵原阅，不敢妄以己意增损”[④]，《各省校士史论精华》“系倩各省友人抄录邮寄，评圈悉依原稿。间有失去批词者，概付阙如，以存其真”[⑤]。

跨书院收录的二次选本，多标明课艺来源。《最新两浙课士录》作者名下，注明所属书院及名次，如“陈锦文，诂经一名”，“费有容，崇文一名”，“朱宗莱，紫阳一名”。《各省课艺汇海》作者前标注所属书院，或课作来源，如《学海堂续集》、《闽中初集·正谊

①陈兆熙选编《金陵惜阴书舍赋钞》，清同治十二年刊本，陈兆熙序。
②浙报馆选《最新两浙课士录》，清光绪二十六年刊本，卷首。
③梅启照、姚润选编《各省校士史论精华》，清光绪二十八年刊本，略例。
④陈兆熙选编《金陵惜阴书舍赋钞》，清同治十二年刊本，陈兆熙序。
⑤梅启照、姚润选编《各省校士史论精华》，清光绪二十八年刊本，略例。

书院》、《尊经初集》周山长课、《崇文四集》马山长课、《闽中·鳌峰书院二集》、江汉书院、《安定梅花合编》等。

二、流通

选编课卷，汇刊成集，意义有二：其一旨在纪念，略近于“同人出版物”①；其二提供范文，“为诸生观摩之助”②。这些课艺之被“观摩”，有与本院相关的“诸生”，也有与本院无关的“同人”。

临时购阅某所书院的课艺，可能有紧迫的目的。同治十三年（1874）二月二十八，张謇准备考江宁钟山书院，“起写投考印结”，“购《钟山课艺》”。数日后的三月初二，“五更起，偕陈丈课钟山书院”③。张謇购买钟山书院的课艺，目标很明确，就是观摩该书院课艺，以利投考这家书院。

但更多的课艺阅读，与投考哪所书院并无直接关系。吉城、林骏、张㭎等人的日记表明，课艺也进入了士子的日常阅读。师友间互相借阅书籍，其中就有课艺。例如《吉城日记》光绪十三年（1887）七月初十：“从虎兄处借来《尊经书院五刻》六本。”次年六月三十：“过虎臣，假来《金台书院课艺》二本。”④《林骏日记》光绪二十七年（1901）六月廿五：“向轩兄借来《尊经课艺》四册。”⑤综观日记，吉城记录他阅读过的总集有《尊经书院五刻》《尊经书院课艺六刻》《金台书院课艺》《紫阳书院课艺》《格致书院课艺》《南

①课艺序言多有刊刻“以公同好”云云。

②陆廷黻选编《崇实书院课艺》，清光绪二十一年刻本，吴引孙序。

③张謇《张謇日记》，李明勋、尤世玮主编，上海辞书出版社2017年版，第17—18页。

④吉城《吉城日记》，吉家林整理，柳向春审订，凤凰出版社2018年版，第5、39页。

⑤林骏《林骏日记》，沈洪保整理，中华书局2018年版，第233页。

菁书院文集》,其中吉城只参加过上海格致书院的考课,他没有投考过江宁尊经、苏州紫阳、顺天金台、江阴南菁书院。林骏阅读过的有《尊经课艺三刻》《尊经课艺四刻》《金台书院课艺》《惜阴书院西斋课艺》《惜阴书院东斋课艺》《云间小课》《格致书院课艺》,张棡阅读过的有《紫阳课艺》《四明课艺续钞》《慈湖书院课艺》《尊经三集》《尊经四集》《惜阴赋钞》《诂经精舍文集》《各省课艺汇海》,林骏和张棡也没有参加过江宁尊经和惜阴、顺天金台、松江云间、上海格致、杭州诂经等书院的考课。大体而言,他们阅读的课艺多出自著名书院。既有八股文、试帖诗的总集,如尊经书院诸刻、《紫阳书院课艺》;也有经史词章、新学西学的总集,如《南菁书院文集》《格致书院课艺》。著名书院课艺的示范价值,于这些书目可见一斑。

三、阅读

阅读课艺与所考书院,虽未必有直接的对应关系,但在课艺类型上往往有相通之处。例如吉城,读尊经、紫阳、金台书院的课艺,当是为参加西溪书院考课做的功课,因为西溪书院和尊经、紫阳、金台一样,主要考的是八股文和试帖诗。尊经等书院久负盛名,取法乎上而得其中,读其课艺,当有益于考西溪书院。而吉城的日记中,未见记载阅读过求志书院课艺[①]。不过这不重要,因为求志书院考的是经史词章,阅读原典比参考课艺范文更有意义。从示范价值上讲,八股文课艺的效用更为直接。也因其直接,它的价值可能不长久。光绪二十七年(1901)八月廿二,林骏"往馆,孙季芃来,谓已前日错焚《尊经课艺三刻》文"。孙季芃即门人孙诒棫,"季芃不好八股,每见家藏旧艺,即扯破之,纳诸字簏中,天性然

①上海求志书院早在光绪二年(1876)即有课艺刊行。

也”。而林骏对八股文的态度则较为平和理性:“吾谓今日八股虽遭末运,而手泽所存,遗文犹不可弃。矧前明暨国初作八股之人,半属忠孝,文言道俗,亦见学问。特以风气日靡,刻鹄不成,反致类鹜。徒狃成见,一扫而空,其亦太甚。束诸高阁,屏之弗看,何必煽祖龙之火,踵其暴迹耶?”[①]相较而言,《诂经精舍文集》《格致书院课艺》这类学术性的课艺,其价值更为长久。

日记中有关阅读情况的记录,有时比较笼统,如吉城“阅紫阳文”[②],林骏“往馆阅《尊经课艺三刻》”[③],张棡“看《四明课艺续编》”,“早晨看《诂经精舍文集》”[④];有时会具体到所阅文体,如林骏“挑灯阅金台书院四书文”,“挑灯读惜阴书院西斋课赋”,“阅尊经书院四书文”,“宵,阅惜阴书院东斋杂作”[⑤],张棡“灯下看诂经精舍经解”,“看诂经精舍赋”[⑥];或者记下阅读数量,如吉城“览《尊经书院五刻》三本”,“阅紫阳书院文十余首”、“阅《格致书院课艺》三卷”[⑦];偶尔还会记下某一篇文章,如林骏“阅《云间小课》中《拟修广寒宫上梁文》”[⑧]。

至于阅读感受,各家日记多不载,唯《吉城日记》中略有涉及。光绪十八年(1892)三月三十记:“紫阳书院文以二秦为最。”[⑨]按紫

①林骏《林骏日记》,沈洪保整理,中华书局2018年版,第314页。
②吉城《吉城日记》,吉家林整理,柳向春审订,凤凰出版社2018年版,第37页。
③林骏《林骏日记》,沈洪保整理,中华书局2018年版,第260页。
④张棡《张棡日记》张钧孙点校,中华书局2019年版,第20、231页。
⑤林骏《林骏日记》,沈洪保整理,中华书局2018年版,第13、51、96、116页。
⑥张棡《张棡日记》,张钧孙点校,中华书局2019年版,第277、278页。
⑦吉城《吉城日记》,吉家林整理,柳向春审订,凤凰出版社2018年版,第5、35、109页。
⑧林骏《林骏日记》,沈洪保整理,中华书局2018年版,第265页。
⑨吉城《吉城日记》,吉家林整理,柳向春审订,凤凰出版社2018年版,第204页。

阳书院各集课艺中，秦毓麒（1847—?）、绶章（1849—1925）、夔扬（1856—?）三兄弟之文多有入选，“二秦”当指其中两人。十九年（1893）六月十二记：“《尊经书院课艺》中有谢绪曾文，笔气颇大，在姚燧、卢挚之上。”按谢绪曾，字功甫，江宁人。同治四年（1865）恩贡。《尊经书院课艺》收其《子曰声色之于以化民末也》一篇，评语云：“笔力健举，气象光昌。题是无声物色，文却有声有色。”①此外《尊经书院课艺三刻》收其文三篇，《四刻》收其文一篇。二十年（1894）十一月二十三：“阅《南菁文集》，孙同康固是作者。”②孙同康（1866—1935），即孙雄，是《道咸同光四朝诗史》的编者。《南菁讲舍文集》收其《方领曲领解》《〈汉·五行志〉书后》《赵受韩上党论》《宋吕祉论》《李郭同舟赋》五篇。二十八年（1902）六月二十一记：“见《南菁二集》，其文多不如初刻。”③初刻即《南菁讲舍文集》，1889年刊；《南菁二集》刊于1894年。较之《二集》黄以周序所云“续之初集，文辞并美，诚复如班固所称，老眼犹明，吾已从君鱼受道矣”④，吉城提供了另一种观感。

所阅课艺作者当中，吉城最为服膺的是陈光宇。光绪十八、十九两年（1892—1893）多次提及：“阅《尊经六刻》文，陈光宇真是健者。”“燃烛抄陈光宇时文八首。”“抄读陈光宇时文二首。”“读陈光宇时文。”“录陈光宇《“老者安之”合下节》题文。”“录陈光宇《“原思为之宰”二节》文。”“读陈光宇时文。”“抄读陈光宇文一首。”⑤

---

①薛时雨鉴定《尊经书院课艺》，《中国书院文献丛刊》第1辑第37册，第104页。

②吉城《吉城日记》，吉家林整理，柳向春审订，凤凰出版社2018年版，第327页。

③吉城《吉城日记》，吉家林整理，柳向春审订，凤凰出版社2018年版，第582页。

④黄以周鉴定《南菁文钞二集》，清光绪二十年刻本，黄以周序。

⑤吉城《吉城日记》，吉家林整理，柳向春审订，凤凰出版社2018年版，第203、209、210、213、215、220、259页。

按陈光宇（1859—?），字御三，号玉珊，江宁人。光绪十六年（1890）进士。与夏曾佑（1863—1924）同负盛名，又同有枪替之谤。未及中寿而卒。据梁溪坐观老人《清代野记》，同治、光绪间，刘汝霖、陈光宇、周钺“皆江宁枪手之卓卓者，所代中不知凡几。陈入翰林后，竟因此永不准考差”①。《尊经六刻》即《尊经书院六集课艺》，收其文十四篇。文末评语如：“语语离题外，语语在题中。宜僚弄丸，公孙舞剑，与可画竹，令人不可思议。”（《“升车必正立”二节》）“人人为题所缚，此独将题目撇开，空中起步，高踞题巅，眼光却注定全题，无一语不中肯綮。”（《“高子曰禹之声”两章》）②此外《尊经书院课艺四刻》收其文四篇，《五刻》十五篇，《七刻》七篇，《续选尊经课艺》十篇。单以入选数量而言，陈光宇也是最突出的作者之一。吉城对陈光宇的阅读感受，与尊经诸集选编者的眼光，大体上是一致的。

吉城读过《南菁书院文集》，光绪二十六年（1900）起又受南菁院长丁立钧之聘，遥领阅卷之任。他因此曾发现江南乡试有人抄袭南菁之文。二十八年（1902）十月初四：“看江浙两闱艺。江南副榜唐乃钊，其《元初用兵平西域》一篇，径录南菁书院张葆元《汉通西域得失论》。据闱批：‘本拟魁选，以首二艺多习见语，抑副。’不知第四艺剿袭更甚也。”③按张葆元（1875—?），字蕴和，娄县人。京师大学堂毕业。曾任上海《申报》总主笔。今存南菁书院的三种总集中，唯《南菁文钞三集》收其《问抵制洋盐进口之法若何》

①梁溪坐观老人《清代野记》，山西古籍出版社 1996 年，第 115 页。

②薛时雨鉴定《尊经书院六集课艺》，《中国书院文献丛刊》第 1 辑第 44 册，第 205 页；第 45 册，第 220 页。

③吉城《吉城日记》，吉家林整理，柳向春审订，凤凰出版社 2018 年版，第 594 页。

《外国理财不主节流而主畅流论》两篇，则《汉通西域得失论》为张氏课卷未入选总集者。发现书院课艺被乡试闱艺抄袭，可算是课艺阅读的特别发现。

综上所述，清代书院课艺总集多为连续出版物，或具有连续出版物的刊行初衷。刊期短则一季，多则一年或数年。经费充足与否，会影响刊期。发表周期偏长，多为一年至五年，也有十余年的。用稿率以 10%—20%居多。时文的用稿标准是“清真雅正”。题目多为官师所拟。一般是全文刊登，也偶有“论点摘编”。多经润色，并附录评点。有的以袖珍本刊行，有的宣称“翻刻必究”，标出定价，附载广告。稿费已在膏火费中预支。优秀作品可被转载。从本质属性和诸多要素来看，书院课艺总集实开今日“大学学报”、“学术集刊”之先河。课艺总集虽非经典作品，但也进入了士子的日常阅读。读者对象主要是本院同人，而著名书院的课艺总集也具有示范价值，仍有一定的院外读者市场。

中国新诗起点的历史建构与文学史的接受和认定

余蔷薇

在一般的文学史叙述中，中国新诗的起点是胡适的《尝试集》。从《去国集》到《尝试集》，胡适通过编选自己的诗歌创作集及其自我阐释，建构了从旧诗终点走向新诗起点的历史，并当之无愧地坐上中国新诗创作的第一把交椅。然而，中国新诗的起点是多元性的，重访历史现场则会发现：在中国新诗发生之初，试图为新诗建构起点的不止胡适一人，郭沫若也在这一时期用自己的写诗经历讲述了新诗起源的故事，同一时期进行这种讲述的还有胡怀琛、凌独见等。此外，文学史关于新诗起点的叙述也存在着微妙的起伏变化。为此，本文试图复现中国新诗发生初期关于新诗起点的种种讲述，评析彼此的沉浮，并梳理文学史著对中国新诗起点接受与认定的状况。

一、《尝试集》的起点建构与新诗的起点故事

胡适是以时间为序编选《尝试集》的，他在 1920 年 3 月的初版自序中说，将三年来所作白话诗分为两集，即 1917 年 9 月到北京

以前的诗为一集,以后的诗为第二集,起首诗为《尝试篇》(作于1916年9月3日);1920年10月再版时,起首诗未变;1922年增订第4版时,将《尝试篇》"提出代序",起首诗变为《孔丘》(作于1916年7月29日)。

胡适在《尝试集》起点上所作的考量是与其建构《尝试集》从旧向新的进化过程一致的。三个版本在起点上的变化尽管不大,但仔细考察胡适这一时期的实际创作与入选状况则会发现,《尝试集》的起点并非胡适创作原生态的呈现,而是经过其精心建构的结果。

首先是选旧弃新。倘若还原胡适创作的原有状况,我们会看到,被称为"《去国集》的尾声"、"《尝试集》的先声"的《沁园春·誓诗》(作于1916年4月12日),与《尝试集》的首篇《孔丘》(作于1916年7月29日)中间,尚有一首著名的《答梅觐庄——白话诗》(作于1916年7月22日)。这首诗作比后来《尝试集》第一编中的诗作无论是语言还是诗体,都要显得更"新"一些,但胡适却未选此诗。

在初版自序中,胡适回顾美洲的笔墨官司,提起这首长达百余行的诗,称该诗为"白话游戏诗","一半是朋友游戏,一半是有意试做白话诗"。该诗模拟梅光迪与胡适的语气,采用通俗明白的方言口语,描述二人进行文白争论的过程,对话与神情描摹得惟妙惟肖,生动风趣,幽默诙谐。其"不用典"、"不用陈套语"、"不讲对仗"、"不避俗字俗话"、"讲求文法"、"不作无病之呻吟"、"不摹仿古人"、"言之有物",无论是形式还是内容与精神,这首诗的确堪称"白话诗"的"首唱"。胡适以"白话诗"命名,足见出其对该诗的定位。但是,这样一首语言俗白、诗体解放到符合胡适理想诗歌形态的诗作,却既未入选《去国集》,也未入选《尝试集》,从而使"尝试”的起点从1916年7月22日推迟到1916年7月29日。个中原因,究竟何在?

胡适所编选的《去国集》已初步呈现出“作诗如作文”的形态,虽然在其观念中,《去国集》是在展现“死文学”的特征,但从最初语言古雅的《翠楼吟》等伤春之作,到意气豪放的《沁园春·誓诗》,我们仍能清晰地看到胡适在旧诗体中尝试以白话入诗的发展轨迹。那么,到了《去国集》的尾声,胡适几已打破诗文界限,做到“作诗如作文”了,但《去国集》仍然是旧的。这里存在的问题是,尽管胡适打破了诗文的界限,但其尝试的重点仍然是在固定的旧体诗词格式中做反传统诗歌语言的散文化尝试,也就是说,他此时的“作诗如作文”的“文”是古代散文的语言,古代散文语言与诗歌语言都同属于古代书面语系统,用散文语汇代替传统诗语,用散文化的句式来打破传统诗歌的句法模式,但装填这种语言的框架却仍然是传统五七言的齐言诗体。所以《去国集》对传统诗词的破坏只存在于局部,并未从根本上呈现出不同于旧诗词的新质①。而这首被称为“莲花落”的诗作,实已呈现出与《沁园春·誓诗》完全不同的风貌。但是,如果将之作为《尝试集》的起首之作,那么之后相继排列的《尝试篇》《蝴蝶》《朋友》等齐言古风之作,则无法将进化的逻辑轨迹丝丝入扣地投射于时间的发展历程,从而完整地建构从旧向新的“放脚”的历史进化过程,所以缘于此,胡适不得不对其割爱。

其次是排除打油诗。胡适在“尝试”前期是从打油诗创作开始的②。继1916年7月正式被命名的“白话游戏诗”《答梅觐

①康林《〈尝试集〉的艺术史价值》,《文学评论》1990年第4期。

②此处所说“尝试”前期,指《尝试集》第一编创作期间,即1916年7月至1917年9月。

庄——白话诗》诞生之后五个月的时间内，胡适创作了大量幽默诙谐的打油诗，并得到了朋友的批评或唱和。这些诗作直接被冠以“打油诗”之名，语风相近，口语色彩鲜明，不避俗字俗语，还将外语音译词运用到打油诗中。在胡适最初的想法中，其白话诗尝试就是尝试用白话作诗。在当时的胡适看来，这似乎只是一个比较简单的语言的替换问题。所以，他最初的尝试很自然地从写打油诗开始。这一批打油诗无论是从时间，还是白话化的程度，都理应成为《尝试集》的起点。然而，胡适在编选《尝试集》时却最终舍弃了这些曾经颇为自得的打油诗，从而改写了《尝试集》的起点。

我们知道，打油诗是一种旧体诗，古已有之，至今已有千年历史。“浅俗之词”的打油诗属于俗文学之类，其语言是当时的口语，俚俗晓畅，风趣诙谐，形式多为五七言齐言句式，四句体或八句体，有时字数或句数可以有所增减，不受格律限制；内容上写景、抒情、讽喻时事，寓庄于谐。历来的打油诗都有着反正统的思想倾向，打油诗的“油”是一种幽默与嘲谑的味道，玩世不恭，犀利刻薄，与传统文言诗歌温柔敦厚的诗教伦常、浮绮富丽的诗风辞藻相抗衡，表现诗人反抗正统、追求个性自由的心态。因此，打油诗尽管名之为“诗”，却很少被人当作诗来看，主要原因是其浓重的“油”味而被正统文人所鄙视。由于打油诗难登大雅之堂，故历代诗选、诗论或者诗史之类的古籍雅书很少正眼看待打油诗。

将“打油诗”视为“白话诗”的重要资源，并非意味着两者可以等同。打油诗的语言虽然浅近俚俗，在对偶与平仄上打破了格律束缚，但其作为旧诗体之一种，就胡适语言变革的意义来看，渊源深厚的诗歌堡垒似乎无法简单地用古已有之的打油诗来攻克，更无法以此来实现白话取代文言之正宗地位这一大目标。胡适在朋友蜂拥而至的批判声中，也意识到写这种于诗体上毫无创意的打油诗，在民族文学发展之今日，的确是难言“尝试”。正是在朋友的嘲讽与论争中，胡适渐渐明确了建立新诗体的意识，并最终舍弃了用打油诗作为《尝试集》起点的念头。

再次是确立了进化的编排秩序。按照胡适原有的诗歌创作时序来看，《尝试集》初版、再版的起点《尝试篇》作于1916年9月3日，之前尚有《中庸》（作于1916年7月29日）、《孔丘》（作于1916年7月29日）、《打油诗寄元任》（作于1916年8月2日）、《送叔永之行并寄杏佛》（作于1916年8月22日）、《打油诗戏柬经农杏佛》（作于1916年8月22日）、《蝴蝶》（作于1916年8月23日）、《赠朱经农》（作于1916年8月31日）等诗作。在编选诗集时，胡适排除了《杂诗二首》中形式一致的《中庸》，保留了内容上更加乐观、否定封建礼教的《孔丘》；排除了打油诗及送别诗，最终剩下《孔丘》、《蝴蝶》、《赠朱经农》三首。那么，如果按胡适所说以年月编排，则起首诗作显然应为《孔丘》。然而，胡适打破秩序，将之后的《尝试篇》移至先作的三首诗之前，使之成为《尝试集》的起点。

因为《尝试篇》与《尝试集》篇名相呼应，其中“自古成功在尝试”，“我生求师二十年，今得‘尝试’两个字”，“作诗做事要如此”，“愿大家都来尝试”等诗句，与整集诗作连在一起，能给读者造成有尝试的自觉理念才能产生尝试之作的印象。这种印象显然是胡适刻意制造的，因为其创作的原有风貌无法与理念环环相扣，而是杂丛的各种诗作，尤其是前文所述的打油诗，曾经是其重要的尝试方向，但在编选诗集时，胡适却将其彻底放弃了。

胡适在自然状态下创作的各类诗歌，在历史的后视镜中回过头来遵循进化的理念以编选为手段进行剪裁形塑，甚至为理念时间而不惜牺牲原始的创作时间顺序，有明人做暗事的味道，可能让胡适心有芥蒂，所以，当增订第4版时，胡适将《尝试篇》作为代序，还原《孔丘》为首篇。这样,《尝试篇》成为序言,既向读者展示了其诗歌的尝试理念,又让“历史进程”不明显违拗历史原生态秩序,摆平了编选理念与历史事实的矛盾。

《尝试集》通过其内在起点的建构将新诗的起点讲述为一个进化的过程。这个过程被胡适表述为“放脚”的故事。“放脚”意味着诗歌语言与体式上的从旧向新的过程,比如在第一编中排除形式整齐的绝句、律诗,选择体式上相对自由的古风,在词体上进行“放脚”尝试;在第二编中,呈现词体的破格律化到长短不齐的白话诗,最后在译诗中开创新诗“成立的纪元”。这个过程亦即胡适所说“做五言诗,做七言诗,做严格的词,做极不整齐的长短句;做有韵诗,做无韵诗,做种种音节上的试验”,从“很接近旧诗的诗变到很自由的诗”①。这是一个新诗起点的完成过程的历史演义,从而使《尝试集》正确的打开方式,不是挑三拣四地衡量其这一篇艺术如何简单幼稚,那一篇的艺术又如何如何,而是一个整体的新诗起源故事。除了编选,胡适还利用初版、再版、增订版序言的方式,从实践到理论将“新诗”的起源故事讲述得极其完满。

诗集的名称一语双关,它既是作者抱负满满的自谦,同时也意味着“尝试”是一条广阔长远、不断进化的历史的开端。因此,在新诗历史的长镜头中,新诗的起点不是《尝试集》的起点,而是《尝试集》。总之,对《尝试集》精心编选蕴含了胡适的雄心:他要通过编选这本诗集讲述中国诗歌从旧向新的转变故事,为新诗建构历史的起点。

①胡适《尝试集·自序》,《胡适文集》第3册,人民文学出版社1998年版,第129页。

二、新诗起点建构的另外几种讲述

论及新诗的起点，晚出一年的郭沫若的《女神》对《尝试集》最具有挑战性。郭沫若告诉我们，在胡适尝试用白话作诗之际，远在日本的他也创作了新诗，且比胡适更具“新”诗的诗质。

正因为晚出于胡适而心存“影响的焦虑”，郭沫若在回顾其新诗创作过程时，刻意屏蔽了胡适的存在。在《我的作诗的经过》中，郭沫若强调的是欧美诗歌对其的熏陶或是爱情对其创作的影响。比如，他回忆民国二年读到美国诗人朗费洛的《箭与歌》时悟出“诗歌的真实的精神”，到日本东京留学期间接触泰戈尔诗歌后的欢悦，到民国五年因与安娜相恋后萌生“作诗的欲望”，特别举出脍炙人口的《新月与白云》《死的诱惑》《别离》《维奴司》等诗，“都是先先后后为她而作”①。我们且看以下这段详细的描述：

> 民八以前我的诗，乃至任何文字，除抄示给几位亲密的朋友之外，从来没有发表过。当时胡适们在《新青年》上已经在提倡白话诗并在发表他们的尝试，但我因为处在日本的乡下，虽然听得他们的风声却不曾拜读他们的大作。《新青年》杂志和我见面是在民九回上海以后。我第一次看见的白话诗是康白情的《送许德珩赴欧洲》（题名大意如此），是民八的九月在《时事新报》的《学灯》栏上看见的。那诗真真正正是白话，是分行写出的白话，其中有“我们喊了出来，我们做得出去”那样的辞句，我看了也委实吃了一惊。那样就是白话诗吗？我在心里怀疑着，但这怀疑却唤起了我的胆量。我便把我的

①郭沫若《我的作诗的经过》，彭放编《郭沫若谈创作》，黑龙江人民出版社1982年版，第34—36页。

旧作抄了两首寄去，一首就是《鹭鹚》，一首是《抱和儿在博多湾海浴》（此诗《女神》中似有，《诗集》中未收）。那时的《学灯》的编辑是郭绍虞，我本不认识，但我的诗寄去不久便发表了出来。于是我的胆量也就愈见增大了，我把已成的诗和新得的诗都络续寄去，寄去的大多登载了出来，这不用说更增进了我的作诗的兴会。①

郭沫若在此强调“民八”（1919年）以前的诗作的“潜写作”状态，并刻意撇清其创作与“胡适们”提倡白话诗的关系，目的是说明自己的创作是与国内的新文化运动没有任何关系的一脉。他的策略是详细讲述自己如何读到康白情的诗作，并且表示自己“委实吃了一惊”，怀疑“那就是白话诗吗”，正是这种“怀疑”唤起了他的“胆量”，将“旧作”抄了两首寄去。这里，郭沫若强调是自己的“旧作”与康白情的偶然一致性，其目的还是要表明自己的创作在来源上与国内的白话诗运动保持距离。这是郭沫若确立其新诗起点的策略。

我们继续阅读《我的作诗的经过》便会发现，郭沫若确立其新诗起点的第二步策略是强调自己创作的“天才性”。回忆创作《地球，我的母亲》一诗，郭沫若讲述自己在“民八”（1919年）学校放年假时，上午到图书馆看书，“突然受到了诗兴的袭击”，便跑出图书馆，在僻静的石子路上，“赤着脚踱来踱去，时而又率性地倒在路上睡着，想真切地和‘地球母亲’亲昵，去感触她的皮肤，受她的拥抱”，他强调自己的“发狂”、“迫切”与“新生”，这些临时性的、突发性的诗兴来袭而无法阻止的狂热的创作，与胡适讲述自己如何在旧诗中进行“放脚”的尝试而产生的那些带着“血腥气”的半新

①郭沫若《我的作诗的经过》，彭放编《郭沫若谈创作》，黑龙江人民出版社1982年版，第36—37页。

不旧的诗歌创作故事有着明显的不同。再看更著名的《凤凰涅槃》的创作过程：

> 那首长诗是在一天之中分成两个时期写出来的。上半天在学校的课堂里听讲的时候，突然有诗意袭来，便在抄本上东鳞西爪地写出了那诗的前半。在晚上行将就寝的时候，诗的后半的意趣又袭来了，伏在枕上用着铅笔只是火速的写，全身都有点作寒作冷，连牙关都在打战。就那样把那首奇怪的诗也写了出来。那诗是在象征着中国的再生，同时也是我自己的再生。诗语的定型反复，是受着华格讷歌剧的影响，是在企图着诗歌的音乐化，但由精神病理学的立场上看来，那明白地是表现着一种神经性的发作。那种发作大约也就是所谓"灵感"（inspiration）吧？①

郭沫若对这首诗的夸张性讲述，重点在强调其所谓诗歌创作"天才性"是受到"华格讷歌剧"的影响，"象征着中国的再生"。显然，此处的"中国的再生"正是中国新诗起点的另一种讲述。这种讲述与胡适的讲述完全不同。郭沫若大肆渲染其"天才性"的创作，强调"灵感"的作用，凸显了西方诗歌的影响，这与胡适强调在传统诗歌中进行"放脚"的尝试迥然不同。

值得注意的是，在胡适的《尝试集》中，新诗的起点是一个过程，而这个过程是由时间展开的，完成的时点是对旧束缚的挣脱和从西方诗歌的汉译中获得灵感。郭沫若讲述的"天才"创作之不能控制的爆发状态，把没有旧束缚的"自由"的诗渲染到极致，并"定型"于西方"华格讷歌剧"的形式因素，不需要时间过程的"完成"却胜于胡适的时间过程的完成，从而一定程度地弥补了时间滞

①郭沫若《我的作诗的经过》，彭放编《郭沫若谈创作》，黑龙江人民出版社1982年版，第38—39页。

后的缺陷。这就构成了中国新诗起点上另一“异军突起”之浪漫主义一元。

在发表上明显迟胡适一步之远，郭沫若面对这一说远不远的一步，而不甘屈居追随者的身份，也想将自己的创作讲述成新诗的历史起点。这时候只能通过破除胡适借助编选《尝试集》以垄断新诗起点的意图，提示新诗起点的多元性。就此而言，郭沫若的新诗起点故事讲得也很成功。

同样是在《尝试集》出版一年之后，以《尝试集批评与讨论》为后世所知的胡怀琛出版了《大江集》，并冠以“模范的白话诗集”之名；在今天看来，这个历史事件早已湮没无闻。“模范的白话诗”这一命名，意味着作者试与胡适的“尝试”及其所宣称的“‘新诗’成立的纪元”一比高下。胡怀琛为何在《尝试集》早已广为普及时，在新文化派集中的场域里，响当当地甩出这么一本“重磅炸弹”式的诗集来刺激人的眼球呢？尽管在我们所熟知的知识结构中，这本诗集显然未能在当初带来任何影响，新文化派也应当是以蔑视乃至无视的态度对之。但胡怀琛却有自己的新诗主张：他在新诗的起点问题上不与胡适争先后，更没有郭沫若所要摆脱的“影响的焦虑”，他要争的是“正统性”。“模范”是表率的意思，这对胡怀琛来说并非大言不惭，而是诗性的正义。他通过《大江集》要“表”的是白话诗的中国文学本位之“率”。以今天的视域来反思当年新诗发生的多种可能性时，我们应当认为，“模范的白话诗集”是胡怀琛企图在新诗的起点上建构另一种可能性的努力。但时势能造英雄，也能灭英雄。胡怀琛想做新诗的英雄，但时势却没有给他这样一个机会。

此外，讲述新诗起点故事而未造成影响者还另有其人，即一位在当下更不为人所知的凌独见，他通过自己的《新著国语文学史》

(商务印书馆 1923 年版),携带“私货”地讲述自己在新诗起源上的“贡献”。他在该著论述新诗的成立过程时指出,民国六年(1917 年)在《新青年》上的八首白话诗,其中胡适的《朋友》《他》《江上》,“有些人说:是新体诗的鼻祖,这话我不敢附和。这种白话诗,我在民国三年,就见过”,他举出所见之《骂狗》《无题》《送穷》诸诗(1914 年),并将自己于民国四年(1915 年)所作之比较“卑劣”的“白话诗”《狂风》《城站酒家》一一列出①。虽然凌氏并未否定胡适在新诗上的成就,但他通过在文学史书写中展示先于胡适所作的诗歌来消解胡适“新体诗的鼻祖”地位,为新诗起点建立了一种“模糊说”,并将自己“模糊”到这个故事中去。凌独见的讲述在当时虽未获得认可,但于今回看,我们可以寻绎出当初新诗起点的复杂生态。

三、徘徊在《尝试集》与《女神》之间的文学史著

综观百年中国文学史著,无论对胡适臧否与否,起笔多会从《尝试集》开始。在大多数时期,文学史著认可胡适通过《尝试集》所讲述的新诗起点。但在 1940 年代,尤其是 1950—1970 年代,《女神》则取代《尝试集》而成为新诗的起点。

中国新诗初创期,最早的文学史著除胡适的《国语文学史》外,还有前文所述凌独见的《新著国语文学史》,凌氏在主观上想在新诗起源上呈现自己的“贡献”,但在客观上又不得不承认胡适讲述的新诗起点故事在社会上引起的广泛效应。早期的文学史著,如胡毓寰的《中国文学源流》(商务印书馆 1925 年版)和赵祖抃的《中国文学沿革一瞥》(光华书局 1928 年版),两位编纂者并

①凌独见《新著国语文学史》,商务印书馆 1923 年版,第 333—334 页。

非新文化派,但在叙述新文学时却都认可《尝试集》之于新诗的首创之功。前者说胡适提倡以白话为诗,摆脱旧诗之一切格律,字句可随意长短,颇有西洋诗之风,“中国文学至此发生空前之一大革变矣”①;后者写到,“至渍溪胡氏,高唱文学革命,标八不主义以冶‘国语’‘文学’为一炉”②,“至白话诗亦有继《尝试集》而夥然出者”③。这些非新文化派的文学史书写者在述及新文学运动时,尤其是对新诗起点的叙述,都不约而同地采纳胡适编选《尝试集》所讲述的新诗起点故事。1920 年代比较详细叙说新文学的文学史著,如谭正璧的《中国文学史大纲》(泰东图书局 1925 年版)称“新诗的成立”,是胡适的“功绩”④。赵景深在《中国文学小史》(光华书局 1928 年版)对早期诗歌进行分期时认为:“最早的是未脱旧诗词气息的,所谓缠足妇人放大的脚。开始作此者是胡适的《尝试集》……”⑤1930 年代后,陈子展的《最近三十年中国文学史》(太平洋出版社 1930 年版)、朱自清的《中国新文学大系·诗集·导言》(良友图书公司 1935 年版)、杨荫深的《中国文学史大纲》(商务印书馆 1947 年版)等著都是从胡适建构的新诗起点开始起笔,认可其“是第一个‘尝试’新诗的人”⑥,认为《尝试集》“与人以放胆创造的勇气”⑦,“在中国文学史上开一新纪元”⑧。肯定《尝试集》为新诗起点的看法在 1949 年以前有着较多的一致性。

①胡毓寰《中国文学源流》,商务印书馆 1925 年版,第 330—331 页。
②赵祖抃《中国文学沿革一瞥》,光华书局 1928 年版,第 124 页。
③赵祖抃《中国文学沿革一瞥》,光华书局 1928 年版,第 125 页。
④谭正璧《中国文学史大纲》,泰东图书局 1925 年版,第 150 页。
⑤赵景深《中国文学小史》,光华书局 1928 年版,第 212 页。
⑥朱自清《中国新文学大系·诗集·导言》,良友图书公司 1935 年版,第 1 页。
⑦陈子展《最近三十年中国文学史》,太平洋出版社 1930 年版,第 227 页。
⑧杨荫深《中国文学史大纲》,商务印书馆 1947 年版,第 572 页。

在肯定《尝试集》的起点时，诸文学史著对其文学价值并非一致认可，较多的看法为："《尝试集》的真价值，不在建立新诗轨范，不在与人以陶醉于其欣赏的快感，而在与人以放胆创造的勇气。"①如谭正璧很早就认为《尝试集》"对于诗的革命虽然成功了，然而他本身的文学的价值，一时颇难断定"②。在1949年之前的诸文学史著中，一方面肯定《尝试集》之于新诗起点的意义，另一方面则否定其文学价值，已经成为一种普遍的现象。

若论文学价值，稍晚《尝试集》一年出版的《女神》更为文学史家所接受。其中有两种情况：一种认为郭沫若是新诗"西化"的起点。他们一般将之与徐志摩相提并论，认为他们的诗作"或沾东化，或被欧风"③，《女神》"略开端绪"④、"算是先导"⑤。朱自清在《中国新文学大系·诗集·导言》中将新诗分类为"自由诗派"、"格律诗派"、"象征诗派"时，无法将《女神》放入合适的位置，因而称郭沫若是"异军突起"，也是由于其"西化"异端的独特性所致。另一种情形则是想推翻《尝试集》的新诗起点地位，以《女神》作为新诗的起点。1928年，钱杏邨首次提出："《女神》是中国诗坛上仅有的一部诗集，也是中国新诗坛上最先的一部诗集。"⑥周扬在1941年中共南方局策划的声势浩大的"郭沫若五十寿辰暨创作生活二十五周年"纪念活动中，写下了《郭沫若和他的〈女神〉》，称《女神》是"第一部伟大新诗集"，是"号角"、"战鼓"，"在诗的魄力

①陈了展《最近三十年中国文学史》，太平洋出版社1930年版，第227页。
②谭正璧《中国文学史大纲》，泰东图书局1925年版，第151页。
③赵祖抃《中国文学沿革一瞥》，光华书局1928年版，第124页。
④赵景深《中国文学小史》，光华书局1928年版，第213页。
⑤陈子展《最近三十年中国文学史》，太平洋出版社1930年版，第264页。
⑥钱杏邨《现代中国文学作家》，泰东图书局1928年版，第67页。

和独创性上讲,他简直是卓然独步的”①。显然,周扬是从文学价值的角度称赞《女神》的伟大性,“号角”、“战鼓”这些词汇正与《女神》的精神相一致。但这还只是批评家对《女神》之为新诗起点的观点,文学史家在文学批评家的影响下,进入到一个游移时期:在《尝试集》的新诗起点叙述与《女神》的新诗价值叙述之间游移。从贺凯的《中国文学史纲要》(新兴文学研究会 1933 年版)到蒲风的《现代中国诗坛》(诗歌出版社 1938 年版)再到周扬的《新文学运动史讲义提纲》(1939—1940),这些左翼文学史著均认为郭沫若由于艺术的价值而成为“成功的诗人”、“伟大的诗人”、“形成期的代表人之一”。这些文学史著尽管没有改写《尝试集》的新诗起点性质,但对 1949 年之后的文学史改写起到了重要的铺垫作用。

如果在中国新诗起点上以《女神》替代《尝试集》,只为提高新诗之为新诗的艺术标准,则情有可原。但现代历史观告诉我们,这样做是反历史理性的。胡适通过编选《尝试集》所讲述的新诗起点故事,以进化论为据,将新诗的起点故事讲述成为一个过程,一个从旧诗的母体逐步挣脱出来而走向自由的白话新诗的过程。在这个过程中,西诗《关不住了!》反归化的汉译成为新诗获取“新”质的一个关键环节,即西化环节。后起的郭沫若虽强调《女神》没有胡适的影响而是直接来源于西诗,但仍在胡适讲述的新诗起点故事这一过程中,是这一过程之西化环节的一个“异军突起”。因此,1949 年之前的诸种文学史著在讲述中国新诗起点时,基本上不认为郭沫若所讲述的浪漫而传奇的“新诗”神话对《尝试集》的

---

①周扬《郭沫若和他的〈女神〉》,《周扬文集》第 1 卷,人民文学出版社 1984 年版,第 350 页。

新诗起点意义构成了否定性力量。

1950—1970 年代的文学史著之所以能够做到全盘以《女神》为中国新诗的起点，其前提是对胡适的政治批判一定程度上屏蔽了胡适的新诗起点过程论，再加之当时社会风行的对革命历史传奇的偏好氛围，降低了人们对历史理性的兴趣，使胡适通过《尝试集》编选所讲述的新诗进化论这一现代历史理性变得无足轻重，更加上郭沫若讲述的“天才性”的新诗起点的浪漫主义传奇投合了偏好革命历史传奇的时代口味，这才使《女神》作为新诗起点的故事无所阻碍地通行起来。

当文学史家将郭沫若讲述的直接源于西诗的《女神》视为新诗的起点，新诗的道路就简化成了一条与中国传统诗词、民歌无关的西化之路。这在当时必然招致路向性批评，结果引出了毛泽东对新诗发展路向的根本性否定——“我看中国诗的出路恐怕是两条：第一条是民歌，第二条是古典，这两面都提倡学习，结果要产生一个新诗。现在的新诗不成型，不引人注意，谁去读那个新诗。将来我看是古典同民歌这两个东西结婚，产生第三个东西。”①

其实，毛泽东强调从民歌与古典诗歌中寻求新诗发展出路，这恰恰是胡适所讲述的新诗起点过程论之最早的发展环节。胡适通过《尝试集》的编选所讲述的新诗起点之进化过程，如果用黑格尔的螺旋式发展论的逻辑来分析和解释，新诗起于对传统诗体的革新是从“正”走出，在西化中获得“新”质是“反”，它还要走向“合”，即与传统的融合，这是它所完成的一个螺旋周期。当毛泽东提出他的新诗道路主张时，中国新诗正处于第一个周期之“合”的阶段。

---

①毛泽东《在成都会议上的讲话提纲》，《建国以来毛泽东文稿》第 7 册，中央文献出版社 1992 年版，第 124 页。

由此可见,以《女神》为中国新诗起点,显见存在割裂历史之嫌。但必须说明的是,当毛泽东的上述新诗发展论被作为当时最具权威的论断时,就将被割裂的历史强化为"历史",从而巩固了《女神》中国新诗起点的历史地位。

1980年以来,《尝试集》重回文学史家视野,新诗在其以《尝试集》为起点的历史道路上又将走完一个黑格尔式的螺旋周期。由此回望来路,以《尝试集》的编选作为讲述新诗起点的过程而论,其现代文化、现代历史意识是值得高度重视和充分肯定的。在东方文明语境下的古老诗歌国度,开启新诗时代,亦标志从传统文化旧时代步入现代文化新时代,其意义非同凡响。

新诗发生期诗人评诗之矛盾现象论

方 舟

1917—1923年可以称为新诗发生期，这一时期既有大量的诗歌创作试验文本，又涌现出许多新诗批评文章，诸如胡适的《谈新诗——八年来一件大事》、康白情的《新诗底我见(有引)》、宗白华的《新诗略谈》、俞平伯的《社会上对于新诗的各种心理观》《白话诗的三大条件》、成仿吾的《诗之防御战》、周作人的《论小诗》、郭沫若的《论诗通信》，以及郎损的《驳反对白话诗者》等。这些文章多是白话新诗人所撰写，他们既写诗又写新诗批评文章，这是一个引人瞩目的现象。今天重读这批百年新诗发生源头上的诗评文章，不难发现其中普遍存在着某些矛盾现象。但是，长期以来，学界在谈论新诗发生历史时多将它们视为历史文献正面引用之，少有反思性的论析。本文将尽可能地返回新诗发生期历史现场，立足那时的新诗批评文本，梳理、研究其中存在的某些矛盾现象，揭示出其特征，并对产生的原因进行分析。

一、新诗概念阐述上的矛盾

新诗发生期，如何界定新诗是一个重要问题，胡适、郭沫若、康白情、俞平伯、周作人等无不在特定的境遇里对新诗概念作了自己的阐述,他们的言说孤立地看是有道理的,但若理性地系统地审视,则发现一些论点前后之间不统一,甚至相互否定,往往难以自圆其说,我们将这一现象归结为新诗概念阐释上的矛盾。

胡适在1919年谈到文学革命的实绩时说:“只有国语的韵文——所谓‘新诗’——还脱不了许多人的怀疑。”显然,在他心中,“新诗”就是“国语的韵文”,就是说新诗必须是国语的,同时又是韵文,“国语”是指新诗的使用范围和世界身份,“韵文”则是相对于不押韵的散文而言的,是指其内部特征,是其质的规定性。这是一个全新的定义,也是一个相当宽泛的新诗定义。接下来他并没有具体阐释“国语的韵文”的内涵与外延,而是试图在阐述如何创作韵文时回答何为“国语的韵文”。他说:“不断打破五言七言的诗体,并且推翻词调曲谱的种种束缚;不拘格律,不拘平仄,不拘长短;有什么题目,做什么诗;诗该怎样做,就怎样做。”[①]这其实是要求以一种非韵文写作方式创作韵文,而且是作为诗歌的韵文,虽然他行文中用的是“不拘”,也就是可以讲求格律、平仄,也可以不讲,但说白了就是可以完全不顾格律、平仄了;在另一处,他讲到诗体大解放时,进一步发挥说:“有什么话,说什么话;话怎么说,就怎么说。这样方才可有真正的白话诗。”[②]这完全是写散文的方法,在他看来可以用写散文的方式写韵文,这是一种诗人式的想象,其实是无法做到的。1922年,闻一多就说过:“一切的艺术应该以自然作原料,而参以人工”,以“修饰自然的粗率相”;而所谓“‘自然

①胡适《谈新诗——八年来一件大事》,1919年10月10日《星期评论》纪念号。

②胡适《我为什么要做白话诗——〈尝试集〉自序》,1919年5月《新青年》第6卷第5号。

音节'最多不过是散文的音节"，在这个意义上，胡适自鸣得意的"他的诗由词曲的音节进而为纯粹的'自由诗'的音节"，"其实这是很可笑的事"①。闻一多这种观点，一定程度上纠正了胡适的看法。换言之，此时胡适心中的"韵文"已经不是韵文了，而是一种流畅的口语。他将新诗界定为"国语的韵文"，但在谈论如何写作这种韵文时候，却放弃了写韵文的原则，以非韵文的写作方法规范韵文写作，这里面的矛盾显而易见，这也是导致那时出现大量非诗性的白话口语诗歌的重要原因。

新诗发生期，关于新诗为何物的问题，还有一种普遍的看法，就是将新诗界定为诗意诗境的表现。郭沫若是那时新诗人的代表，是个性最为突出的诗人，他从自己的创作经验出发，认为新诗"是我们心中的诗意诗境之纯真的表现，生命源泉中流出来的Strain，心琴上弹出来的Melody，生之颤动，灵的喊叫"，在他看来，这样的诗便是"真诗"、"好诗"。他将新诗定义为"心中的诗意诗境之纯真的表现"，这是一种个体经验性观点，好像"诗意诗境"客观存在那里，只等着诗人去表现似的，如果真的客观存在着，那就不是"表现"而是复制，他的定义在逻辑上显然有循环论证之嫌。至于何为"诗意诗境"，文章没有直接解释，但后面有言："情绪的律吕，情绪的色彩便是诗。诗的文字便是情绪自身的表现。"由此可以判断，他是将"诗意诗境"等同于"情绪"，而我们知道"情绪"是一种纯粹的心理现象，而"诗意诗境"则是"意"与"境"的结合，不属于纯粹的心理情绪现象，他将"情绪"与"诗意诗境"置换，偷换了概念，逻辑上讲不通。沿着自己的思路，他进而指出诗"不是'做'出来的，只是'写'出来的"，即诗歌不是"矫揉造作"出来的，

①闻一多《〈冬夜〉评论》，《闻一多全集》第2卷，湖北人民出版社1993年版，第63—64页。

而是“自然流露”的，认为“诗的本质专在抒情，抒情的文字便不采诗形，也不失其为诗”。但在强调“自然流露”的同时，他又说“直觉是诗细胞的核，情绪是原形质，想象是染色体，至于诗的形式只是细胞膜”①，将诗分割成包括“情绪”在内的多种成分之和，逻辑上进一步陷入混乱与矛盾境地。

康白情是早期白话新诗人，其新诗观点与郭沫若的观点相近，他在《新诗底我见（有引）》中说：“在文学上把情绪的想象的意境，音乐的刻绘写出来，这种的作品就叫做诗。”②这是他的诗歌观。众所周知，意境是意与境的结合，境中有意，意使境人格化，构成可以感知的画面，这是中国古诗的重要魅力所在。康白情以意境说界定新诗，这没有问题，但他的意境是“情绪的想象的”，也就是纯粹的心理现象，与通常的意境含义不同，是无法把捉的；但他却要求诗人将这样的意境“音乐的刻绘写出来”，就是富有乐感地刻画描绘出来，这是不可想象的，近乎玄想行为。不仅如此，他又说：“诗要写，不要做；因为做足以伤自然的美。”他认为诗歌贵在自然美，创作时要自然，反对人为，所以“要写”“不要做”，就是不要刻意地雕琢，这与他前面主张的“刻绘”即“音乐的刻绘”又是互相矛盾的。

宗白华 1920 年撰写了《新诗略谈》，回应郭沫若、康白情的观点，并对新诗作了自己的界定，即“用一种美的文字——音律的绘画的文字——表写人底情绪中的意境”。这与郭沫若、康白情的看法基本一致；如何写这样的诗呢？他的答案是：“新诗的创造，是用

①郭沫若《论诗三札》，杨匡汉、刘福春编《中国现代诗论（上）》，花城出版社 1985 年版，第 54 页。

②康白情《新诗底我见（有引）》，1920 年 3 月 25 日《少年中国》第 1 卷第 9 期。

自然的形式,自然的音节,表写天真的诗意与天真的诗境。新诗人的养成,是由'新诗人人格'的创造,新艺术的练习,造出健全的、活泼的,代表人性国民性的新诗。"①他特别强调"自然"的表达,以"自然"为原则,而我们知道"自然"的并不一定是美的,正如康白情所言,自然的东西只有"经过心底锻炼,才觉得有些美"②,自然的当然也不一定是音律的绘画的,这就与它在前面界定诗的时候所强调的"美的文字"、"音律的绘画的文字"相冲突。

新诗发生期的诗人们,一边创作一边思考何为新诗的理论问题,他们不是纯粹的理论工作者,所以完全是从自我创作经验出发,思考什么是新诗这一重要的诗学问题,他们的言说重点又不是何为新诗这一问题本身,不是对这一概念作理性思辨,而是将何为新诗的问题放在如何写新诗这一问题域里加以思考,甚至将二者置换,这是那时诗人们思考、回答什么是新诗问题的重要特点。由于新诗对于他们来说,完全是一种新鲜事物,是进行时态的存在,没有成功的新诗范本可以作为解剖、论说的对象,加之他们自己的创作尚处在探索过程中,对许多问题并没有想清楚,理性思考又不是他们之所长,以至于新诗概念界定上难免出现矛盾混乱的现象。

二、创作法则与写作方法论之间的矛盾

新诗发生期,诗人们的新诗论中存在着的另一矛盾现象,是新诗创作法则与写作方法论之间的矛盾。新诗发生后,如上所述,什么是新诗的问题就摆在他们面前,这是一个纯粹的诗学理论问题,

①宗白华《新诗略谈》,1920 年 2 月 15 日《少年中国》第 1 卷第 8 期。

②康白情《新诗底我见(有引)》,1920 年 3 月 25 日《少年中国》第 1 卷第 9 期。

但由于尚无经典的新诗文本作为理论解剖对象，新诗发展又尚处于如何写新诗的修辞探索阶段，所以何为新诗的问题在当时语境中被诗人们置换成为如何写新诗的问题了，于是新诗创作法则和具体的写作方法问题就凸显出来了。

那么，他们当时所确认的创作法则是什么呢？胡适认为中国诗歌的历史是一个诗体不断解放的历史，在《谈新诗——八年来一件大事》中，他说："自《三百篇》到现在，诗的进化没有一回不是跟着诗体的进化来的"，从三言四言到五言七言，到词曲，诗体不断地解放，"中国近年的新诗运动可算得是一种'诗体的大解放'"，而这个解放的过程，就是"自然进化"，遵循的就是"自然"的法则。诗人们可以"不拘格律，不拘平仄，不拘长短"，追求"自然的音节"，而"诗的音节全靠两个重要分子：一是语气的自然节奏，二是每句内部所用字的自然和谐"①。"自然"就是胡适那时所倡导的新诗创作法则，同时得到了新诗发生期多数诗人的共鸣。宗白华谈到新诗人自我修养时，就要求诗人们"直接观察自然现象的过程，感觉自然的呼吸，窥测自然的神秘，听自然的音调，观自然的图画"；而在新诗创作上，则"用自然的形式，自然的音节"②，自由书写。康白情谈到新旧诗区别时，专门强调新诗"自由成章"，"切自然的音节"，贵质朴不讲雕琢③。总体而言，受胡适影响，诗人们力主中国诗歌应该朝着白话自由诗的方向发展，应该走诗体解放之路，"自然"的情感、"自然"的诗体、"自然"的表达是第一位的原

①胡适《谈新诗——八年来一件大事》，1919年10月10日《星期评论》纪念号。

②宗白华《新诗略谈》，1920年2月15日《少年中国》第1卷第8期。

③康白情《新诗底我见（有引）》，1920年3月25日《少年中国》第1卷第9期。

则，就是说“自然”是他们那时公认的新诗创作法则。

创作法则是一个总的原则，不等于具体的写作方法，那新诗具体应该怎么写呢？胡适在谈论自然法则的同时对此有专门的思考与倡导，他说：“诗须要用具体的做法，不可用抽象的说法。凡是好诗，都是具体的；越偏向具体的，越有诗意诗味。凡是好诗，都能使我们脑子里发生一种——或许多种——明显逼人的影像。这便是诗的具体性。”[①]这就是胡适倡导的新诗写作方法，也就是所谓“具体的做法”。这里的“具体”是相对于“抽象”而言的，就是要求写诗时，用具体的事物、意象去表达，不要抽象说理，他用这作为标杆，评判中国诗歌，认为“绿垂风折笋，风绽雨肥梅”、“四更山吐月、残夜水明楼”、“五月榴花照眼明”、“鸡声茅店月，人迹板桥霜”等是真正的诗，“枯藤老树昏鸦，小桥流水人家，古道西风瘦马，夕阳西下，断肠人在天涯”是好诗，因为它们运用的是具体的写法，能够引起“鲜明扑人的影像”；而李义山的“历览前贤国与家，成由勤俭败由奢”，以及白居易的“七德舞”、“司天台”等是运用抽象手法写作的，都不算诗。与此同时，他指出，“凡是抽象的材料，格外应该用具体的写法”，认为历史上“那些不满人意的诗犯的都是一个大毛病，——抽象的题目用抽象的写法”[②]。那么，胡适那时为何要提倡“具体”的方法呢？在分析旧体诗的局限时，他指出，简单的风景尚可用旧体诗来描写，但是稍微复杂细密一点的，旧诗就不够用了。出于担心白话新诗会因袭旧体诗在描写上不够细致的缺点，胡适提倡白话新诗的写作须要具体和细致，强调一首诗歌须将

①胡适《谈新诗——八年来一件大事》，1919 年 10 月 10 日《星期评论》纪念号。

②胡适《谈新诗——八年来一件大事》，1919 年 10 月 10 日《星期评论》纪念号。

读者从视觉、听觉以及感觉上全方位调动起来，而要达到这种效果，只有用“具体”的写法，以影像、声音等传达心智和诗情。当然，他这种观点的形成与他美国留学时候受到的意象派影响不无关系，或者说是中国古诗给予他的启示。这种所谓的“具体的做法”，在新诗发生期同样得到了多数人的认可，例如康白情认为新诗人应该有一种“刻绘”的功夫，也就是“具体的写法”的能力，能够把“所得于对象底具体的印象具体的写出来”[①]。1930年代中期，朱自清专门谈到胡适的“具体的写法”，他说：“方法，他说须要用具体的做法。这些主张大体上似乎为《新青年》诗人所共信，《新潮》、《少年中国》、《星期评论》，以及文学研究会诸作者，大体上也这般作他们的诗。”[②]朱自清的看法是可信的。

然而，百年后的今天，我们重审新诗发生期胡适所倡导且得到那时普遍认可的“自然”的创作法则和“具体”的写作方法论时，可以发现，他们当初的言说在话语逻辑上、新诗观念上存在着某种矛盾。

“自然”与“具体”二者不是同义概念，它们的内涵和外延不一样。“自然”法则指的是主体创作时不受外在规范限制，随自我情感流动，自由表达，一切既有的格律、平仄等都可以不顾，当然也可以顾，以自然流畅、自由书写为原则，这样创作的新诗可能是具体的，具有实实在在的画面、意境，可以给读者如临其境的阅读感觉，引起读者的阅读想象；也可以是情绪性的，完全是主体心理活动的反映，是意识流的，抽象的。反过来说，“具体”的诗歌，可能是创

①康白情《新诗底我见（有引）》，1920年3月25日《少年中国》第1卷第9期。

②朱自清《中国新文学大系·诗集·导言》，上海良友图书印刷公司1935年版，第2页。

作主体“自然”书写的结果，也可能是反复经营、雕琢的成果，作品内在的音节、节奏也可能并不“自然”。“自然”的创作法则与“具体的写法”之间可能相容，也可能不相容，胡适等在力主新诗创作“自然”法则的同时大力倡导“具体的写法”，并没有意识到二者之间的复杂关系。不可否认，具体写作的诗固然有它的美，但不能因此而否定抽象写作同样可能生成出诗美。诗歌大都注重感情的抒发，而感情的抒发也分不同的形式，细腻有细腻的方式，粗放有粗放的路径。读者从抽象的诗句、诗作中，挖出背后隐藏的复杂感情，体味其微妙的诗意，也是一种审美乐趣，一种美的旅行。这种抽象的诗歌同样有其存在的理由与价值。若做诗时一味遵守“具体”写法，回避非具体的表达，则可能违背顺应“自然”这一法则。在提倡“自然”法则与“具体”写作方法时，胡适并未注意到二者之间存在的内在冲突和矛盾，这种无意识行为恰恰也反映出其内心的矛盾和对于新诗未来发展道路的焦虑。

不仅如此，更为突出的问题是，他们在言说二者的时候，往往进行全称判断，顾此失彼，陷入话语逻辑的矛盾而不自知。胡适说：“凡是好诗，都是具体的”、“越偏向具体的，越有诗意诗味”①，用的是“凡是”“都是”“越……越”这样的全称判断，将“具体的写法”作为最理想的写诗方法，具有一种排他性。康白情推崇新诗创作的“自然”法则，力主废除人为的规范，“我们要舍得丢掉那些铿锵的音调，工整的对仗，浓丽的词华，精巧的字眼儿，庶几真正的新诗可得而创造了”②。全然排斥格律，排斥汉语诗歌传统，将传统

①胡适《谈新诗——八年来一件大事》，1919 年 10 月 10 日《星期评论》纪念号。

②康白情《新诗底我见（有引）》，1920 年 3 月 25 日《少年中国》第 1 卷第 9 期。

诗艺与新诗艺术完全对立起来，也是一种观念上的混乱；不仅如此，在该文里，康白情又说："物如的世界元是蠢的；经过心底锻炼，才觉得有些美；更淘去较粗的美，而把更精的充量的表出来，就是艺术。以热烈的感情浸润宇宙间底事事物物而令其理想化，再把这些心象具体化了而谱之于只有心能领受底音乐，正是新诗底本色呵。"①将自然世界看成是蠢的不美的，主张"心底锻炼"、"淘去较粗的美"、"令其理想化"，这虽不是格律规范，但其间的锻造过程应该不比传统诗歌格律营造简单。换句话说，这段话与他前面张扬的"自然"法则之间在逻辑上是相互矛盾的。他们在主观上大力倡导新诗，探讨新诗发展路径，期待新诗的繁荣，但提出的一些观点在客观上某种程度上又限制了新诗的发展。郭沫若那时也大力张扬自然美，但在内在韵律、外在韵律与自然表达关系的认识上，倒是辩证许多，他说："诗应该是纯粹的内在律，表示它的工具用外在律也可，便不用外在律，也正是裸体的美人。"②没有将格律、平仄与"自然"法则对立起来。郭沫若是一个偏主观的诗人，一个个性特别突出的诗人，他在新诗理论思考上没有受胡适白话诗歌理论限制，他走了一条与胡适不同的白话诗创作道路，这也许是他在创作上突破早期白话新诗局限的重要原因。

三、诗人论诗矛盾现象发生缘由

新诗发生期，诗人之诗论为何存在着诸多矛盾现象？要回答这一问题，就得回到发生期的历史境遇里，立足具体诗论文本，从

---

①康白情《新诗底我见（有引）》，1920 年 3 月 25 日《少年中国》第 1 卷第 9 期。

②郭沫若《论诗三札》，杨匡汉、刘福春编《中国现代诗论（上）》，花城出版社 1985 年版，第 52 页。

历史语境、诗论者的文学观念、新诗发展现状等方面进行考察。

新诗发生于中国社会新旧转型时期,是五四新文化运动的历史产物,或者说是新文化的重要组成部分,其突出特点是反对传统,也就是反对几千年的中国诗歌传统,自觉向域外诗歌艺术借鉴、学习。中国的诗歌传统主要是《诗经》以降的文言诗歌传统,内容上注重文以载道,传播以儒家思想为主的中国传统纲常伦理文化,以维护社会秩序;诗歌形式上主要是文言格律传统,重视平仄、押韵、节奏等问题,形成了许多严格的艺术规范。要破除这个在漫长的历史实践中曾被证明是有效的且被广泛认可的诗歌传统,对于刚刚发生的新诗而言,不是一件容易的事情。胡适、鲁迅、周作人、刘半农、沈尹默、康白情、俞平伯、宗白华、郭沫若等,既是新诗的倡导者、试验者,又是新诗理论的思考表达者,他们当时的处境是一边质疑中国的诗歌传统,一边试验白话新诗。他们的审美趣味、诗歌观念一方面与域外文学、诗歌有关系,一定程度上受到了现代思想的烛照;另一方面又与文言格律诗歌有着血肉联系,与传统文化有着理不清的关系。胡适曾在《谈新诗——八年来一件大事》里说:新诗人"除了会稽周氏弟兄之外,大都是从旧式诗、词、曲里脱胎出来的。沈尹默君初作的新诗是从古乐府化出来的";他自己的新诗也是"词调很多",带着词调的味道;傅斯年、俞平伯、康白情"也都是从词曲里变化出来的"[①]。所以,对于他们来说,新诗的探索试验过程,本身就是一个传统与现代、中国与域外博弈的过程,是现代理性与传统审美趣味之间相互冲突所致的煎熬过程,被置于这样复杂的矛盾情境中,他们对于新诗的思考、批评言说不可能不带有所处情境的影响,观念与思维逻辑上的矛盾

①胡适《谈新诗——八年来一件大事》,1919 年 10 月 10 日《星期评论》纪念号。

几乎是无法回避的。

他们是诗人开展诗歌批评,这一身份特点赋予了其批评相应的品格。诗人的特点是重视形象思维,重视个体情感体验,主观抒怀强于冷静客观的思考与理性表达,理性思辨本来就不是他们之所长。他们的新诗批评多是从自己的创作经验出发的,是个人审美观念、诗歌观念的表达,有时候就是陶醉于一时的经验表达之畅快,至于逻辑上是否严密,并不是他们特别关心的问题。那时候新诗尚处于起步阶段,历史上又缺少成功的诗歌范本作为参考,眼下也少有优秀的作品作为理论解剖与概括的对象,他们全凭自己摸索,新诗发生期这种现象导致了个人探索性大于历史共识;新诗是什么的问题本来很重要,但那个时候,他们作为诗人关心的主要则是具体创作问题,怎么写新诗的修辞技术问题是他们思考的中心,所以胡适的破除传统诗歌格律束缚的观点,重视抒情达意的自然法则,具体写诗的方法,就获得了大家的共鸣。对于他们来说,怎样写新诗的问题是第一位的,作为诗人,他们并没有想建构完整的诗学体系,也不太注意理论思辨的严密性和逻辑的缜密性,所以出现前后行文的矛盾,也不难理解。

不仅如此,进化论思想也影响了他们对于新诗的批评。严复翻译的《天演论》对近代以后中国读书人的影响特别大,他们的世界观、历史观相比于传统中国读书人发生了根本性变化,进化论成为他们看待世界与历史的新的思想基础,是他们认识中国诗歌史的重要依据。这已经是一种公论了。胡适将中国诗歌史阐述成为不断解放的诗体大解放的历史,就是一种历史进化观的反映。在《谈新诗——八年来一件大事》中,他说:“我们若用历史进化的眼光来看中国诗的变迁,方可看出自《三百篇》到现在,诗的进化没有一回不是跟着诗体的进化来的。”进化的特点就是诗体不断解放,形式上不断自由化,新诗就是这个进化链条最后一环的历史性产物,它是"自然进化"的结果,并不是人为的趋势,这使他对新诗运动充满自信。进化的最大特点,在他看来,就是破除一切规范,表情达意顺其自然,新诗"朝着一个公共方向走的。那个方向便是'自然的音节'";不仅如此,"新体诗句子的长短,是无定的;就是句里的节奏,也是依着意义的自然区分与文法的自然区分来分析的"①,显然,"自然"是他从进化的观点审视中国诗歌发展史所发现的最大特点,也成为他评判诗歌最重要的尺度;同时,也成为那一时期新诗倡导者们共有的新诗批评标准。康白情就说过:"从历史上看来,人群思想底进化,是从法古而至于法今,从师人而至于师己,从地方的而至于世界的。新诗以当代人用当代语,以自然的音节废沿袭的格律,以质朴的文词写人性而不为一地底故实所拘,是在进化底轨道上走的。——进化非人力所能挡得住的。"②突出音节之自然性、诗歌表达之自然流畅性。在他们看来,古代诗歌的格律规范是人为的,不是自然的,所以必须废除;现代白话口语诗是自然流畅的,所以应该提倡。在进化的逻辑里,诗歌音节、节奏、文法是否自然成为最重要的标准,导致的一个现象就是诗之为诗的特性则被边缘化了;换言之,书写的言语方式、修辞方式成为评判作品的第一标准,是否具有诗意、诗性反倒不重要了,本末倒置,这是他们批评新诗、探讨新诗问题时出现矛盾现象的重要原因。

胡适作为现代新诗的倡导者与尝试者,在美国接触到杜威的实用主义思想,并深受美国意象主义诗歌运动影响,意象派创作原

①胡适《谈新诗——八年来一件大事》,1919 年 10 月 10 日《星期评论》纪念号。

②康白情《新诗底我见(有引)》,1920 年 3 月 25 日《少年中国》第 1 卷第 9 期。

则渗透到了他的新诗观念里。在思考、言说新诗时，不断强调新诗应以具体意象呈现实际生活画面，重视题材的多样性和修辞表达的自由性，强调诗句应言之有物。他还说过自己大概"受'写实主义'的影响太深了"，重视实实在在的书写，认为"凡文学最忌用抽象的字"，"最宜用具体的字"，他所谓"抽象的字"就是"虚的字"，"具体的字"就是"实的字"，在阅读效果上"具体的字最能引起一种浓厚实在的意象；如说'垂杨芳草'，便真有一个具体的春景；说'枫叶芦花'，便真有一个具体的秋景。这是古文用这些字眼的理由，是极正当的，极合心理作用的"①。实用主义、意象主义、写实主义等作为来自西方的文化资源是他倡导"具体"地写新诗方法的理论依据。美国在20世纪初期兴起了意象主义运动，目的是为了推进美国的文学革新，而他们之所以特别重视诗歌创作的"意象"问题，是与阅读中国古诗所获得的启示有关，在他们看来，中国古诗之美与大量的意象运用、意境创造分不开。胡适受意象主义影响很大，而同时对中国古诗中具体性文字的运用又有深刻的认识，加之实用主义、写实主义的影响，所以他的新诗创作观念中，"具体的字"便占有很重的位置。胡适信奉进化论，在他那时的进化逻辑里，美国的就是现代的，就代表历史的进步性，不容置疑，所以美国意象主义原则就代表一种先进的诗歌创作原则，所以他不断地倡导意象主义所强调的具体写诗的方法。我们甚至可以说是进化论视野里的美国意象主义使胡适认同中国古诗重视意象的艺术，是意象主义照亮了中国古诗的传统，如果没有美国意象主义原则，胡适可能无法发现中国古诗具体用字这一优点，或者说即便发现了这一特点也可能不会如此理直气壮地倡导之。沿着这样的思

①胡适《寄沈尹默论诗》，《中国新文学大系·建设理论集》，上海良友图书印刷公司1935年，第313页。

路,我们进而发现,在他那时心中,“自然”和“具体”这二者都符合进化的观念,所以他大力倡导“自然”的法则和“具体”的写诗方法。进化的逻辑使他根本就不会思考“自然”和“具体”二者之间是否相容的问题,也不会思考这二者与诗性诗意生成之间的复杂关系问题。展开来说,就是他无法意识到他所倡导的“自然”“具体”的诗歌,可能不具有诗意诗性,可能不属于诗歌。强大的进化逻辑致使其行文中出现无视诗之为诗的规定性、观念混乱、逻辑矛盾之现象而不自知。

新诗发生期诗人评论之矛盾现象是过去时了,是历史上的问题了,但是因为它出现在新诗发生的源头,虽然后来者的诗论多有匡正,但正如朱自清所言,他们的某些观点已经成为“诗的创造和批评的金科玉律”①,以至于新诗概念论上存在的逻辑不周延问题,如何写新诗问题上的矛盾性等,不仅影响了当时乃至后来的新诗创作发展,而且对现代诗学自身建构也多有所渗透,诸如现代诗学探讨多是围绕如何写新诗方法问题而展开,且重点论述与中外诗歌关系问题,以至于什么是新诗的理论问题没有受到应有的重视,等等。在这个意义上,今天重新审视、分析新诗发生期诗人评诗之矛盾现象,对于推进新诗创作尤其是新诗自身理论建设,有着重要的意义。

①朱自清《中国新文学大系·诗集·导言》,上海良友图书印刷公司 1935 年,第 2 页。

基于诗本体观的新诗诗美问题

陈国恩

迄今对于新诗的总体评价，分为两大派。一派站在新诗的立场上，认为它打破了旧体诗词的格律，经过百年发展，成就卓著，诗艺已经达到了成熟阶段；另一派则以古典诗词的标准，认为新诗迄今几无像样的成绩，与唐诗宋词更不能相提并论。这两派针锋相对，有一点却惊人相似，就是都倾向于把新诗与旧体诗对立起来，从各自立场出发来贬低对方，恰恰放过了诗无论新旧、首先是诗这一根本点。如此对立立场的隔空交锋，再争论一百年也难有结果，更难以形成关于新诗成就的共识。

新的世纪之交，著名诗人和学者郑敏接连发表系列论文①，批评五四新文化运动中胡适等人以白话与文言二元对立的观点割断

①郑敏《世纪末的回顾：汉语语言变革与中国新诗创作》，《文学评论》1993 年第 3 期；《关于〈如何评价“五四”白话文运动〉商榷之商榷》，《文学评论》1994 年第 2 期；《中国诗歌的古典与现代》，《文学评论》1995 年第 6 期；《语言观念必须革新——重新认识汉语的审美与诗意价值》，《文学评论》1996 年第 4 期；《新诗百年探索与后新诗潮》，《文学评论》1998 年第 4 期；《中国新诗八十年反思》，《文学评论》2002 年第 5 期。

了新诗与古典诗歌的语言联系，认为这是后来许多新诗缺乏诗意的重要根源①。但这需要一个说明：新诗要向古今中外一切优秀的诗歌经验学习，而向中国古典诗歌学习的重点其实不是诗歌语言问题，而是依托于语言的诗性想象方式。古典诗歌经验对于新诗的有效性，不是在语言层面所能直接体现的，而必须先解决什么是诗这一诗本体的问题，方才能够把古典诗歌的成功经验与新诗的白话语言结合起来，寻找新诗创作如何落实古典诗歌经验的具体途径和方法。

本文循着这一思路，试图打破新诗与旧体诗词的界限，从诗首先是诗的诗本体观出发，来讨论新诗的诗美，从新旧诗歌观对立的立场之外，寻找理性看待新诗成就，回归诗歌本体，追求诗美、推动新诗发展的途径，起一个抛砖引玉的作用。

一、从译诗看新诗，新诗首先是“诗”

先举一个著名的诗歌翻译的例子，看看新诗比之旧体诗，成就如何？

日本的松尾芭蕉，是江户时代的一位俳谐师，他把俳句形式推向了一个高峰。中国人对他的俳句翻译颇多。其中“古池や 蛙飛

①郑敏：“如果像胡适同时代有些学者们所说，我们所需要的只是好的语言，不论是文言还是白话，那样，在经过当时的古典文学语言与口语的相互渗透与融合后，新文化就会有一个与今天汉语文化完全不同的面貌。在词藻的丰富斑烂，句法的简洁多变，表达力的深透灵活，文本的多彩多姿方面，一如中国传统的织锦，都会胜过今天的白话汉语，后者在30年代后，虽然一直在词藻与句法结构上向欧美文字的翻译文本学习和借用，但并不总是收得最好的效果。今天在西方后现代的特殊文风的影响下，我们的直译和30年代所谓的‘硬译’作法，已为当今的汉语理论文本带来一些混乱和阅读上的障碍。”（《中国新诗八十年反思》，《文学评论》2002年第5期）。

び込む 水の音"(《古池》),有多种译文:

1. 苍寂古池呀,小蛙儿蓦然跳入,池水的声音。(成仿吾《诗之防御战》,《创造周报》1号,1923年5月13日)

2. 古池塘呀,青蛙跳入水声响。(林林《日本古典俳句选》,湖南人民文学出版社,1983)

3. 古池塘,一蛙跳进闻幽响。(李芒《俳句 汉俳 汉译》,《日语学习与研究》1999年第3期)

4. 闲寂古池旁,青蛙跳进池中央,扑通一声响。(叶渭渠《日本文化史》,广西师大出版社,2003)

"古池や 蛙飛び込む 水の音",意象内涵深邃——古老的池塘,清寂的境界,青蛙跃入池中,咚的一声,静与动转换,动中见静的永恒。上述四种译文,用的白话,但都比较好地传达出了原作的意蕴,而且努力保留了日本俳句的音节特点。

中日文化有很深的渊源,芭蕉俳句深得中国读者的心。芭蕉的《古池》不仅有白话诗的译本,也有格律诗的译本。檀可翻译的《日本古典俳句诗选》[①]里有一首《古池塘》,采用了五绝的形式:

古池幽且静,沉沉碧水深,青蛙忽跳入,激荡是清音。

李长声的《东居闲话》里有一篇《几只蛤蟆跳水塘》,用了林林的五绝译文:

苍寂古潭边,不闻鸟雀喧,一蛙穿入水,划破静中天。[②]

无论檀译还是此处的林译,都准确抓住并传达了原作的"静"的意境。比较起来,檀译是对静的境界的描述,而林译则传达出了青蛙入水的动感——"穿"字和"划"字,以动衬静,更贴近原作的情调。

---

①檀可《日本古典俳句诗选》,花山文艺出版社1988年出版。

②李长声《东居闲话》,生活·读书·新知三联书店2010年版,第113页。

显然,檀译和此处的林译提供了与前面白话译文不一样的绝句文本。檀可在《日本古典俳句诗选》前言里特别讲到为何用五绝来译俳句的四点理由:一是俳句为古典诗,译成汉语,则中国绝句较为合适;二是五绝保持了俳句作为格律诗的特点;三是五绝符合中国读者审美习惯;四是虽有添字之嫌,若能表出原诗(欲表)未表之意,也是可以谅解的。不过,也正是这一解释,暴露了日本俳句与中国五绝在诗歌形式上的重大差异对于翻译所造成的挑战。一个事实是,用五绝来翻译俳句,失去了原作的俳味。这是没有办法的事——如果译者不是凭自己对原作的合理想象,增加原作所没有的内容,就凑不成中国的五言绝句。人说诗是不能翻译的,主要是指不同的语言有自己的文化背景,语言本身所承载的一些文化信息是难以翻译的。

有没有更好的译文呢?有。周作人的白话文译本:

古池呀,青蛙跳入水里的声音。(周作人《日本的诗歌》,《小说月报》12 卷 5 号,1921 年 5 月)

《古池》的三个元素——古池,青蛙跳,青蛙入水的声音,周作人的译文都具备。比较起来,他的译文没有像五绝那样凭空增添文字;相较于其他的白话文本,周译则完完全全是现代语体文,不带哪怕一点点的旧体诗词的调子,不仅切合日本俳句的格调,而且比前面的所有译文都更好地传达了芭蕉原作的韵味。一声“古池呀”的呼唤,带出“青蛙跳入水里的声音”,前后承接和映衬,诗人的无限心绪由一声呼告带出,融进了青蛙跳入古池时“咚”的一声的余音里了。

我的问题是,前述的檀译与林译的五言绝句是诗,周作人译的白话语体的文本是诗吗?当然是诗,而且是明显比檀译与林译的五绝体更好的诗!这说明,一首诗写得好坏,与诗的语言及形式有关,但又是超越于语言与形式的属于诗的那种东西在起根本的作用。诗当然不可能真正超越语言与形式而抽象地存在,但诗之为诗的那个诗之本体,显然要借助于语言与形式的外壳而又具有独立的地位和价值。一首诗好不好,语言的运用及诗体的形构起着十分重要的作用,语言及形式对于诗意的提炼、升华更起着重要的作用,但是这与具体运用哪种语言,是不是采用格律或者采用哪种格律,几乎没有固定的关系。《古池》的中译,就是一个非常好的证明。

周作人非常喜欢日本文化,又具备很好的中国文学修养。他翻译的俳句,是日本味的诗,不是中国的旧体诗词。如:

和我来游戏罢,没有母亲的雀儿!(小林一茶)

故乡啊,触着碰着都是荆棘的花。(小林一茶)

春风啊,虽然草长的深,还是故乡呵!(小林一茶)

笑罢爬罢,二岁了啊,从今朝为始!(小林一茶)

不要打哪,苍蝇搓他的手,搓他的脚呢!(小林一茶)

萍花的来呀来呀的,老头儿的茶摊。(小林一茶)

这样的活着,也是不可思议啊!花的影里。(小林一茶)①

这些都堪称优美的译作,即为诗美超越不同语言及形式的很好例证。

从日语翻译到汉语是如此,那么在中国古典格律诗与现代的语体诗之间是不是同理,应该有一个超越诗歌语言的诗之为诗的最基本的东西值得诗人去苦心追求?答案显然是肯定的。这说明,诗之为诗的那个诗歌本体在相当程度上决定了一首诗是不是

①周作人《一茶的诗》,《小说月报》12卷11号,1921年11月。

好诗,而诗的语言究竟是文言还是白话,是日语还是中文或者英语,其重要性只在于如何把诗本体所包含的具体的美表达出来。芭蕉的“古池や 蛙飛び込む 水の音”是诗,它以古池、青蛙的意象,以及青蛙跳入池塘发出“咚”的声音,组成了诗性的文本。在这个诗性文本中,存在一个诗之为诗的那个最基本的东西,如果换成汉语的五言绝句或者白话把它翻译出来,只是这个诗本体中的内核由不同的语言和形式表达出来,彼此差异可能要影响诗美的表达水平,而不会改变其作为诗的本质。

因此,我们或许没有必要执着于从古典格律诗与现代白话诗对立的立场来褒贬古典格律体诗与现代自由体诗,重点应该是从诗本体的观点出发,专注于去发现真正的诗美,来探索新诗提升创作水平的道路。

二、新诗的诗本体中之诗意与形式

仍然回到芭蕉的《古池》。当我们把它与汉语的译文对照起来时,可以格外清晰地发现构成它诗之为诗的那个诗本体,就是那个最为核心的“诗意”与超越具体形式的对“诗意”进行组织化的“内在形式”两者的统一。《古池》诗意的核心,是“古池”、“蛙飞”和“水声”,内在形式就是古池、蛙飞、水声的意象之间的结构,而这个结构在芭蕉和众多的中国译者笔下则结合不同的语言应用,表现为不同的具体形式。古池里青蛙跳入的水的声音,这现象本身完全是诗性的,是诗之为诗的基础。古池里青蛙跳入所发出的水声,是诗人从现象中发现的一个情景,而当他把这个情景描述出来时,已经省略了与此相关的许多别的细节,呈现的并非眼前景象的全部,而是凭借文化修为有所选择,赋予了它特别的意义。他不去关注青蛙跳进古池所激起的水花,而是捕捉到了青蛙跳进古池所产生的声音,是因为水花难以融入他所要表达的主题。而声音发生于古池中,不仅与古池起了共鸣,产生了特别的音响,而且打破了古池的静寂,非常好地显现了动静对比、转换,益显出古池的"静"。日本有倾慕"静"的文化传统。现代的谷崎润一郎还写了一本《阴翳礼赞》,大力赞赏阴翳之美,乃是其心灵寂静之极致时所发现的美感,所向往的境界。芭蕉在"古池や 蛙飛び込む 水の音"中寄托的,正是一种富有日本特色的静的文化体验,是他受这种文化浸染的心灵即时所留住的一种感觉。正因为如此,他对青蛙跳入古池的那一个声音特别敏感,才有了心灵的切合与感悟。没有主客观融合的这种诗意,就不可能有美的俳句"古池や 蛙飛び込む 水の音"。

但是,这种萌生的诗意开始尚处在内心感受的阶段,只是一组朦胧的意象,比较混沌,却又充满生机。它需要用文字表达出来,而当形诸文字时,诗的形式就对诗意有了一个反向的选择和引导作用,即诗意的呈现要合乎美的形式。这就要求诗人对诗意本身进行提炼和加工,去除诗人一开始所设想的形式感所难以容纳的东西,省略掉与他所要表现的情调无关或者相反的一些要素。一个必须面对的事实是,俳句只有十七个音节,芭蕉显然不能写出更多的景物,他只能把最能凸显其所要表达的静谧意境的"古池""青蛙"与"青蛙跳入古池的声音"提炼出来,并按俳句的音节组合好,而把其他的景象过滤掉。这样的提炼,取决于作者当时的意向,是诗人的文化修养与即时心境综合作用的一个结果,是心灵一闪念的那种灵感的结晶。而之所以写成"古池や 蛙飛び込む 水の音",则又取决于他对俳句形式的领悟,他对语感所包含的节奏美的追求,实际上也是他综合审美能力和修养的一个艺术反映。

从这里可以看出,所谓诗本体,应是诗意与形式的相辅相成、相生相克所产生一个美的结晶。追求诗美,就是诗意获得形式上合乎美的规范之表达的过程,也是诗意自身不断明晰和凝练的过程。诗意的提炼,从其自身说,要服从于诗人特定心境中的审美意向,就其表达的效果看,则要合乎形式美的规范。诗形的调整、修饰,则服从于诗人所要表达的诗意的内在要求,又有自己的规范和标准。只有当诗意最终获得了恰当的表达形式,作品才算完成。每个诗人都是独一无二的,每首诗也是独一无二的——获得恰当的形式,都是个例。达到什么水平,要具体地看。

显而易见,诗本体中的诗意与形式的统一及其相生相克关系的具体呈现,最终是与文字的应用密切相关的。那就再回到“古池や 蛙飛び込む 水の音”的汉语翻译上来,我们发现把它译成汉语的格律诗,就要受到古典诗词格律的限制。是否能成为一首优秀的译作,取决于译者能不能把原作的诗意移植过来,同时又合乎诗词格律的形式要求。中国的旧体诗,以单音节字为主的文言作为载体,形式上讲究平仄、对仗、押韵,有固定的格式,字数有严格的限定。从日本的俳句翻译成中国的五言绝句,主要是因为在旧体诗中五绝的字数最少,与俳句比较接近。但尽管如此,由于五绝的格律完全固定,用它来翻译俳句,难以避免地要凑字,凭空增加原作所没有的内容,因而翻译起来一般很难讨好。当然也有译得比较好的,这往往是把原作的诗意较为完好地翻译过来,同时又按五绝的格律获得了较为精致的形式,有的在炼字上下了功夫,使原作的诗意得到比较精彩的传达。

把俳句翻译成现代的新诗,由于新诗没有固定的格律,讲究的是内在的节奏,因而形式上远比旧体诗词自由。用新诗形式来翻译日本的俳句,就能更为灵活地传达俳句的特点和美。至于实际的翻译能达到什么水平,同样取决于译者的艺术修养,取决于他对原作的理解和运用现代汉语的水平。这说明旧体诗与新诗,因为所使用的文字有文言与白话的不同,它们追求诗美的途径和方式是有所不同的,甚至有很明显的区别。它们虽然在诗之为诗这个根本点上相通——好诗必须有好的诗意,而且必须有好的形式,但由于一是文言、一为白话,在诗歌形式上新诗与旧诗两者就有了不同的关于好诗的标准。如果说分别以新诗和旧诗的经典为例对此加以说明,因为每首诗无论新旧都是独一无二的,当论及某一首新诗或者旧诗成功经验及其高下时,缺少一个同时适用于新旧诗歌的统一标准,就少了点让人信服的逻辑力量;那么以译诗为例来说明,则就有所不同了——译诗,无论用白话译,还是用律诗体来译,因为有一个原作成为不同译本的共同参照,用新诗翻译得好还是用旧体格律诗翻译得好,便看得一清二楚、一目了然。这说明什么?说明新诗与旧体诗词在形式之美上须遵循与其所运用的语言文字密切相关的不同规范,而既然形式美的规范不同,又说明新诗与旧体诗词在形式美的方面不能互为对方的标准。要深入探讨诗艺,就必须分别从新诗和旧体诗的形式规范入手,彼此不能混同。

超越语言的差异以及在语言差异基础上形成的不同形式,来确立更具普遍意义的诗美标准,这与基于诗之为诗的诗本体观,结合不同语言的特点来确定诗美的形式规范,是一个问题的两个方面。它意味着,在不同的语言和不同的格律之间,甚至在格律诗和自由体诗歌之间,诗歌之所以是诗歌,是因为它们表达了超越语言差异和格律不同的诗美,而这种诗美与语言的特点结合起来又具有不同的诗美形式。因此,你不能以唐诗宋词的标准来贬低新诗,当然也不能以新诗的标准来贬低唐诗宋词,这就像不能用诗经、楚辞、汉赋的标准来要求唐诗宋词一样。对一首诗的基本判断,首先应该是:这是诗吗——是一首好诗吗?而不管其是新诗还是旧体诗。对于新诗来说,必须看它自身的水平如何,而不是从它与唐诗宋词的比较中来确认它的成就。

三、新诗依赖白话语言的诗性实践

中国诗歌从诗经、楚辞、汉赋发展下来,到中唐,格律诗趋于成熟,宋代又出现可以歌咏的词。此后言诗,一般指的就是唐诗和宋词那种意义上的诗。晚清提倡诗界革命,要突破拟古主义的套路,主张以旧风格表达新意境,黄遵宪还特别提出了"我手写吾口",采用一些新的、通俗的词汇入诗,但他仍然是在律诗的格律内做一点小的改良。所以当文学革命时产生白话新诗,真正是石破天惊的革命。

新生事物都难以避免稚嫩,但其内含的生命力又预示着发展的广阔前景。新诗为了挣脱旧体诗格律的束缚,从语言文字的解放着力,开始时的重点肯定不是继承中国古典诗歌的经验,而是要与这一传统拉开距离,但这并没有造成中国诗歌传统的断裂。新诗人与中国诗性传统的联系是一种文化的血缘,不可能割断。胡适甚至还曾为他的《尝试集》存在这种血缘感到一种做不成"天足"的莫大遗憾。到郭沫若为代表的自由体诗歌占据诗坛主流地位后,新诗与中国诗歌传统的联系看似更疏远了,而其实是这一传统开始化为内在的血脉,作为新诗的要素而存在。随便找一首自由体的新诗,都不难找出它与中国诗歌传统的某种联系,比如题材、手法、观念等等。新诗与中国诗歌是一种文化传统的天然延续,只是当我们关注新诗与外来诗歌的关系时,它与中国古典诗歌客观上存在的那种联系才被不应有地忽视了。这有点像生命与空气的关系——生命离不开空气,这是一个谁也无法否认的事实,但也许正因为空气对于生命不可须臾分离,人们就误以为它是一种理所当然的前提，平时反而用不到去特别关注这一事实。

但是，这也不能构成对下述事实加以抹杀的一个理由，即新诗使用白话，它面临的一个根本任务就是寻找与白话的语言文字相一致的艺术形式。这方面，新诗从文言为载体的旧体诗词中借鉴不到直接的经验。新诗成功的关键，主要在于能不能够用具有诗美的白话形式来表达美的诗情——白话与文言，在语言要素的构成上存在重大差异，所以白话的诗美必须探索白话的语言形式与表达手段。新诗的发展历程和它的成熟，主要也就是探索具有诗美的白话形式和表达手段的过程。

比较起来，无论是新诗还是旧诗，酝酿诗情虽也要借助于语言与文字，但在心中酝酿诗情的过程所依赖的语言文字，不是口吟时的语言，更不是书写时的文字。它是一种比较混沌的内部语言，是尚未落笔时的一种表意的心理符号，代表着诗人所要表达的一些基本意向或者有组织的意义片断。承载这类带有感性心理内容的符号，是一些心理映象。它所用到的语言，对于中国诗人来说，是尚未分化成文言与白话的混沌性的内部语言，遵循的是超越了文言与白话、古人和今人差异，而由中国诗人在长期的创作实践中发展出来、相延成习的处理诗性心理映象的技巧及其规律。这就像一个用英语写诗的诗人用的是混沌性的英语内部语言来提炼英语所承载的心理映象，一个用法语或者西班牙语诗写诗的诗人是用混沌性的法语或者西班牙语的内部语言来提炼法语或者西班牙语所承载的心理映象一样。

比如，南唐李璟的《摊破浣溪沙·手卷真珠上玉钩》：

手卷真珠上玉钩，依前春恨锁重楼。风里落花谁是主？思悠悠。

青鸟不传云外信，丁香空结雨中愁。回首绿波三楚暮，接天流。

作为一首伤春词,使用渲染与衬托的手法,从"依前春恨锁重楼","风里落花谁是主",引出"思悠悠"的迷茫;再把"青鸟不传云外信","丁香空结雨中愁"那种音讯全无、雨中空等的闲愁置于暮色时光目睹的江水浩渺而下的景象前,写出了隐痛和失落。

这词的情调和意境,被戴望舒的《雨巷》借用——撑着油纸伞独自彷徨在悠长而又寂寥的雨巷,希望逢着一个丁香一样地结着愁怨的姑娘。可是姑娘默默地走近,走近又投出太息一般的眼光,她最终消失在雨巷尽头,在雨的哀曲里消了她的颜色,散了她的芬芳,散了她丁香一般的惆怅。《雨巷》是新诗,但从诗意的酝酿和意象的经营看,诗人从内部语言的表意方式上吸取了李璟词的那种"丁香空结雨中愁"的意味,也即是在"空"字和"愁"字上酝酿诗情,做足文章。这说明,新诗与旧体诗在诗意的层面上是可以通融的,因而也就可以借鉴——"空"的意味和"愁"的意味,在李璟的词和戴望舒诗中的意义是一致的。当然,借鉴不是模仿,而是继承中的创新。如果说戴望舒在诗意层面借鉴的是"迷茫""失落"情绪的古典原型以及承载这类情感的"丁香空结雨中愁"等古典意象,那么他的创新则是根据个人心境和感受而选择了"寂寥的雨巷",因而写出了独自彷徨雨巷时才会有的、非李璟词中的三楚暮色里从"重楼"所望见的那种景色和感触,而这显然是与戴望舒在创作这首诗时的现代感受密切相关。

从李璟词的望中慨叹"丁香空结雨中愁",到戴望舒的《雨巷》彷徨于悠长而寂寥的雨巷,这种时空的转移,体现了时代的巨大不同和个体的明显差异。古代的危楼远望与现代的雨巷徘徊,所见所感自是不同,而词与新诗的形式差别又把两者诗意的差异放大了。一般而言,当诗人进入创作状态,其内部语言所蕴含的诗情要形诸语言，必须精确地落实到文字。当戴望舒创作《雨巷》时，“我”徘徊于雨巷时的见闻和感触，是作为一个有理想的现代青年人在大革命失败后的苦闷彷徨心绪中的所见所闻、所感所悟，使用现代人的语言。现代汉语，对雨巷所见所闻的命名，对诗人内心情感的定义，与李璟写《手卷真珠上玉钩》时完全两样。戴望舒酝酿和提炼诗情时，使用包含了时代内容的现代汉语，使本来朦胧混沌状态的诗情在与现代的语言形式的相互作用中，按照形式美的规范进行想象和创造，同时又对表达的形式进行了创新，因此他的《雨巷》不是李璟的诗作。语言支持的诗意与形式这一相生相克、相互作用的诗意提炼和创造过程，也是一首诗诞生的过程，从而使诗，比如《雨巷》，有了鲜明的时代内容和诗人的个人风格。《雨巷》表达了一个进步青年在大革命失败后对时代、对社会、对自我的迷茫中的思考，他的个人风格，一个重要方面就是基于语言文字上新诗与旧体诗的重大差别，诗人在现代汉语的支撑下，成功地创造出了独立的诗性表达形式，主要就是他基于白话——现代汉语多音节字占绝大多数的前提，利用现代汉语的字音及其巧妙搭配，比如诗行中间的停顿、重复、排比等，营造出与诗意美相称的优美旋律，这被叶圣陶誉为开辟了新诗音节美的一个新纪元。

新诗百年，并不缺少脍炙人口的经典，但它们无一例外都具有自己的表达形式上的这种独创性。旧体诗有一个统一的格律，创新是在规定的格律中创新，而新诗每一首诗的形式都是独一无二的，而且优秀的作品都要达到诗美的基本标准。如果说新诗在诗意的酝酿中还可以经由内部语言的途径从古典诗词中吸取经验，有所借鉴，那么它在文字形式方面则必须依据现代汉语的特点来创造自己的诗性规范。

“为什么我的眼里常含泪水？/因为我对这土地爱得深沉……”（艾青《我爱这土地》），与“国破山河在，城春草木深。感时花溅泪，恨别鸟惊心”（杜甫《春望》），一新诗、一律诗，异曲同工。《春望》的艺术境界自不必说，而《我爱这土地》用白话所创造的铿锵节奏和精致形式，承载着对脚下土地的大爱，谁能否认它是一首真正的诗？

“相见时难别亦难，东风无力百花残”（李商隐《无题》），是离别诗。工整的格律中包含的是诗人聚散两依依的离别之苦。与李商隐写离愁有所不同，穆旦的《诗八首》（一）：

你底眼睛看见这一场火灾，
你看不见我，虽然我为你点燃，
哎，那烧着的不过是成熟的年代，
你底，我底。我们相隔如重山！

从这自然底蜕变程序里，
我却爱了一个暂时的你。
即使我哭泣，变灰，变灰又新生，
姑娘，那只是上帝玩弄他自己。

这首诗属于古代的无题诗一类，好像写的爱情，但把它理解成情诗，就限制了它的意义了。诗人写爱情中“你”与“我”的难以沟通，把激情点燃的“我”却“爱上了一个暂时的你”。无解的对比中包含着说不尽的纠结，暗示着存在的困境。怎么办？诗人只能借“上帝玩弄他自己”来聊作安慰，而这样的安慰只能更凸显出生命的无奈。诗人从抽象的理念探索与具象的书写结合中，传达出繁复沉重的感情，直指人的生存本真。就意义的丰富性和深刻性而言，它明显超过李商隐的《无题》。而它在形式上与诗情相称的那种低沉节奏，观念的大跨度跳跃、反向联接，给读者无限的想象空间，在在说明它是一个经典。

周作人的《小河》，冯至的《蛇》，徐志摩的《再别康桥》，卞之琳的《断章》，乃至新时期诗人北岛的《回答》，舒婷的《致橡树》，顾城的《一代人》，海子的《面朝大海，春暖花开》和他的麦田诗……，可以举出太多的例子，证明新诗并不缺少经典。它们从初创阶段的直白甚而粗糙，逐步成熟，创造了新诗特有的美学规范。基于现代汉语的形式独创，使新诗成为诗，但又不是古典的律诗。它遵循诗本体观的诗美原则，而又有自身独特的诗美标准。因而，以古典诗词来比照新诗，进行高下判断的方法，是非常不可靠的，只能制造一场智者见智、仁者见仁的混乱，达不成有效的共识。新诗是自成系统的诗，必须以诗本体观中的新诗诗美标准来作出评价，方是新诗发展的出路和新诗研究的正道。

结　语

超越语言的差异而确立更具普遍意义的诗美标准，与基于诗之为诗的共同审美规范，结合不同语言的特点来确定诗美的表达方式，这是一个问题的两个方面。

从诗本体与诗美形式的关系不难发现，把今天新诗存在的一些问题怪罪到文学革命头上①，其实没有找准问题的关键。郑敏先生所关注的新诗要向古典诗歌学习的七个方面——感性/知性

①郑敏："当我们切除了汉语文化中全部古典书写语言时，我们就切除了依附在其具体存在之上的一切的民族心灵语言。这历史伤口惊人之大，它使我们在一整个世纪里都感受到民族文化的隐痛。今天我们仍在弥补这个损失，整个人文学科都感到这个伤口的存在和疼痛。"（郑敏《中国新诗八十年反思》，《文学评论》2002 年第 5 期）。

的结合即所谓“意象”，时空的跳跃，强度与浓缩，时空的转变与心灵的飞跃，格律的活力，用字，境界——除了“格律的活力”与“用字”属于诗歌的语言应用范畴，其他各项都是讲的诗人创作时的诗性想象。她的意思大致是要求诗人遵循“感—知结合”的意象路径来加强诗歌的“高度浓缩和张力”的效果，通过“时空的跳跃与心态的强度”来拓展诗性的空间，“避免主体冗长、笨拙的自白，而收冷隽、深刻的效果，大大突出了言之不尽的内涵”。她在文章中说的“诗的腾空跳跃远远超出逻辑思维的轨道，更多是无意识的侵入”，则是打破日常思维定势，向意识深处发掘诗性内容；“时空的转变与心灵的飞跃”，显然又是打破常规思维，出奇制胜，造成先声夺人的气势……①。“古典诗的内在结构的严紧。古典诗在启承转阖方面都有很深的研究，‘启’要惊人，‘承’要承上而不平凡，‘转’要别开天地，‘阖’要能使全诗运转而有归宿”②——这说的仍然是中外古今一切优秀诗歌取得成功的共同经验。新诗必须学习一切优秀诗歌的成功经验，但是最迫切、最富有挑战性的是把这些对于古今中外一切优秀诗歌普遍有效的经验与新诗的白话诗性语言的实践结合起来。换言之，今天的诗人要把古今中外一切优秀诗歌的诗性想象的经验，如时空的跳跃，强度与浓缩，时空的转变与心灵的飞跃，意象和境界，一切能让新诗变得阔大、深邃、俊秀、丰富，加强诗性表达的效果，而避免诗歌落入平铺直叙、冗长堆砌泥坑的经验，落实在新诗的白话诗性语言的实践中，并借助于诗性的白话语言有力地传达出来。古典诗歌的优秀之作是如此，新诗中的佼佼者也是这样。

诗性的想象与诗性的语言表达相辅相成，才是中国新诗在现

①郑敏《中国诗歌的古典与现代》，《文学评论》1995 年第 6 期。

②郑敏《中国新诗八十年反思》，《文学评论》2002 年第 5 期。

有的成就上探索新的发展途径、争取把新诗推向一个更为成熟的发展阶段的必由之路，同时也是一切优秀诗人充分展示自己艺术才华的广阔舞台。

1950年代文艺论争与苏联文论传播中的《文艺报》

陈国恩　祝学剑

1950年代的中国为了建构一体化的意识形态,在文艺领域持续地开展了思想批判运动。这既是国内政治斗争的反映,也是引进苏联文艺思想的一个结果,而《文艺报》作为宣传中国共产党文艺方针、路线、政策的一个重要阵地,在传播苏联文论以引导国内文艺论争方面无疑起了极为重要的作用。本文试图透过建国初期几次大的文艺论争,探讨《文艺报》在传播苏联文论从而影响国内文艺论争进程方面所扮演的角色,研究苏联文艺思想在当时两国全面结盟的背景中如何通过《文艺报》的特定运作影响了中国文艺的发展,进而反思这种影响的得失,总结其中的经验教训。

一、现实主义问题的论争

1953年,在中华文学艺术工作者第二次代表大会上,社会主义现实主义被正式确定为文学艺术创作和批评的最高准则。稍后,关于社会主义现实主义的论争起源于对这一权威概念的两次质疑。第一次是胡风挑起的。与一般强调无产阶级世界观对社会主义现实主义创作方法的决定作用有所不同,胡风强调现实主义创作中的主观战斗精神。胡风的观点引起了激烈的论争,《文艺报》1953 年第 2、3 期分别发表林默涵的《胡风的反马克思主义的文艺思想》和何其芳的《现实主义的路,还是反现实主义的路?》两篇文章,批判胡风的文艺思想。胡风则写了近 30 万言的《关于解放以来的文艺实践情况的报告》,反驳林默涵与何其芳,重申自己的文艺观点。不久,《文艺报》第 1、2 期合刊附发胡风的《意见书》,并从 1955 年第 3 期起,连续四期发表了大量的批判文章。苏联文艺界也密切关注这场论争,《真理报》及时报导了胡风事件,《文艺报》很快转发了《真理报》的报导,于 1955 年第 13 期发表了消息《苏联〈真理报〉报导我国人民反对胡风反革命集团的斗争》。可以看出,《文艺报》刊发苏联文讯是想借重当时苏联在意识形态方面的权威性从正面引导国内理论界,以影响论争的方向。

第二次是在 1956 年前后。随着苏共二十大批判斯大林的个人崇拜,苏联文艺界开始批判"无冲突论"和粉饰现实的倾向,提出了"干预生活"的口号。"干预生活"的口号和解冻文学的一些作品被译介到中国,促进了中国文艺界宽松活跃氛围的形成。《文艺报》在传播苏联"干预生活"的口号和解冻文学的过程中起到了桥梁作用。1956 年前后,《文艺报》刊发了《苏联共产党(布)中央委员会书记马林科夫在苏联共产党(布)第十九次代表大会上所作〈苏联共产党(布)中央委员会的报告〉中关于文学艺术部分的摘录》、《西蒙诺夫论苏联文学中的几个问题》、《真理报》专论《把思想水平和艺术技巧提得更高一些》、法捷耶夫的《谈文学》等,这些文章都强调写真实,要反映生活中的矛盾。在这样的背景下,秦兆阳于 1956 年发表《现实主义——广阔的道路》一文,从理论上辨析"社会主义现实主义"的定义的缺陷和阐释理解中的混乱。秦兆阳对“社会主义现实主义”这一概念的批评引起了文艺界广泛的论争。张光年在《文艺报》上发表《社会主义现实主义存在着、发展着》,对秦兆阳的文章提出质疑。1958 年,《文艺报》连续发表茅盾的《夜读偶记——关于社会主义现实主义及其它》。在这篇总结性的文章里,茅盾对现实主义的基本特征及其历史轨迹作了深入阐释,他的目的是维护现实主义的正统性,维护社会主义现实主义的合理性。1955 年第 1、2 期《文艺报》发表《第二次全苏作家代表大会向苏联共产党中央委员会致电》,指出“社会主义现实主义是人类艺术发展史上的一个新阶段”,“社会主义现实主义的方法是作家充分发挥个性、采取多种风格和各种不同的创作走向竞赛的先决条件,必须坚持不懈地寻求新的艺术方法来最好地表现我们的思想的伟大真理和我们的生活的丰富和多样性”。可以看出,《文艺报》推动了文艺论争,又试图通过译介苏联有关社会主义现实主义的理论文章引导国内文艺界沿着社会主义现实主义的创作道路前进。

在 50 年代,社会主义现实主义的问题涉及到“两结合”的创作方法,《文艺报》所做的一项重要工作,就是从苏联文艺思想中寻找“两结合”创作方法的理论根据。在苏联,早就提出了现实主义和浪漫主义相结合的观点。日丹诺夫在苏联第一次作家代表大会上发言时指出:“革命的浪漫主义应作为一个组成部分列入文学的创造里去。”他主张“把最严肃的、最冷静的实际工作跟最伟大的英雄气概和雄伟的远景结合起来”①。高尔基是最早探讨两结合问题的理论家,他提出:“是否应该寻找一种可能性,把现实主义和浪漫主义结合成第三种东西,即能够用更鲜明的色彩来描绘英雄

①转引自崔志远《现实主义的当代中国命运》,人民文学出版社 2005 年版,第 273 页。

的时代生活,并用更崇高更适当的语调来论它的第三种东西。”①1959年苏联第三次作家代表大会上,苏联文化部部长米哈洛夫也认为浪漫主义精神和社会主义现实主义并不矛盾,没有伟大的幻想和高尚的理想,社会主义现实主义将会显得贫乏②。

《文艺报》1958年第9期开辟《诗人们笔谈革命的现实主义和革命的浪漫主义相结合——向毛主席的诗词学习,向大跃进的歌谣学习》的栏目,第21期发表了《各报刊关于革命现实主义和革命浪漫主义结合问题的讨论》。为了把讨论推向深入,《文艺报》编委会从1958年10月到12月举行七次座谈会,邀请当时在北京的文学家、理论家和高校师生等140多人讨论关于革命现实主义和革命浪漫主义相结合的问题。1959年第1期又发表《本刊举行关于革命的现实主义和革命的浪漫主义相结合问题座谈会讨论要点的报告》,对革命的现实主义和革命的浪漫主义相结合的问题进行了总结。在此过程中,《文艺报》对苏联关于现实主义和浪漫主义结合问题的讨论作出迅速反应。1959年《文艺报》第11、12期转载苏联第二次作家代表大会四篇重要发言,分别是特瓦尔朵夫斯基的《关键的问题——在苏联第三次作家代表大会上的发言》、波列伏依的《最高的创作自由——在苏联第三次作家代表大会上的发言》、冈察尔的《我们时代的浪漫精神——在苏联第三次作家代表大会上的发言(摘要)》、诺维钦科的《关于浪漫主义和现实主义——在苏联第三次作家代表大会上的发言(摘要)》。这四篇文章都强调现实主义和浪漫主义相结合创作方法的科学性,从而加强了国内文艺界对“两结合”方法的认同,使“两结合”创作方法取

①《高尔基选集·文学论文选》,人民文学出版社1959年版,第113页。

②转引自崔志远《现实主义的当代中国命运》,人民文学出版社2005年版,第276页。

代社会主义现实主义而成为 50 年代末以后指导文艺创作的基本方法。

二、真实性问题的论争

关于真实性问题的论争是和现实主义论争紧密联系在一起的。1956 年,在“双百”方针的影响下,秦兆阳、胡风、陈涌、于晴、蔡田、唐挚、冯雪峰等对新中国成立以来文坛充斥平庸的、公式化和概念化的作品不满,他们质疑社会主义现实主义存在的根据,主张以“真实性”为文学创作和理论批评的最高标准。为此,他们提出了“写真实”和“干预生活”的创作口号,提出大胆揭露生活中的矛盾和冲突,关于文艺真实性的论争由此开始。当时《文艺报》发表的关于真实性问题论争影响比较大的文章有:1956 年第 23 期钟惦棐的《电影的锣鼓》,1957 年第 4 期于晴的《文艺批评的路》,1957 年第 8、9 期蔡田的《现实主义,还是公式主义?》,1957 年第 10 期唐挚的《繁琐公式可以指导创作吗?——与周扬同志商榷几个关于创造英雄人物的论点》。值得注意的是,由于提出了“双百”方针,此时的《文艺报》没有像它此前维护社会主义现实主义的权威性那样顽固地维护灰色的、概念化的文学观念。《文艺报》在此前后刊发了大量的苏联文章,传播苏联解冻文学兴起后关于真实性的文艺观点,设法从苏联的文章中寻找艺术真实性的理论根据。《文艺报》1952 年 13 期发表塔拉森柯夫的《艺术的真实》,1952 年 14 期发表索弗罗洛夫的《争取生活的真实》,1953 年 16 期发表戈尔卡柯夫的《感情的真实性》,1953 年第 18 期发表道布伯申考的《真实的法则》,这些文章站在拥护的立场回答了论争中的真实性问题。如塔拉森柯夫在《艺术的真实》中写道:“为了刻画真实的人物,作家必须了解生活的各个方面,仔细研究生活,洞察社会发展过程的实质,必须能够真实地写出在改变和向前发展中的现实面貌。”塔拉森柯夫主张真实地、深入地了解生活,这与中国国内提倡文学真实性的观点没有本质的区别。索弗罗洛夫在《争取生活的真实》一文中一针见血地指出苏联许多作家的作品脱离现实:“许多作家都已丧失了苏维埃艺术家的主要特性——忠实于生活的现实,他们都似乎只急于想把我们的生活予以诗一般的美化,而对于生活中那些否定的现象,对于那些伪善者,已不予注意。对于我们的人民——共产主义建设者——正在顽强地和尖锐地斗争着的那些缺点,也都忽视不见了。”索弗罗洛夫要求作家不回避生活中的矛盾和冲突,大胆揭露生活中的阴暗面和缺点,“只有那样新颖、真实、能吸引人的剧本才能够以自己的尖锐性和真实性,以自己能接近人民思想与渴望的东西而抓住观众”。《文艺报》通过译介苏联文论,表现出拥护真实性的立场,试图为真实性的观点找到合法的根据。

这种情形在特写问题上表现得更为明显。50 年代初期,特写在苏联受到重视,作家们主张特写要如同新闻般地真实再现生活,反映生活中的矛盾与冲突,揭露一切阻碍社会主义革命和建设的消极现象。《文艺报》成了传播苏联特写的阵地,无论是苏联关于特写的动态还是关于特写的理论都大力译介过来,如 1954 年第 22 期刊载《苏联召开全苏特写创作会议》的消息,报道了苏联特写创作发展的情况,1955 年第 23 期译介《集体化农村中的新事物和文学的任务》,此文把特写分为两类,深入论述了不同特写的特征。《文艺报》1955 年第 7、8 期发表了刘宾雁翻译的瓦·奥维奇金的论文《谈特写》,这篇文章详尽介绍了特写这种文学式样的意义,以及特写作家应具有怎样的对待生活的态度,并把特写称为“侦察兵式”的文体。《文艺报》1956 年第 8 期发表刘宾雁的散文《和奥维奇金在一起的日子》，向中国读者展现了这位作家的风貌，介绍了他有关文学特写的思想。在苏联众多的文学问题中，《文艺报》把目光投向特写，旨在为真实性问题推波助澜，营造国内比较自由宽松的创作环境，促进写真实的文学浪潮的兴起。

三、典型问题的论争

典型问题是当时激烈争论的又一焦点。其实这一争论由来已久。早在 1935 年，胡风就写作了《关于创作经验》、《什么是典型和类型》、《给初学写作者的一封信》、《为初执笔者的创作谈》等文章，批评当时一些作者不注重典型问题，并提出了自己对典型问题的初步看法。1936 年 1 月 1 日，《文学》杂志第 6 卷第 1 号发表了周扬的《现实主义试论》，周扬不同意胡风的观点。胡风与周扬关于典型问题的论争，主要围绕两个方面展开：一是典型人物的普遍性与特殊性及其相互关系问题，二是典型人物的创造问题。关于前者，胡风依据高尔基的观点认为所谓普遍的，是对于那个人物所属的社会群里的各个个体而言的，所谓特殊的，是对于别的社会群或别的社会群里的各个个体而言的。周扬在典型理论上依据的也是高尔基的理论，对于典型的普遍性的理解，他与胡风并无理论上的分歧，但对于典型特殊性的理解，周扬认为它不仅和其他阶层相区别，同时也和本阶层其他的人相区别。在《现实主义试论》中，他对胡风的理论缺陷作了修正，指出阿 Q 的性格就辛亥前后以及现在落后的农民而言是普遍的，但是他的特殊却并不在对于他所代表的农民以外的人群而言，而是就在他所代表的农民中，他也是一个特殊的存在，他有他自己独特的经历，独特的生活样式，自己特殊的心理的容貌、习惯、姿势、语调等等。胡风不同意周扬对自己典型理论的修正，于是又写了《现实主义底一"修正"》反驳周扬的批评。

关于典型的创造问题,胡风与周扬也存在分歧。胡风认为艺术的概括对典型化最重要,而周扬则认为个性内涵对典型的形成必不可少。胡风要求在各个个体中抽出普遍性的综合和概括中求得典型,而周扬则主张在对"个人的特殊性"的深度开挖中逼近典型。50年代初,周扬对自己的典型理论有过反思,却因受苏联的影响,又把典型归结为"一定社会力量的本质",只强调典型的一个方面——群体的共同性,从而不可避免地得出一个阶级一个典型的结论。胡风仍然坚持自己30年代的典型理论。胡风和周扬关于典型的论争发生在我国典型理论初创阶段,由于立足点和所处位置不同,双方就典型的理解分析,各有正误。他们的论争是在马克思主义文艺理论指导下的一场意义重大的理论探讨,对于我国现代文学理论建设和马克思主义文艺典型理论的中国化具有重要的意义,为以后典型理论发展奠定了基础①。

在50年代,典型问题是一个十分活跃的理论话题。1956年,《文艺报》在第8、9、10三期开设"关于典型问题的讨论"专栏,相继发表《艺术典型与社会本质》、《关于典型问题的初步理解》、《影片中的艺术内容》、《艺术形象的个性化》、《对艺术问题的一些感想》、《典型问题随感》、《关于文学艺术特征的一些问题》等文。概括起来,一种观点是把典型看作是一定社会力量的本质,一定时代和阶级的代表,如巴人在《典型问题随感》中也持这样的观点。另一种观点是把典型看作是共性与个性的统一。在这里,共性是指

①本文关于周扬与胡风的典型问题争论的介绍,参阅了赵金钟的《论20世纪30年代胡风与周扬关于典型问题的论争》(载《河南大学学报》2003年第5期),曹新伟的《胡风与周扬关于典型化过程极其相关问题的论争》(载《枣庄师专学报》2001年第1期)。

社会的、历史的、时代的或阶级的阶层的和社会集团的共性和共同的本质特征,而个性是指表现共性的个别事物和人物形象的具体个别的性格特征,代表人物有王愚。此外,还有何其芳的共名说。

早在中国展开关于文学典型的论争之前,苏联文艺界已就此问题展开了激烈的讨论。马林科夫在苏共十九大报告中把典型看作是表现一定社会力量本质的事物,《共产党人》杂志则在 1955 年第 18 期发表专论《关于文学艺术中的典型问题》,对马林科夫的观点提出尖锐的批评。这些情况引起了《文艺报》的密切关注。1952 年第 20 期《文艺报》转发了一则消息,题目是《马林科夫在苏共第十九次代表大会上的报告中关于文学艺术的指示》,把文艺界的目光吸引到典型问题上来。1952 年第 21 期刊登了《苏联共产党(布)中央委员会书记马林科夫在苏联共产党(布)第十九次代表大会上所作〈苏联共产党(布)中央委员会的报告〉关于文学艺术部分的摘录》,把马林科夫报告中关于文学艺术的部分译介过来。此后,《文艺报》多次发表苏联文艺界的消息,积极译介苏联重要的理论文章,如 1955 年第 22 期译介了苏尔科夫的《文学的党性和作家的劳动》,1956 年第 10 期译介塔马尔钦科的《个性和典型》,引导典型问题争论的开展。在苏联文艺观的影响下,国内掀起了典型问题论争的高潮,《文艺报》也趁热打铁,开辟了“关于典型问题的讨论”的专栏,发表了张光年的《艺术典型与社会本质》、林默涵的《关于典型问题的初步理解》、钟惦棐的《影片中的艺术内容》、黄药眠的《对典型问题的一些感想》、陈涌的《关于文学艺术特征的一些问题》、巴人的《典型问题随感》、王愚的《艺术形象的个性化》、李幼苏的《艺术中的个别和一般》等大量文章。这些文章的观点大都没有超出《共产党人》专论之外,但张光年、钟惦棐、林默涵等人的文章联系我国文艺的实际情况提出了一些较为新颖的见解。如张光年批评了"一个阶级只有一个典型"、"一个社会力量只有一个典型"的错误公式①,钟惦棐对当时的"和社会历史本质相一致"的机械观点进行了分析②,林默涵认为"不能设想,社会主义现实主义者没有和新的现实、和先进事物相吻合的先进的世界观,而能够担负起这样的任务"③。

与典型问题联系在一起,塑造英雄形象的论争也受到了苏联文艺观的影响。1952 年 5 月,《文艺报》开辟"关于创造新英雄人物问题的讨论",讨论的焦点集中在能不能写英雄人物的缺点,以及如何正确处理英雄和群众的关系以及写从落后到先进的转变等。在此期间,阿·苏尔科夫在第二次全苏作家代表大会上做了题为《苏联文学的现状和任务》的报告,批判了理想的性格说,用多个反问的语调强调英雄人物历经磨难从有缺点向先进的转变过程。国内许多文艺家也从理论上、创作实践上阐述了创造英雄形象的一些问题。如能不能在矛盾冲突中写英雄人物,能不能写英雄人物的缺点,如何正确处理英雄和群众的关系以及写落后到先进的转变等关于创造英雄形象的一些基本问题,这些文艺家从理论上进行了阐述。冯雪峰的意见尤其值得注意,他在《英雄和群众及其他》中把创造正面的、新人物的艺术形象看作是最紧迫的任务,同时认为反面形象同正面形象一样,都具有教育和鼓舞作用,因为反面形象可以增进读者对生活的全面认识,并激发其进行批判和斗争④。在苏联文艺的影响下,《文艺报》组织的讨论使人们

①张光年《艺术典型与社会本质》,载《文艺报》,1956 年第 8 期,第 12 页。
②钟惦棐《影片中的艺术内容》,载《文艺报》,1956 年第 8 期,第 17 页。
③林默涵《关于典型问题的初步理解》,载《文艺报》,1956 年第 8 期,第 15 页。
④冯雪峰《英雄和群众及其他》,《冯雪峰论文集·下》,人民文学出版社 1981 年版,第 68 页。

对创造英雄形象有了更加明确的认识,澄清了一些糊涂思想。

四、《文艺报》的贡献和局限

在1950年代译介苏联文论、引导国内的文艺论争中,《文艺报》的作用是十分突出的。首先,它发挥着思想导向的作用。《文艺报》是中国作协的机关报,它代表的是中国共产党的声音,其权威性不言而喻。苏联文艺思想大多是通过这个权威的渠道传播到国内来的,这些文艺思想被介绍到中国后,成了影响50年代国内文艺论争的一个重要因素。为了强化这个导向作用,《文艺报》借重作协的行政权力,组织文学家、批评家对异己的文学思想进行批判,体现了政治权力的意志。《文艺报》有时也发表一些不同于主流文艺观的文章,但目的是为了树立批判的靶子,让人们更好地认清非主流观点的危害,从而维护正统的文学规范。当时最高当局也十分关注文坛动态和《文艺报》的思想动向,如果《文艺报》在论争中偏离了主流意识形态的要求,其负责人免不了被撤职,从丁玲、陈企霞、冯雪峰这些《文艺报》的主编一个个被批判、被调离,就可以看出这一点,这也从反面证明了当时《文艺报》地位的重要性。

其次,《文艺报》通过译介苏联文论为国内的文艺论争构建了一个知识背景。每次论争展开之前,《文艺报》往往大量译介苏联政治、经济、文化、文艺理论的文章以及苏联领导人的文艺思想,为国内的论争推波助澜。参与论争的国内学者和作家也喜欢从苏联文学、文艺理论中寻找思想资源以支撑自己的观点。如关于真实性问题的论争,《文艺报》先声夺人,刊发了大量苏联文章,这些文章实际上都是态度鲜明地维护文学的真实性原则的,从而为论争提供了一个恰当的知识背景,导致国内关于真实性的论争一开始几乎都是异口同声地要效法苏联文学去反映生活的真实。有时，《文艺报》还通过译介苏联文学理论来诱发国内的文学论争，关于形象思维的论争即是一例。形象思维的概念虽然在30年代传入我国，茅盾、周扬、胡风等理论家对这个问题均有所论及，但文艺界对此并没有给予应有的重视，更没有展开广泛的讨论。1956年《文艺报》第5、6期刊登周扬的《建设社会主义文学的任务》和康濯的《关于两年来反映当前农村生活的小说》，这两篇文章极力倡导形象思维。《文艺报》又发表苏联《共产党人》的专论，对形象思维大加肯定，使国内的文艺理论家和研究者注意到这一问题，并产生了浓厚的兴趣，因而使关于形象思维的论争成为当时国内的一个理论热点。

三是促进了社会主义文学理论的发展。50年代，《文艺报》探讨的都是关于社会主义文学的重要理论问题，对社会主义文学方向的确立具有至关重要的影响。这些理论问题有的是二三十年代提出，但由于历史的原因没有深入下去，有的是刚从苏联传入还没有来得及消化吸收，《文艺报》为这些问题的探讨提供了重要的舞台。它总是积极主动地介入到论争中，或者译介苏联文学理论为论争提供根据，或者刊载国内重要论文表明主流的立场，或者由编辑部直接组织大规模的讨论，刊出讨论会的纪要，这些形式多样的方法促进了问题探讨的深化。如关于典型问题的讨论，当时《文艺报》发表的许多文章从各个不同的角度探讨典型问题，把典型理论推进到一个新的高度。又如关于社会主义现实主义的论争触及到了社会主义现实主义的根本问题，不仅对社会主义现实主义定义的合理性一面有了更加充分的认识，而且对于这一定义的缺陷以及带来的思想混乱有了深入的认识。像秦兆阳这样从理论上辨析社会主义现实主义的理论缺陷以及由此所造成的阐释理解的混乱,要远远超过 30 年代对于这一问题的认识水平。50 年代《文艺报》对于一些重要文学理论问题的探讨之深,范围之广,是此前少见的,它促进了社会主义文学理论的发展与成熟。

四是助长了向苏联一边倒的盲从倾向。中国 50 年代在政治、经济、文化上都实行了向苏联一边倒的策略,文学当然也皈依于苏联的社会主义文学理论体系。50 年代的中国文学在对待外国文学的态度上非常特别,对苏联文学敞开大门,而把欧美自文艺复兴以来的辉煌文学成就基本拒之门外,甚至统统斥之为反动没落的文学。这使得《文艺报》在 50 年代译介外国文学时,总是把苏联文学的译介放在重要的位置,不仅大量译介苏联的文艺政策、重要的理论,并且还及时刊发苏联的文坛消息,介绍重要的作家、文艺理论家。法捷耶夫、西蒙诺夫、爱伦堡、别林斯基、杰米扬·别德内依、果戈理、普多夫金、肖洛霍夫、苏尔科夫等在苏(俄)文坛上举足轻重的文艺理论家和文学家都得到专门的介绍,《苏斯洛夫同志在苏联共产党(布)第十九次代表大会上发言中关于文学艺术问题的意见》、法捷耶夫的《苏联文学艺术工作的任务》、特瓦尔朵夫斯基的《关键的问题——在苏联第三次作家代表大会上的发言》、波列伏依的《最高的创作自由——在苏联第三次作家代表大会上的发言》、冈察尔的《我们时代的浪漫精神——在第三次全苏作家代表大会上的发言(摘要)》这些苏联作家代表大会的重要报告和决议在《文艺报》上纷纷刊出,还有苏联《真理报》、《文学报》、《艺术报》的专论,如《真理报》社论《把思想水平和艺术技巧提得更高些》、《群众的艺术创作》、《关于〈青年近卫军〉底新版本》、《克服戏剧创作的落后现象》,《文学报》专论《文学语言中的几个问题》、《社会主义现实主义文学的新成就》,《艺术报》社论《提高影评水平》,都被《文艺报》及时地刊载出来。《文艺报》从 1953 年第 1 期起，开辟新书刊专栏，《钢铁是怎样炼成的》、《茹尔宾一家》、《青年近卫军》、《沼地上的火焰》、《光明普照大地》等苏联重要的文学作品或者新近出版的作品接二连三地得到专门介绍。除此之外，还有别林斯基、车尔尼雪夫斯基等俄罗斯著名美学家文艺理论家的文学思想以及重要论著也经常被介绍。

这种一边倒的状况，导致了简单盲从的倾向，使中国的理论家对苏联的文学理论没有经过仔细辨析就全盘接受。这些理论中有的是关于苏联社会主义文学理论和民主主义文论的精华，也有一些是机械狭隘的文艺思想，而我们常常不加辨别地从苏联直接把它们移植过来，将其置于绝对权威的高度。如社会主义现实主义就是周扬从苏联原封不动地照搬过来的，在相当长的时期里一直作为指导我们文学创作和批评的最高准则，至于社会主义现实主义本身包涵的教条主义、公式化、概念化倾向没有引起充分的重视，一度还动用行政权力干预对社会主义现实主义创作方法的反思。50年代文学创作中公式化、概念化的缺陷，显然与这种简单盲从倾向不无关系。针对当时文艺界简单盲从苏联的倾向，秦兆阳、巴人等曾经表示了不满。秦兆阳在《现实主义——广阔的道路》一文中指出："文学的现实主义，不是任何人所定的法律，它是在文学艺术实践中所形成、所遵循的一种法则。它以严格地忠实于现实，艺术真实地反映现实，并反转来影响现实为自己的任务。"[①]"必须考虑到如何充分发挥文学艺术的特点，不要简单地把文学艺术当作某种概念的传声筒，而应考虑到它首先必须是艺术的、真实的，然后它才是文学艺术，才能更好地起到文学这一武器

①秦兆阳《现实主义——广阔的道路》，《文学探路集》，人民文学出版社1984年版，第136页。

的作用。”[①]这是在“双百”方针提出后文艺界短暂存在的春天气候中发出的清醒的声音,但由于众所周知的原因,这种反思的观点很快遭到了批判,简单盲从苏联倾向的克服还要等待一个新的历史机遇。

①秦兆阳《现实主义——广阔的道路》,《文学探路集》,人民文学出版社 1984 年版,第 147 页。

新诗知识生产与经典化功能*

——历史视野中的《中国新诗选(1919—1949)》

方长安

新诗发生于1917年前后,自1920年《新诗集(第一编)》、《分类白话诗选》问世始,不同时期均有新诗选本面世,它们以特定角度、目的遴选出相应的新诗代表作,以选本呈现出不同的新诗"历史"。20世纪50年代中期,中国进入到社会主义革命与建设时期,历史语境发生重大改变,臧克家受中国青年出版社之托编辑《中国新诗选(1919—1949)》。1956年第1版,20000册;1957年第2版,增加了徐志摩的两首诗《大帅(战歌之一)》《再别康桥》,9月第3次印刷,印数达86000册;1979年第3版,诗作增删较大,印数达142000册。它是50—70年代新中国青年阅读新诗、了解新诗历史最重要的选本。

但是,迄今为止尚无深入研究该选本历史功能的成果问世。固然,它是特定时代语境的产物,编选原则相对单一,所选诗人、诗作类型过于集中,淘汰了很多重要的诗人、诗作,未能反映出现代

* 该文为2016年度国家社会科学基金重大项目"中国新诗传播接受文献集成、研究及数据库建设(1917—1949)"(16ZDA186)的阶段性成果。

新诗坛全貌①,但我们也不能因此而无视它作为新诗选本史上特别重要的影响了一代人新诗观念形成的选本可能具有的历史性价值与意义。本文认为,它通过现代新诗历史的重构,通过诗人、诗作的取舍,生产出全新的新诗历史知识,使自己成为现代新诗经典遴选、塑造史上发生了重要作用的选本,从新诗经典化维度看,它具有独特的历史功能。

一、编选目的与语境

中国自古是一个诗歌大国,读诗、吟诗、写诗是中国读书人最重要的生存方式,一部中国文学史相当程度上就是一部诗史。诗歌参与了中国文化的建设,塑造了中国人独特的审美感知系统和表情达意方式,诗与文化在互动中相互生成、发展。1949 年后,这一民族文化发展机制获得了新的实践空间。20 世纪上半叶,中国诗歌发生了新旧转型,白话新诗成为中国诗歌新的发展形态,涌现出大量的诗人诗作,新中国如何认识、总结新诗历史成就,如何言说、阐述新诗传统,如何描绘新诗地图,以引导读者阅读新诗,成为无法回避的问题,《中国新诗选(1919—1949)》可谓是面对这些问题应运而生的选本②。

①陈艾新在《山花》1957 年第 2 期刊文《读了〈中国新诗选〉以后》,在充分肯定《中国新诗选(1919—1949)》的同时,认为该选本所选诗人、诗作数量"似乎嫌少了一些","从内容来看,进步影响的范围也似乎嫌狭小了一些。写景诗选得不多,爱情诗几乎一首都没有选,这不能说不是这本选集的一个缺点"。

②本文主要研究《中国新诗选(1919—1949)》在新中国成立不久如何重构新诗历史、生产新诗知识的情况,研究它在新诗经典遴选、塑造中的功能与价值,由于第一、二版出版时间相隔只有一年,而第三版迟至 1979 年出版,且变动很大,所以本文以 1956 年第一版为研究底本,必要时才涉及第二、三版。

编者臧克家是现代诗人，新中国成立几年后，受中国青年出版社之托编辑现代新诗选，那么出版社的目的何在呢？臧克家作了明确说明："中国青年出版社为了帮助青年读者丰富文学知识，了解'五四'以来中国新诗发展和成就的概况，委托我编了这部诗选。"①这里有两点值得注意，一是选本的拟想读者是"青年"，二是拟想的阅读效果是丰富青年人的"文学知识"，使他们了解"五四"以来新诗的发展和成就概况，也就是要以选本形式向青年读者呈现现代新诗发展史。臧克家自然明白，这与其说是中国青年出版社的委托，毋宁说是新时代的要求，编选这样一本现代新诗选本，绝不只是关涉个人审美问题，而是肩负着时代的使命，承载着培育青年人的新诗历史观和审美意识的重任，这无疑是一件极为艰巨的任务。

那么，完成这一任务的历史语境如何呢？

一是国际冷战与国内社会主义建设语境。1949 年新中国成立，中国进入到前所未有的社会主义改造与建设时代。当时的世界不再处于各自独立、分割状况，而是一个不断全球化的时代，最大的特点是二战以后形成了以苏联为中心的社会主义阵营和以美国为中心的资本主义阵营，两大阵营处于意识形态敌对状态，世界绝大多数国家、地区卷入了这一全球冷战之中，而中国属于社会主义阵营。新中国的文化建设既是民族的，也是世界的，是社会主义阵营文化建设的重要组成部分，所以当时包括新诗活动在内的一切文化行为，无不是在这一国际历史大背景上展开的，意识形态斗争是一个重要特征，于是疏离、排斥、反对以美国为代表的西方文化，亲近、学习苏联为代表的社会主义文化成为新中国社会主义文

①臧克家《关于编选工作的几点说明》，《中国新诗选(1919—1949)》，中国青年出版社 1956 年版，第 312 页。

化、文学建设的大势。这是臧克家当时重新审视中国现代新诗史、编辑现代新诗选本的时代语境,这一语境势必制约着其审美取舍。

二是新诗选本现状,或曰选本语境。新诗发生不久,各类选本就出现了,别集或合集,林林总总,但截至 1949 年底,代表性选本不外乎两大类。第一类是《尝试集》《女神》《冬夜》《蕙的风》《繁星》《新梦》《预言》《灾难的岁月》《旗》这些不同时期的诗人别集,多为诗人自选集,属于个人性诗歌选本。第二类是出自不同编选者的诗人总集,主要有:新诗社编辑的《新诗集(第一编)》(上海新诗社 1920 年)、许德邻编的《分类白话诗选》(上海崇文书局 1920 年),它们从写实、写景、写意、写情四个维度,按题材编选新诗;北社编的《新诗年选(一九一九年)》(上海亚东图书馆 1922 年),它以开放的姿态,突破了既有选本的题材分类模式,以笔画繁简和发表年月先后为序,编录诗人诗作,给予各种题材、特点的诗歌以入选机会;秋雪编的《小诗选》(上海文艺小丛书社 1930 年),以诗歌形体长短分类,乃新兴的小诗合集;陈梦家编录的《新月诗选》(上海新月书店 1931 年),典型的同仁诗集;沈仲文选编的《现代诗杰作选》(上海青年书店 1932 年)、薛时进编的《现代中国诗歌选》(上海亚细亚书局 1933 年)、王梅痕编选的《注释现代诗歌选》(上海中华书局 1935 年)、笑我编的《现代新诗选》(上海仿古书店 1936 年)、孙望、常任侠编选的《现代中国诗选》(重庆南方印书馆 1943 年)等,均以"现代"为核心原则遴选新诗;王皎我编选的《抗日救国诗歌》(上海大东书局 1933 年)、唐琼编的《抗战颂》(上海五洲书报社 1937 年)、金重子辑录的《抗战诗选》(汉口战时文化出版社 1938 年)、张银涛编的《抗战诗歌集》(上海潮声文艺社 1938 年)等,乃抗日救国题材、主题的诗歌集;赵景深编的《现代诗选》(上海北新书局 1934 年),虽题为"现代诗选",但实以"国语"

为尺度之诗歌集；朱自清编选的《中国新文学大系·诗集》（上海良友图书印刷公司 1935 年），按自由诗、格律诗、象征诗三类遴选新诗；闻一多编的《现代诗钞》（开明书店 1948 年），以新月诗人、西南联大学生诗人为主体。

这些选本的一个重要特点是与新诗的发生、发展几乎同步出现，它们既是选家眼中的新诗代表作，反映了新诗的历史成就，又一定程度地彰显了编者对于新诗未来走向的想象与引领，就是说它们不只是为读者而编，而且是为作者编，为新诗创作发展而编；它们出现的时间是 20 世纪 20—40 年代，就是我们通常所说的现代历史时期，语境决定了编者对于作品的审视与取舍，“五四”启蒙、30 年代的革命、40 年代的战争等赋予了不同时期选本以相应的特点。从上述简单的叙述看，它们的编选要么以时间为原则，要么以题材分类为原则，要么按诗艺形式辑录，要么以“现代”理念为尺度，反映了现代不同历史时期的特点，是不同历史语境作用的结果。

显然，现代时期出现的新诗选本，与 1949 年后新的历史要求是错位的，彼此无法兼容，即是说 20 世纪 20 年代以降虽然有众多的现代新诗选本，但都不能直接拿来给新时代的读者阅读，无法给新中国青年读者以所需的“文学知识”，无法为新的历史语境里意识形态话语生产提供直接的思想资源，无法给新的文学秩序建立、新的诗歌观念培育提供直接的诗学支持。在无范例可参考的情况下，编选一部全新的新诗选本，对于编者而言，是一个难题与挑战，“我们曾拜访了一些作家，有的抽不出时间；有的觉得对过去的诗人作品尚无定论，在取舍上非常为难，很难搞出一个完美无缺的选本”①。

①大尹《有关〈中国新诗选〉的几件事》，《读书月报》1956 年 10 期。

抽不出时间也许只是一个借口,取舍上非常困难恐怕是真实的原因,何况要编出一个“完美无缺”的理想选本,确实困难。编辑部最后找到了臧克家,他虽然身体欠佳,但还是答应了,他说:“可以可以。害病的确是件苦事。我在家养病,旁的事作不了,读读诗,选一选,为年轻朋友做点事情,倒还可以。”①作为现代时期小有成就的诗人,臧克家切身感受到新旧时代文学体制、阅读需求的不同,感受到文学理念的变化,对于编辑一本旨在帮助青年人了解新诗发展成就的新诗选本的难度,自然是清楚的,“这样一份意义重大而又繁难的工作,对于我的能力和见识是一个严重的考验。我始终在惴惴的心情下慎重地工作着”②。知其难而不推辞,欣然接受,体现了一种文学胆识与自信,或者说一种诗歌使命感使然。

二、《代序》与新诗史重构

为编选出全新的选本以丰富新中国青年读者的“文学知识”,帮助他们了解“五四”以来中国新诗发展成就,臧克家深知在编选之前必须重构新诗发展史,为新诗遴选提供历史依据与话语支撑。历史都是当代史,历史的叙述必须符合史实,但叙述又无法超越叙述者所处语境的限制。20 世纪 50 年代的中国语境,是中西方两大阵营冷战背景下的社会主义革命与建设场域,新诗发生发展史的梳理、讲述必须与这样的国际、国内语境相契合,或者说全球冷战和国内社会主义革命、建设制约着对新诗历史的考察和表达。1954 年 11 月,臧克家完成了《“五四”以来新诗发展的一个轮廓》,

①大尹《有关〈中国新诗选〉的几件事》,《读书月报》1956 年 10 期。

②臧克家《关于编选工作的几点说明》,《中国新诗选(1919—1949)》,中国青年出版社 1956 年版,第 313 页。

作为《中国新诗选(1919—1949)》的"代序",在这篇约25000字的文章里,他重构出现代新诗发展史。

之所以称为"重构",是因为自20世纪20年代开始,新诗作为一种新的诗歌形态就进入到史家视野,一些文学史著作就开始记录、叙述发展中的新诗,新诗就有了自己的"历史"。1923年商务印书馆出版了凌独见的《新著国语文学史(中等学校用)》,以"国语"为核心构建文学史,白话新诗作为一种"国语"被讲述,新诗史叙述与国语想象联系在一起。稍后,胡毓寰的《中国文学源流》①、谭正璧的《中国文学史大纲》②、赵祖抃的《中国文学沿革一瞥》③、赵景深的《中国文学小史》④、谭正璧的《中国文学进化史》⑤等,以进化论为理论基点,将自由体新诗解读成中国古代诗歌在新的历史时期的必然形态,新诗史被阐释成为中国文学史的有机构成部分。再往后,也就是20世纪30—40年代,新诗之"新"被史家所突出,周作人的《中国新文学的源流》⑥、王哲甫的《中国新文学运动史》⑦、吴文祺的《新文学概要》⑧以及李一鸣的《中国新文学史讲话》⑨等,将新诗纳入"新文学"框架和逻辑里进行讲述,新诗历史与新文学历史同步发生发展,这里的"新"是相对于旧文学之"旧"而言的,所以历史起点或为梁启超的"诗界革命",或为胡适的《尝

①胡毓寰《中国文学源流》,商务印书馆1924年版。
②谭正璧《中国文学史大纲》,泰东图书局1925年版。
③赵祖抃《中国文学沿革一瞥》,光华书局1928年版。
④赵景深《中国文学小史》,光华书局1928年版。
⑤谭正璧《中国文学进化史》,光明书局1929年版。
⑥周作人《中国新文学的源流》,人文书店1932年版。
⑦王哲甫《中国新文学运动史》,杰成印书局1933年版。
⑧吴文祺《新文学概要》,上海亚细亚书局1936年版。
⑨李一鸣《中国新文学史讲话》,世界书局1943年版。

试集》,新诗史基本上被讲述成旧诗之后的现代白话诗歌史。再往后,1950年上半年,教育部颁布《高等学校文法两学院各系课程草案》,要求"运用新观点,新方法,讲述自五四时代到现在的中国新文学的发展史,着重在各阶段的文艺思想斗争和其发展状况,以及散文,诗歌,戏剧,小说等著名作家和作品的评述。"[1]紧接着通过了《〈中国新文学史〉教学大纲(初稿)》,要求以无产阶级、现实主义和大众化为立场,重新梳理、解读新文学史及其作品,强调新文学是新民主主义文学,王瑶的《中国新文学史稿》[2]就是在这种背景下编纂出来的。该著虽然将新诗史放在新民主主义历史里讲述,强调无产阶级诗歌的地位,高度评价了李大钊的《山中即景》、陈独秀的《除夕歌》、刘半农的《相隔一层纸》、朱自清的《毁灭》、蒋光慈的《新梦》《哀中国》等诗人诗作,并将新月诗歌、现代派诗歌、象征派诗歌看成是诗歌史上的逆流,但新诗的起点仍是胡适的《尝试集》,历史主流线索不够清晰,代表性诗人诗作之指认也不明确。

显然,这些文学史著作所叙述出来的新诗"历史",与新中国社会主义诗歌发展要求,与社会主义话语生产要求,节拍上并不同振,新诗之"新"是含糊的,甚至是不确定的,新诗史的脉络不清晰,新诗运动的领导者、新诗史起点、新诗主流等都没有得到与新中国要求相一致的明确表述,无法给新中国文学的话语建设提供明确的诗学理论资源。这决定了臧克家在遴选新的代表作之前,必须重建新诗史秩序,重构新诗发展史。那么,《代序》重构出一部怎样的新诗史呢?

(一)新诗史起点与性质。现代新诗的历史起点在哪?这是

---

①王瑶《中国新文学史稿·初版自序》,新文艺出版社1954年版,第1页。

②王瑶《中国新文学史稿》(上),开明书店1951年版;王瑶《中国新文学史稿》(下),新文艺出版社1953年版。

一个与性质相关的重要问题，民国时期的文学史著作，要么以晚清"诗界革命"作为新诗起点，要么以胡适 1917 年前后倡导的白话诗运动为起点。但是《代序》认为，黄遵宪等人那时的诗歌，"虽然在他们的某些诗句里，以轮船代替了风帆，以钟表代替了鼓、漏，但是几个新名词的调弄，并没能给旧诗以新的生命力量"，改良主义决定了"他们的'诗界革命'在某种意义上也只能算作是新诗革命之前的一个短暂的过渡"①，因而不能作为新诗的起点；胡适 1917 年前后对白话新诗的倡导与实验，也不能作为新诗起点，因为胡适的诗歌观"几乎没有触及到内容的问题"，他所谓的"有什么话，说什么话；话怎么说，就怎么说"，对新诗的内容和形式"都是有害的一种论调"，既忽视了诗歌主题的积极性、题材的时代意义，又无视新诗语言与形式特点②。那新诗起点究竟在哪？《代序》曰：新诗是"'五四'文学革命的一个信号弹"，"五四"运动是新文学、新诗的开端，"从一九一九年'五四'运动开始，到一九四九年新中国成立，算起来也已经有整整三十个年头的历史了"③。即是说新诗的起点是 1919 年，而不是此前文学史著作所指认的晚清"诗界革命"或 1917 年前后胡适倡导的白话诗运动，这就将 1919 年之前的旧民主主义时期的诗歌剥离出去了，终点则是 1949 年新中国的成立，于是现代新诗一共只有三十年的历史。新诗革命之所以能够取得成功，则"是由于'五四'时期中国人民在共产主义思想影响

①臧克家《"五四"以来新诗发展的一个轮廓（代序）》，《中国新诗选（1919—1949）》，中国青年出版社 1956 年版，第 2 页。

②臧克家《"五四"以来新诗发展的一个轮廓（代序）》，《中国新诗选（1919—1949）》，中国青年出版社 1956 年版，第 3—4 页。

③臧克家《"五四"以来新诗发展的一个轮廓（代序）》，《中国新诗选（1919—1949）》，中国青年出版社 1956 年版，第 1 页。

下以反帝反封建去取得民族的解放与自由这一基本要求所决定的"[1]。这就将新诗史定位为无产阶级领导的反帝反封建的新民主主义性质的历史。

（二）历史分期、内容与主流。与民国时期的文学史著作不同，《代序》首次将1919—1949年的新诗史分为四个时期，重新描述其基本内容与主流走向。第一个时期是"五四"时期。这个时期，胡适出版了《尝试集》，但《代序》认为，从这本诗集里"可以嗅到胡适的亲美的买办资产阶级思想掺和着封建士大夫思想喷发出来的臭味"，其作品"离诗所要求的艺术表现十分遥远"[2]。全盘否定了胡适及其《尝试集》在新诗史上的源头性地位。冰心是民国时期文学史著作高度肯定的一位诗人，但其小诗"社会意义的主题触及到的很少"，给予青年的作用是"消极的"[3]。《代序》认为，这个时期新诗坛虽然充满多种声音，但发展主流是共产主义思想影响下的反帝反封建的现实主义诗歌，重要作品有：李大钊的"拥护共产主义真理的新诗"《欢迎独秀出狱》，刘半农的"带着相当浓厚的反抗意识和阶级对立的思想"的《相隔一层纸》《D——》《敲冰》，朱自清的受"共产主义思想影响"的《送韩伯画往俄国》，郭沫若的"充满了叛逆的反抗精神"和"对于祖国未来的新生的渴望"的《女神》[4]。第二个时期是大革命时期。《代序》认为，1923年共产党的几位负

①臧克家《"五四"以来新诗发展的一个轮廓（代序）》，《中国新诗选（1919—1949）》，中国青年出版社1956年版，第2—3页。

②臧克家《"五四"以来新诗发展的一个轮廓（代序）》，《中国新诗选（1919—1949）》，中国青年出版社1956年版，第4页。

③臧克家《"五四"以来新诗发展的一个轮廓（代序）》，《中国新诗选（1919—1949）》，中国青年出版社1956年版，第6—8页。

④臧克家《"五四"以来新诗发展的一个轮廓（代序）》，《中国新诗选（1919—1949）》，中国青年出版社1956年版，第5—7页。

责人邓中夏、恽代英、萧楚女、瞿秋白等“在诗的理论方面作出了革命性的贡献”[①],推动了无产阶级文学发展,而郭沫若的革命文学理论使“新诗的园地里茁长了社会主义现实主义诗歌的鲜芽”[②]。所以,这个时期新诗的主流是新兴的无产阶级诗歌,代表性诗人、诗作是:郭沫若的《前茅》《恢复》,蒋光慈的《新梦》《哀中国》《战鼓》《乡情集》,瞿秋白的《赤潮曲》,刘半农的《出狱》,郑振铎的《死者》,等等。但由于“五四”后新文化统一战线的分化,出现了形形色色消极情调的作品,其中形成流派的则是“新月派”和“象征派”[③]。第三个时期是大革命失败至抗战前夜。1930年“左联”成立之后,无产阶级诗歌进入到新的发展阶段,殷夫是“一个优秀的无产阶级的诗人”,其代表作是《一九一九年的五月一日》《我们》《让死的死去吧!》《议决》《血字》;1932年中国诗歌会成立,着力歌唱反帝抗日的“民众的高涨情绪”,重要诗人是蒲风,代表作是《茫茫夜》;臧克家的诗集《烙印》《罪恶的黑手》属于密切关注现实的诗作;艾青、田间则是两位体现现实主义诗歌新高度的诗人,尤其是艾青的《大堰河——我的保姆》。这个时期新诗坛同样存在着两股逆流,即后期新月派和现代派,但无产阶级现实主义诗歌在反帝反封建中进一步壮大,构成新诗发展主潮。第四个时期是抗日战争和解放战争时期。《代序》认为,抗战诗歌表现了“一个

---

①臧克家《“五四”以来新诗发展的一个轮廓(代序)》,《中国新诗选(1919—1949)》,中国青年出版社1956年版,第9页。

②臧克家《“五四”以来新诗发展的一个轮廓(代序)》,《中国新诗选(1919—1949)》,中国青年出版社1956年版,第10页。

③臧克家《“五四”以来新诗发展的一个轮廓(代序)》,《中国新诗选(1919—1949)》,中国青年出版社1956年版,第13页。

要求新生的伟大民族的气魄和在觉醒中的人民的力量"[①],代表性诗人是艾青、田间、柯仲平。抗战是进步的知识分子"锻炼和改造自己的最好机会",何其芳的《夜歌和白天的歌》"就是一个觉醒了的小资产阶级革命知识分子向无产阶级思想意识转变的歌唱"[②]。卞之琳进入解放区后诗风也发生变化,创作出歌颂八路军和解放区革命现实的明朗的《慰劳信集》。1942 年,延安文艺座谈会之后,"在诗歌方面,批评了十四行诗、豆腐干式的欧化诗,引起了向民歌和古典优秀诗歌优良传统学习的热忱"[③],袁水拍的《马凡陀的山歌》、李季的《王贵与李香香》、阮章竞的《漳河水》等是代表性作品,战争诗歌、大众化民族化诗歌成为本时期新诗发展主流。

《代序》第一次将新诗史划分为四个相互衔接的时期,化繁为简,史的线索由模糊到清晰,无产阶级诗歌第一次被描述成新诗发生发展的主流。

(三)历史任务、发展特点与贡献。《代序》认为,新诗在每个历史时期,都发出了自己或强或弱的声音,从诞生的那天开始,"它就肩负着反帝反封建的历史任务";"在前进的途程中,它战胜了各式各样的颓废主义、形式主义,克服着小资产阶级的个人主义情调,一步比一步紧密地结合了历史现实和人民的革命斗争","对于人民的革命事业作出了一定的贡献"[④]。以二元对立的逻辑修

①臧克家《"五四"以来新诗发展的一个轮廓(代序)》,《中国新诗选(1919—1949)》,中国青年出版社 1956 年版,第 24 页。

②臧克家《"五四"以来新诗发展的一个轮廓(代序)》,《中国新诗选(1919—1949)》,中国青年出版社 1956 年版,第 28 页。

③臧克家《"五四"以来新诗发展的一个轮廓(代序)》,《中国新诗选(1919—1949)》,中国青年出版社 1956 年版,第 29 页。

④臧克家《"五四"以来新诗发展的一个轮廓(代序)》,《中国新诗选(1919—1949)》,中国青年出版社 1956 年版,第 1—2 页。

辞，描述新诗发展特点，对新诗史上各种现象、诗潮进行价值评判，揭示新诗对于社会发展的贡献。

显然，臧克家所重构的新诗发展史是无产阶级思想影响不断扩大，反帝反封建主题不断彰显的历史；是社会革命、民族解放主题不断清晰，个人主义、现代主义作为“逆流”不断弱化的历史；是无产阶级领导的大众化、民族化的现实主义诗歌在反帝反封建过程中不断壮大、成为主流的历史。这是臧克家在新兴的社会主义语境里所重构出来的新诗发展史。于是，他为自己的新诗作品编选、知识讲述找到了历史发展依据，或者说建构出诗人、诗作取舍的修辞逻辑。历史都是当代史，面对纷繁复杂的史实如何取舍、如何表达，与时代语境、述史者的诉求和话语逻辑分不开，这是一个贯通古今的世界性现象，更是中国问题。所谓还原历史，最重要的就是应该还原历史讲述史、历史生成史。

三、诗作遴选与新诗知识生产

什么是知识？知识是人与客观世界交互作用后获得的相关信息，包括信息的类型、特点与组织结构等；知识不是纯客观信息本身，而是主体过滤、取舍后的信息，小于客观信息本身，在这个意义上，“知识”具有生产性，是探索、创造的产物，新知识是对旧知识的突破与覆盖；探索性、创造性使知识生产具有不确定性与风险性，所以要有一种警惕知识风险的意识。

《中国新诗选（1919—1949）》通过对新诗作品的遴选、辑录，生产出一套全新的新诗史知识，以满足新中国青年读者的需要，这是该选本的一个重要功能与价值。那么，它选录了哪些诗人诗作？拼构出一个怎样的现代新诗版图？生产、建构出怎样的新诗知识呢？

（一）诗人队伍重构。1949年以前白话新诗创作者无以计数，以前的选本或者文学史著作均从自己的目的、原则出发进行遴选或叙述，创构出不同的诗人谱系。臧克家在新的语境里从成千上万的诗人里遴选出26位，重构出现代诗人队伍，并按中国人的传统做法以收录作品数量多少为依据给他们排列座次。26位诗人的排序是：郭沫若收录9首，位列第一；艾青7首，位列第二；闻一多、殷夫、田间均为5首，并列第三；康白情、刘大白、蒋光慈、柯仲平、臧克家、蒲风、何其芳、袁水拍都是4首，并列第四；收录3首的诗人有朱自清、刘复、萧三、严辰、李季，位列第五；收录2首的有冰心、冯至、戴望舒、卞之琳、王希坚、阮章竞，位列第六；收录1首的有力扬、张志民，同为末位。这是臧克家从新中国文学秩序重建出发，以自己《代序》所建构的新诗史观为依据，遴选出来的最重要的26位诗人及其排序。这是一个全新的诗人梯队，没有了胡适、周作人、沈尹默、李金发、汪静之、朱湘、废名、金克木、林庚、穆旦、郑敏、袁可嘉等人的身影；郭沫若位列第一，艾青第二，闻一多等第三……，这种排序是选本史上的首创；过去文学史叙述里不同风格、成就的诗人被列为同一等级，诸如冰心、冯至、戴望舒、卞之琳、王希坚、阮章竞等排列为一个等级，属于历史性行为。这个诗人谱系是《代序》所重构的以无产阶级现实主义诗歌为主流的历史观的反映，是该选本所生产出的覆盖旧的现代诗人地图的“文学知识”。知识的生产是一种历史事件，或者曰史实，知识的实践功能则是另外一个重要问题，对于新诗史研究而言，二者可以分开讨论，相比而言，历史生产过程的梳理、还原是一个更有价值的课题。

（二）最初新诗作品指认与发生源头重建。1917年《新青年》第2卷第6号刊发了胡适的《白话诗八首》，即《朋友》、《赠朱经农》、《月》三首、《他》、《江上》、《孔丘》；1918年《新青年》第4卷第1号推出胡适的《鸽子》《人力车夫》《一念》《景不徙》、刘半农的《相隔一层纸》《题女儿小蕙周岁日造像》、沈尹默的《鸽子》《人力车夫》《月夜》等。这些诗歌被民国时多数选本收录,多数文学史著作在叙述新诗之发生历史时也多从它们开始。从现有资料看,它们确实是最早公开发表的白话新诗,是新诗源头性作品,这是民国时期形成的关于初期新诗的一种知识共识。然而,《中国新诗选(1919—1949)》没有收录它们,与《代序》所建构的新诗史起点一致,选本所选最早的新诗作品是1919年郭沫若的《立在地球边上放号》《地球,我的母亲》、康白情的《草儿在前》等,它们取代了胡适的《白话诗八首》以及沈尹默、刘半农早期的那些作品,被定位为最初的新诗作品。这意味着既有的将胡适等人的诗歌定位为新诗起点的知识被否定,新诗的发生源头也从1917年向后移至1919年。1917—1918年的诗作,题材主题上多写底层社会的艰辛、读书人对平民的同情以及知识者个人的心境,平铺直叙,缺乏想象力,诗体不够解放,与旧诗词有些剪不断的联系;1919年的《立在地球边上放号》《地球,我的母亲》等,没有了现实的羁绊,诗体解放,以世界为视野,天马行空,表现了一种新的世界观、人生观。简言之,《中国新诗选(1919—1949)》以自己的逻辑将新诗起点向后移了两年,重构出以郭沫若的《立在地球边上放号》《地球,我的母亲》、康白情的《草儿在前》等为初期新诗代表作的关于新诗源头的知识。

(三)新诗历史板块重组。总体而言,《中国新诗选(1919—1949)》以《代序》所建构的历史时期为单位,遴选诗人、诗作,突出主流中的诗作,重组出不同历史时期的新诗核心板块,拼构出作为新知的新诗地图。

一是"五四"新诗。"五四"是臧克家所叙述的新诗史的发生期，收录的诗人有郭沫若、冰心、闻一多、朱自清、冯至等。很明显，臧克家删除了李金发为代表的象征派诗人，新月诗人只保留了闻一多。朱自清曾将这个时期新诗划分为自由诗派、格律诗派、象征诗派，而臧克家选本里自由诗派收录了郭沫若、冰心、朱自清、冯至等的诗歌，所占比例最大，这是在向读者表明新诗主流是自由体诗歌；格律诗人里只有闻一多的身影，象征派诗人则全部缺席，何以如此？李金发为代表的象征派属于西方现代主义范畴，是新中国成立后高度警惕的具有西方资本主义文学属性的文学派别①，其在以生产新的知识为目的的选本中的缺席，是历史理性选择的结果；新月派是一个张扬资产阶级人性论的诗派，一个与西方现代文化密切相关的诗派，只有闻一多不同，他的诗里充满爱国主义精神，后又因反抗国民党特务统治而献身，所以本质上与新月诗人不同。选本对这个时期具体诗作的取舍相比此前新诗选本，特点相当鲜明，例如郭沫若的九首诗作，《女神》里选了《立在地球边上放号》《地球，我的母亲！》《凤凰涅槃》《炉中煤》《黄浦江口》等5首，《星空》里选了《天上的市街》，《前茅》里选了《上海的清晨》，《恢复》里选了《诗的宣言》，还有1945年7月所写的《站立在英雄城的彼岸》，舍弃了此前选本特别青睐的《女神之再生》《天狗》《笔立山头展望》《我是个偶像崇拜者》《夜步十里松原》等张扬自我的诗作；值得注意的是，入选的《凤凰涅槃》几乎未被此前选本收录，这些变化，无疑与新中国语境相关。《天狗》《我是个偶像崇拜者》一类无限张扬自我的作品，显然与社会主义话语建构不协调；而《凤凰涅槃》对旧世界的诅咒，对新中国的呼唤与赞美，则是一个现实化了的寓

---

①方长安《"十七年"文坛对欧美现代派文学的介绍与言说》，《文学评论》2008年第2期。

言，与新中国成立初期话语生产原则相契合。冯至的诗歌，选录的是《蚕马》《"晚报"》，而不是此前选本所热衷的《我是一条小河》；朱自清的3首中则包括《小舱中的现代》，这是一个有趣的现象，何为"现代"？臧克家对"现代"的理解与朱自清心中的"现代"是否一致，倒是耐人寻味。

"五四"是中国现代文化史、新诗史上最重要的一个时期，如何言说、叙述，对于新中国文化生产、文学秩序重建意义重大，该选本通过删除新月诗歌、象征派诗歌，通过重新遴选郭沫若、冰心、闻一多、朱自清、冯至等人的代表作，解构了民国新诗选本所生产的以个性解放、浪漫主义为突出特点的"五四新诗"观念，重构出一个以爱国反封建为主要内容、以自由诗为主流诗体、以现实主义为主潮的"五四新诗"形象，重建出新的"五四"诗学传统。

二是左翼诗歌。1927—1937年，新诗进入到一个相对繁荣时期，后期创造社诗歌、太阳社诗歌、中国诗歌会诗歌、后期新月派诗歌、现代派诗歌等，多元共生，但《中国新诗选(1919—1949)》只收录了蒋光慈、殷夫、臧克家、蒲风、萧三等人的作品，戴望舒、金克木、废名、林庚等的现代派诗歌被淘汰，后期新月派只收录了臧克家本人的作品，其他人的全部删除。总体而言，选本化繁为简，主要收录了本时期那些左翼革命诗歌。臧克家曾是闻一多学生，可以称为后期新月诗人，选本收录了他1932—1934年间的《老马》《老哥哥》《罪恶的黑手》以及1942年的《春鸟》，它们属于向往革命、暴露现实黑暗与帝国主义罪恶的作品，不属于新月派流派性质的作品。蒋光慈曾留学苏联，太阳社骨干，左联诗人，选本收录了他的《乡情》《写给母亲》《我应当归去》《中国劳动歌》等反帝爱国之作。殷夫是太阳社成员，左联五烈士之一，无产阶级革命诗人，鲁迅曾称其诗"属于别一世界"，"是对于前驱者的爱的大纛，也是对于摧残者的憎的丰碑”[①],选本收录他的《别了,哥哥》《血字》《一九二九年的五月一日》《该死的死去吧!》《议决》等5首革命诗歌。蒲风是中国诗歌会诗人,收录其《茫茫夜》《咆哮》《我迎着风狂和雨暴》《母亲》等反帝抗日主题的大众化、歌谣形式的作品。萧三曾留学苏联,左联诗人,选本收录其《瓦西庆乐》《礼物》以及1945年的《送毛主席飞重庆》。这些诗歌多为揭露现实黑暗、向往革命、揭露帝国主义侵略的现实主义作品。《中国新诗选(1919—1949)》以《代序》所重建的现代诗歌观念为依据,淘汰了“颓废主义”、“形式主义”的现代派诗歌、后期新月派诗歌,只遴选左翼革命诗歌,左翼反帝反封建的大众化的现实主义诗作被遴选、指认为本时期的代表作,作为一种重组的“文学知识”向新中国青年读者推介。

三是战时革命诗歌。1937—1949年,中国处于抗日战争和解放战争时期,沦陷区、国统区、解放区各有不同风格的诗歌,七月派诗歌、京派诗歌、中国新诗派诗歌、十四行诗歌、解放区工农兵诗歌等各有代表诗人、诗作,呈多元发展态势。《中国新诗选(1919—1949)》收录了柯仲平、戴望舒、卞之琳、田间、何其芳、艾青、力扬、袁水拍、严辰、李季、王希坚、阮章竞、张志民等13位本时期诗人,占26位诗人总量的一半,收录诗歌40首,占选本总数的43%。显然,臧克家眼中这个时期是现代新诗的繁荣期。

那么,选本所收录的这些诗作是否反映出这一时期新诗的基本面貌呢?13位诗人构成较为复杂,戴望舒是20世纪30年代现代派代表诗人,何其芳、卞之琳是30年代中期的“汉园诗人”,也属于现代派;艾青、田间是七月派代表诗人,艾青还与西方印象主义、

---

①鲁迅《白莽作〈孩儿塔〉序》,《鲁迅全集》第6卷,人民文学出版社2005年版,第512页。

象征主义有着诗缘关系;袁水拍是国统区讽刺诗人;李季、阮章竞等是解放区民歌路线的代表诗人。显然,冯至的十四行诗缺席了,穆旦等中国新诗派的诗歌缺席了,30年代现代派诗人本时期创作的现代主义诗歌缺席了。不仅如此,影响极大的七月诗派也只选取了艾青、田间的作品,舍弃了七月派其他诗人的诗作。艾青的诗歌选了7首,仅次于郭沫若,其中《雪落在中国的土地上》《手推车》《乞丐》《吹号者》《树》《黎明的通知》6首是抗战时期作品,属于艾青的代表作,而《大堰河——我的保姆》是1933年的作品,无疑在臧克家心中,艾青是第三个十年的代表诗人,所以删除了其早期那些现代主义特征的诗歌①,换言之,凸显了他那些书写战争年代中国苦难与抗争的诗作,将它们作为一种知识重点加以呈现。戴望舒的诗歌只选了抗战主题的《狱中题壁》《我用残损的手掌》,舍弃了《雨巷》《我的记忆》等标签性诗歌。何其芳的作品只选取其进入延安后的《我为少男少女们歌唱》《生活是多么广阔》等4首明朗风格的诗歌。卞之琳的作品没有收录《断章》《鱼化石》《距离的组织》《圆宝盒》等,选取的是1939年的《给一位刺车的姑娘》《给西北的青年开荒者》。这些取与舍是一种知识置换。

解放区诗歌是臧克家重点选取的对象,李季的《报信姑娘》《三边人》《只因为我是一个青年团员》、阮章竞的《漳河水》、张志民的《死不着》等是代表性作品。选本旨在告诉新中国青年读者,战时诗歌的主体是解放区诗歌。13位诗人大都在20世纪30年代崭露头角,有的属于现代派、新月派,有的是七月诗派诗人,有的是国统区的讽刺诗人,但除艾青的《大堰河——我的保姆》外,只选取他们1937—1949年那些反帝反封建的革命诗作,这在客观上表

①孙作云《论"现代派"诗》,《清华周刊》1935年第43卷第1期。

明，现代主义诗人、新月派诗人在战争中蜕变为革命诗人，新诗“支流”乃至“逆流”在不断汇入无产阶级领导的反帝反封建的“主流”，无产阶级诗歌才是有生命力的诗歌，这是《中国新诗选（1919—1949）》所重建的抗日战争和解放战争时期的新诗知识。

《中国新诗选（1919—1949）》的编选目的是为新中国青年读者提供新的“文学知识”，而新诗已有半个世纪的发展“历史”，既有的批评、选本和文学史著作已经对它作了不同的叙述、阐释与定位，形成了一套关于新诗的既有知识体系；臧克家是从新的时代要求出发，解构了既有的新诗知识谱系，通过诗人、诗作的重新取舍而构建出新的知识板块，取和舍都是从社会主义话语建设出发的，是一种国家意识形态行为，具有内在的逻辑性，一定程度上满足了那个时代对新的“文学知识”的想象与需要，为新的诗歌风尚的形成作出了贡献。当然，新诗知识生产不同于物质知识的生产，国家意志、选家个人趣味以及选家与国家意志之间存在着的既统一又不完全协调的特点，使取舍本身变得相对复杂，它既是一种敞开，又是一种遮蔽，在发现、敞开某些诗人诗作的同时，可能遮蔽某些诗人、诗作，所以如同所有观念性知识生产一样，这里面存在着与史实不一致的某种知识风险。质言之，知识生产的目的指向性，将许多不利于知识重建的诗人、诗作排除在选本之外，使读者无法获得多元化的新诗读本，无法获得相对完整的新诗史知识，这是我们面对这样一个生产性很强的选本时必须意识到的问题。

四、新诗经典化功能

文学经典化是一代又一代的读者阅读遴选、传播阐释、审美淘汰、重新发现的往复过程，经典就是在这个过程中被发现、塑造或者说建构出来的。所以，经典化并非纯粹的理论命题，而是一个历史现象。《中国新诗选(1919—1949)》是历史转型时期的标签性诗选,一个国家文化建设层面的选本,发行量大,对一代人诗歌观念、审美趣味的形成起了重要的引导、规范作用。在百年新诗传播接受史上,它虽然只是特定时代生产新的"文学知识"的"中间物",存在着视角单一导致许多作品被淘汰、入选作品类型过于集中的问题,但如果将之放在新诗选本史上考察,放在20世纪20年代至今仍在延续的经典化历史过程中审视,则不难发现它的取与舍对中国现代新诗经典遴选、塑造起了特殊的作用,具有不可替代的历史功能。

取与舍是相对于此前选本而言的,与既有选本相比较是我们进入论题的基本思路与方法。

图表:1949年以前重要新诗选本收录
《中国新诗选(1919—1949)》诗作情况

序号	选本	编者	出版机构、出版时间	收录《中国新诗选(1919—1949)》诗作
1	《新诗集(第一编)》	新诗社编辑部	上海新诗社出版部 1920年	未收
2	《分类白话诗选》	许德邻	上海崇文书局 1920年	康白情《朝气》,刘大白《卖布谣》
3	《新诗三百首》	新诗编辑社	上海新华书局 1922年	未收
4	《新诗年选(一九一九)》	北社	上海亚东图书馆 1922年	康白情《草儿在前》
5	《中国近代恋歌集》	丁丁等	上海泰东图书局 1926年	未收
6	《时代新声》	卢冀野	泰东图书局 1928年	郭沫若《炉中煤》

续表

序号	选本	编者	出版机构、出版时间	收录《中国新诗选(1919—1949)》诗作
7	《小诗选》	秋雪	上海文艺小丛书社 1930 年	未收
8	《新月诗选》	陈梦家	上海新月书店 1931 年	未收
9	《文艺园地》	柳亚子	上海开华书局 1932 年	未收
10	《现代诗杰作选》	沈仲文	上海青年书店 1932 年	康白情《草儿在前》,闻一多《洗衣歌》
11	《抒情诗(汇编)》	朱剑芒等	上海世界书局 1933 年	未收
12	《写景诗(汇编)》	朱剑芒等	上海世界书局 1933 年	未收
13	《现代中国诗歌选》	薛时进	上海亚细亚书局 1933 年	康白情《草儿在前》,冰心《繁星(一)》
14	《初期白话诗稿》	刘半农	北平星云堂书店影印 1933 年	未收
15	《现代诗选》	赵景深	上海北新书局 1934 年	郭沫若《立在地球边上放号》《天上的市街》,闻一多《洗衣歌》,刘复《一个小农家的暮》
16	《中华现代文学选(第二册·诗歌)》	王梅痕	中华书局 1935 年	冰心《繁星(一)》
17	《注释现代诗歌选》	王梅痕	上海中华书局 1935 年	冰心《繁星(一)》

续表

序号	选本	编者	出版机构、出版时间	收录《中国新诗选(1919—1949)》诗作
18	《中国新文学大系·诗集》	朱自清	上海良友图书印刷公司 1935年版	郭沫若《炉中煤》《地球,我的母亲》《天上的市街》,康白情《朝气》《和平的春里》《别少年中国》,冰心《繁星(一、四)》《春水(一)》,闻一多《发现》《荒村》,刘复《饿》《一个小农家的暮》《面包与盐》,朱自清《小舱中的现代》《赠A.S.》,冯至《蚕马》
19	《诗》	钱公侠等	上海启明书局 1936年	郭沫若《炉中煤》《地球,我的母亲》《天上的市街》,冰心《繁星(一、四)》《春水(一)》,刘复《一个小农家的暮》
20	《现代新诗选》	笑我	上海仿古书店 1936年	郭沫若《天上的市街》,康白情《草儿在前》,闻一多《洗衣歌》,刘复《一个小农家的暮》
21	《现代创作新诗选》	林琅	上海中央书店 1936年	郭沫若《炉中煤》
22	《新诗》	沈毅勋	新潮社 1938年	未收
23	《诗歌选》	王者	沈阳文艺书局 1939年	冰心《繁星(一、四)》《春水(一)》
24	《现代中国诗选》	孙望等	重庆南方印书馆 1943年	艾青《树》
25	《战前中国新诗选》	孙望	成都绿洲出版 1944年	艾青《大堰河——我的保姆》
26	《现代诗钞》	闻一多	开明书店 1948年版	郭沫若《立在地球边上放号》,冰心《繁星(四)》

表中所列是民国时期新诗传播、经典化过程中最重要的26个选本，通过与它们比较，可以更深入地洞悉《中国新诗选（1919—1949）》对于新诗经典遴选、塑造的历史功能。

首先，《中国新诗选（1919—1949）》以一种全新的眼光审视现代新诗，发现了20世纪20年代以来的重要选本所无视的某些新诗作品，将它们遴选出来，收入选本，供读者阅读传播，开启了它们经典化的历史。这里有两种情况，一是从未被此前重要选本收录过的作品，二是入选过此前选本的作品。上表显示，92首诗歌中，只有《朝气》《卖布谣》《草儿在前》《炉中煤》《洗衣歌》《繁星》《春水》《立在地球边上放号》《地球，我的母亲》《天上的市街》《一个小农家的暮》《和平的春里》《别少年中国》《繁星》《春水》《发现》《荒村》《饿》《面包与盐》《小舱中的现代》《赠A.S.》《蚕马》《树》《大堰河——我的保姆》等25首诗歌，曾被民国时期重要的新诗选本收录过，入选次数最多的是《繁星（一）》6次，接下来依次是《草儿在前》《炉中煤》《天上的市街》《一个小农家的暮》《繁星（四）》入选4次，《洗衣歌》《春水（一）》3次，《立在地球边上放号》《朝气》2次，其他均为1次；入选频次最高的6次，入选率也只有23%，还有15首只被收录1次，入选率不到4%，即它们也不是民国选本高频率收录的作品。92首诗歌中，还有67首诗歌被选家忽视，未曾进入上述26个重要选本，它们完全属于臧克家选本的“发现”。换言之，是臧克家从浩如烟海的现代新诗文本大海里发现了它们，收录进自己的选本，推荐给新中国读者，给予它们接受读者阅读检验的历史机会，使它们获得了敞开自我可能性价值的机遇，开启了它们走向经典的航程，这是该选本在新诗经典化历程中所起的重要作用、所具有的历史价值。

该选本1956年出版至今已经有60多年历史了，从现在的情况看，不少作品仍然受到读者欢迎，成为今天人们谈论新诗绕不开的代表作，诸如《立在地球边上放号》《地球，我的母亲！》《炉中煤》《天上的市街》《草儿在前》《繁星（二、三）》《春水（一）》《发现》《洗衣歌》《卖布谣》《田主来》《小舱中的现代》《狱中题壁》《别了，哥哥》《老马》《我为少男少女们歌唱》《生活是多么广阔》《大堰河——我的保姆》《雪落在中国的土地上》，以及 1957 年第二版新收录的《再别康桥》等，共 20 余首；其中《地球，我的母亲！》《凤凰涅槃》《炉中煤》《天上的市街》《发现》《别了，哥哥》《我为少男少女们歌唱》《大堰河——我的保姆》《再别康桥》等甚至被认为是百年新诗史上的“经典”①，而这些作品中，如《凤凰涅槃》等从未曾进入民国时期那些重要选本，是臧克家使它们获得了进入读者阅读传播的空间。换言之，《中国新诗选（1919—1949）》以有别于民国选本的立场、视角与原则检视现代新诗，发现了它们对于 20 世纪 50 年代文化建设的价值，而这个“发现”，在今天看来，不仅仅是意识形态性的，还是诗性的，是意识形态与诗学的融合，具有相当程度的历史穿透性，它遴选出这些百年新诗“经典”，证明了自己的价值，也因此使自己成为经典性选本。

当然，我们还必须注意到《中国新诗选（1919—1949）》所选取的 26 位诗人 92 首诗歌中有一些作品，诸如郭沫若的《上海的清晨》、康白情的《朝气》、刘大白的《成虎不死》、刘复的《饿》、冯至的《“晚报”》、卞之琳的《给一位刺车的姑娘》、何其芳的《黎明》、

---

①参见谢冕等主编的《百年中国文学经典》（北京大学出版社 1996 年版）、王一川等主编的《二十世纪中国文学大师文库 · 诗歌卷》（海南出版社 1994 年版）、张默等主编的《新诗三百首（1917—1995）》（台湾九歌出版社 1995 年版）、谢冕等主编的《中国百年文学经典文库 · 诗歌卷》（海天出版社 1996 年版）等。

力扬的《射虎者及其家族》、袁水拍的《大胆老面皮》、王希坚的《佃户林》等，随着时间推移，审视、阅读它们的视角变了，新的读者无法由它们获得审美满足，它们未能经受住考验，被后来的多数选本删除，证明这些作品时空穿透性不强。但是，从经典化维度看，曾经将它们收录进历史转型时期的重要选本，给予了它们接受社会主义建设时代读者阅读检验的机会，也就是换一个视角阅读、透视它们，满足了它们接受不同背景的读者阅读检验的权利，给予了它们彰显自己、走向“经典”的机会，虽然它们被后来选本淘汰，但《中国新诗选(1919—1949)》选录它们这一行为本身，放在经典化历史长河看，仍有其特别的功能与意义。

其次，《中国新诗选(1919—1949)》以《代序》所建构的现代新诗史观编织新诗历史版图，淘汰了无以计数的不符合新的知识构造原则的诗人、诗作，这种“淘汰”行为，站在新诗经典化立场看，同样具有特殊的功能与意义。被淘汰的诗人、作品浩如烟海，既有此前多数选本特别青睐的作品，诸如胡适的《人力车夫》《权威》、沈尹默的《月夜》、周作人的《小河》《两个扫雪的人》、刘半农的《教我如何不想她》、郭沫若的《我是个偶像崇拜者》《天狗》、李金发的《弃妇》、闻一多的《死水》、徐志摩的《雪花的快乐》《康桥再会罢》、戴望舒的《我的记忆》等，也有无以计数的很少进入甚至完全没有进入此前选本的作品。这些诗作在臧克家重构的新诗史上失去了自己的地位，有些甚至被认为是资产阶级形式主义作品，是颓废的反动作品，未能入选就是失去了向新中国成立后前三十年的读者推介、传播的机会，也就是有可能永远消失于读者阅读视野，这不能不说是一种严峻的传播考验。从后来的情况看，随着文学阅读语境的变化，其中不少作品诸如《死水》《雪花的快乐》《雨巷》《断章》《我爱这土地》等，被新一代读者重新发现，编选进许多新的诗歌选本[①],重新接受读者的阅读检验,有的甚至被指认为现代新诗"经典",它们以自己的诗性力量证明了自己存在的价值;有些诗作,例如康白情的《和平的春里》、郭沫若的《夜步十里松原》、徐志摩的《康桥再会罢》等,至今尚未被选本重新发现,这或者表明它们确实诗性不足,满足不同时代读者阅读需求的审美空间小,或者说缺乏阅读召唤力,成为"经典"的可能性不大,或者意味着今天的语境尚未提供它们面世的空间,意味着它们还在等待走向读者的机会。这种情况,放在经典化长河中观察,也属于正常现象。

真正的文学经典都经历过淘汰、发现、再淘汰、再发现的考验,"淘汰"是正常现象,也是经典化过程中的必然环节,未接受过这个必然环节考验的作品不可能成为真正的经典,在这个意义上讲,"舍"也是一种有价值的行为,是另一种意义的"取",就是说"舍"与"取"在经典化过程中具有同等重要的功能与意义。《中国新诗选(1919—1949)》是新的历史时代完成的选本,《代序》建构了一个无产阶级诗歌由弱变强不断壮大成为主流的新诗史观,选本突出了主流,删除了所谓"逆流"、"支流"中的作品,这里有一个由"史"到选本的变化,"史"为选家遴选提供了历史依据与话语支撑,划定了选择的历史范围,选本放大了"史"的价值理念,使这种

①诸如谢冕等主编的《百年中国文学经典》(北京大学出版社 1996 年版)、张新颖的《中国新诗(1916—2000)》(复旦大学出版社 2011 年版)、洪子诚等主编的《中国新诗百年大典》(长江文艺出版社 2013 年版)。臧克家自己在《中国新诗选(1919—1949)》1979 年新版本里,对入选诗人诗作进行了较大调整,删了一些作品,增加了郭沫若的《晨安》、闻一多的《死水》、戴望舒的《雨巷》,且继续保留了 1957 年第二版加入的徐志摩的《再别康桥》,就是说这些第一版未收录的作品经过 20 余年的考验,重新受到读者欢迎,遴选为"经典"。

理念转化为一种可以传播的知识,二者之间形成一种合力。这种合力是时代理性力量的体现,是自己时代修辞逻辑的反映,对于自己时代那些希望读到更多风格作品的读者而言,它是一种负面力量,未能为他们提供一个风格多元化的选本;但这种力量遮蔽与敞开功能同在,在认识到其遮蔽性问题时,也应看到其对主流作品固有属性的发掘与敞开,认识到这种敞开在"经典"发现、塑造中的特殊功能。换言之,在经典化之肯定、否定、再肯定、再否定的历史逻辑里,《中国新诗选(1919—1949)》的"取"与"舍",是遮蔽也是敞开,取舍行为本身具有特殊的经典化功能与意义。